民國文化與文學研究文叢

十 編

李 怡 主編

第2冊

「左聯」時期的左翼雜誌與左翼文藝運動

李淑英 著

國家圖書館出版品預行編目資料

「左聯」時期的左翼雜誌與左翼文藝運動／李淑英 著 — 初版
— 新北市：花木蘭文化事業有限公司，2018〔民 107〕
目 2+254 面；19×26 公分
（民國文化與文學研究文叢 十編；第 2 冊）
ISBN 978-986-485-519-3（精裝）
1. 中國文學 2. 左翼文學 3. 文藝評論
820.9 107011799

民國文化與文學研究文叢
十 編 第 二 冊 ISBN：978-986-485-519-3

「左聯」時期的左翼雜誌與左翼文藝運動

作　　者 李淑英
主　　編 李 怡
企　　劃 四川大學中國詩歌研究院
總 編 輯 杜潔祥
副總編輯 楊嘉樂
編　　輯 許郁翎、王 筑 美術編輯 陳逸婷
出　　版 花木蘭文化事業有限公司
社　　長 高小娟
聯絡地址 235 新北市中和區中安街七二號十三樓
電話：02-2923-1455／傳眞：02-2923-1452
網　　址 http://www.huamulan.tw 信箱 hml 810518@gmail.com
印　　刷 普羅文化出版廣告事業
初　　版 2018 年 9 月
全書字數 240863 字
定　　價 十編 14 冊（精裝）新台幣 26,000 元

「左聯」時期的左翼雜誌與左翼文藝運動

李淑英　著

作者簡介

李淑英，文學博士，2014年畢業於北京大學中文系中國現當代文學專業，師從商金林教授，研究方向爲中國左翼雜誌研究等。曾在《中國現代文學研究叢刊》、《魯迅研究月刊》等雜誌發表論文多篇。現供職於清華大學附屬中學。

提　要

「左聯」的成立標誌著中國的左翼文藝運動進入了一個新的階段。從左翼文藝運動的展開過程來看，僅僅將「左聯」作爲一個封閉的機構或團體來研究並不能全面呈現其意義，而將其視爲左翼文藝運動展開過程中的一個重要階段反倒能開啓更多的可能。實際上，「左聯」這個時期本身便具有獨立的時段性意義：從外部來說，「左聯」的存在深深影響著一個時代的氛圍，成爲「左翼時代」最具標誌性的存在；而從內部來看，其對左翼文藝運動的發展過程也產生了重要影響，左翼文藝運動從發生期進入發展期，「左聯」成爲這一時期左翼文藝運動最重要的領導力量，它本身的組織形式及其與各種外部力量的關係都深深影響著左翼文藝運動的面貌。因此，強調「左聯」的時段性意義，其意圖不僅在於試圖將研究焦點從左翼文藝運動發生期集中到發展期上來，更重要的是要呈現出「左聯」這個時段左翼文藝運動發展過程本身獨特而又豐富的歷史面向。

在具體操作上，則是以雜誌研究作爲路徑，將「左聯」時期的左翼雜誌作爲直接研究對象，進而呈現出這一時期左翼文藝運動的展開過程。「左聯」時期作爲「雜誌時代」重要時段，左翼雜誌不僅是對左翼文藝運動展開的過程及特點的呈現，雜誌出版本身甚至也構成了左翼文藝運動展開的方式。因而，考察「左聯」時期的左翼雜誌可以成爲觀照左翼文藝運動發展過程的有效視角，從「左翼時代的雜誌」的研究出發，呈現的不僅是左翼雜誌本身的布局和面貌，更是進一步呈現出了「雜誌時代的左翼」的特點。可以說，研究「左聯」時期左翼雜誌，實際上便是從雜誌視角研究這一時期的左翼文藝運動史。

由於「左聯」時期的左翼雜誌呈現出較明顯的階段性特點，並表現出大致與此相應的類型特徵，這種階段性和類型化實際上也是「左聯」時段左翼文藝運動具體展開過程的反映，雜誌的布局特點便在一定程度呈現出了左翼文藝運動的總體面貌。因此，本文採用對雜誌的歷時考察作爲基本結構方法。

對「左聯」時期的左翼雜誌進行歷時性的考察不僅可以呈現這一時期雜誌的基本輪廓和面貌，同時又能體現出「左聯」在其中的關鍵性作用和階段性變化，更重要的是，還能建立起左翼文藝運動與這個時段特殊歷史語境的聯繫，呈現出左翼文藝運動在當時的歷史處境下的展開方式和過程。因而這種歷時性的考察並非簡單的史料梳理和史實陳述，實際上包含著對左翼文藝運動的一種認識視野。在這種視野下，不僅僅是對各種雜誌的孤立考察，而是將這一時期的雜誌納入一個更爲開闊的歷史語境中，將其放置在與外部世界的聯繫中去考察，形成一種長焦距的歷史透視，進而釐清一條更爲歷史化的歷史線索。雜誌是討論的中心，但並非孤立的中心，而是涉及雜誌與雜誌、雜誌與人、雜誌與機構等各方面的聯繫。在「歷時觀照」的視野下，加之與類型考察相結合，左翼文藝運動展開過程的複雜面貌得以比較立體動態的呈現。

本文共分五章，大致按照時間遞進的順序展開，基本呈現出「左聯」時段左翼文藝雜誌的大致時間線索。第一章關注 1930 年春「左聯」成立前後左翼雜誌的新格局；第二章主要考察「左聯」進入地下活動之後雜誌的生存狀態和核心內容；第三章關注「左聯」及其刊物應對打壓時的「中間化」策略；第四章關注「雜誌年」與「翻譯年」（1934 ～ 1935 年）出版風氣下左翼雜誌的應對方式；第五章主要考察「兩個口號」論爭對左翼雜誌陣營和狀態的影響。由於具體情況的複雜性，並不嚴格劃定具體的時段，而是在大致時間的基礎上，抽象出某種共性對雜誌進行考察，綜合雜誌的時段特性與類型特徵來結構全文，不僅呈現雜誌與其背後的大環境背後的密切而又複雜的關聯，而且展現左翼文藝運動的展開方式。在這個過程中，「左聯」的際遇將成爲雜誌歷史考察背後最重要的背景，作爲一個「組織」的「左聯」的作用也將放置在作爲一個「時段」的「左聯」的維度之下，更深層次地進入歷史的幽微層面。

在民國史料中重新發現現代文學
——《民國文化與文學研究文叢》第十輯引言

李　怡

研究中國現代文學需要有更大的文學的視野，也就是說，能夠成爲「文學研究」關注的對象應該更爲充分和廣泛，甚至是更多的「文學之外」的色彩斑斕的各種文字現象「大文學」現象需要的是更廣闊的史料，是爲「大史料」。如何才能發現「文學」之「大」，進而擴充我們的「史料」範圍呢？這就需要還原現代文學的歷史現場，在客觀的「民國」空間中容納各種現代、非現代的文學現象，這就叫做「在民國史料中重新發現攜帶文學」。

但是這樣一個結論卻可能讓人疑竇重重：文獻史料是一切學術工作的基礎，無論什麼時代、無論什麼國度，都理當如此。如果這是一個簡單的常識，那麼，我們這個判斷可能就有點奇怪了：爲什麼要如此強調「在民國史料中發現」呢？其實，在這裡我們想強調的是：文獻史料的發掘、整理並不像表面上看去那麼簡單，並不是只需要冷靜、耐性和客觀就能夠獲得，它依然承受了意識形態的種種印記，文獻史料的發掘、運用同時也是一件具有特殊思想意味的工作。

對於現代文學學科而言，系統的文獻史料工作開始於 1980 年代以後，即所謂的「新時期」。沒有當時思想領域的撥亂反正，就不會有對大量現代文學現象的重新評價，就不會有對胡適等自由主義作家的「平反」，甚至也不會有對 1930 年代左翼文學的重新認識，中國社科院主持的「文學史史料彙編」工程更不復存在。而且，這樣的文獻史料的發掘整理也依然存在一個逐步展開的過程，其展開的速度、程度都取決於思想開放的速度和程度。例如在一開始，我們對文學史的思想認識和歷史描述中出現了「主流」說——當然是將左翼文學的發生發展視作不容置疑的「主流」，這樣一來至少比認定文學史只存在一種聲音要好：有「主流」就有「支流」，甚至還可以有「逆流」。這些「主」「次」之分無論多麼簡陋和經不起推敲，也都在事實上爲多種文學現象的出場（即便是羞羞答答的出場）打開了通道。

即便如此，在二三十年前，要更充分地、更自由地呈現現代文學的史料也還是阻力重重。因爲，更大的歷史認知框架首先規定了那個時代的社會性質：民國不是歷史進程的客觀時段，而是包含著鮮明的意識形態判斷的對象，更常見的稱謂是「舊中國」「舊社會」。在這樣一種認知框架下，百年來的中國文學發展史常常被描繪爲一部你死我活的 「階級鬥爭史」，是「新中國」戰勝「民國」的歷史，也是「黨的」「人民的」「正義」的力量不斷戰勝「封建的」「反動的」「腐朽的」力量的歷史。

這樣的歷史認知框架產生了 1980 年代的「三流」文學——「主流」「支流」和「逆流」。當然，我們能夠讀到的主要是「主流」的史料，能夠理所當然進入討論話題的也屬於「主流文學現象」——就是在今天，也依然通過對「歷史進步方向」「新文學主潮」的種種認定不斷圈定了文獻史料的發現領域，影響著我們文獻整理的態度和視野。例如因爲確立了「五四」新文學的「方向」，一切偏離這一方向的文學走向和文化傾向都飽受質疑，在很長一段時期中難以獲得足夠充分的重視：接近國民黨官方的文學潮流如此，保守主義的文學如此，市民通俗文學如此，舊體詩詞更是如此。甚至對一些文體發展史的描述也遵循這一模式。例如我們的認知框架一旦認定從《嘗試集》到《女神》再到「新月派」「現代派」以及「中國新詩派」就是現代新詩的發展軌跡，那麼，游離於這一線索之外的可能數量更多的新詩文本包括詩人本身就可能遭遇被忽視、被淹沒的命運，無法進入文獻研究的視野，例如稍稍晚於《嘗試集》的葉伯和的《詩歌集》，以及創作數量眾多卻被小說家身份所遮蔽的詩人徐舒。再比如小說史領域，因爲我們將魯迅的《狂人日記》判定爲「現代第一篇白話小說」，就根本不再顧及四川作家李劼人早在 1918 年之前就發表過白話小說的事實。

同樣的情況也出現在文學思潮的認定框架中。過去的文學史研究是將抗戰文學的中心與主流定位於抗日救亡，這樣，出現在當時的許多豐富而複雜的文學現象就只有備受冷落了。長期以來，我們重視的就僅僅是抗戰歌謠、「歷史劇」等等，描述的中心也是重慶的「進步作家」。西南聯大位居抗戰「邊緣」的昆明，自然就不受重視。即便是抗戰陪都的重慶，也僅僅以「文協」或接近中國共產黨的作家爲中心。近年來，隨著這些抗戰文學認知的逐步更新，西南聯大的文學活動才引起了相當的關注，而重慶文壇在抗戰歷史劇之外的、處於「邊緣」的如北碚復旦大學等的文學活動也開始成爲碩士甚至博士論文的選題。這無疑得益於學術界在觀念上的重大變化：從「一切爲了抗戰」到「抗戰爲了人」的重大變化。文學作爲關注人類精神生活的重要方式，最有價值的恰恰是它能夠記錄和展示人在不同生存境遇中的心靈變化。

在我看來，能夠引起文學史認知框架重要突破的原因就在於我們的現代文學史觀正越來越回到對國家歷史情態的尊重，同時解構過去那種以政黨爲中心的歷史評價體系。而推動這種觀念革新的，就是現代文學研究的「民國視野」的出現。中國現代文學發生於民國，與民國的體制有關，與民國的社會環境有關，與民國的精神氛圍有關，也與民國本身的歷史命運有關。這本來是個簡單的事實，但是對於習慣於二元對立鬥爭邏輯的我們來說，卻意味著一種歷史框架的大解構和大重建——只有當作爲歷史概念的「民國」能夠「祛除」意識形態色彩、成爲歷史描述的時間定位與背景呈現之時，現代歷史（包括文學史）最豐富多彩的景象才眞正凸顯了出來。

最近 10 來年，現代文學研究出現了對「民國」的重視，「民國文學史」「民國史視角」「民國機制」「民國性」等研究方法漸次提出，有力地推動了學術的發展。正是在這樣的新的思想方法的啓迪下，我們才眞正突破了新中國／舊中國的對立認知，發現了現代文學的廣闊天地：中國文學的歷史性巨變出現在清末民初，此時的中國開始步入了「現代」，一個全新的歷史空間得以打開。在這個新的歷史空間中，伴隨著文化交融、體制變革以及近代知識分子的艱苦求索，中國文學的樣式、構成和格局都發生了巨大的變化。具體而言，就是在「民國」之中發生著前所未有的嬗變——雖然錢基博說當時的某些前朝遺民不認「民國」，自己在無奈中啓用了文學的「現代」之名，但事實上，視「民國乃敵國」的文化人畢竟稀少——中國的「現代」之路就是因爲有了「民國」的旗幟才光明正大地開闢出來。大多數的「現代」作家還是願意將自己的夢想寄託在這樣一個「人民之國」——民國，並且在如此的「新中國」中積累自己的「現代」經驗。中國的「現代經驗」孕育於「民國」，或者說「民國」開啓了中國人眞正的「現代」經驗「新中國」與「民國」原本不是對立的意義，自清末以降，如何建構起一個「人民之國」的「新中國」就是幾代民族先賢與新知識階層的強烈願望。可惜的是，在現實的「新中國」建立之後，爲了清算歷史的舊賬，在批判民國腐朽政權的同時，我們來不及爲曾經光榮的「民國理想」留下一席之地。久而久之「民國」就等同於「民國政府」，「民國」的記憶幾乎完全被北洋軍閥、國民黨反動派所淤塞，恰恰其中最值得珍惜的部分——民國文化被一再排除。殊不知，後者也包含了中國共產黨及許多進步文化力量的努力和奮鬥。當「民國文化」不能獲得必要的尊重，現代中國文學（文化）的遺產實際上也就被大大簡化了。

民國時期的中國文學也是民國文化當然的組成部分，當文化的記憶被簡化甚至刪除，那麼其中的文學的史料與文獻也就屈指可數了。在今天，在今後，現代文學文獻史料的進一步發掘整理，就有必要正視民國歷史的豐富與複雜，在祛除意識形態干擾的前提下將歷史交還給歷史自己。

嚴格說來，我們也是這些民國文獻搜集整理的見證人。民國文獻，是中華民族自古代轉向現代的精神歷程的最重要的記錄。但是，歲月流逝，政治變動，都一再使這些珍貴的文獻面臨散失、淹沒的命運，如何更及時地搜集、整理、出版這些珍貴的財富，越來越顯得刻不容緩！十五年前，我在重慶張天授老先生家讀到大量的民國珍品，張先生是重慶復旦大學的畢業生，收藏多種抗戰時期文學期刊和文學出版物。十五年之後，張老先生已經不在人世，大量珍品不知所終。三年前，我和張堂錡教授一起拜訪了臺灣政治大學的名譽教授尉天聰先生，在他家翻閱整套的《赤光》雜誌。《赤光》是中國共產黨旅法支部的機關刊物，由周恩來與當時的領導人任卓宣負責，鄧小平親自刻印鋼板，這幾位參與者的大名已經足以說明《赤光》的歷史價值了。三年後的今天，激情四溢的尉先生已經因爲車禍失去行動能力，再也不能親臨研討現場爲大家展示他的珍藏了。作爲歷史文物的見證人，更悲哀的可能還在於，我們或許同時也會成爲這些歷史即將消失的見證人！如果我們這一代人還不能爲這些文獻的保存、出版做出切實的努力，那麼，這段文化歷史的文獻就可能最後消失。爲了搜求、保存現代文學文獻，還有許許多多的學人節衣縮食，竭盡所能，將自己原本狹小的蝸居改造成了歷史的檔案館，文獻史料在客廳、臥室甚至過道堆積如山。中國社科院文學所的劉福春教授可謂中國新詩收藏第一人，這「第一人」的位置卻凝聚了他無數的付出，其中充滿了一位歷史保存人的種種辛酸：他每天都不得不在文獻的過道中側身穿行，他的家人從大人到小孩每一位都被書砸傷劃傷過！民國歷史文獻不僅銘記在我們的思想中，也直接在我們的身體上留下了斑斑印痕！

由此一來，好像更是證明了這些民國文獻的珍貴性，證明了這些文獻收藏的特殊意義。在我們看來，其中所包含的還是一代代文學的創造者、一代代文獻的收藏人的誠摯和理想。在一個理想不斷喪失的時代，我們如果能夠小心地呵護這些歷史記憶，並將這樣的記憶轉化成我們自己的記憶，那就是文學之福音，也是歷史之福音。

民國時期的中國文學是色彩、品種、形態都無比豐富的 「大文學」。「大文學」就理所當然地需要「大史料」——無限廣闊的史料範圍，沒有禁區的文獻收藏，堅持不懈的研究整理。這既需要觀念的更新，也需要來自社會多個階層——學術界、出版界、讀書界、收藏界——的共同的理想和情懷。

2018 年 6 月 28 日於成都

目次

導　論

1930 年 3 月 2 日，中國左翼作家聯盟（簡稱「左聯」）在經過一段時間的醞釀後正式在上海成立。「左聯」的成立，使「左翼」成爲一種更強大、更有組織的政治文化力量，也由此改變了當時的文化格局。由於「左聯」的成立對左翼文藝運動的巨大影響，考察左翼文藝運動發展的歷史過程，「左聯」是一個不能不重視的關鍵時段。

之所以強調「左聯」的時段性意義，既是對左翼文藝運動作爲一個過程的強調，同時也是對學術界在這一領域研究現狀的一個回應。作爲一個歷史事件的左翼文藝運動，其發生、發展和走向都成爲這個事件的組成部分，近年來的左翼研究，將目光投向左翼文學發生者較多，而對作爲左翼文藝運動具體展開的「左聯」時期關注相對薄弱。

1980 年代以來，隨著現代文學作爲一個學科的逐漸自律，作爲歷史現象的「左翼文學」、「左翼文藝運動」、「左翼文學思潮」被重新審視。對其來源的探討成爲一個十分重要的話題，研究者試圖爲「左翼文學」這個歷史現象的發生建立一種獨立的歷史敘述，關於「左翼文學」課題的最重要成果均與對其「來源」和「發生」的探討有關。1980 年代，左翼文學研究最重要的成果之一艾曉明的《中國左翼文學思潮探源》〔註 1〕便以「探源」二字命名。雖然該書最初的題目是《左翼文學思潮：中國與世界——中國現代左翼文學思潮源流探討》，強調「中國與世界」這個橫向視角，梳理了中國的左翼文學與蘇聯、與日本左翼文藝思潮的關聯，類似「影響研究」和「比較研究」，但最

〔註 1〕艾曉明，《中國左翼文學思潮探源》，北京：北京大學出版社，2005 年。（該書 1991 年由湖南文藝出版社初版。）

終仍是爲「中國左翼文藝思潮」尋找源頭，通過考察1930年代中國左翼文藝運動發生的國際背景，尤其左翼理論建構的國際來源，探討左翼文學如何在蘇聯等的影響下如何成爲一種最重要的思潮。1990年代，「現代性」成爲文學研究最重要的視野，在這個視野中，中國現代最重要的「革命」問題被特別重視，「左翼文學」被放入這樣一種視角思考。曠新年的《1928：革命文學》是其中最具代表性的著作，該書試圖爲以1928年「革命文學」論爭爲發端的左翼文學建立起自己的敘述視野，重視「左翼文學」提倡者自己的邏輯，摒棄對「文學」的僵化認識，而提出「文學重新定義」的命題，這種設想在其2000 年發表的《文學的重新定義》一文中被強化。而此書更爲重要的一點是對「左翼文學」與「文學生產」關係的分梳，左翼文學發生背後的「出版文化」空間被打開，而總體上的關注重心仍是左翼文學如何發生及其歷史意義。

此後的左翼文學研究便主要沿著「探源」和「文學生產」兩個路徑展開，而最終均將目光對準在「左翼文學」的探源上。2004年，程凱的博士論文《國民革命與「左翼文學思潮」的發生的歷史考察（1925～1929年）》〔註2〕將左翼文學的追溯至「大革命」前後，以「『國民革命』歷史形態下文學家和文學青年介入革命的實踐方式，他們對文學與革命的關係的理解，以及在革命受挫的情況下，尋找新的文學實踐意義的過程」作爲考察對象，試圖闡述「左翼文學」產生的歷史過程。2005 年，陳紅旗的博士論文《中國左翼文學的發生》〔註3〕對1923～1933年十年間中國左翼文學的發生背景進行闡述和論證，從五四時期陳獨秀倡導的「文學革命」，到 20 年代末創造社和太陽社提出的「無產階級革命文學」口號，無產階級革命文學倡導者的主體體驗，無產階級文藝訴求下的團體、刊物與理論、創作，以及魯迅與「無產階級革命文學」，種種因素，促成了中國左翼文學的生成。關注的焦點仍是「發生」問題。劉震由博士論文修改出版的《左翼文學運動的興起與上海新書業（1928～1930）》則將目光直接對準1928～1930年代的上海出版業，將左翼文學運動納入上海都市空間的出版版圖中去理解，重點考察了「魔都」上海的城市空間及上海現代出版業，及其在此語境下的「革命文學論爭」和報刊之戰與蔣光慈爲代

〔註 2〕 程凱，《國民革命與「左翼文學思潮」的發生的歷史考察（1925～1929）》，北京大學博士學位論文，2004年。

〔註 3〕 陳紅旗，《中國左翼文學的發生》，吉林大學博士學位論文，2005年。修改後，以《中國左翼文學的發生（1923～1933）》爲題出版，廣州：暨南大學出版社，2010年。

表的「革命小說」的暢銷與盜版問題。作者在闡述其研究目的時說：「本書將把左翼文學運動置於上海新書業勃興的背景之下，在兩者既互相利用又互不信任的複雜關係中，嘗試爲左翼文學運動的發生尋找另一種歷史解釋的可能。」〔註 4〕興趣仍在「發生」。而同年出版的《中國左翼文學史稿（1921～1936）》同樣將關注「左翼文學」與出版文化的關係，關注文學生產中「左翼文學」的發生，尤其是細緻梳理各種左翼文學關鍵詞的產生過程，將其作爲「無產階級文學」產生的重要一環。雖然試圖進行一個綜合性的歷史考察，但可以看出，其重點仍是在「革命文學」論爭及 1930 年前後，對「左翼敘事」的概括也基本限於蔣光慈等太陽社作家的敘事特點。2011 年，張廣海的博士論文《「革命文學」論爭與階級文學理論的興起》從理論出發，以「革命文學」論爭爲直接對象，將重點放在考察太陽社與後期創造社的思想與理論上，從後期創造社和太陽社的理論資源出發，圍繞「階級意識」、「實踐」等概念的辨析，「階級性與人性」、「文學與宣傳」、「知識分子和小資產階級」等一系列重要關係的分梳，試圖呈現無產階級文學理論起源的圖景。

可以看出，新時期的 30 年代左翼文學研究，主要焦點都是「左翼文學思潮」如何發生，「左翼文藝運動」如何興起，而對其具體展開過程並未進行充分的研究。而且，由於急於爲左翼文藝運動建立敘事邏輯，左翼文藝運動此後發展過程的複雜性反而被遮蔽。重視「左聯」這個時段，主要是希望對左翼文藝運動展開過程予以更多關注。

對於左翼文學的發展來說，「左聯」的成立是一個非常重要的事件，文學與政黨建立起直接的關聯，在如此緊密的團體組織下，左翼文學和左翼文藝運動均表現出更爲特殊的面貌。正如曠新年曾指出的：「『左聯』的成立使中國文學進入了前所未有的新時代。黨開始了對於文學的直接領導，文學和政治緊密地結合在一起，成爲了無產階級階級鬥爭的一翼。這使 30 年代文學具有一種特別的色彩，並且與其他時代的文學明顯地區分出來。」〔註 5〕他強調黨的直接領導對文學產生的影響，這當然是 30 年代左翼文學的重要特徵，但「左聯」的意義並不僅限於此。實際上，「左聯」本身的特徵及其文化處境使這一時期的左翼文學受到更多因素的制約，這些因素或直接或曲折的投射到

〔註 4〕劉震，《左翼文學運動的興起與上海新書業（1928～1930）》，人民文學出版社，2008 年。

〔註 5〕曠新年，《1928：革命文學》，第 72 頁，濟南：山東教育出版社，1998 年。

左翼文藝運動和左翼文學上，多重文化的交互作用力共同影響著左翼文學的面貌。除了政黨對峙格局對左翼文藝的影響外，上海都市的出版文化、紅色三十年代的國際背景、民族危機等都直接構成30年代左翼文學的場域，正是各種因素構成的巨大的場影響著左翼文學的面貌，各種作用力牽一髮而動全身，同時，左翼文學（文化）又作爲一股強大的力量影響著整個文化生態。

當然，並非沒人重視「左聯」，作爲一個特殊的團體，「左聯」不乏研究者關注，但不是停留在史料的整理，便是將其作爲一個自足性的組織或機構進行內部考察，其作爲左翼文藝運動展開的一個階段的意義並未充分得到呈現。

1980年代以來，「左聯」的史料工作在一批研究者的重視和努力下，不斷得到完善，但多爲整個左翼文藝運動史料的組成部分，如陳瘦竹的《左翼文藝運動史料》、馬良春、張大明編的《三十年代左翼文藝運動資料彙編》、北京黨史資料研究室和天津黨史資料徵集委員會編輯的《北方左翼文藝運動資料彙編》等，姚辛的《左聯詞典》、《左聯畫史》、《左聯之鷹》、《左聯史》等著作更是提供了最爲豐富的「左聯」史料，孔海珠的《左翼・上海：1934～1936》從對文總刊物《文報》的發現出發，考掘左聯後期的相關史料問題。日本學者也非常重視「左聯」時期文學的研究，成立了「中國三十年代文學研究會」，出版了《左聯研究》等刊物，其研究路數和成果通過《左翼文學的時代——日本「中國三十年代文學研究會」論文選》〔註6〕得到了基本呈現。在眾多研究者的努力下，「左聯」時期的史料日臻豐富。

在史料梳理的基礎上，「左聯」作爲一個獨立研究對象也取得了一定成果。

首先，是對其進行「成長史」式的考察。姚辛的《左聯史》等書便是試圖爲「左聯」作史，全面呈現了「左聯」時期的大量史實。而在處理這一時期的文學時，基本判斷仍是基於黨史的主要結論，即「左聯」如何慢慢的克服「左」的路線的影響越來越健康，並發揮戰鬥作用。1986年，王宏志的博士論文《「左聯十年」：上海的左翼文學運動》〔註7〕（後以《上海的政治與文

〔註6〕王風、白井重範編，《左翼文學的時代——日本「中國三十年代文學研究會」論文選》，北京：北京大學出版社，2011年。

〔註7〕Wang-chi Wong,"'The Left League Decade': Left-wing Literary Movement in Shanghai, 1927~1936", Unpublished Ph・D・dissertation, School of Oriental and African Studies, University of London, 1986. 王宏志在《西方有關「左聯五烈士」的論述分析》一文中談及，實際上，在他的博士論文之前，西方已有專門研

學：中國左翼作家聯盟（1930～1936）》〔註 8〕爲題由曼徹斯特大學出版社出版）應是 80 年代以來第一部眞正以「左聯」作爲獨立對象的學術著作，也較少受到意識形態闡釋框架的影響，呈現了「左聯」從醞釀成立到逐漸衰落到最後解散的過程，對「左聯」的組織與結構的考察、魯迅和「左聯」的差異的考察、「兩個口號」論爭的考察等，用力頗多。

其次，是將「左聯」作爲一個社團來研究，考察其作爲社團的性質。茅盾曾指出「左聯」早期類似一個「政黨」，〔註 9〕在建國後的左翼文學研究中，一直很強調中共對文學的領導作用，「左聯」作爲政治性團體的面向得到了強調，而其作爲「文學社團」的一面卻被忽視。2001 年，朱壽桐便有針對性的指出：「歷來左聯研究的薄弱之處在於，將左聯只是作爲一種流派，而且是政治性的流派，不注重左聯首先是一個社團，而且是一個文學社團。」〔註 10〕強調其作爲一個文學社團的面向。「左聯」研究中，對「左聯」進行組織結構上的考察是研究者們一直非常熱衷的，汪紀明的《文學與政治之間：文學社團視野中的左聯及其成員》〔註 11〕，依據《左聯回憶錄》等資料，等「左聯」的組織結構進行了詳細考察，然後以杜衡和蔣光慈爲例，強調「左聯」的文學社團視野。

再次，引入傳播學和行政學等研究角度來觀察「左聯」這個組織。張大偉的《「左聯」文學的組織與傳播（1930～1936）》〔註 12〕引入傳播學和行政

究「左聯」的專著，如：*Neale Hunter, The Chinese League of Left-wing Writers, Shanghai, 1930~1936,* Unpublished Ph・D・dissertation, Australian National University, 1973; Anthony J・Kane, *The League of Left-wing Writers and Chinese Literary Policy*, Unpublished Ph・D・dissertation, University of Michigan, 1982. 本人目前只閱讀過王的博士論文改編出版的著作。

〔註 8〕Wang-chi Wong, *Politics and Literature in Shanghai: The Chinese League of Left-wing Writers*, 1930~1936, Manchester University Press, 1991. 該書的部分內容，後來編入《魯迅與「左聯」》一書，1991 年由臺北風雲出版公司出版，2006 年，修訂後由北京新星出版社出版。

〔註 9〕茅盾在回憶錄中指出，「『左聯』說它是文學團體，不如說更像個政黨。」《我走過的道路》（上），第 441 頁，北京：人民文學出版社，1997 年。

〔註 10〕朱壽桐，《論作爲文學社團的中國左翼作家聯盟》，南京大學學報，2001 年第 2 期。

〔註 11〕汪紀明，《文學與政治之間：文學社團視野中的左聯及其成員》，北京：中國社會科學出版社，2012 年。

〔註 12〕張大偉，《「左聯」文學的組織與傳播》，呼和浩特：內蒙古人民出版社，2008 年。

管理學的研究視角和策略，考察「左聯」的組織方式及其「左聯」文學的傳播，總體看來，對傳播的考察還是顯得較爲浮泛。

復次，從歷史研究的視野去考察「左聯」與中共，與共產國際等組織的具體關係。雖然一直強調「中共」對「左聯」的領導，當時，兩者之間的具體關係怎麼展開，並沒有特別具體的闡述，張小紅的《左聯與中國共產黨》〔註13〕便重點考察中共如何組織「左聯」的活動，尤其是早期的飛行集會、發傳單等等。

上述「左聯」研究均將「左聯」作爲一個團體進行較爲封閉的內部研究，即使有的研究者將「左聯」納入與「中共」、與「共產國際」的關係中去考察，但又成爲純粹的歷史研究或政黨研究。將「左聯」放入 30 年代整個文化視野和「左翼文藝運動」的發展過程去考察的研究尚不多見。

本文將研究對象聚焦在「左聯」這個時段的左翼雜誌上，以雜誌研究爲視角來考察「左聯」時期左翼文藝運動的展開過程。

當然，左翼雜誌的研究並非沒人重視。作爲左翼文學研究的重要史料，左翼刊物大規模的整理工作在建國後不久便已展開，在幾代研究者的努力下，作爲史料的左翼刊物已有了相當豐富的累積，主要體現爲若干期刊編目，成爲左翼文學研究的重要材料。重要的有：1958～1962 年，上海文藝出版社影印了不少「左聯」時期的重要期刊，並且主要以上海地區的圖書館爲依託，整理出了一份期刊目錄，對「左聯」時期的期刊進行了收集整理〔註14〕。1980 年代，馬良春、張大明的《三十年代左翼文藝運動資料》〔註15〕收錄了 40 多種 30 年代重要左翼文學刊物。1991 年出版的《北方左翼文化運動資料彙編》〔註16〕收錄了 1927～1937 年間的北方左翼文藝刊物 52 種。此後編撰的更大規模的幾本「中國現代文學期刊目錄」則將左翼文藝刊物納入現代文學的整體中考察。

史料整理是一個方面，更重要的是如何處理和研究這些刊物。研究者在研究 30 年代左翼文學和「左聯」時，自然會重視左翼刊物的作用，正如一般研

〔註13〕張小紅，《左聯與中國共產黨》，上海：上海人民出版社，2006 年。

〔註14〕《中國現代文學期刊目錄》（初稿），上海：上海文藝出版社，1961 年。

〔註15〕馬良春、張大明編，《三十年代左翼文藝資料選編》，成都：四川人民出版社，1980 年。

〔註16〕中共北京市委黨史研究室、中共天津市委黨史徵集委員會編，《北方左翼文化運動資料彙編》，上海：北京出版社，1991 年。

究者將期刊的文章作爲文學史材料採用一樣，左翼文學研究者最重視的也是左翼雜誌的文獻價值，在研究中作爲引證的材料出現，而對雜誌本身的獨立意義重視不夠，尤其是雜誌群落的整體性意義幾乎完全被忽略。通過考察可以得知，近年來研究者對「左聯」時期左翼雜誌的處理主要體現爲以下幾種面向：

第一，史實的陳述和作爲材料的刊物。一般文學史敘述中，「左聯」時期的重要刊物都會被列出來作爲「左聯」各種活動的組成部分。由於文學史的寫作體例而不會對其展開敘述。而在「左翼文學」研究中，「左聯」時期的刊物很少取得獨立的地位，大多數時候，都是出於論述的需要，將刊物中的某些文章作爲論證材料處理，尤其是「左聯」時期的各種綱領特別受到重視。即使是將刊物集中的拿出來，也主要進行史實上的描述，比如，陳紅旗的《中國左翼文學的發生》其中一章探討「在無產階級革命文藝旗幟下的團體、刊物與理論、創作」，其中涉及到部分刊物，但僅對其進行簡單描述。秦豔華的博士論文《20 世紀 30 年代新文學出版研究》〔註 17〕，第二章關注「左翼文學出版」，將左翼文學雜誌定位爲「戰鬥性群團組合」，簡單介紹了幾種左翼文學雜誌，同樣偏重於史實的呈現。

第二，隨著「公共空間」、「文化場」等理論的引入，研究者開始重視刊物對「文化空間」的構築作用，刊物被納入出版文化的視野下考察，尤其是出版業十分發達的上海。左翼刊物也被放入這種視景，與商業社會背景下的文學生產聯繫起來，刊物本身對於左翼文化運動的興起有著直接的至關重要的作用。曠新年便將《文化批判》的作用和《新青年》進行類比，指出其對左翼文學運動的重要意義。而曹清華對左翼文學的考察也主要將其放入出版文化的視野，突出知識生產本身的重要性。劉震則將 1928～1930 年上海新書業與左翼文化運動直接建立關聯，取的也是類似的立場。由於一般研究者都將目光放在「左翼文學思潮」的探源上，因而主要將焦點對準「革命文學」論爭和「左聯」成立初期的幾種刊物上，而對「左聯」時期的整個刊物面貌缺乏考察的興趣。

第三，在刊物研究大潮下，研究者對某些「左聯」時期的重要刊物進行了考察，但只是對某個特定刊物的考察，並未將「左聯」刊物作爲一個整體

〔註 17〕秦豔華，《20 世紀 30 年代新文學出版研究》，山東大學博士學位論文，2006 年。後改名《現代出版與二十世紀三十年代文學》出版，山東人民出版社，2008 年。

來看待，研究的中心也放在考證某個刊物本身編輯過程、思想等方面。比如對《北斗》的研究〔註 18〕，對《文學月報》的研究〔註 19〕等等。

第四，從傳播學角度處理刊物，關注生存處境或對文學傳播的作用等。由於「左聯」時期刊物很多，構成一個別具特色的期刊群落，其在特殊語境下的生存處境和對左翼文學的傳播作用引起了一些研究者的注意。左文的《非常傳媒——左聯期刊研究》首次將「左聯期刊」看成一個整體來處理，重點關注其在國民黨文化高壓政策下的生存策略，主要採用的便是傳播學的視角。這本書算是難得的將「左聯」期刊作爲一個獨立的研究對象去處理的研究成果，將「左聯期刊」作爲「非常傳媒」來處理，在對其如何應對國民黨各方面的壓制方面用力頗多，對這些刊物作爲「非常傳媒」的表徵進行了基本的描述，但更接近於一種內部研究，對刊物本身與時代語境的互動關注不夠。

總之，從已有的研究成果來看，左翼雜誌面貌與左翼文藝運動展開過程的複雜關係並未受到充分重視，雜誌本身的能量因而並未得到充分釋放。

著名「新文化史」理論家林・亨特曾說：「在文化模式下工作的史學家不應該因爲理論的多樣化而感到沮喪，因爲我們正步入一個不尋常的新階段，而其他人文科學（尤其是文學研究，也包括人類學和社會學）正在重新發現我們。例如，文學研究中『新歷史主義』一詞的運用就體現了這種發展。在文學、藝術史、人類學和社會學中，對再現的強調也已經讓越來越多的學者們開始關注他們的研究對象所處的歷史網絡。我們可以預設，不久以後的某一天會有另一個卡爾來宣告：歷史研究越具有文化性，文化研究越具有歷史性，就越有利於這兩種研究的發展。」〔註 20〕歷史研究的文化性已經爲歷史研究打開了一個全新的世界，文化研究的歷史性也必然讓文化研究的視野更開放，基礎更堅實，就我個人的論題而言，讓左翼文學（文化）研究越具有歷史性，必然有利於加深對左翼文學（文化）本身的認識。

如何讓左翼文學研究更具有歷史性？找到一種文學內部和外部歷史貫通起來的途徑無疑是很重要的。「左聯」時期作爲「雜誌時代」的重要時段，雜誌無疑是聯通文學（文化）內部視景和外部世界的最佳中介，經由這個中介，

〔註 18〕 李金鳳，《〈北斗〉與左翼文學》，西南大學碩士學位論文，2011 年。

〔註 19〕 陳堯堯，《〈文學月報〉研究》，重慶師範大學碩士學位論文，2009 年。

〔註 20〕 【美】林・亨特著，姜進譯，《新文化史》，第 21 頁，上海：華東師範大學出版社，2011 年。

從內部可以透視外部視景的投射，能動的映像出現實世界豐富性，而且，它本身就是豐富性自身的一部分。同時，外部世界對形式本身的塑造也分明的表現出來。可以說，它就像反映現實跳動的脈搏。若僅從左翼內部出發觀照這段歷史，則容易囿於一個封閉的邏輯。從雜誌視角來看這段歷史則提供了一個更為寬闊的視野，可以打開難以容易被遮蔽的更多的複雜層面，如文人之間的關係對文學的影響，避免僅僅停留在觀念的層面上，認識 30 年代的文化必須有這樣更為開放的視角，僅僅從團體史、文學觀念（思潮）史的角度很容易只見樹木不見森林。

對於認識這段歷史和這一時段的文學而言，左翼雜誌群本身的豐富性便可作為極具症候性的材料來處理，成為認識這段歷史、文化、文學的門徑。它們不僅顯示出左翼文藝運動中左翼文學自身的訴求和發展脈絡，刊物自身通過編者、出版機構又與出版界有著直接的關係，彰顯出與與出版界商業運作的關係，並與受眾群建立起關聯，更重要的是，在 30 年代的特殊歷史語境下，通過這些刊物，或明或暗的表現出與政治格局甚至國際形勢的複雜關係。這一時段的各種文化生態都可以通過這些文學刊物曲折的表現出來，而最終決定著左翼文藝思潮和左翼文學本身的面貌，同時，在多元文化視閾的燭照下，一些往常並未被注意到的文化現象得以顯現出來。在這樣一個視角下，30 年代左翼文化運動將有效的納入現代文學史、現代史、思想史、中國黨史、出版文化史、上海都市文化等綜合的視野下，其立體感也自然更容易表現出來，可以說，雜誌背後呈現的是一個複雜的「江湖」。有了這樣一個視角，對這一時期的許多文化現象的認識也將呈現出更闊大的視野。

總體上，關注「左聯」時期的左翼雜誌，根本上是關注這一時期左翼文藝運動如何展開，其展開過程如何影響到「左翼」的建構，「左聯」在其中發揮著什麼樣的作用。可以說，雜誌不僅僅是對象，更是一種視角，一種方法。因而，本文不可能是傳統意義上的刊物研究，而是藉由刊物打開「左翼文壇」的空間，去認識「左聯」這個特殊的文化團體，去認識這一時期左翼文藝運動的具體展開過程。

雜誌研究的通常做法是先鎖定一種或者若干種雜誌，然後對其內容、形式等方面進行具體研究。比如左文的《非常傳媒——左聯期刊研究》便採用了這種辦法，毫無辨析的將與「左聯」有關的刊物統稱「左聯期刊」，以 1980 年代後的幾份期刊目錄為基礎，主觀的鎖定「左聯期刊」46 種作為研究範圍：

「筆者根據唐沅等先生編輯的《中國現代文學期刊目錄彙編》、姚辛先生編著的《左聯詞典》以及張靜廬先生輯注的《中國近現代出版史料》對左聯期刊的界定以及現在能找到的左聯期刊，將研究範圍限定在《大眾文藝》、《萌芽》、《拓荒者》、《文藝研究》、《藝術》、《巴爾底山》、《五一特刊》、《文化鬥爭》、《沙侖》、《世界文化》、《文學生活》、《文藝新聞》、《前哨》、《文學導報》、《北斗》、《十字街頭》、《秘書處消息》、《文學》、《文學月報》、《新詩歌》、《文學雜誌》、《文藝月報》、《無名文藝》、《文藝》半月刊》、《春光》、《新語林》、《東流》、《文學新地》、《新小說》、《文學新輯》、《木屑文叢》、《雜文・質文》、《文藝群眾》、《生活知識》、《海燕》、《夜鶯》、《東方文藝》、《令丁》、《文學叢報》、《現實文學》、《浪花》、《今日文學》、《小說家》、《文藝科學》等 46 種左聯期刊。」〔註 21〕這是一種最爲省事的做法，雖然使研究對象更爲明確，但由於一個先設的「左聯期刊」的限制，便缺少了對刊物與歷史境遇變化之間關聯基本的辨析，極易造成對「左聯」這個較長時期內刊物複雜性的忽視。

實際上，由於歷史處境的複雜性，「左聯」時期左翼雜誌的情況非常複雜。長期以來，文學史家在整理這一時期的左翼雜誌時即各有不同的認識，甚至在命名上就難以統一。1934 年，魯迅、茅盾曾一起爲伊羅生編的《草鞋腳》一書列了一份左翼文藝期刊的目錄〔註 22〕，列出了《太陽》、《文化批判》、《創造月刊》、《萌芽》、《拓荒者》、《巴爾底山》、《前哨・文學導報》、《北斗》、《十字街頭》、《文學月報》、《文藝》、《春光》、《文學雜誌》、《文藝月報》、《科學新聞》、《榴華》、《鷺華》、《文藝新聞》18 種刊物，此時，「左聯」還未解散，「左聯」也因而並未形成一個獨立的歷史時段。他們爲這些刊物使用的命名是「左翼文藝定期刊」，包含了從「革命文學論爭」一直到 1934 年的主要左翼文藝刊物，是從整個左翼文藝運動的視野來看待的。後來的研究者由於強調「左聯」時期雜誌與「左聯」這個團體的對應關係，因而常常在哪些雜誌是「左聯」雜誌上糾結。如 1961 年上海文藝出版社出版的《中國現代文學期刊目錄（初稿）》〔註 23〕中，「左聯」刊物則被歸入了「主要社團刊物一欄」，並被細分爲「左聯機關刊物和左聯成員所辦的刊物」，「左聯有關刊物」、「文

〔註 21〕左文，《非常傳媒——左聯期刊研究》，第 11 頁，北京：北京出版社，2010 年。

〔註 22〕魯迅、茅盾編，《中國左翼文藝定期刊編目》，《草鞋腳》，第 576 頁，長沙：湖南人民出版社，1982 年。

〔註 23〕《中國現代文學期刊目錄（初稿）》，上海：上海文藝出版社，1961 年。

總、社聯機關刊物及有關刊物」、「劇聯有關刊物」、「北平社聯、左聯分盟機關刊物及有關刊物」等種類，如此細分試圖給這些刊物一個相對確定的歸屬，但卻帶來了新的問題，比如，「左聯成員所辦的刊物」和「左聯有關刊物」實際上有不少交叉，很難進行明確的劃分，而歸入「文學刊物」的不少刊物也是跟「左聯」有關的。可見，雖想進行清晰劃分，實際上仍然非常模糊，許多刊物不知放置在何處合適。這實際上體現的這一時期左翼雜誌的複雜性和左翼文化運動在歷史進程中的豐富性。就「左聯」時期左翼雜誌的實際情況而言，明確標明「左聯」身份的雜誌並不多，更多的是與「左聯」有關但卻難以界定為「左聯期刊」的刊物，甚至包括不少與「左聯」成員有著重要關係，而又並非「左聯」創辦的商業雜誌，而這些商業雜誌在一定的歷史境遇下甚至對左翼文化運動的展開及其左翼文化的傳播發揮著更重要的作用。因而，本文在確定研究對象時，不執著於對刊物進行框定，而是著力於將與「左聯」成員有重要關係的刊物的面貌呈現出來，保持雜誌本身的開放性，更為眞實的呈現出雜誌視景裏左翼文藝運動的展開過程。

在論文結構上，以雜誌的縱向布局作為主要框架，以「左聯」時期左翼雜誌的歷時進程作為基本線索，對左翼文藝運動進行深入研究。具體來看，大致按照時間遞進的順序展開，由於具體情況的複雜性，並不嚴格劃定具體的時段，而是在大致時間的基礎上，抽象出某種共性對雜誌進行考察，綜合雜誌的時段特性與類型特徵來結構論文，不僅呈現雜誌與其背後的大環境背後的密切而又複雜的關聯，而且展現左翼文藝運動的展開方式。在這個過程中，「左聯」的際遇將成為雜誌歷史考察背後最重要的背景，作為一個「組織」的「左聯」的作用也將放置在作為一個「時段」的「左聯」的維度之下，更深層次地進入歷史的幽微層面。為了將雜誌背後社會政治語境、文化界的複雜構成及其複雜的關係更為清晰的展現出來，展現出「左翼時代」更為立體豐富的面影，論文除了重點考察與「左聯」相關的左翼雜誌外，國民黨雜誌、托派雜誌、中共機關刊以及重要的商業雜誌也都帶進來作為研究的參照。

論文第一章關注 1930 年春「左聯」成立前後上海左翼雜誌的新格局；第二章主要考察「左聯」進入地下活動之後雜誌的生存狀態和核心內容；第三章關注「左聯」及其刊物應對打壓時的「中間化」策略；第四章考察從「雜誌年」到「翻譯年」（1934～1935 年）左翼雜誌在上海出版界的生存狀況及左

翼文藝運動的展開方式；第五章主要考察「兩個口號」論爭對左翼雜誌陣營和狀態的影響。

通過對「左聯」這個時段的左翼雜誌的歷時性考察，比較立體的呈現出左翼文藝運動展開過程的複雜面貌，展示「左聯」這個時段作爲左翼文藝發展的具體過程，同時也揭示了左翼文藝運動與這個時段特殊歷史語境的聯繫，使「左聯」的境遇及其在左翼文藝運動中發揮的作用及其在不同階段的變化得到豐富而深刻的闡釋。

第一章　「左聯」的成立與左翼刊物的新格局

1930 年秋，丁玲發表了兩篇以《一九三〇年春上海》爲題的小說，這兩篇小說都被認爲是「革命＋戀愛」的重要文本，文學史上評價不高。而丁玲兩次以「一九三〇年春上海」爲題進行寫作卻是意味深長的，至少表現出丁玲對這個特定時間空間氛圍的強烈感應，是這個看似無意義的時間空間的組合具有了象徵性意義。1930 年春天的上海，「左聯」的成立是應該一個具有標誌性意義的事件，影響著整個文化界的氛圍。就左翼文化界內部來說，「左聯」的成立，以儀式性的方式宣告左翼文化界力量的大集結，中國左翼文藝運動自此邁入了新的階段。

《一九三〇年春上海》敏感的將此時此地的特殊變化凝結到這個時間這個空間上，準確的傳達出左翼文化界的變動帶來的時代社會氛圍的變化，這個特殊的時空成爲人物活動的重要背景。在小說中，「左聯」成立後展開活動的種種情形在小說中多次進行提示，比如：

> 他們是剛剛出席在一個青年的，屬於文學團體的一個大會上的。
>
> 其中一個又黑又瘦的，名字叫若泉，正信步向北走去，他腦裏沒有次序地浮泛起適才的一切情形，那些演說，那些激辯，那些紅了的臉，那些和藹的誠懇的笑，還有一些可笑的提議和固執的成見，……他不覺微笑了，他實在覺得那還是令人滿意的。
>
> ……

> 若泉是很忙，他參加了好幾個新的團體，他又被分派了一些工作。同時他又感覺得自己智識的貧弱，很刻苦的在讀著許多書。……但是精神卻異常愉快，充滿著生氣，正像來到了的春天一樣。〔註1〕

小說的主人公若泉正是當時左翼文藝青年的一個代表，雖然這個「文學團體」不一定明確指「左聯」，但其與「左聯」的相關性卻是可以想見的。「左聯」的成立帶來了左翼文藝運動氛圍的變化，「一九三〇年春」不僅是一種單純的時間概念，同時也是一種情緒狀態，一種充滿向上氣息、蓬勃生命力的狀態。的確，經過「革命文學」論爭之後，1930 年春，左翼文藝運動再次煥發出蓬勃的生命力。

而這些左翼文藝青年又是以何種方式在轟轟烈烈的運動中生存呢？他們的生命力又是以何種方式體現呢？在丁玲的觀察裏，他們不僅生活在各種會議、各種具體的行動裏，報刊也成爲左翼青年們的重要生活場景：

> 若泉正在看幾份小報，在找那慣常用幾個化名，其實是一個人的每天罵文壇上的劣種的文章。所謂文壇上的劣種，便是若泉近來認識，而且都在相近的目標上努力的人，在若泉當然都是相當尊敬和親善的。然而罵人的把一部分成名作家歸爲世故者的投機，把另一部分沒有成名的罵作投降在某種旗幟底下，做一名小兵，竭力攻訐上司們所惡的。於是機會來了，雜誌上可以常常見到這幫人的名字，終於他們也成了一個某翼的作家。〔註2〕
>
> ——《一九三〇年春上海》（之一）

> 他稍稍整理一下房子，然後他看報，這裡有許多消息都攢集到他腦中了。他要歸納一下這些關於世界經濟的材料。他又要去搜羅中國革命進展的報告，和統治階級日益崩潰的現象，來證明現在所決定的政治路線之有無錯誤。他還要在許多反動報紙上去找那些相反的言論，找出那些造謠的，欺騙的痕跡。他最喜歡看《字林西報》，因爲那裡的消息比中國各大報紙都準確，而又比一些小報更靈通迅

〔註 1〕 丁玲，《一九三〇年春上海》（之一），《小說月報》第 21 卷第 9 號，1930 年 9 月 10 日。《丁玲全集》第 3 卷，第 266 頁，石家莊：河北人民出版社，2001 年。

〔註 2〕 丁玲，《一九三〇年春上海》（之一），《小說月報》第 21 卷第 9 號。《丁玲全集》，第 273 頁。

速，有好些動人的消息，是在中國的這些報紙上找不出的。他們不隱瞞地用著大號字刊載著那駭人的新聞，他們也毫不掩飾地站在他們帝國主義的立場來討論中國的革命，並且喊醒中國的軍閥，告訴他們那另一勢力的發展和強厚，並不是他們所認為的土匪之流，烏合之眾……自然，望微並不喜歡他們的論調，他只要找那些使他興奮的確實的新聞。他當然還看幾份別的報，在這裡找出那些演說，那些報告，那些關於國際的，中國的，建設的，革命的方針的決議，和那些工廠的消息。有時他還要寫一點東西，起草一些什麼計劃大綱，工作大綱之類。〔註 3〕

——《一九三〇年上海》（之二）

無論是讀報刊還是為報刊寫文章都是左翼文藝青年的生活中最重要的活動，報章雜誌已經成為左翼文人的最重要的生存空間和生活方式。可以說，「左聯」成立後，報刊對於推進左翼文藝運動發揮著不可替代的重要作用。

實際上，左翼文藝運動的興起便是從報刊雜誌上的運動發端的。在現實革命陷入低潮之時，雜誌上興起的「紙上的革命運動」卻似乎達到了高潮，而左翼青年的生活方式也在紙上的運動中得到了形塑。

第一節 「左聯」成立前的左翼雜誌與左翼文藝運動的興起

1930 年 3 月 2 日，「中國左翼作家聯盟」在上海成立。《拓荒者》在介紹「左聯」的成立時這樣描述道：「自從創造社被封，太陽社，我們社，引擎社等文學團體自動解散以後，醞釀了很久的左翼作家聯盟的組織，因為時機成熟，已於三月二日正式的成立了。」〔註 4〕可見，「左聯」是承續著已解散的革命文學團體的使命的，正是以創造社、太陽社為主體的這些革命文學團體在左翼文藝運動的興起中擔當主體，而他們的主體作用得以正是在雜誌上展開的紙上的革命運動中得到落實，雜誌之重要性顯而易見。

〔註 3〕 丁玲，《一九三〇年春上海》（之二），《小說月報》第 21 卷第 11 號。《丁玲全集》第 3 卷，第 313～314 頁。

〔註 4〕 《國內外文壇消息》之二《中國左翼作家聯盟的成立》，《拓荒者》第 3 期，1930 年。

一、「革命文學」在刊物上的密集出現

「革命文學」理念的提出並非始於 1928 年，1923 年左右就已經有零星的論文開始提出「革命文學」、「無產階級文學」等口號，但發展成一個影響巨大的運動，卻是從 1928 年開始的。這一年，「革命文學」論爭爆發，成爲當時中國文壇的中心話題。這次論戰中，刊物佔據著十分重要的位置，對陣的戰團基本都可以以刊物進行劃分。因而曠新年認爲「1928 年的革命文學論戰實際上是一場『雜誌之戰』」。〔註 5〕這種觀點不是後來才有的，同時代人在看待這次論爭時也認識到雜誌的重要作用。李何林的《中國文藝論戰》在編輯「革命文學」論爭中各派文章時，將其分爲「語絲派及其他」、「創造社及其他」、「小說月報及其他」、「新月」和「現代文化及其他」，基本是按雜誌及其相關立場進行分類的。在該書的序言中，李何林認爲，「我覺得這些文字一方面可以顯示中國文藝進程上一個重要時期，他方面對於留心文藝的人也可以從這些文字裏面知道一點中國文藝界的現形——瞭解這代表中國文藝界的幾個主要文藝集團對於文藝究竟是怎樣的態度。」〔註 6〕可以很明顯的看出，這些主要文藝集團是以刊物爲中心的，刊物基本上代表了各集團的基本立場。李何林的觀察基本上是立足於整個文壇，將創造社當作提倡「革命文學」的一方，其他集團基本都站在與其論爭的立場。實際上，論爭的具體情況更爲複雜，在「革命文學」的提倡者內部，也有著不小的分歧，趙景深在總結 1928 年的文壇情況時，將「普羅文藝」的提倡者進行了更爲細緻的劃分：「如《文化批判》、《流沙》是一團，《戈壁》、《戰線》是一團，《太陽月刊》是一團，《泰東》、《流螢》跟著在搖旗吶喊。這三團都是主張普羅列塔利亞文藝的，但意見略有不同，後來的《我們月刊》似乎是創造社與春野聯合的表示。不過葉（注：葉靈鳳）、潘（注：潘漢年）二氏始終不曾在《我們月刊》裏做稿子。攻擊這三團的便是《北新》和《語絲》。魯迅以獨力與三支軍隊開戰。」〔註 7〕他注意到左翼陣營內部的分歧，主要是創造社與太陽社的分歧，而創造社內部的觀點也有差異。

〔註 5〕曠新年，《1928：革命文學》，第 27 頁，濟南：山東教育出版社，1998 年。

〔註 6〕李何林，《中國文藝論戰・原版序言》，《中國文藝論戰》，第 11 頁，西安：陝西人民出版社，1984 年。

〔註 7〕憬琛（趙景深），《十七年度中國文壇之回顧》，《申報・藝術界》，1929 年 1 月 6 日。

魯迅在「革命文學」論爭中，是作爲「無產階級文學」提倡者的頭號靶子被批判的。魯迅非常清楚雜誌對於論爭的重要作用，他對「革命文學」論爭中刊物的情況瞭如指掌，在與徐勻的通信中便談到，「我在『革命文學』的戰場上，是『落伍者』，所以中心和前面的情狀，不得而知。但向他們屁股那面望過去，則有成仿吾司令的《創造月刊》，《文化批判》，《流沙》，蔣光*（恕我還不知道現在已經改了那一字）拜帥的《太陽》，王獨清領頭的《我們》，青年革命藝術家葉靈鳳獨唱的《戈壁》；也是青年革命藝術家潘漢年編撰的《現代小說》和《戰線》；再加一個眞是『跟在弟弟背後說漂亮話』的潘梓年的速成的《洪荒》。」〔註 8〕在魯迅的腦海中，有著這麼一份清晰的雜誌圖表，而這幅圖表在一定意義上顯示著這場論爭的總體輪廓。正是這些雜誌，成就了「革命文學」（「無產階級文學」或「普羅列塔利亞文學」）的流行，而革命文學的流行又造就了刊物的興盛。

「革命文學」在刊物上的密集出現，使革命文學發展成爲一個運動，即「普羅文藝運動」（「無產階級革命文學運動」）。魯迅清楚雜誌對這次運動的興起起著核心作用，因而，他對這種雜誌造就出來的「無產階級文學運動」頗有微詞，稱之爲「紙戰鬥」。〔註 9〕具體說來，「他們竟可以從自卑自歎的浪漫詩人一躍而成了革命家，昨天還在表現自己，今天就寫第四階級的文學，他們的態度也未嘗不誠懇，但是他們的識見太高，理論太多，往往在事前已經定下來文藝應走的方向。」〔註 10〕「紙戰鬥」道出了「革命文學」論爭與現實世界的革命的距離，表現的是「武器的文藝」〔註 11〕的觀念，而另一方面也的確十分逼眞的說明了雜誌之於運動興起的重要意義。無論它是否是遠離現實的空中樓閣，但這座樓閣的框架卻無疑是搭起來了，而且成爲文壇上一個特別突出的存在。

林伯修曾說：「1928 年是中國普羅文學主張它的存在權的年頭。1929 年應該是它開始確立它的理論和實際地解決當前的具體問題的年頭。」〔註 12〕

〔註 8〕 魯迅、徐勻，《通信》，《語絲》第四卷第三十四期，1928 年 8 月 20 日。

〔註 9〕 魯迅，《「醉眼」中的朦朧》，《語絲》，第四卷第十一期，1928 年 3 月 12 日。

〔註 10〕 甘人，《中國新文藝的將來與其自己的認識》，《北新》半月刊第二卷第一期，1927 年 11 月 1 日。

〔註 11〕 魯迅，《我的態度氣量和年紀》，《語絲》第四卷第九期，1928 年 5 月 7 日。

〔註 12〕 林伯修，《1929 年急待解決的結構關於文藝的問題》，《海風周報》第 12 號，1929 年 3 月 23 日。

革命文學提倡者正是通過在雜誌上論爭的方式爭取其存在權的，以一種強勢的攻擊性的方式使自己的聲音變成不可忽視的存在。

普羅文學存在權的確立，最關鍵是建立起其文學觀念上的支撐。「革命文學」論爭中，普羅文學的提倡者們採用了「邊破邊立，破中有立」的方式來建構其文化觀念。在「文化批判」的同時，暗中進行著文化建構的工作。通過「文化批判」造出了文化運動的聲勢，而建構的工作則主要體現在批判過程中觀念性的「關鍵詞」提煉上。通過在論爭中的反覆使用，這些關鍵詞成爲眾說周知的術語，正是這些術語成爲革命文學提倡者的以不變應萬變的利器，可以以此對付所有論敵。曹清華的《中國左翼文學史稿》（1921～1936）就特別重視關鍵詞對於左翼文學運動興起的作用，尤其是在出版界的推波助瀾下，左翼文學被打造成成功的「話語事件」。正如黃子平在該著《序言》中總結道：「『左翼文學』不是不證自明的歷史實體，而是發生在現代中國思想文化空間中的一個『話語事件』。特定的歷史時空，被嚴格限定在與上海『左翼作家聯盟』存在的年代及前後。曹清華認爲，這一話語事件由兩個層面的歷史活動相輔相成地建構起來：首先，是一系列『關鍵詞』如『無產階級』、『革命文學』及其闡釋向中國文學的引入；其次，上海的文化出版市場，以及由此構成的容納左翼作家與左翼讀者的『公共空間』。」〔註13〕這種對關鍵詞的重視魯迅當年就已經意識到：「中國文藝界上可怕的現象，是在盡先輸入名詞，而不紹介這名詞的涵義。」〔註14〕魯迅對這種名詞的暴力非常反感，但是毋庸置疑，這些名詞在普羅文學運動過程中起著十分重要的作用。而正是「革命文學」論爭扮演重要角色的雜誌成爲將「關鍵詞」的引入和傳播與出版市場勾連起來的最重要的中介，可以說，雜誌在「左翼文學」發生過程中處在相當關鍵的位置。

二、《奔流》、《文藝研究》對革命文學的傳播

在「革命文學」論爭中，魯迅是被作爲「語絲派」的代表人物看待的，他的論辯性的文字諸如《「醉眼」中的朦朧》、《我的態度氣量和年紀》、《文藝與革命》、《路》等都發表在《語絲》上。在並不多的幾篇文章中，魯迅多次

〔註13〕黃子平，《序》，曹清華著，《中國左翼文學史稿》（1921～1936），北京：中國社會科學出版社，2008年。

〔註14〕魯迅，《扁》，《語絲》4卷17期，1928年4月23日。

表明了對「武器的文藝」、以「紙戰鬥」的方式革命的不滿，在談到「文藝與革命」之關係時，他認爲:「現在所號稱革命文學家者，是鬥爭和所謂超時代。超時代其實就是逃避，倘自己沒有正視現實的勇氣，又要掛革命的招牌，便自覺地或不自覺地必然地要走入那一條路的。身在現世，怎麼離去？這是和自己用手提著耳朵，就可以離開地球者一樣地欺人。社會停滯著，文藝決不能獨自飛躍，若在停滯的社會裏居然滋長了，那倒是爲這社會所容，已經離開革命，其結果，不過多賣幾本刊物，或在大商店的刊物上掙得揭載稿子的機會罷了。」〔註 15〕「多賣幾本刊物」、「在大商店的刊物上掙得揭載稿子的機會」充分表明通過革命文學提倡者和出版界的合謀，「革命文學」已經成爲風尚，而這風尚，畢竟又是虛空的，是否眞的作用於現實，非常可疑。「我是不相信文藝的旋乾轉坤的力量的，但倘有人要在別方面應用他，我以爲也可以。譬如『宣傳』就是。」「但我以爲一切文藝固是宣傳，而一切宣傳卻並非全是文藝，這正如一切花皆有色（我將白也算作色），而凡顏色未必都是花一樣。革命之所以於口號，標語，布告，電報，教科書……之外，要用文藝者，就因爲它是文藝。」〔註 16〕

由於魯迅對「革命文學」運動作爲「紙上的運動」的懷疑，在「革命文學」論爭「盛極一時」之時，面對創造社、太陽社的作家們對他的批判，他寫作少量的文章應戰，表達自己對於「革命文學」的意見。

但需要注意的是，魯迅質疑的是運動的方式，而非質疑革命文學本身。他充分理解爲什麼在現實革命陷於低潮時反而革命文學卻高漲。後來在解釋「革命文學」的興起時他認爲，「到了政治環境突然改變，革命遭了挫折，階級的分化非常顯明，國民黨以『清黨』之名，大戮共產黨及革命群眾，而死剩的青年們再入於被迫壓的境遇，於是革命文學在上海這才有了強烈的活動。所以這革命文學的旺盛起來，在表面上和別國不同，並非由於革命的高揚，而是因爲革命的挫折；雖然其中也有些是舊文人解下指揮刀來重理筆墨的舊業，有些是幾個青年被從實際工作派出，只好藉此謀生，但因爲實在具有社會的基礎，所以在新份子裏，是很有極堅實正確的人存在的。但那時的革命文學運動，據我的意見，是未經好好的計劃，和有些錯誤之處的。例如，第一，他們對於中國社會，未曾加以細密的分析，便將在蘇維埃政權之下才

〔註 15〕 魯迅，《文藝與革命》，《語絲》第 4 卷第 16 期，1928 年 4 月 16 日。
〔註 16〕 魯迅，《文藝與革命》，《語絲》第 4 卷第 16 期，1928 年 4 月 16 日。

能運用的方法，來機械的運用了。再則他們，尤其是成仿吾先生，將革命使一般人理解爲非常可怕的事，擺著一種極左傾的兇惡的面貌，好似革命一到，一切非革命者就都得死，令人對革命只抱著恐怖。其實革命是並非教人死而是教人活的。」〔註 17〕

雖然對這次運動存有疑議，但是他畢竟作爲一個眞實的存在已發生在中國的文壇。而且，在作爲中國普羅文學的動力和理論資源來源的蘇聯，無產階級文學確實已經而且還在繼續改寫著文學史。如何歷史地認識革命文學及其在中國的遭遇是魯迅關注的問題。正是在這種情況下，魯迅開始關注蘇俄文藝理論和蘇俄文學，他的路徑基本上也與批判他的創造社成員一樣，經由日本認識蘇聯。他曾說過：「我有一件事要感謝創造社的，是他們『擠』我看了幾種科學底文藝論，明白了先前的文學史家們說了一大堆，還是糾纏不清的疑問。」〔註 18〕

雖然都是關注蘇俄無產階級文學的理論和實踐，但他跟創造社、太陽社成員的目的卻大不相同。在魯迅那裡，更多的是尊重歷史存在，記錄史的眞實。他在翻譯 A.雅各武萊夫的《十月》的譯者前記中說：

> 同是這一位作者的「非革命」的短篇《農夫》，聽說就因爲題目違礙，連廣告都被大報館拒絕了。這回再來譯他一種中篇，觀念比那「農夫」是前進一點，但還是「非革命」的，我想，它的生命，是在照著所能寫的寫：眞實。
>
> 我一這篇的本意，既非恐怕自己沒落，也非鼓吹別人革命，不過給讀者看看那時那地的情形，算是一種一時的稗史，這是可以請有產無產文學家們大家放心的。〔註 19〕

由於眞實對於魯迅而言有著根本性的意義，重視眞實的觀念不僅影響著魯迅譯介文本的取捨，同時也表現在其寫作和編輯生活中。魯迅身體力行、不辭辛勞地介紹蘇俄文藝中的重要理論和經典作品也正是出於對歷史眞實的重視，畢竟蘇聯在當時已經成爲一個突出的歷史存在。他所編輯的刊物也正是以這樣的態度來看待蘇俄文學的。

〔註 17〕魯迅，《上海文藝之一瞥》，《魯迅全集》第二卷，第 304 頁，北京：人民文學出版社，2005 年。以下所引《魯迅全集》均爲此版本。

〔註 18〕魯迅，《三閑集・序言》，《魯迅全集》第二卷，第 6 頁。

〔註 19〕魯迅，《十月・譯者記》，《大眾文藝》第 1 卷第 5 期，第 691 頁，1929 年 1 月 20 日。

1928 年，「革命文學」論戰還在如火如荼之時，以魯迅爲中心的未名社爲蘇俄文學的傳播做了許多實際的工作，翻譯了大量的蘇俄文藝理論。魯迅還主編了《朝花》、《奔流》等雜誌。這些雜誌基本上沒有直接捲入論戰，只是偶而會透露出論爭的氛圍，比如，在《奔流》的托爾斯泰專集的《編校後記》裏，魯迅就明確表達了對創造社的諷刺：

> 從思想方面批評托爾斯泰，可以補前篇之不足的，是 A.Lunacharski 的講演。作者在現代批評界地位之重要，已可以無須多說了。這一篇雖講在五年之前，其目的多在和政敵「少數黨」戰鬥，但在那裡面，於非有產階級底唯物主義（Marxism）和非有產階級底精神主義（Tolstoism）的不同和相礙，以及 Tolstoism 的缺陷及何有害於革命之點，說得非常分明，這才可以照見托爾斯泰，而且也照見那以托爾斯泰爲「卑污的說教者」的中國創造社舊旗下的「文化批判」者。〔註 20〕

魯迅在諷刺「創造社」時，稱其爲「文化批判」者，其來源自然便是創造社的重要刊物《文化批判》。但總體上，《奔流》並未直接捲入「革命文學」論爭，很少「論戰」的戾氣，不僅如此，它刊載了不少蘇俄的革命文學理論譯作，甚至發表了不少宣傳「階級鬥爭」的文學作品，反倒成爲傳播「革命文學」的重要陣地。雖如此，由於正處於革命文學論爭之時，魯迅是作爲「革命文學」提倡者的對立面看待的，因而《奔流》被錢杏邨稱爲有產者文壇的刊物。

《奔流》由魯迅與郁達夫主編，1928 年 6 月 20 日創刊，1929 年 12 月 20 日出至 2 卷 5 期停刊，共出 15 期，上海北新書局發行。該刊實際上是由魯迅主要負責的，郁達夫曾回憶說，「我們合編的那一個雜誌《奔流》——名義上，雖則是我和他合編的刊物，但關於校對、集稿、算發稿費等瑣碎的事務，完全是魯迅一個的效勞。」〔註 21〕魯迅的確對該雜誌投入了大量心力，不僅承擔著組稿的工作，每期的編後記也親自完成。雖說基本每期都有白薇、楊騷等人的少量創作，也登載過柔石的代表作之一《人鬼和他的妻的故事》、張天翼的《三天半的夢》，但《奔流》更加重視譯介工作，在創刊號的《凡例五則》中特別說明，「本刊的翻譯及紹介，或爲現代的嬰兒，或爲嬰兒所從出的母親，

〔註 20〕 魯迅，《編校後記》，《奔流》第 1 卷第 7 期，第 1372 頁，1928 年 12 月 30 日。
〔註 21〕 郁達夫，《回憶魯迅》，《宇宙風乙刊》創刊號。

但也許竟是更先的祖母，並不一定新穎。」宣告其翻譯不以趕時髦爲宗旨，從編後記來看，譯介部分是魯迅最爲關注的，而且的確也並不追逐時髦。由於記錄眞實歷史的訴求，在譯介過程中，不僅最新的普羅文學理論，對於那些在文學史上產生過重大影響的作家也一一予以關注，比如莎士比亞、易卜生、托爾斯泰等，出「H.易卜生誕生一百年紀念增刊」（1卷3期）、「萊夫.N.托爾斯泰誕生百年紀念增刊」（1卷7期）。在「革命文學」的年代，這些作家都是被「革命文學」提倡者視爲過時的人物。對於歐洲文學史和文學思潮，也希望盡可能予以介紹。在《奔流》上刊載了不少相關論文，如《批評家與少年美國》（美國 Van Wyck Brooks 作，語堂譯，1卷1期）、《生活和性格之與文學的關係》（日本小泉八云講演，侍桁譯，1卷2期）、《新的批評》（美國 J.E.Spingarn 作，林語堂譯）、《小泉八雲論托爾斯泰》（藝術論，復活，求道心等三篇，侍桁譯，1卷7期）、《十九前半世紀英國的小說》（日本小泉八云講演，侍桁譯，1卷8期、9期、10期）、《法國文評》（（英國 E.Dowden 講，語堂譯，2卷1期、2期）、《愛爾蘭文學之回顧》（日本野口米次郎作，魯迅譯，2卷2期）、《木刻的歷史》（英國 John Nash 作，眞吾譯，2卷2期）、《現代英文學的新影響與傾向》（英國 H.Williams 作，侍桁譯，2卷3期）、《現代歐洲藝術及文學底諸流派》（匈牙利 I.Matsa 作，雪峰譯，2卷4期、5期），通過對國外文學史和文學思潮的切實介紹，來培育中國的文藝界。魯迅認爲中國文藝界有一種「歐洲的文藝史潮，在中國毫未開演，而又像一一演過了」的怪現象。〔註22〕可見魯迅對眞實的歷史過程的重視。

《奔流》關注「革命文學」，主要體現在對蘇俄文學理論和文藝政策的介紹上。從創刊起，便開始刊載魯迅自己翻譯的《蘇俄的文藝政策》。該書由日本的外村史郎和藏原惟人於1927年輯譯，魯迅根據日文本重譯，其核心內容是1924年5月開始的「蘇俄文藝論戰」，及其論戰之後1925年7月由俄國中央委員會的決議「關於文藝領域上的黨的政策」。魯迅早就對蘇俄文壇狀況十分關注，在譯介《蘇俄的文藝政策》之前，「未名叢刊」已出版過任國楨的《蘇俄的文藝論戰》及韋素園、李霽野譯的托洛茨基著的《文學與革命》。《蘇俄的文藝政策》則是任國楨的《蘇俄的文藝政策》的後續部分，側重於蘇俄文藝政策的形成，內容包括三部分：1、關於對文藝的黨的政策（關於文藝政策的評議會的議事速記錄）（一九二四年五月九日）；2、觀念形態戰線和文藝（第

〔註22〕魯迅，《編輯後記》，《奔流》第2卷第4期，1929年8月20日。

一回無產階級作家全聯邦大會的決議）（一九二五年一月）；3、關於文藝領域上的黨的政策（俄國共產黨中央委員會的決議）（一九二五年七月一日「眞理」所載）；另有附錄一篇：盧那查爾斯基的《蘇維埃國家與藝術（重譯自日本茂森唯士原譯的《新藝術論》）。魯迅將蘇俄文藝論戰中的觀點概括爲兩派：「即對於階級文藝，一派偏重文藝，如瓦浪斯基等，一派偏重階級，是『那巴斯圖』的人們；Bukharin 們自然也主張支持勞動階級作家的，但又以爲最要緊的是要有創作。」魯迅之所以翻譯此書，是因爲「從這記錄中，可以看見在勞動階級文學大本營的俄國的文學的理論和實際，於現在的中國，恐怕是不爲無益的。」〔註 23〕《蘇俄的文藝政策》1930 年 6 月由水沫書店出版，爲「科學的藝術論叢書」之一。除《蘇俄的文藝政策》外，魯迅還翻譯了布哈林的《蘇維埃聯邦從 Maxim Gorky 期待著什麼？》（1 卷 2 期）、盧那查爾斯基的《托爾斯泰與馬克斯》（1 卷 7 期～8 期）、Lvov.Rogachevski 的《契訶夫與新文藝》（2 卷 5 期）、《符拉迪彌爾・理定自傳並著作目錄》（2 卷 5 期）等。在布哈林的文章中有這麼一段話：「在我國，至少主要有一個好的批評就好，然而連這個也幾乎還沒有產生。在我國，所多的是無論怎樣的錯處，都很善於發見的饒舌家。雖是作家，也不管作家自己的事情——換了話說，就是並不管生活的研究和生活的敘述——而『做著自己的批判』的。」〔註 24〕這與魯迅對國內文壇的觀感應有不少共鳴之處。除魯迅的翻譯外，還有《一個秋夜》（高爾基作，梅川譯）、《給蘇聯的「機械的市民」們》（蘇聯 Maxim Gorky 公開信，雪峰譯）、《瑪克辛・戈理基論》（蘇聯 P.S.Kogan 作，洛揚譯）等。在譯完《愛爾蘭文學之回顧》後，魯迅特地在《編輯後記》加了按語，對野口米次郎「無論那一國的文學，都必須知道古代的文化和天才，和近代的時代精神有怎樣的關係，而從這處所，來培養眞生命的」的主張進行說明，在警惕將其作爲復古者的口實的同時，魯迅實際上是贊成這種理念的，他從根本上反對「突變」，其指向自然是中國的革命文學者們。〔註 25〕由此可見，《奔流》雖說算不上嚴格意義上的「革命文學」刊物，而在「史的眞實」的自覺上，卻是那些火氣甚大的「革命文學」刊物所難以比擬的，正因爲如此才體現出其特別的意義，也表現出魯迅文藝觀的獨特之處。

〔註 23〕魯迅，《編校後記》，《奔流》第 1 卷第 1 期，1928 年 6 月 20 日。

〔註 24〕【俄】尼古拉・布哈林作，魯迅譯，《蘇維埃聯邦從 Maxim Gorky 期待著什麼？》，《奔流》2 卷 1 期，231 頁，1928 年 7 月 20 日。

〔註 25〕魯迅，《編輯後記》，《奔流》第 2 卷第 2 期，1929 年 6 月 20 日。

《奔流》停刊後，魯迅主編了《文藝研究》和《萌芽月刊》等刊物。《萌芽月刊》因其後來與「左聯」的密切聯繫暫不討論，首先考察《文藝研究》。

《文藝研究》創刊於1930年2月，上海大江書鋪發行，通常被當作「左聯」的雜誌看待，實際上「左聯」成立前便被禁。《文藝研究》延續了《奔流》對「史」的重視，在《例言》裏對該刊的編輯理念進行了明確的說明：

> 1、「文藝研究」專載關於研究文學，藝術的文字，不論譯著，並且延及文藝作品及作者的紹介和批評。
>
> 2、「文藝研究」意在供已治文藝的讀者的閱覽，所以文字的內容力求其較爲充實，壽命力求其較爲久長，凡泛論空談及啓蒙之文，倘是陳言，俱不選入。
>
> 3、「文藝研究」但亦非專載今人作品，凡前人舊作，倘於文藝史上有重大關係，劃一時代者，仍在紹介之列。
>
> 4、「文藝研究」的傾向，在究明文藝與社會之關係，所以凡論社會科學上的論文，倘其中有若干部分涉及文藝者，有時仍在紹介之列。
>
> 5、「文藝研究」甚願於中國新出之關於文藝及社會科學書籍，有簡明的紹介和批評，以便利讀者。
>
> 6、「文藝研究」又甚願文與藝相勾連，因此微志，所以在此亦試加插圖，並且在可能範圍內，多載塑繪及雕刻之作。〔註26〕

《文藝研究》雖然打算每年出 4 本，但實際上只出了一本就被禁，但從這僅出的一本來看，基本已呈現出編者的意圖。這一期刊登了《英國文學史緒論》（法 H.A.Taine 作，傅東華譯）、《自然主義文學底理論的體系》（日本平林初之輔作，陳望道譯）、《車勒芮綏夫斯基的文學觀》（俄國 G.A.Plehanov 作，魯迅譯）、《現代歐洲無產階級文學底路》（匈牙利 I.Matsa 作，雪峰譯）、《關於文學史上的社會學的方法》（日本岡澤秀虎作，洛揚譯）、《芥川龍之介在思想史上的位置》（日本唐木順三作，侍桁譯）、《資本主義與藝術》（德國 F.MEhring 作，雪峰譯）7篇論文，還刊登了泰勒、車爾尼雪夫斯基，芥川龍之介的畫像。從這一期的內容來看，不僅譯者的陣容與《奔流》相似，譯介的內容也是一脈相承的思路。

〔註26〕《凡例》，《文藝研究》第1卷第1期，1930年2月。

岡澤秀虎在談到芥川龍之介在思想史上的位置時說，「我們從哪種分野，用哪種方法，應當向普羅雷答利亞運動進行，當然是要深刻的省察，與對於日本現階段的透澈的認識。可是，歷史的齒輪，必然地，是由於理論理性而進於實踐理性的。只要對於人生尚還保持忠實，人們就不可避免地，要向著那方面去的。」〔註 27〕這種認識歷史本身的自覺，或許用來描述魯迅的觀念也是適用的。

第二節 「左聯」的成立與雜誌的「轉向」

雖然「左聯」的成立大會召開於 1930 年 3 月 2 日，但在「左聯」醞釀成立的程序啓動之後，就已經對文壇產生影響。1929 年，「革命文學」論爭的戰火逐漸停息，而左翼文壇也在醞釀著左翼力量的聚合，成立「左聯」逐漸被提上議事日程。1929 年 10 月，「左聯」的籌備會在公啡咖啡館舉行，魯迅、鄭伯奇、馮乃超、彭康、陽翰笙、錢杏邨、蔣光慈、戴平萬、洪靈菲、柔石、馮雪峰、夏衍等人參加。〔註 28〕1930 年 2 月 26 日，在公啡咖啡館參加左聯秘密籌備會。3 月的《萌芽月刊》報導了該會內容，認爲過去的文藝運動「有重要的四點應當指謫：（一）小集團主義乃至個人主義，（二）批判不正確，即未能應用科學的文藝批評的方法及態度，（三）過於不注意眞正的敵人，即反動的思想集團以及普遍全國的遺老遺少，（四）獨將文學提高，而忘卻文學助進政治運動的任務，成爲爲文學的文學運動。其次對於目前文學運動的任務，認爲最重要者有三點：（一）舊社會及其一切思想的表現底嚴厲的破壞，（二）新社會底理想底宣傳及促進新社會底產生，（三）新文藝理論的建立。」〔註 29〕可見，「左聯」的影響並非始於 3 月 2 日這個「成立日」之後。

「左聯」的成立讓「無產階級文學」的提倡者們實現了力量的集結，左翼文人實現了集團性的聚合。如前所說，「一九三〇年春上海」不僅一個簡單的時空組合，更代表著一種氣象，一種蓬勃的生命力。這種氣象也最直接的

〔註 27〕（日本）岡澤秀虎作，侍桁譯，《芥川龍之介在思想史上的位置》，《文藝研究》第 1 期，198 頁，1930 年 2 月。

〔註 28〕夏衍，《懶尋舊夢錄》，第 98 頁，北京：生活・讀書・新知三聯書店，2006 年。

〔註 29〕《上海新文學運動者的討論會》，《國內外文壇消息》，《萌芽月刊》第 1 卷第 3 期，1930 年 3 月。

表現在各大左翼雜誌上，以報章雜誌作爲生存方式左翼文藝青年的新氣象與左翼雜誌的新氣象同氣相求。各大雜誌集中報導「左聯」成立的消息，如《拓荒者》1 卷 3 期的《中國左翼作家聯盟成立》;《萌芽月刊》上《左翼作家聯盟的成立》;《大眾文藝》的《左翼作家聯盟成立了》;《巴爾底山》的《記左聯第一次全體大會》、《沙侖》的《左翼作家聯盟的成立》等，聲勢非凡。國民黨官方文學史家在總結「左聯」時也認爲，創辦雜誌是「左聯」成立後所展開的重要工作。〔註 30〕

到「左聯」醞釀成立時，創造社的《文化批判》、《創造月刊》、《流沙》、《我們》已經停刊，太陽社的《太陽月刊》、《海風周報》也已停刊。可以說，「革命文學」論爭中提倡「無產階級文學」的雜誌基本全部被禁停刊。仍在發行的具有左翼傾向的雜誌則是由現代書局等大書局發行的，由於其宣傳時立場的模糊化和雜誌本身的立場並不那麼鮮明而得以生存。1929 年底 1930 年初，由於「左聯」的醞釀成立，一些左翼雜誌又開始活躍起來，左翼立場也變得更加鮮明。狄克的《一九三〇年中國文藝雜誌之回顧》便列舉了《萌芽》、《拓荒者》、《現代小說》、《大眾文藝》、《新文藝》等「普羅文藝」雜誌，稱「前半個年頭」「普羅文藝氣焰最形高張」。〔註 31〕

1929 年底，錢杏邨就已經披露過醞釀成立「左聯」的動向：「目前的普羅文藝運動的形式又是一變了。所有的普羅文藝的社團在高壓的環境之下，是更積極的聯合一致了。是已經有解散了各個社團的組織成爲了一個大的同意的組織的傾向了。在這個大的組織完成的時候，它必然的是回味中國的普羅文壇開闢也跟新的局面的。」〔註 32〕正因爲整個左翼文化界的新動向，雜誌也表現出了新的氣象。

〔註 30〕臺灣文學史家陳敬之認爲，「至於說到『左聯』成立後所展開的重要工作：第一、當然是大量印行含有赤色毒素的種種書刊，使之充斥於書肆坊間，藉以吸收讀者。第二、儘量多方招兵買馬，廣收盟員，加強陣容，擴大聲勢。第三、是遵循其所謂『行動綱領』的指示，對其所謂『反動派』進行思想鬥爭。」陳敬之，《三十年代文壇與左翼作家聯盟》，第 7 頁，臺北：成文出版社，1980 年。

〔註 31〕狄克，《一九三〇年中國文藝雜誌之回顧》，《當代文藝》第 1 卷第 1 期，1931 年 1 月 15 日。

〔註 32〕剛果倫（錢杏邨），《一九二九年中國文壇的回顧》，《現代小說》第 3 卷第 3 期，1929 年 12 月 15 日。

一、左翼思潮影響下雜誌的「轉向」

錢杏邨在總結 1929 年中國文壇的情況時談到：

> 經過一年的苦鬥，以及種種客觀的條件的成熟，而獲得了存在權的普羅文藝，在這一年，雖然因著環境的高壓，在形式上沒有積極的發展，但那它的力量已經伸展到了各方面——甚至有產者文壇也不能不受其影響。
>
> 我們只要展開有產者文藝的刊物，總會看見關於普羅文藝論文以及創作的翻譯與介紹，有時也要刊登中國的普羅文藝的作品；姑無論其動機爲助長雜誌的銷路，抑是具有其他的原因，但他們絕對的不能否定普羅文藝，已是極其明顯的事。
>
> 就是極其保守以及反動的書鋪，在這一年，也不免熱衷於普羅文藝的銷行，而發行關於普羅文藝的書籍了。〔註 33〕

在普羅文學提倡者、出版界、讀者的共同作用下，「普羅文藝」已經成爲流行一時的時尚，可以說，整個文壇都在大談「無產階級文學」，其中包括不少「有產者文藝」。雖說錢杏邨此處的有產者文壇的刊物主要是「魯迅編的《奔流》，郁達夫編的《大眾文藝》，以及鄭振鐸編的《小說月報》」〔註 34〕。這種說法當然是帶有強烈的偏見的。但是在當時左翼思潮的裹脅下，的確有一些眞正的「有產者文藝」的刊物不僅介紹左翼文藝甚至「轉向」爲左翼文藝刊物。

不僅一般的刊物介紹普羅文藝，「尤其夢想不到的，是素以唯美派自居的『金屋』也竟然印行起這樣不唯不美而且兇險的赤色文章（引者注：《一萬二千萬》），這實在更使我們對出版者都要發生一般的好感。這樣看來我們可以大言不慚地說，革命文學已經轟動了國內的全文壇了；而且可以跨進一步說，全文壇都在努力『轉向』了。」〔註 35〕

1929 年 10 月左右，一批雜誌集中轉向，其中最具代表性的是《新文藝》和《現代小說》。《新文藝》的編輯在認識雜誌編輯時總結道：「創刊之時是人

〔註 33〕 剛果倫（錢杏邨），《一九二九年中國文壇的回顧》，《現代小說》第 3 卷第 3 期，1929 年 12 月 15 日。

〔註 34〕 剛果倫（錢杏邨），《一九二九年中國文壇的回顧》，《現代小說》第 3 卷第 3 期，1929 年 12 月 15 日。

〔註 35〕 邱韻鐸，《「一萬二千萬」個錯誤》，《文藝閒話》，《現代小說》第 3 卷第 2 期，1929 年 11 月。

辦雜誌，到後來是雜誌辦人。」〔註 36〕可謂深刻道出了讀者和風尙對雜誌編輯的影響，而雜誌編輯過程中的轉向並不一定眞正出於編輯者自身的文學觀念。《新文藝》和《現代小說》的轉向均可作如是觀。

《新文藝》1929 年 9 月 15 日創刊，出至 1930 年 4 月 2 卷 2 期停刊，共出 8 期，上海水沫書店發行，施蟄存、徐霞村、劉吶鷗、戴望舒組成的新文藝編委共同負責編輯工作。〔註 37〕在此之前，施蟄存、戴望舒和杜衡已經組成類文學團體，嘗試過編輯刊物，包括未印行的《文學工場》和出版 8 期的《無軌列車》。〔註 38〕由於處於「革命文學」論爭的年代，《文學工場》和《無軌列車》都已對無產階級文學有所介紹，《文學工場》上發表過蘇汶的《無產階級藝術的批評》，刊行在未印行的創刊號上。而在《無軌列車》上，由於有馮雪峰的加入，使得《無軌列車》介紹一些普羅文藝理論變成自然而然的事，比如馮雪峰所作的被李何林視爲「革命文學」論爭中最客觀中允的文章《革命與智識階級》便發表於《無軌列車》上。《無軌列車》後來也被國民黨中央宣傳部以「所載文字提倡階級鬥爭煽惑工人暴動顯係共產黨刊物」而查禁。〔註 39〕其實，「階級鬥爭」的內容非常有限，再說也不能代表施、戴、杜等人的文學觀。施蟄存後來回憶道：「閒居與雪峰論議，其文藝觀點又與我等大異，詫爲驚奇，然由此而對歐美浪漫主義文學持批判態度，亦有志於創作批判舊社會、舊制度，爲革命服務之現實主義文學。」〔註 40〕

《新文藝》創刊之初，主要撰稿人有施蟄存、徐霞村、劉吶鷗、戴望舒、杜衡、郭建英、汪馥泉等人，葉紹鈞、茅盾也曾在該刊發表文章。該刊從創刊起便宣稱：「我們辦這個月刊要使它成爲內容最好，最有趣味，無論什麼人都要看，定價最廉，行銷最廣的唯一的中國現代文藝月刊」。〔註 41〕創作和翻譯並重，設「創作」、「詩」、「隨筆散文小品」、「翻譯」、「書評」、「國內外文壇消息」等欄目，還有單篇的文藝論文。發表過施蟄存的《鳩摩羅什》、劉吶

〔註 36〕《編輯的話》，《新文藝》第 1 卷第 5 期，1930 年 1 月 15 日。

〔註 37〕《讀者會》，《新文藝》第 1 卷第 2 期，第 398～400 頁，1929 年 10 月。

〔註 38〕《無軌列車》創刊於 1928 年 9 月 10 日，第一線書店出版，半月刊，每月 10 日和 25 日出版，共出版 8 期，主要撰稿者爲馮雪峰、戴望舒、劉納鷗、杜衡、施蟄存、徐霞村等。

〔註 39〕《河北省政府訓令第七〇七號》，《河北省政府公報》1929 年第 188 期。

〔註 40〕施蟄存，《浮生雜詠》四十九，《散文丙選》，第 65 頁，哈爾濱：黑龍江人民出版社，1998 年。

〔註 41〕《新文藝月刊社廣告》，《新文藝》創刊號，1929 年 9 月 15 日。

鷗的《禮儀與衛生》、《殘留》、《方程序》、穆時英的《咱們的世界》等小說，戴望舒的《煩憂》、《少女》等詩歌，第一期則重點推薦穆時英、劉吶鷗的作品，到第一卷第六期，又特別推薦穆時英，「我們特別要推薦的，是《咱們的世界》的作者穆時英先生，一個在讀者是生疏的名字，一個能使一般徒然負著虛名的殼子的『老大作家』羞愧的新作家。《咱們的世界》在 Ideologie 上固然是欠正確，但是在藝術方面是很成功的。這是一位我們可以加以最大希望的青年作者。」〔註 42〕可見《新文藝》同人的文學趣味，他們欣賞的仍然是穆時英等人的小說。可以說，在《新文藝》上，1930 年代的「新感覺派」已初具雛形。

在普羅文學觀念越來越流行之時，《新文藝》雜誌爲了達到「無論什麼人都要看」的目的，自然也會對左翼文學有所關注，尤其體現在左翼文藝理論的翻譯上，發表的譯作有《社會的上層建築與藝術》（蒲漢齡作、曉村譯）、《文學和政見》（小泉八雲作、杜衡譯）、《新藝術形式的探求》（藏原惟人作、葛莫美譯）、《唯物史觀的詩歌》（M.伊可維支作、戴望舒譯）等。水沫書店也籌劃了「科學與藝術論叢書」，從創刊號起《新文藝》便開始登載該叢書的廣告，包括蒲力漢諾夫著《藝術論》（魯迅譯）、蒲力漢諾夫著《藝術與社會生活》（雪峰譯）、波格達諾夫著《新藝術論》（蘇汶譯）、盧那卡爾斯基著《藝術之社會的基礎》（雪峰譯）、蒲力漢諾夫著《藝術與文學》（雪峰譯）、盧那卡爾斯基著《文藝與批評》（魯迅譯）、列褚耐夫著《文藝批評論》（沈端先譯）、梅林格著《文學評論——文學與新興階級》（雪峰譯）、亞柯弗烈夫著《蒲力漢諾夫論——爲文學方法論家》（林伯修譯）、盧那卡爾斯基著《霍善斯坦因論》（魯迅譯）、伊力伊契、蒲力漢諾夫共著《藝術與革命》（馮乃超譯）、《文藝政策》（魯迅譯）等 12 本。施蟄存作爲水沫書店的總編輯，對普羅文藝在文壇的流行不可能沒有強烈的感知。

由於左翼思潮席捲文壇，整個文壇對普羅文藝的關注使置身其中的雜誌不得不受整個氛圍的影響，尤其是讀者對雜誌的要求更是直接影響著雜誌的走向，作爲商業雜誌，首先得考慮讀者的要求。《新文藝》第一卷就曾應讀者的要求刊載過普羅文藝方面的論文，第四期的藏原惟人《新藝術形式的探求》也是應讀者要求刊登的，《編輯的話》中說：「有讀者寫信來要求我們刊登『普

〔註 42〕《編輯的話》，《新文藝》第 1 卷第 6 期，1930 年 2 月 15 日。

洛』文藝的理論文字，此篇想總能使他滿足吧。」〔註 43〕此後，關於刊登普羅文藝的呼聲越來越高，「我們現在所急切需要的不得不是爲社會的條件所課定底解釋我們底環境，決定我們底一般戰術底普羅列塔利亞社會科學和有著提高我們的階級意識底特殊作用底新興文藝。……新文藝的領域是文藝，當然我們不能奢望於文藝以外底社會科學底供給，所以我只就文藝底一面，來說出我對於你們底要求：1.系統地介紹新興文藝底理論，如你們底月刊二號上登載底布哈林：社會的上層建築與藝術那樣的文字，正是我們所需要的。2.作家論，也是我們所需要熟讀的，但尤其重要的是以史的唯物觀底見地來論述底現存新興文學作家論。3.先進各國底普羅文藝運動，尤其是已獲得了社會底物質的條件的新俄文學運動，對於幼稚的中國普羅文壇，實在有決定底教訓的意義。4.新興文學的創作和翻譯，則更是爲我們一般讀者所急需的作品；關於這一項，在目前，先進各國底普羅文學傑著是拼命地需要呑讀下去的。……」〔註 44〕在讀者的要求下，編輯承諾「計劃從第二卷起把本刊改革一下性質側重新興文學。」〔註 45〕

編者在《編輯的話》中說：「在編輯一方面，同人早曾經過一度鄭重的討論，覺得一九三〇年的文壇終於將讓普魯文學抬頭起來，同人等不願自己和讀者都萎靡著永遠做一個苟安偷樂的讀書人，所以對於本刊第二卷起的編輯方針也決定改換一種精神。」〔註 46〕

第二卷第一期的《新文藝》儼然變成了一份純粹的左翼文學刊物。就雜誌的內容看，從論文到書評到文壇消息，從翻譯小說到創作小說到詩歌散文，都以無產階級文學爲中心。形式上也發生了巨變，首先封面的圖案從第一卷的兩色三角塊狀組合變成了一幅以工農爲主題的木刻畫，甚至這一期目錄都變成了大紅色的字體，從形式上也表現出「赤化」的印象。編輯自稱，「本期的內容，顯然已和一卷中的各期不同了；這個我們覺得是一個重要的改革，並且是一個進步的改革。」〔註 47〕就具體內容上看，本期刊載了苐理契的《藝術之社會的意義》（洛生譯）、蒲力漢諾夫的《無產階級運動於資產階級藝術》（郭建英譯）、瑪察的《新演劇領域上的實驗》（雪峰譯）和伊可維支的《唯

〔註 43〕《編輯的話》，《新文藝》第 1 卷第 4 期，1929 年 12 月 15 日。
〔註 44〕《讀者會》，《新文藝》第 1 卷第 6 期，第 1029 頁，1930 年 2 月 15 日。
〔註 45〕《讀者會》，《新文藝》第 1 卷第 6 期，第 1031 頁，1930 年 2 月 15 日。
〔註 46〕《編輯的話》，《新文藝》第 1 卷第 5 期，1930 年 1 月 15 日。
〔註 47〕《編者的話》，《新文藝》第 2 卷第 1 期，1930 年 3 月 15 日。

物史觀與戲劇》等，都是新興文藝方面的重要文獻。本期還重點推介了蘇聯無產階級文學家巴別爾（I.BABEL），不僅刊登了他的肖像、自傳，還重點翻譯了他的三篇小說《鹽》、《信》、《多爾古索夫之死》。連穆時英在發表《黑旋風》之後也被「譽爲普羅小說之白眉，並且有些讀者還因此表示對於普羅小說前途的樂觀。」〔註 48〕「轉向」的這一期雜誌出版於 1930 年 3 月 15 日，恰好是「左聯」成立那個月，「左轉」的《新文藝》與「左聯」的機關志《萌芽》、《拓荒者》等在風格上高度趨同。但與「左聯」的雜誌不同的是，他們的轉向是因爲左翼思潮影響下進行的。

在 1930 年春上海左翼文藝運動高度活躍之後，國民黨對左翼文藝的打壓日甚一日，左轉的《新文藝》自然也受到了不小的政治壓力，因而在僅僅轉向 2 期之後，編輯部即決定自動停辦刊物，2 卷 2 期即變爲「廢刊號」。從編輯部對停刊原因的解釋可以見出從轉到停的微妙情勢，「到了第一卷終了，因爲時代的風波激蕩了我國的文藝界，於是本刊因爲不願被棄於親愛的讀者，所以也宣告了方向的轉變。自二卷一期出世以後，本刊的新精神閃耀在讀者面前，我們方將以此爲從此可以振刷起精神，努力一番，然而在內則受了執筆人不能固定的影響，在外則受了暴力的睨視之影響。於是，本刊的編輯和發行都感到了絕大的痛苦。」〔註 49〕施蟄存後來在回憶中也作了解釋：「到第二卷第二期排版竣事，即將出版的時候，受到了政治壓力，刊物和書店都有被查封的危險。大家研究了一下，還是自動停辦刊物，以保全書店。於是第二卷第二期的《新文藝》封面上印出了『廢刊號』三個字。」〔註 50〕不論是「轉」還是「停」都是由外界情勢決定，由於其「轉向」沒有內化爲內在精神，沒有化爲內面的認識和自身的情感結構，自然更容易受外界情勢左右。總體上，轉向後的《新文藝》雖然大力介紹無產階級革命文學，但更多只是一種應對文壇變化的武器，施蟄存等人與馮雪峰大異的文學觀並未因爲《新文藝》的轉向而發生根本變化，所以一旦轉向造成「痛苦」，自然也就難以爲繼了。《新文藝》停刊後一年，水沫書店也因爲政治壓力而關閉。

〔註 48〕《編輯的話》，《新文藝》第 2 卷第 2 期，1930 年。（停刊時間不詳，但從編輯的說法「本來已是脫期了的本刊，此番更是遲得豈有此理。」推測該期應該在 5 月以後。

〔註 49〕《編輯的話》，《新文藝》第 2 卷第 2 期，1930 年。

〔註 50〕施蟄存，《我們經營過的三個書店》，《沙上的腳跡》第 21 頁，瀋陽：遼寧教育出版社，1995 年。

除《新文藝》外，《現代小說》也是在「左聯」醞釀成立之時「向左轉」的雜誌。1928 年 8 月，魯迅在與友人的通信中提到《現代小說》，將其當成革命文學刊物之一種。〔註 51〕實際上，那個時候的《現代小說》還遠遠算不上革命文學刊物，甚至跟革命很少沾邊，其轉換成革命文學刊物，已是 1929 年底的事。

《現代小說》創刊於 1928 年 1 月 1 日，編輯者署名「現代小說編輯部」，實爲葉靈鳳、潘漢年，由現代書局出版發行。《現代小說》第一卷主要刊登愛情小說，作者陣容與《幻洲》差不多，主要是葉靈鳳、潘漢年這些創造社的小夥計，也間或發表嚴良才、金滿成、羅暟嵐、葉鼎洛、樓建南、林微音等人的作品。最初每期都有葉靈鳳、潘漢年的若干篇小說發表，第一期登載了葉靈鳳的《肺病初期患者》、《浴》，潘漢年的《她和她》、《離婚》、《犧牲》，佔去了大半的篇幅。考察《現代小說》裏的小說，主要以戀愛題材爲主，是 1920 年代中後期戀愛小說的延續，雖然潘漢年的《犧牲》已出現革命的視野，表現出了戀愛小說的新特點，但並非該刊的主流，雜誌仍以純粹的戀愛題材爲主要內容。

但《現代小說》的兩位主要撰稿者葉靈鳳、潘漢年的觀念並不完全相同。第二期開始介紹唯美派作家法郎士和王爾德的創作後，葉靈鳳的小說也越來越循著這個路子，《鳩綠媚》、《愛的講座》、《罪狀》、《摩加的試探》等將人的欲望推入變態的境地，體現出強烈的頹廢色彩。而正是在這一點上，潘漢年表現出與葉靈鳳的不同，雖然潘的小說也主要寫戀愛，但是除了純粹的戀愛，潘漢年還有革命和下層視野，比如《犧牲》，是「戀愛不忘革命」，而《法律與麵包》關注的是底層失業工人的命運，可以算是純粹的革命文學作品了。可以說，當葉靈鳳越來越走入唯美派的純藝術天地不能自拔的時候，潘漢年已走上相反的另一條路，一個向內，一個向外。第 4 期起，潘漢年不再發稿，漸漸淡出，葉靈鳳的趣味便更明確的體現在這本雜誌上。第六期上，潘漢年更是登出啓事，不再擔任該刊編輯，「過去我曾列名本刊編輯，自愧淺薄，實深內疚，從本期起，關於本刊一切責任，概不過問。所有刊登的未完長篇小說『犧牲者』亦不續刊，如有機緣，當另刊單行本。」〔註 52〕到第二卷，葉靈鳳則熱衷於唯美頹廢，不僅刊登這類創作，如《紅的天使》、《落雁》，翻譯也傾向於這類風格，比如戈田的《木乃伊戀史》。

〔註 51〕魯迅、徐勻，《通信》，《語絲》第四卷第三十四期，1928 年 8 月 20 日。
〔註 52〕《潘漢年啓事》，《現代小說》第 1 卷第 6 期，1928 年 6 月 1 日。

第二卷第六期 1929 年 7 月 1 日出版後，1929 年 10 月才開始出版第三卷。

但從第三卷開始，該刊風格大變，《編者隨筆》中說：「兩年來愛護這個刊物的讀者諸君：沉悶了兩年，從這一期起，你們可以按時獲到一帖有力的興奮劑了。」「從這一期起，我們今後要向下列四個方面努力：A.介紹世界新興文學及一般弱小民族的文藝。B.努力國內的新興文學運動。C.扶持國內被壓迫的無名作家。D.介紹批評國內出版的書報。」〔註 53〕他們新的編輯方針是，「站在馬克斯主義文藝理論的立場，介紹國內和世界的一切戰鬥的，武器的文藝作品，內容包括小說，戲劇詩歌小品隨筆以至一般文藝理論上和作品介紹批評上的文學，同時每期更用特輯刊物，零星消息以及插畫等來發揮『雜誌性』以調劑讀者的口味。內容的分配是以三分之二的篇幅登載創作的或翻譯的文藝作品，三分之一的篇幅登載一般批評介紹的理論文字和藝運情報及臨時的特輯讀物。」〔註 54〕

雖然刊名還叫「現代小說」，但是登載的內容已經遠遠超出了小說這種門類。有人對《現代小說》及其變化進行了總結，「《現代小說》，這雜誌的編者是葉靈鳳。他以前對於文學的見解及其傾向，凡讀過他底著作的人，總可以明白了的。在這雜誌裏，以往所出版的三卷（引者按：應爲二卷），所刊的創作完全是一些浪漫的，肉感的故事，它，也是藉此而號召一般讀者，文藝的迎合讀者的觀點，這不啻乎最趨於商品化，在中國的文藝界，大都是呈現著這種現象。所以，《現代小說》也就是這樣的了。自四卷一號（引者按：應爲三卷一號）起，編者自己似乎已轉變了方向，加入了左翼作者的集團，他所主辦這《現代小說》的內容，當然也隨了他自己的轉變而轉變了過來，將內容大加擴充，不像以前的三卷（引者按：應爲二卷）中所刊那樣——只是單純的創作，除此之外，是注意到論著，批評，雜文等等，在思想上，無疑地是由浪漫主義觀而一躍爲馬克思主義觀了。」〔註 55〕

的確，從三卷一號起，在欄目設置上，不僅將小說分爲「創作小說」和「翻譯小說」，而且增加了「戲劇」、「小品隨筆」、「論文雜著」、「現代文藝名著介紹」、「文藝通信」等欄目，變成了一個綜合性的大型刊物。不僅卷頭刊

〔註 53〕《編者隨筆》，《現代小說》第 3 卷第 1 期，1929 年 10 月。

〔註 54〕《編者隨筆》，《現代小說》第 3 卷第 5、6 期合刊，第 383 頁，1930 年 3 月 15 日。

〔註 55〕狄克，《一九三〇年中國文藝雜誌的回顧》，《當代文藝》第 1 卷第 1 期，1931 年 1 月 15 日。

登了國外著名革命文學家辛克萊、高爾基的畫像，雜誌的主要撰稿人也變成了白薇、馮乃超、朱鏡我、錢杏邨、祝秀俠、沈端先等革命文學的倡導者。內容上也開始介紹蘇俄文藝的理論和文壇現狀，發表革命文學作品。可以說，整個雜誌已完全變換了風格。連葉靈鳳也開始學著寫《神蹟》和《太陽夜記》這樣的革命小說。《神蹟》的女主人公寧娜在飛機上神蹟一般的讓幾千頁印刷品從天而降進入成千上萬市民的手中。這種小說把革命者想像成天兵天將，當然是遠離革命的，馮乃超稱其爲「小資產階級浪漫的革命故事」，認爲主人公寧娜「更是嬌美的小資產階級的英雄。革命的行動如果眞的會這樣成功，這才是『神蹟』。作者的熱情及傾向在這裡可以看到，然而，革命是艱苦的，實際的，書房裏面不會空想得到。」〔註 56〕《太陽夜記》題爲「爲新興階級的孩子們而寫」，同樣不脫想像色彩。可以看出，葉靈鳳對於眞正的普羅文學是隔膜的，即使勉力做起來，也顯得十分生硬。因而在轉向後的《現代小說》裏，仍有不少小說延續著轉向前的格調，比如郭文驥的《莎樂美的煩惱》便是典型，還發表了施蟄存的譯作「以精美的修辭而又帶著一種凄涼的情調見稱」〔註 57〕的奥地利作家顯尼志勒的《牧人之笛》。這與葉靈鳳作爲編輯應該是不可分的。對葉靈鳳而言，轉向應是在左翼風尚盛行下一時的選擇，雖然他後來加入「左聯」，但很快被除名，從《現代小說》的編輯當可理解這其中的緣由。對於葉靈鳳的轉向，魯迅時常予以諷刺，如「可惜有些『藝術家』，先前生吞『琵亞詞侶』，活剝蕗谷虹兒，今年突變爲『革命藝術家』，早又順手將其中的幾個作家撕碎了。」〔註 58〕在葉靈鳳脫離「左聯」之後，魯迅對其的諷刺更爲辛辣深刻：「兩隻腳原來站在兩隻船上，一支船是革命，一支船是藝術，當革命起來了的時候，他們就站在革命的船上，一當革命被壓迫了，他們又跳回藝術的船上來。這同樣也可以解釋爲什麼最徹底的革命文學家葉靈鳳線上會現在莫名其妙的成了民族主義文學家了。」〔註 59〕把葉靈鳳隨著風潮翻筋斗的情形揭示得入木三分。相較之下，潘漢年則是眞正在思考普羅文學的走向問題，3 卷 1 期發表了他的《文藝通信——普羅文學題材問題》，

〔註 56〕馮乃超，《本志作品批評》，《現代小說》第 3 卷第 4 期，第 191 頁，1930 年 1 月 15 日。

〔註 57〕《顯尼志勒的短篇集》，《現代小說》第 3 卷第 2 期，第 221 頁，1929 年 11 月。

〔註 58〕魯迅，《編校後記》，《奔流》第 1 卷第 2 期，第 344 頁，1928 年 7 月 20 日。

〔註 59〕魯迅，《上海文藝之一瞥》，《文藝新聞》第 21 號，1931 年 8 月 3 日。

探討普羅文學的題材問題。可以說，《現代小說》一直存在著編輯路線上的分裂，即使該刊「左轉」後，這種分歧也並未彌合。

在左翼思潮影響下，《現代小說》成為左翼雜誌，「左聯」成立後，其主編葉靈鳳、潘漢年都加入「左聯」。當然，由於文藝觀內在的差異，葉靈鳳很快就脫離「左聯」。但由於潘漢年後來成為「左聯」領導人，所以《現代小說》常被當作「左聯」的刊物，但它與《萌芽》、《拓荒者》等同樣經過改造的刊物相比，影響要小得多。

二、「左聯」成立後左翼雜誌的「機關刊化」

「左聯」成立後十分重視雜誌對於推進文化運動的重要作用。雖然在成立大會的決議中便提出要創辦機關刊，但成立之初，這個機關刊並未創辦成功。雖未創立新刊，但舊刊卻越來越受到「左聯」的影響。1930 年 1 月，太陽社的《新流月報》改名《拓荒者》，面貌一新。《奔流》停刊後，1930 年 1 月，魯迅繼續主編《萌芽月刊》，成為左翼雜誌一重鎮。改造後的《大眾文藝》、《拓荒者》、《萌芽月刊》甚至被視為「左聯」的機關刊。

《大眾文藝》於 1928 年 9 月 20 日創刊，25 開本，共出 2 卷 11 冊 12 期，第一卷由郁達夫、夏萊蒂主編，第二卷由陶晶孫主編，上海現代書局發行。第一卷共 6 期，每月 20 日出版，至 1929 年 2 月 20 日出版第 6 期。第 7 期即第 2 卷第 1 期，於 1929 年 11 月 11 日出版，和第 1 卷第 6 期相隔 9 個月，改為大眾文藝社編輯。第 2 卷第 2 期 1929 年 12 月 1 日出版，第 2 卷第 3 期為《新興文學專號》上冊，1930 年 3 月 1 日出版，第 4 期為《新興文學專號》下冊，1930 年 5 月 1 日出版。第 5、6 期合刊於 1930 年 6 月 1 日出版，為最後一期。1961 年 5 月據原書影印，收入《中國現代文學史資料叢書（乙種）》。

《大眾文藝》創立之初，非但不提倡無產階級文學，反倒是意在與文藝階級論相抗衡。郁達夫在類似於發刊詞的《大眾文藝釋名》一文中強調，「我們的意思，以為文藝應該是大眾的東西，並不能如有些人之所說，應該將她局限隸屬於一個階級的。更不能創立出一個新名詞來，向政府去登錄，而將文藝作為一團體或幾個人的專賣特許的商品的。」〔註 60〕其對文藝階級性的反感相當直白，結合當時的語境，其對「革命文學」論爭中「無產階級文學」

〔註 60〕郁達夫，《大眾文藝釋名》，《大眾文藝》第 1 卷第 1 期，上海：現代書局，1928 年 9 月 20 日。

提倡者的完全排他性的不滿也是非常顯明的。而在現實生活中，郁達夫也因爲與後期創造社成員在觀念上的牴牾，而被排擠出創造社，並成爲這些激進的年輕成員們批判的對象。郁達夫在這樣的背景下創辦《大眾文藝》自然在觀念上不可能與這些他的批判者們同調。

在《大眾文藝》的內容上，郁達夫設定，「我們的這一個月刊，以門類來說，就想注重於小說，旁及與其他作品。」同時也注重翻譯，因爲「中國的文藝界裏，雖然有些形似裁判官與個人執政者的天才者產生了，但平庸的我輩，總以爲我國的文藝，還趕不上東西各先進國的文藝遠甚，所以介紹翻譯，當然也是我們這月刊裏的一件重要工作。」〔註 61〕從《大眾文藝》第一卷的實際情況來看，也的確是創作於翻譯並重，而在文學觀念上，則是注重文藝本身的。編者郁達夫非常重視作品本身的質量，「我們要達到 Dante, Goethe, Schiller, Ibsen, Hugo, Tolstoi, Turgenev, Dostoivsky, 乃至魯迅，都可以的，不過我想總要先做出一點比上列諸人的作品更偉大的作品來才行。這一句話就是我想對無論何人說的一句唯一的話。」〔註 62〕可見其對作品質量的重視。就其分量而言，每期差不多都在 180 頁左右，對創作和翻譯從嚴把關，在創作質量達不到水準之時，寧願登載翻譯作品，用郁達夫的話說，「這一期我們覺得不滿的地方，就是因爲創作太少了一點。既而自慰自的想想，以爲粗製濫造，硬的寫些不相干的肉麻的東西出來，還不如販賣販賣外國貨來得誠實一點。」「來稿積壓得很多，但一一的細讀之後，覺得都還趕不上我們譯載在前面的幾篇外國東西，所以對投稿者諸君是很抱歉的。」〔註 63〕由於上述觀念，翻譯反倒成爲其重要特色，佔據很大比重，在翻譯對象上，注重譯介歐美經典作家作品，第一卷的每期首篇都是魯迅的譯作，而這些譯作不是提倡革命，而重在表現眞實。

從第二卷開始，雖然仍然由現代書局出版發行，但雜誌的面貌就發生了較大變化。實際上，第二卷第一期出版時，已與第一卷最後一期時隔 9 個月之久，幾乎是雜誌的重新再造。不僅主編易人，從郁達夫、夏萊蒂變爲陶晶

〔註 61〕郁達夫，《大眾文藝釋名》，《大眾文藝》第 1 卷第 1 期，上海：現代書局，1928 年 9 月 20 日。

〔註 62〕郁達夫，《編輯餘話》，《大眾文藝》第 1 卷第 4 期，第 2 頁，上海：現代書局，1928 年 12 月 20 日。

〔註 63〕郁達夫，《編輯餘談》，《大眾文藝》第 1 卷第 3 期，第 503 頁，上海：現代書局，1928 年 11 月 20 日。

孫，5、6 期合刊爲「大眾文藝社編輯委員會」合編；而且雜誌的主要撰稿人陣容也發生較大變化，第一卷的主要撰稿人爲郁達夫、魯迅、樂芝、葉鼎洛、李守章等，而到第二卷則變爲柔石、鄭伯奇、馮乃超、陶晶孫、龔冰廬、王一榴、莞爾、邱韻鐸、華漢、馮鏗、錢杏邨、祝秀俠、葉沈、洪靈菲、郭沫若、潘漢年、戴平萬、孟超、馮雪峰、穆木天、夏衍等，一眼便知後期創造社成員已成爲雜誌的主力。由此，雜誌的內容自然已經與第一卷大不相同，不僅創作先於翻譯，文學觀念上也傾向於「普羅文學」，完全變成了一個左翼雜誌。欄目設置上增加了「大眾文藝小品」和「漫畫」等欄目。

在最初接編的第 2 卷第 1 期，主編陶晶孫在闡釋他的編輯理念時談到，「從高原向平原旅行，我們要反覆攀山臨谷，不過全體說起來，我們是在下降的。那麼有山有谷算是文藝，一個時代當然有一個全體所趨的趨向，大眾雖沒有意識沒有組織，不過仍不得不受時代趨向的影響。我們暫不能顧及識字運動的工作，只得光在識字大眾之間幹些啓蒙工程，和引導大眾到時代趨向上來的一點任務，這是現代必然的要求。」〔註 64〕這與郁達夫最初對於「大眾文藝」的界定已有了較大的不同，開始「從高原向平原旅行」。而從第 2 卷第 3 期起，《大眾文藝》更是發生了標誌性的變化，本期雜誌被命名爲「新興文學專號」，其明確的文學觀念在封面上並旗幟鮮明的表現出來。陶晶孫接編《大眾文藝》之時，左翼文化界已開始彌合分歧，醞釀成立「左聯」，而《大眾文藝》第 2 卷第 3 期出版的時間則是「左聯」成立大會召開的前一天，可見組織的變化帶來的觀念的變化對於雜誌面貌的直接影響。

2 卷 3 期的「新興文藝專號」（上冊）分量大大增加，增至 500 頁左右的篇幅，欄目也進一步細化，包括：「卷頭瑣語」、「創作」、「事實談」、「大眾文藝小品」、「音樂」、「漫畫」、「各國新興文學概況」、「木人戲」、「各國新興文學」、「通訊」、「編輯後記」等欄目（從第四期起有增加了「少年大眾「欄目）。在《卷頭瑣語》中，主編陶晶孫明確強調，「第一，大眾文藝要認定它目前的任務。」「第二，大眾文藝要負擔強固戰線的工作。」「第三，大眾文藝要擴大到落後的智識階級中。」「第四，大眾文藝一面在找尋作家和作品，靠同志們和找尋得的作家的助力，在短期間內要進一步向半識字份子裏面去，再進一步才向工農大眾前進，這是大眾文藝終極的工作。」〔註 65〕從這種表述看，

〔註 64〕陶晶孫，《從編輯到投稿》，《大眾文藝》第 2 卷第 1 期，1929 年 11 月 1 日。
〔註 65〕陶晶孫，《卷頭瑣語》，《大眾文藝》第 2 卷第 3 期，1930 年 3 月 1 日。

「文藝大眾化」已成爲雜誌關心的核心內容，實際上，本期最重要的內容是關於「文藝大眾化的諸問題」的組稿，沈端先、郭沫若、陶晶孫、乃超、鄭伯奇、魯迅、王獨清等就「文藝大眾化」問題發表了自己的意見，還專門召開了「文藝大眾化問題座談會」。第2卷第4期，更是以「我希望於大眾文藝的」爲主題徵集了 26 人的意見，大都是左翼文化界的重要人物。雖然，「文藝大眾化」問題在1929年就已經被人視爲「急待解決的問題」〔註66〕，但是眞正引起整個左翼文壇的關注，卻始於《大眾文藝》。可以說，經過《大眾文藝》兩期「新興文學專號」的重點關注，1930 年代的「文藝大眾化」運動自此正式拉開帷幕，而這也是作爲「左聯」的工作重點展開的。

《萌芽月刊》於 1930 年 1 月 1 日創刊，編輯者爲「萌芽社」，具體由魯迅、馮雪峰、柔石主編，上海光華書局出版發行。自 1930 年 3 月 1 日第 1 卷第 3 期起成爲「左聯」機關刊物之一，由於國民黨的查禁，第 6 期改名《新地》，僅出 1 期再次被禁。《萌芽月刊》爲 25 開本，1959 年 11 月上海文藝出版社根據原書影印。

《萌芽月刊》作爲魯迅主編的雜誌，延續著其雜誌編輯的一向風格，與此前的《奔流》、《文藝研究》有著很強的連續性，主要表現在對無產階級文學作爲一種歷史眞實的重視，並希望實實在在做出實績。關於這個雜誌的創辦，並沒有特別高調的突出使命感，正如第一期編者所說：「關於這小小的定期刊物，怎樣產生，帶著什麼使命，是實在沒有什麼冠冕堂皇的話，可對讀者諸君說的；這不過是，有幾個著譯者有所著譯，或者想有所著譯，『萌芽』便定爲他們發表著譯的地方之一，如此而已。」〔註 67〕就刊物的內容而言，編輯卻有著較爲明確的計劃，「雖然『萌芽』作爲雜誌，在內容方面不能不『雜』。……除出『雜』以外，一方面又不能免於或一的偏形。這被限定的我們底努力，在第一卷內，爲主的是朝著這三方面：翻譯和紹介，創作，評論。」並介紹了三個方面的計劃，「翻譯方面，在第一卷內，我們預定了一個計劃，就是想將新俄的幾個優秀的作家，給以紹介。但同時，西歐諸國及小國度的作品，也想擇其傾向比較正確的，紹介一些。論文則專限於『科學的』藝術論的論著，和論述各國新興文藝的文章，及社會的文藝批評等，加以紹介。

〔註66〕林伯修，《1929 年急待解決的幾個關於文藝的問題》認爲，「第一個問題，就是普羅文學底大眾化底問題。」並提供了幾種途徑。《海風週報》第 12 號，1929 年 3 月 23 日。

〔註67〕《編者附記》，《萌芽月刊》第 1 期，1930 年 1 月 1 日。

較之翻譯，創作方面，我們沒有很大的把握，不能有同樣的預定計劃。……評論方面，我們除出文壇現象有時要加以批評以外，對於一般的社會現象，也要加以批評。但在這裡的限制，是更大的。此外，我們要登載雜文，雜記等。」〔註68〕

綜觀整個雜誌，的確按照這種計劃來實施的，尤其是前兩期布局完全相同，在雜誌構成的三大塊中，從一開始便對翻譯特別重視，也顯得更有把握。第一期的廣告便介紹了三套叢書（春潮書局印行的「現代文藝叢書」、上海光華書局印行的「文學理論叢書」和上海光華書局發行的「科學的藝術論叢書」)。〔註 69〕這三套叢書都是「新興文學」的翻譯，前者以創作爲主，後兩者則主要是文學理論。從第一期起，不僅譯介了不少無產階級文學理論文章，還開始連載魯迅翻譯的法捷耶夫的長篇小說《毀滅》。

在創作上，誠如編者所說，「《萌芽》登載創作（無論小說，詩歌，戲曲以及其他）的標準，是比較寬大的，在形式方面，我們不嫌平常和幼稚，在思想——即作品的內容方面，我們容許作者底世界觀或人生觀及意識比較的不正確或比較的不純粹」，目的在於，眞正「抽出幾個新文學底萌芽來」。第 1、2 期發表了洪靈菲的《奶媽》、張天翼的《報復》、《「從空虛到充實」》，第 2 期還發表了魯迅的《我和「語絲」的始終》。

1930 年 3 月 1 日出版的第三期發生了一些變化，題爲「三月紀念號」，並加上了「文藝・文化・社會」的副題。雜誌一開首即發布了《本刊擴充篇幅及確定今後內容啓事》，在翻譯紹介、創作、理論外，特地增加了「各國文化底調

〔註68〕 《編者附記》，《萌芽月刊》第 1 期，1930 年 1 月 1 日。

〔註69〕 「現代文藝叢書」包括《十月》，A・雅各武萊夫著，魯迅譯；《一週間》，U・里白進斯基著，江思、蘇汶合譯；《裸之年》，B・畢力涅克著，蓬子譯；《水門汀》，F・革拉特珂夫著，柔石譯；《潰滅》，A・法兑耶夫著，魯迅譯；《浮士德與城》，A・盧那卡爾斯基著，蓬子譯；《被解放的堂吉訶德》，A・盧那卡爾斯基著，魯迅譯；《鐵之流》，A・綏拉菲摩維支著，曹靖華譯；《新俄短篇小說集（一）》，同路人作品 1；《新俄短篇小說集（二）》，同路人作品 2；《赫萊尼多之遍歷》，I・愛倫堡著，魯迅譯；「文學理論叢書」包括《社會的作家論》，伏洛夫斯基著，畫室譯；《文學與社會》，片上伸著，雪峰譯；《最近俄國文學研究》，勒伏夫一羅喀綏夫著，魯迅譯；「科學的藝術論叢書」全叢書十二本，魯迅，雪峰，蘇汶，沈端先，林伯修，馮乃超諸先生翻譯，雪峰先生負責編輯，包括《藝術論》，浦力汗諾夫著，魯迅譯；《藝術與社會生活》，浦力汗諾夫著，雪峰譯；《新藝術論》，波格達諾夫著，蘇汶譯；《藝術與革命》，馮乃超譯；《文藝政策》，魯迅譯等。

查，資料收集，並解剖研究」、「國內現今文藝，文化及社會諸現象底解剖」、「國內各地的情況記載；社會和時事漫畫；現代世界名畫的紹介」。大大增加了社會、文化的內容。本期出版時，正是「左聯」成立大會的前一天，《萌芽》的改變無疑受到了「左聯」成立的影響。本期發表了魯迅的論文《「硬譯」與文學的階級性》、雜文《習慣與改革》、《非革命的急進革命論者》和翻譯的重要論文《現代電影與有產階級》（日本　岩崎昶作），堪稱挑起大梁。小說創作方面，則有柔石的《爲奴隸的母親》，適夷的《獄守老邦》。要特別指出的是，本期開始對國內外重大文化消息進行報導成爲雜誌的重要內容，本期即宣佈「自由大同盟」的發起，並公佈了宣言和發起人名單。〔註 70〕還介紹了「上海新文學運動者的討論會」，並宣佈「也許不日就有左翼作家的組織吧。」預告了「左聯」的成立。由此，《萌芽月刊》從第三期起被當作「左聯」的機關刊物。

第四期刊登了「左翼作家聯盟」成立的訊息，王一榴創作的《左翼作家聯盟漫畫》生動再現了「左聯」成立大會的場景，發表了魯迅的演說稿《對於左翼作家聯盟的意見》。「文藝界消息」專欄刊登發布了《左翼作家聯盟底成立》的消息及「左聯」的綱領，「左聯」機關刊的氣息更爲濃厚。本期延續前幾期對文學理論譯介的重視，發表了雅各武萊夫作的《文藝作品上的形式與內容》等論文，創作方面，有殷夫罕有的小說作品《小母親》和龔冰廬的《春瘟》，雜文在本期佔了極大比重（11 篇），其中有魯迅的《我們要批評家》（署名「魯迅」）和《張資平氏的「小說學」》（署名「黃棘」）。第五期爲「五月各節紀念號」，重頭是「五月各節紀念特載」。

第五期《萌芽》被禁後，第六期改名爲《新地月刊》。由於出版形勢惡劣，本期欄目相對之前的三期大大減化，分爲「論文」、「文藝作品」、「餘載」三大部分，重要的論文有馮乃超的《中國無產階級文藝運動與左聯成立的意義》、魯迅的《「藝術論」譯序》等。到《新地》的出版爲止，《萌芽》完成了其第一卷，本來預備在第二卷繼續改革，但終因出版形勢的艱難而未實現。

〔註 70〕《文學者參加「自由大同盟底發起》，《萌芽月刊》第 3 期，1930 年 3 月 1 日。發起人名單包括郁達夫，魯迅，田漢，鄭伯奇，趙南公，周全平，陳劍仇，彭康，畫室，胡鄂公，董健吾，董維鍵，鄧初民，予生仁，寧惇武，蕭葦，潘念之，惡孟暉，王任叔，江朗，王學文，王安之，龍滕之，潘漢年，蓬子，顧鳳城，張磐佛，葉靈鳳，陳自耀，向堯三，吳輝，羅伯農，沈儂非，石鍊頑，陳波兒，徐華，唐晴初，沈端先，王弼，蔡宿侯，徐耘阡，潘用之，繆長青，張人權，田壽康，張心之，黃素，徐誠梅，彭太沖，陳正道，鄢治能。

《萌芽》是「左聯」成立初期最重要的雜誌之一，不僅可以看出「左聯」初期的文化生態，也是魯迅雜誌編輯理念的又一次實踐。

《拓荒者》於 1930 年 1 月 10 日創刊，錢杏邨、蔣光慈主編，上海現代書局出版。《拓荒者》爲《新流月報》的後續刊物，《拓荒者》的首期爲《新流月報》的末期。1930 年 5 月 10 日出版了第一卷第四、五期合刊後被國民黨當局查禁。從 1930 年 3 月 10 日出版第三期起，該刊被視爲「左聯」的機關刊物之一。

由於《拓荒者》是從「太陽社」的主要刊物發展爲「左聯」雜誌的，要考察《拓荒者》及其變化，必須對太陽社的前續刊物有所瞭解。1928 年，蔣光慈、錢杏邨等太陽社同人創辦《太陽月刊》，在「革命文學」論爭中表現活躍。《太陽月刊》停刊後，太陽社相繼創辦《海風週報》和《新流月報》。1930 年 1 月，《新流月報》改名《拓荒者》。

蔣光慈主編的《海風週報》創刊於 1929 年 1 月 1 日，同年 5 月第 17 期後停刊，由上海泰東書局發行。1930 年編爲《海風週報彙刊》，該刊提倡「無產階級文學」，以翻譯和批評爲主，也間或發表一些創作。錢杏邨、蔣光慈、林伯修、祝秀俠、樓適夷在批評和翻譯上表現活躍，戴平萬在小說創作上表現突出。該刊刊登的理論主要是翻譯，比如林伯修翻譯高根、盧那查爾斯基、藏原惟人的文藝論文。論文《我們的文藝》介紹了法捷耶夫《毀滅》、辛克萊《油》等國際無產階級革命文學作品。除了《介紹魯迅先生的做人秘訣》這篇含沙射影諷刺魯迅的文章外，對茅盾的文學觀念也有所批判，〔註 71〕但總體上，論爭氣氛已大大減弱。

《新流月報》，蔣光慈主編，1929 年 3 月 1 日創刊，第 2 期、第 3 期分別出版於 1929 年 3 月 1 日、4 月 1 日，第 4 期出版於 1929 年 12 月 15 日，共出四期，上海現代書局發行，自第 5 期起改名「拓荒者」。《新流月報》對小說格外重視，蔣光慈在創刊號《編後》中說：「至於本月報的內容，說起來也是很簡單的。本期所刊載的可以說全是小說。今後也將根據這個條件做去。雖然我們不願說本月報絕對不登其他種類的作品，但我們發刊這個月報的目的，是要使它成爲一個純料的側重創作的小說月報，想對今後的創作壇有一點貢獻。」〔註 72〕可見對小說以及創作的重視。綜觀四期雜誌，除了幾篇蔣

〔註 71〕如徐傑的《〈一個女性〉》（第 13 號），錢杏邨的《幻滅動搖的時代推動論》（第 14、15 號合刊），克生的《茅盾與動搖》（第 17 號）。

〔註 72〕蔣光慈，《編後》，《新流月報》第 1 期，1929 年 3 月 1 日。

光慈自己的詩及第四期祝秀俠的《論劇》和錢杏邨的《茅盾與現實》兩篇批評外，全是小說。這些小說既有譯作，以夏衍的翻譯爲主，包括平林泰子的《拋棄》、林房雄的《油印機的奇蹟》等。更主要的是小說創作，太陽社的成員蔣光慈、洪靈菲、祝秀俠、戴平萬、華漢等人都大顯身手。蔣光慈的《麗莎的哀怨》、洪靈菲的《在洪流中》、《歸家》、戴平萬的《母親》、《春泉》、祝秀俠的《某月某日的那一天》、華漢的《奴隸》，就連批評家錢杏邨也發表了小說《那個囉索的女人》、《小林擒》。

《新流月報》第五期改名《拓荒者》，刊名表現出更強烈的戰鬥性，名爲《新流月報》第五期，實際上面貌已煥然一新，除了規模大大增加外，編輯理念也發生了巨大的變化，從一個專登小說的刊物變成一個綜合性刊物。創刊號便設立了「詩歌」、「小說」、「翻譯小說」、「劇本」、「論文」、「雜文」、「批評與介紹」、「消息」、「插圖」等欄目，幾乎囊括了文藝的各個門類。但《拓荒者》還是延續了《新流月報》的風格，對小說特別重視，與同時期的其他左翼雜誌相比，其小說無論在數量還是在質量上都算佼佼者，一般研究者在研究「左翼敘事」這個話題時，往往也都將《拓荒者》上的小說視爲重要對象，除了蔣光慈的小說外，還有如戴平萬的《陸阿六》、洪靈菲的《家信》等等，基本上代表了當時左翼小說的面貌和水平。論文、雜文都有一定的理論水準。

「左聯」成立後，這些主要的左翼文藝雜誌都被改造爲容量更大、欄目更多的綜合類文藝雜誌，展示著「左聯」的成立對文學的影響及「左聯」初期左翼文學在翻譯、批評、創作等方面的成績和面貌。

第三節 「集團文藝」理念與「左聯」成立後的新雜誌

如前所述，「左聯」從醞釀成立起，一大批雜誌隨之「左轉」，到「左聯」成立後，一些雜誌甚至被改造成機關刊，但「左聯」成立之初幾乎沒有新辦刊物。雖然「左聯」成立之時，就預備發刊名爲《世界文化》的機關雜誌，〔註73〕但《世界文化》到 1930 年秋才創刊。不過，1930 年春夏間也創辦了一些新雜誌。

〔註 73〕《左翼作家聯盟成立了！》，《大眾文藝》第 2 卷第 4 期，第 1248 頁。

一、作爲「文化突擊隊」的《巴爾底山》

《巴爾底山》爲16開本的旬刊，1930年4月11日創刊，1930年5月21日後停刊，共出五期，由李一氓主編。1959 年據原本影印，收入《中國現代文學史資料叢書（乙種）》（上海文藝出版社）。

1930年4月1日出版的《萌芽月刊》第四期預告了《巴爾底山》將於4月 8 日創刊的消息，並公佈了第一期目錄，注明由「巴爾底山社編，光華書局發行」。但該刊實際出版時間已是4月11日，「光華書局發行」的字樣也被抹去。

李一氓後來在回憶該刊時說，「巴爾底山者，Partisan 之對音也，原意爲游擊隊。於此，該刊之主旨甚明，乃以短文、鋒利之文，對帝國主義、買辦資產階級及國民黨反動派進行狙擊。」一般將其當作「左聯」的機關刊，但李一氓也並不認同，他在《記〈巴爾底山〉》一文中說：「影印本對此刊說明爲「左聯」機關刊物，恐未必然。當時大家有此一要求，出一政治上帶諷刺性的刊物。商之魯迅，他首表贊成：一、他拿出一百元借作印刷費；二、大家提了十來個刊名，供選擇，其中有「游擊隊」，他選定此名，但嫌太露，改爲對音的『巴爾底山』；三、『巴爾底山』四字的報頭是他親筆寫的。也沒有組織什麼編委會，也沒有明確說是『左聯』的刊物，由我負責編成。稿子的來源是大家雜湊的，正面闡述的文章少，信筆『罵人』的短篇多。」〔註 74〕該刊的確以雜感、短評爲主，而又主要是「罵人」式的駁論文章，可以說是「文字的戰爭」，極具攻擊性，如對胡適的批判、對耿濟之主編《俄羅斯研究》的質疑、對《中學生》雜誌的質疑等等，同時也不乏對陳獨秀、彭述之等「取消派」的批判。《巴爾底山》基本無純文學作品，僅有幾首政治詩，如：白莽《奴才的悲歌——獻給胡適之先生》（第一卷第一號）、《巴爾底山的檢閱》（第一卷第五號）、嚴元章《紀念「五三」》（第一卷第二、三號）等。

雖然李一氓並不認爲《巴爾底山》爲「左聯」的機關刊，但它的確反映了那一時期「左聯」的基本狀態並因此一直被研究者當作機關刊來看待。首先，雜誌公佈的「巴爾底山隊員」是「左聯」的基本成員，包括：德謨，NC，致平，魯迅，黃棘，雪峰，志華，溶爐，漢年，端先，乃超，學濂，白莽，鬼鄰，嘉生，芮生，華漢，鏡我，靈菲，蓬子，侍桁，柔石，王泉，子

〔註 74〕李一氓，《記〈巴爾底山〉》，《人民日報》1980年5月28日第8版。

民，HC，連柱，洛揚，黎平，東周。〔註75〕其次，該刊也切實反映「左聯」時期的重要行動，如5月1日出版的第三期爲配合「左聯」的「五一」行動，集中宣傳「五一」，第四期還記錄了「左聯」的第一次全體大會。更重要的是，該刊對「左聯」那時的狀態並不滿意，有多篇文章進行反省，主要觀點是「左聯」的行動「未和政治行動結合起來」，比如陳正道認爲，「這時只要拿載在《現代小說》，《拓荒者》，《萌芽月刊》，《藝術月刊》，《大眾文藝》等雜誌上的創作來一看就可明白的。他們究竟沒有和政治運動結合起來。在他們那裡找不出一篇白色恐怖的描寫，找不出一點群眾鬥爭的情緒。他們小布爾喬亞的情緒不住的漲，自己以爲我「無產」得很了，其實和無產大眾隔得天遠！」〔註76〕菊華也有類似的看法，「『左聯』第一個缺點是幾乎看不見它有行動。從成立大會到而今，怕已有一個月了吧，但是除了在幾個雜誌上看見了它的一部分名單和綱領外，我不知道它在做些什麼？四三慘案，四八慘案，曉莊師範被封，建南中學被封，大夏，中華藝大等校學生的被捕，一切的資產階級統治者的示威，煽沸了無數青年的熱血，然而『左聯』，左聯在這個嚴重的白色恐怖時期裏曾有過什麼明顯的表示呢？」〔註77〕其核心也是批評「左聯」未參加實際鬥爭，從後來人的回憶看，當時「左聯」常組織一些飛行集會之類的活動，茅盾等人對此頗爲不滿，但是從該篇文章看，那時的行動尤嫌不夠，可以看出「左聯」當時處於一個何等亢奮的狀態，充分顯示出《巴爾底山》作爲「突擊隊」的火力。

二、建構新興理論的《文藝講座》與《社會科學講座》

《文藝講座》和《社會科學講座》是「左聯」成立後創辦的兩個理論性雜誌，或者說，近似雜誌的專集。唐弢曾回憶起《文藝講座》和《社會科學講座》的「駢肩作戰」，「左聯的《文藝講座》和社聯的《社會科學講座》完全是姊妹篇。兩書原來的計劃都是兩個月一期，全部一百萬言，分六期出齊。

〔註75〕《編輯手記》，《巴爾底山》第1卷第1號，1930年4月11日。隊員名單中德謨與鬼鄰均爲李一氓，NC和乃超均爲馮乃超，魯迅和黃棘均爲魯迅，雪峰和洛揚均爲馮雪峰，之所以這麼做，完全是迷惑當局的障眼法。

〔註76〕《五一與文藝》，《巴爾底山》第2、3號合刊，1930年5月1日。

〔註77〕菊華，《想對「左聯」說的幾句話》，《巴爾底山》第2、3號合刊，1930年5月1日。

可是都只出了第一期就被禁止了。《文藝講座》由神州國光社於 1930 年 4 月出版，馮乃超、沈端先（夏衍）、錢杏邨（阿英）三人編輯，封面標明『第一冊』，內收馮乃超、朱鏡我、彭康、魯迅、麥克昂（郭沫若）、沈端先、蔣光慈、錢杏邨、華漢（陽翰笙）等著譯的文藝論文十九篇。《社會科學講座》由光華書局於同年 6 月出版，林伯修（杜國庠）、王學文等編輯，封面標明『第一卷』，內收朱鏡我、吳黎平、林伯修、王學文、柯柏年、郭沫若、馮乃超、柳島生（楊賢江）等著譯的社會科學論文十二篇。兩書從內容到形式，同中有異，異中有同。一個是談文藝的，一個是談政治、經濟、哲學的，這一點不同；但都是介紹馬克思主義，或者運用馬克思主義觀點分析問題，作輔導性的嘗試，卻又完全相同。」〔註 78〕

《文藝講座》著重介紹馬列主義的文學理論和蘇聯的無產階級文學，也評述了中國新文學運動的成就，1959 年 10 月上海文藝出版社根據原書影印，收入「中國現代文學史資料叢書（乙種）」。《文藝講座》收文 16 篇，包括馮乃超的《藝術概論》與《藝術家托爾斯泰》、朱鏡我的《意識形態論》、彭康的《新文化概論》、魯迅的《藝術與哲學・倫理》、麥克昂《文學革命之回顧》、雪峰的《俄國無產階級文學發達史》與《勞動階級應當養成文化的工作者》、華漢的《中國新文藝運動》錢杏邨的《中國新興文學論》、洪靈菲的《普羅列塔利亞小說論》、許幸之的《藝術上的階級鬥爭與階級同化》、蔣光慈的《社會主義的建設與現代俄國文學》、馮憲章的《普列漢諾夫論》、沈端先的《「藝術論」「藝術與社會生活」》與《「戀愛之路」「華西麗莎」及其他》。這些文章中，部分爲論文的翻譯，由於只出了一期即被禁，有些文章並未載完。

《社會科學講座》1930 年 5 月由光華書局印刷，6 月發行，同樣僅出一冊被禁。內收文章 12 篇，主要有：朱鏡我的《馬克思主義的基礎理論》、吳黎平的《唯物史觀》和《社會主義》、林伯修的《國家與法律》、王學文的《經濟學》、柯伯年的《經濟史底階級性》、郭沫若譯的《經濟學方法論》、潘東周的《中國國民經濟的改造問題》、馮乃超譯的《社會方法論的問題》、柳島生的《新興教育的產生》、李德謨的《土地問題材料》和蔭的《關於帝國主義的文獻》。《萌芽月刊》第 5 期曾預告過《社會科學講座》的出版，「目前的出版界，關於印行社會科學書籍，是風行一時，五花八門，但考其內容，錯誤與

〔註 78〕 晦庵（唐弢），《駢肩作戰》，《人民日報》1961 年 4 月 5 日第 8 版。

曲解，雜亂與淺薄，是普遍的現象，一般青年者，要想得一些正確的馬克思主義的社會科學基本理論，簡直不知從何讀起。本局有鑒於此，特邀請下列諸君編撰這『社會科學講座』：林伯修、李一氓、朱鏡我、柯伯年、魯迅、王學文、吳黎平、郭沫若、潘梓年、彭康、沈起予、柳島生、馮乃超、潘東周、彭芮生、向省吾、潘漢年。本書共六大卷，每兩月出版一卷，每卷字數十五萬言，內容由淺而深，由理論而實際，務使青年讀者，得一有系統而正確的社會科學讀物。」從人員來看，的確與《文藝講座》的編輯人員多有交叉。

這兩種雜誌，《文藝講座》主要介紹文藝理論，而《社會科學講座》則偏重社會科學理論。但都是介紹馬克思主義理論的，可以看出左翼文化界的理論建構的宏圖。

三、作爲集團行動產物的《五一特刊》

《五一特刊》是一份非常特殊的刊物，以「附刊」的方式發行。它是「左聯」領導的「五一」集團行動的產物。

《萌芽》對《五一特刊》做了介紹：「偉大的『五一』即刻來了，並且在今年它底意義是特別重大的，無論從中國的局面看，或從世界的情勢看。中國的統治階級已到它底崩壞的末日，而無產階級底力量卻長大到即可以掌握政權；世界各國也是如此，一方面歐美日本無論經濟政治都更分明地顯出破綻，一方面社會主義國家的蘇聯卻日益穩固。所以今年的『五一』不僅是勞動者階級向資本家階級的一個平常的大示威了。本刊除聯合上海各雜誌出一『五一』臨時號外以歡迎外，在本刊上也特載了幾篇論文。然而這還不夠，凡和本刊有關係的人，都一定很興奮地去參加實際的總鬥爭的，我們希望廣大的讀者們也這樣做。」「本刊本期附送各雜誌聯合出版的『五一』紀念號外一冊，望讀者們留意。」〔註 79〕除了《萌芽》之外，幾乎所有的左翼雜誌都參加了這次「附刊」行動。

《出版月刊》也對該「附刊」詳細介紹：「上海各左翼雜誌聯合出版《五一特刊》事，本刊前期曾有一短訊。茲據調查所得，出版連署者凡十三雜誌如下：新思潮，新文藝，藝術月刊，巴爾底山，萌芽月刊，環球月刊，文藝講座，社會科學雜誌，新婦女雜誌，拓荒者，現代小說，大眾文藝，南國月

〔註 79〕《編輯後記》，《萌芽月刊》第 5 期，1930 年 5 月 1 日。

刊。編輯負責者爲各雜誌編輯聯席會議，印刷費亦由各雜誌分擔，發行方法預定隨各雜誌分送，所以印了不少（據說是三萬冊）。可是結構因爲《特刊》的內容書局老闆認爲太露骨，便無條件地把應該要隨雜誌分送的《特刊》無條件地沒收了。後經編輯聯席會議議決，凡上列各雜誌的讀者如有沒有收到《五一特刊》的，可以直接向各雜誌的主編人索取，本數不拘。」〔註 80〕

《五一特刊》共收文 7 篇，幾乎都與「五一」有關，包括《左翼作家聯盟「五一」紀念宣言》、《無產階級的五月節》、《今年五一國際的意義》、《今年的五一》、《擁護蘇維埃區域代表大會》、《由五一想起四一二》、《五一紀念中兩隻「狗的跳舞」》。該刊具有「左聯」特別機關志的作用，宣佈「『五一『勞動節再不是單純的慶祝日，而是血戰的鬥爭日！」呼籲人們走上街頭參加實際鬥爭，「向帝國主義國民黨的高壓政策，向統治階級的屠殺工農大眾的軍閥戰爭，向第二次帝國主義大戰，準備我們階級的陣容。」〔註 81〕而不要將「五一」當作宗教的儀式。《五一特刊》可以說是鬥爭的宣言，其文章內容都極具煽動性。從這份《五一特刊》可以看出，當年紀念「五一」，舉行諸如上街遊行等活動，難怪有人稱之爲「血光的五一」。無論是《巴爾底山》還是《五一特刊》，都直接表現出建構集團文藝的企圖和努力。

四、偏於戲劇的《藝術》和《沙侖》

「左聯」成立後，對戲劇一如既往的重視。除了轉向的《南國月刊》以外，又新辦了《藝術》和《沙侖》兩個月刊。

《藝術》創刊於 1930 年 3 月 15 日，是戲劇團體「藝術劇社」主辦的，由夏衍主編，僅出一期被禁，後改名《沙侖月刊》繼續出版了一期，於 1930 年 6 月 16 日出版，同樣僅出一期即被禁。「沙侖」即「Siren」的音譯，有警報器之意，可見刊物的用意所在。這兩個刊物爲新型戲劇、美術、電影、音樂、文學綜合雜誌。後收入「中國現代文學史資料叢書」（乙種）。

《藝術》付印時，正是「中國自由運動大同盟」成立之際，因而該刊將其當做一件重大事件予以報導，並刊登了其宣言和發起人名單。因而，該刊並非以「左聯」成立爲直接背景創辦的刊物。《藝術》、《沙侖》雖由「藝術劇社」主辦，但是並非純戲劇類雜誌，囊括了各種藝術門類，而且並非戲劇或

〔註 80〕《文壇消息 9：關於〈五一特刊〉》，《出版月刊》，1930 年第 5 期。
〔註 81〕馮乃超，《今年的五一》，《五一特刊》，1930 年 5 月 1 日。

其他門類的創作，而是闡述相關門類的論文。《藝術》的主要內容有鄭伯奇的《中國戲劇運動的進路》、越聲的《一九三〇年開展中的文壇與劇壇》、許幸之的餓《新興美術運動的任務》、麥克昂的《普羅文藝的大眾化》、馮乃超的《俄國革命前的文學運動》、陶晶孫譯的《舞臺效果和音樂》、葉沈的《戲劇與時代》等論文。創作方面，有一榴的短篇《爐火》、宛爾的短篇《告示》、龔冰廬的短篇《有什麼話好對人家說》、一幕劇本《換上新的》，另有「有聲電影的前途」的大討論和少量批評、翻譯。

《沙侖》的封面即標明爲「戲劇、美術、電影、音樂、文學綜合雜誌」，分爲「論文」、「批評」、「斷切面」、「研究」、「創作」幾大部分。《沙侖》出版時，「左聯」已經成立，該刊刊登了《左翼作家聯盟底成立》的消息，公佈其綱領。該刊主要撰稿人有沈葉沈、馮乃超、許幸之、夏衍、祝秀俠、沈起予等。相對於《藝術》，《沙侖》更加側重於戲劇、美術、電影、音樂等藝術門類。編者在《編輯室的話》中說：「在具體的編輯方針之下，產生了這一個刊物，我們在編完了的時候，實在感到一種明朗的感覺。」〔註82〕只可惜，「明朗」很快就被反動當局扼殺了。

第四節　「左聯」初期雜誌的「集團性」和「團體性」

「左聯」成立前左翼文藝運動的小集團主義一直在蔓延，「左聯」就是在對此進行反省的基礎上成立的。「左聯」籌備會曾談到，「中國新興階級文藝運動，在過去都是由小集團或個人的散漫活動，因此無大進展，且犯各種錯誤。……全場認爲有將國內左翼作家團結起來，共同運動的必要。」〔註83〕因此，克服「小集團主義」和「個人主義」成爲成爲「左聯」成立的重要動力。「左聯」成立後，在認識「左聯」成立的意義時大都強調對小集團主義的克服，如潘漢年曾強調：「在這樣一個階段上的文學運動——無產階級的文學運動，無疑義的它應當加緊完成革命鬥爭的宣傳與鼓動的武器之任務！這五十餘發起人，過去分爲好幾個文學集團，而且彼此意見分歧，鬧著非無產階級意識的自我鬥爭，現在他們能夠消滅彼此小集團互相對立的意識……」〔註84〕《大眾

〔註82〕《編輯室的話》，《沙侖》第1期，1930年6月16日。

〔註83〕《上海新文學者的討論會》，《萌芽月刊》第1卷第3期，1930年3月1日。

〔註84〕潘漢年，《左翼作家聯盟的意義及其任務》，《拓荒者》第一卷第三期，1103頁，1930年3月10日。

文藝》在報導「左聯」成立的消息時也說，「從來步驟不齊的各個小團體，可以完全統一在一個指揮之下，通力合作。中國的普羅文學將因此而更加飛躍到一個開展期。」〔註 85〕

一、「左聯」領導下雜誌的「集團化」訴求

「左聯」的成立，形成左翼文藝的合力。也正是因此，「左聯」成立之初，便提出創辦機關志，試圖將整個左翼文化界的思想統一起來。

這種意圖首先體現在雜誌的變化上。最直接的是，「左聯」成立後，《大眾文藝》、《拓荒者》、《萌芽月刊》幾乎在同時刊登「左聯」成立的消息，並刊登「左聯」綱領，形成密集宣傳，確有「集團戰鬥」之勢。而這一時期的這些大型左翼雜誌都在「左聯」的領導下進行改造，不僅雜誌的編排出現了一些變化，就內容來說，也力圖體現出「左聯」作爲一個集團的集體意志。在「左聯」的機關志尚未創辦之時，這些被改造的雜誌都表現出機關志的功能，可謂盛極一時。

《五一特刊》的發刊，更是「集團」鬥爭的重要證明。該刊由《現代小說》、《文藝講座》、《拓荒者》、《萌芽》、《新文藝》、《社會科學講座》、《新思潮》、《環球旬刊》、《巴爾底山》、《南國》、《藝術》、《大眾文藝》、《新婦女》13 種左翼期刊共同發行，而且均隨各刊附贈，將如此多的刊物納入統一的領導下做同一件事，體現了「集團」的合力。後來出版的《文化鬥爭》，編輯部署《現代小說》、《文藝講座》、《拓荒者》、《萌芽》等多種左翼文藝雜誌，也體現出統一的安排和協調。「左聯」試圖將整個左翼文藝組織納入其領導下，形成一個左翼文藝團體。當「普羅詩社」和「無產階級文藝俱樂部」成立時，「左聯」就呼吁，「我們左翼作家們熱烈地慶祝著這詩社和這俱樂部的成立，同時並懇切地希望這兩隊生力軍來和本聯盟發生密切關係。這在我們運動進行的步調的統一上，在集體化的意義上，在一切工作的布置和作戰的策略上，都是必要的。」〔註 86〕

「左聯」成立後，不僅雜誌的面貌發生了一定變化，具體內容上，關於集團的理論成爲最重要的理論，「集團」幾乎成爲各大雜誌的關鍵詞。列寧的「集

〔註 85〕《左翼作家聯盟成立了！》，《大眾文藝》第 2 卷第 4 期，第 1248 頁，1930 年 5 月 1 日。

〔註 86〕《無產文藝俱樂部及其他》，《無產文藝的故鄉（消息兩則）》，《大眾文藝》，第 2 卷第 5、6 期，1930 年 6 月 1 日。

團文學」理論爲「左聯」所重視，「文學（即普羅列塔利亞文學——譯者注）不可不爲集團底文學。對於資產階級的習慣，對於資產階級的營利的出版，對於資產階級底野心與個人主義和『貴族的無政府主義』及利益底追求，社會的無產階級不可不提出集團底文學底原理。」「新聞報紙不可不爲集團底各種組織底機關。文學者（無產階級文學者——譯者注）必須加入集團底組織。出版所，書店，讀書室，圖書館，以及其他關於書籍的各種事業，全應該爲集團底東西。有組織的無產階級，應該監督著這些事業，檢查著這些事業，將無產階級底活生生的事業底活生生的動流，一無例外地注進這些事業底全體，這樣還必須從舊俄國底半奧布洛摩夫（譯者注——奧布洛摩夫是龔察洛夫底小說底主人公；他雖具有一切才能，然而沒有可以實現計劃的實行力，終於在做夢似的幻想之中過去日子。）式的，半營利的原理——『作者只寫作，讀者只閱讀』裏，奪去那一切的土臺。」〔註 87〕在「集團文學」的基礎上，建構「我們的詩」（殷夫《我們的詩》）、「我們的文化」（郭沫若《我們的文化》），更有人宣告，「現在的社會中，小說哩，戲劇哩，雖然不是爲著我們的，然而我們的時代已經漸漸展開；你，我，以及於我同伴著的一群，大家都是小說中的人物，都是戲劇中的人物，我們那苦痛的事實，我們那奮鬥的情緒，都是小說的意境，都是戲劇的結構；不過我們的中間，絕對的，絕對的沒有才子佳人，沒有英雄美女更找不出風流韻事 Romance 的事實，我們所佔有的這一部，就是痛苦和戰鬥的交替。」〔註 88〕一切都在催生著「我們」的誕生。

爲了「我們」這個集團的建構，所有刊物都表現出綜合化、理論化的趨勢和各自的努力。

二、各團體間難以克服的分歧

雖說「左聯」一再否認其爲「幾個文學團體的聯盟」，但其主要力量的確來自幾個大的文學團體，包括創造社、太陽社、語絲社等。「左聯」成立之初，七名執委會常委的構成便主要考慮了團體來源的因素。據錢杏邨的解釋，這七名常委各有一定的代表性：「夏衍既可代表創造社又可代表太陽社，馮乃超代表後期創造社，錢杏邨代表太陽社，魯迅代表語絲社系統，田漢代表南國劇社，鄭

〔註 87〕成文英（馮雪峰）譯，U・Illich 原著，《論新興文學》，《拓荒者》第 1 卷第 2 期，1930 年 2 月 10 日。

〔註 88〕孟超，《致獄中人》，《拓荒者》第 1 卷第 2 期，1930 年 2 月 10 日。

伯奇代表創造社元老，洪靈菲代表併入太陽社的我們社。另外，這一名單也考慮了黨與非黨的比例。」〔註89〕與此同時，「左聯」初期的雜誌也主要從社團的同人刊物而來。《拓荒者》由「太陽社」刊物而來，郁達夫主編的《大眾文藝》由陶晶孫接編，《萌芽月刊》則是魯迅主編的刊物，延續著魯迅一貫的編輯風格。

「左聯」成立後，左翼雜誌的面貌有一定的變化，但無論從觀念上，還是從統籌規劃上，都很難達到「左聯」綱領的要求，並不能讓左翼文人們滿意，因而批評聲不斷。《巴爾底山》的批評算是其中有代表性的，該刊發表的《想對「左聯」說的幾句話》一文中說：

> 《現代小說》、《拓荒者》、《萌芽》、《文藝講座》、《大眾文藝》……好像有不少刊物是屬於「左聯」的，至少這些刊物的編者和撰述者有大半是屬於「左聯」的。有了這樣多的武器，誰都會敢希望「左聯」一定能掮起普羅文學的大纛，攻向資產階級文學的陣地裏去。然而，這些不少的刊物又幾曾表現過多少前進的力量呢？還不是和從前一樣：幾個老作家，東也湊一篇，西也寫一段，成了每一個雜誌的招牌；而每一個雜誌，也都是論文創作，批評隨筆，內容幾乎一律。最近拓荒者三期以非馬克斯主義的方法，大捧蔣光慈的《麗莎的哀怨》及《衝出雲圍的月亮》，更十足的顯出了從前個人主義的雜誌的特色。〔註90〕

不僅批判各種雜誌在內容上缺乏統籌，在觀念上也未達到「左聯」的集團戰鬥要求。馮乃超也曾談到：「目前『左聯』領導下面的許多雜誌，究竟有一個能夠代表『左聯』的鬥爭意識，正確地傳達『左聯』的活動方針的麼？這是都不但不能執行自身的中心任務，而且暴露了各誌編輯方針的獨善傾向，『各人自掃門前雪』，這個傾向的具體表現，就是好幾本同一模型的龐大雜誌。同情『左聯』的第三者也說：『華而不實』。這個批評不單說明知識分子的不滿，當大眾化的問題成爲每個同志的口頭禪的現在，『不實』就是不大眾化。當然，這也是表現每雜誌的不群眾化。」〔註91〕同樣批評雜誌的缺乏統籌和未能達到「左聯」所要求的理論高度。

〔註89〕吳泰昌整理，《阿英憶左聯》，《新文學史料》1980年第1期。

〔註90〕菊華，《想對「左聯」說的幾句話》，《巴爾底山》第1卷第2、3號，1930年5月1日。

〔註91〕馮乃超，《左聯成立的意義和它的任務》，《世界文化》第1期，1930年9月10日。

《萌芽月刊》曾對雜誌自身缺乏統籌性有自覺的反省,「因爲和別的雜誌沒有分工得好,所以選登稿件,沒有確定的範圍,這妨害了雜誌底任務上的個性的形成。」〔註 92〕但對作品傾向的批評並不認可,編輯在《編者後記》中說:「第一卷所登的創作(詩,小說,戲曲)是並非純粹的無產階級文學的作品。純粹的無產階級文學的作品,在現在是很難得到的,所登的這些作品,只是趨向於它的東西,這些作品在協助眞的無產階級文學的作品底產生上當有用處。人們批評本刊,謂創作與理論不一致,我想這個批評是太概念的了,太單純的了,好像他沒有顧到現實。在現在,人們不能否認的眞的無產階級文學的作品有產生的可能,但是,和我們的社會生活有許多的層一樣,我們的文學是還有許多層的同時,理論與創作,文學與實際行動,又常常有著相當的距離。我們並非否認創作與理論應力求一致,只是在現實上,現在可以有立在最前頭的正確的理論,而作品卻總還是在追跑。」〔註 93〕可見,雖然都承認「左聯」的領導,但雜誌在具體的編輯理念上卻是不盡相同的,甚至與「左聯」的精神有所分歧。「左聯」在左傾路線影響下極爲左傾,這就難怪魯迅編輯的刊物要自覺地與之進行抗衡。

從 1930 年春季出版的雜誌來看,不僅在理念上與「左聯」的總體要求有一定距離,而且在雜誌的基本構成上,也有「各自爲陣」的傾向,仍然延續著「左聯」成立前的雜誌陣容和總體編輯風格。舉例來說,《拓荒者》作爲從「太陽社」刊物發展而來的「左聯」雜誌,其撰稿陣容基本仍以太陽社作家、批評家爲主體,讀者就認爲《拓荒者》是「太陽社和創造社的合作」,希望雜誌能「除洪靈菲,戴平萬,建南先生的大作外,多登一些不知名的新作者的新作品」。編者爲此解釋說:「『拓荒者』並非『創造社』與『太陽社』的合作。『創造社』被封以後,『創造社』實際上是沒有了,『太陽社』也於去年自動的解散了。『拓荒者』可以說是左翼作家的共有的刊物,而不是哪一個社團的刊物。」〔註 94〕話雖這麼說,但《拓荒者》「『經常的』主要的撰稿人是郭沫若,蔣光慈,殷夫,洪靈菲,森堡,戴平萬,王一榴,馮乃超,沈端先,樓建南,馮憲章,楊邨人,錢杏邨,龔冰廬,莞爾,潘漢年,邱韻鐸,華漢,

〔註 92〕《編者後記》,《新地月刊》,1930 年 6 月。
〔註 93〕《編者後記》,《新地月刊》,1930 年 6 月。
〔註 94〕《我們所希望於「拓荒者」》,《拓荒者》第 3 期,第 1143 頁,1930 年 3 月 10 日。

孟超諸君。」〔註95〕從這個陣容來看，《拓荒者》確有「太陽社」和「創造社」聯合的嫌疑，帶有某種團體性。這也能從一個側面說明，雖然從「革命文學論爭」結束到「左聯」成立，左翼文化界在總體上達成了集團戰鬥的共識，但各團體之間的分歧卻是一時難以克服的，尤其是魯迅和創造社、太陽社這些年輕人的分歧。正如阿英後來的回憶所說的，「我們對魯迅檢討過，承認在論爭中不應該用那種態度對待他，魯迅也說了些團結的話。談話時我們對魯迅是尊重的，但思想上雙方並未徹底解決問題」。〔註96〕馮雪峰後來也談到魯迅在左聯成立大會上發表講話的當天，就有人不重視，甚至有牴觸情緒，認爲「魯迅說的還是這些話」。〔註97〕可以說，雖然在組織上形成了一個共同體，但在觀念上並未眞正一致。「左聯」成立後，魯迅對創造社、太陽社仍然並無好評。魯迅在「左聯」成立前發表《我和〈語絲〉的始終》一文表達對創造社的不滿，引來郭沫若在《拓荒者》上發表《「眼中釘」》一文辯駁，雖然郭沫若在文末說：「好在創造社這個小團體老早是已經失掉了它的存在的，『語絲派』這個小團體現在已由魯迅先生的自我批判把它揚棄了。我們現在都同達到了一個階段，同立在了一個立場。我們的眼中不再有什麼創造社，我們的眼中不再有什麼語絲派，我們的眼中更沒有什麼釘子——自然站在新的立場上來的『眼中釘』是會有的，我們就不必把被人看成釘子，別人是要把釘子釘在你的眼裏——然而以往的流水賬我們把它打消了吧。」〔註98〕可是原則和觀念上的分歧與多年來積蓄的恩怨非一時可以打消的。魯迅後來又在《上海文藝之一瞥》一文中對創造社、太陽社繼續進行辛辣的嘲諷，對此，郭沫若則寫《創造十年》予以回應，引起了文藝界的注意。《出版消息》第5、6期合刊專門發起「『上海文藝之一瞥』及『創造十年發端』評議」的徵文活動，《徵文》中寫道：「魯迅所著之『上海文藝之一瞥』發表於文藝新聞及二心集，係譏諷創造社，嗣郭沫若遂在『創造十年發端』上大罵魯迅，究竟孰是孰非，或者另有別種見解，請讀者們自由發表意見。」〔註99〕《出版消息》第8期以《魯迅與郭沫若》爲總題選登了其中的兩篇，包括周維綱的《〈上海文藝之

〔註95〕《編輯室消息》，《拓荒者》第3期，第1148頁，1930年3月10日。
〔註96〕吳泰昌整理，《阿英憶左聯》，《新文學史料》1980年第1期。
〔註97〕馮夏熊整理，《馮雪峰談「左聯」》，《新文學史料》1980年第1期。
〔註98〕郭沫若，《「眼中釘」》，《拓荒者》第1卷第4、5期合刊，1930年5月10日。
〔註99〕《徵文》，《出版消息》第5～6期合刊，1933年2月16日。

一瞥〉及〈創造十年發端〉平議》和曉韋的《讀過了〈一瞥〉和〈發端〉》。可見即使「左聯」成立，左翼陣營內部的差異和爭鬥並未停止。但此次徵文卻草草收場，足見左翼文藝界不想將此分歧再次擴大爲聲勢浩大的論爭，團體性和集團性都在這次事件中充分表現出來。

需要特別指出的是，「左聯」初期這些雜誌的兩重面向的存在，恰好體現出左翼雜誌的豐富性，也成就著「一九三〇年春上海」雜誌的繁榮氣象。只可惜這種氣象維持不久。正如魯迅所說：「左翼作家聯盟在上海的成立，是一件重要的事實。因爲這時已經輸入了蒲力漢諾夫，盧那卡爾斯基等的理論，給大家能夠互相切磋，更加堅實而有力，但也正因爲更加堅實而有力了，就受到世界上估計所少有的壓迫和摧殘。」〔註 100〕事實證明，1930 年春天一度十分活躍的左翼雜誌基本上都在 1930 年下半年前被禁停刊，而國民黨對左翼雜誌及其由此帶來的左翼文化運動的高漲加倍警惕，打擊的力度也變本加厲，左翼雜誌的生存也越來越艱難。

〔註 100〕魯迅，《上海文藝之一瞥》，《魯迅全集》第二卷，第 306 頁，人民文學出版社，2005 年。

第二章　政治高壓下的左翼秘密雜誌

美國著名的歷史學家羅伯特・達恩頓在《舊制度時期的地下文學》一書中描述了 18 世紀法國迷人的地下文學世界。他在書中說道：「地下文學在 18 世紀尤其重要，因爲當時存在著檢查制度、警察和政府壟斷的圖書出版業，以便宣揚官方認可的教條。」〔註 1〕這種判斷放在 1930 年代的中國同樣適用。左翼文學正是處於檢查制度、警察和政府壟斷的圖書出版業的嚴密控制之中。查禁各種「反動刊物」成爲政府的重要工作之一，並構成各大「政府公報」的重要內容。

在經歷了 1930 年春短暫的雜誌高潮後，左翼文學刊物進入了寒冬期。正如陽翰笙所說：「從 1928 年以來，中國的文壇上，誰都知道曾經捲起過一陣大風暴，那一生氣蓬勃的新興文藝思潮，確曾猛烈的激蕩著中國的全文壇，用一種新鮮的熱力和特異的風格，在不斷的向前進展著，在這一時期中，嚴格說來，雖還沒有可以十分令人滿意的創作出來，然而那種一往直前的精神，是大有在那一運動的過程中產生出比較健全的創作出來的希望的，可是不幸得很，中國的新興文藝運動剛剛才在 1930 年的上半年得著較大的開展，緊跟著在下半年就遭受了嚴重的打擊，書店被封，雜誌被禁，作家被捕，創作集被扣，在公開活動上，這一運動便被政治上的壓迫力打到地下去了，進步的創作的發展，在這種情勢之下，當然受了一個很大障礙。」〔註 2〕1930 年下半

〔註 1〕【美】羅伯特・達恩頓（Robert Darnton）著，劉軍譯，《舊制度時期的地下文學》，《前言》第 2 頁，北京：中國人民大學出版社，2012 年。

〔註 2〕寒生（陽翰笙），《新進作家把創作反帝國主義文藝的任務負擔起來！》，《北斗》第 2 卷第 1 期，1932 年 1 月 20 日。

年，幾個影響力較大的左翼文藝刊物全部被禁，如潘漢年總結的：「代表反帝國主義及國民黨的一切自由刊物，差不多都遭封閉，《社會科學講座》、《新思潮》、《文藝講座》、《萌芽》、《拓荒者》、《大眾文藝》、《巴爾底山》等已經明令禁止，此外暗中扣留不准發賣的更不知多少，更卑鄙無恥的是北方改組派——汪精衛與西山會議合交的所在地，居然爲了禁止《巴爾底山》、《萌芽》、《拓荒者》封閉了兩個書局（一個是北平光華，一個是北平北新）。」〔註 3〕國民黨中宣部因而得意的宣稱：「最近數月以來，本部對於反動刊物加以嚴厲的取締，所謂左傾的文藝雜誌，差不多都已先後查禁。」〔註 4〕由於國民黨對左翼文藝的打擊變本加厲，刊物出版異常困難，只能轉入地下或半地下，成爲名副其實的「舊制度時期的地下文學」。

第一節　「左聯」領導下的秘密刊物

在國民黨的殘酷打壓下，雖然左翼文藝運動的處境艱難，但鬥爭並未停止。「左翼的文化運動是完全沉潛到地底下了，被封閉的出版書店甚至負責人遭了槍殺的出版書店，依然保守著一大部分的讀者，進行他們的秘密出版工作。許多左翼的文化團體，並沒因摧殘而停止他們的活動，而且以大鎮壓做了更生的契機，淘汰了不健全或投機的分子，更加強了他們的組織的堅固和向群眾的深入。」〔註 5〕通過「秘密出版」，左翼文化界在「左聯」領導下開展著「地下的戰鬥」，應對著國民黨當局的暴力壓迫和文化圍剿。同時，《文化鬥爭》等秘密雜誌還將《動力》、《展開》等其他「反馬克思主義」的刊物視作國民黨當局「幫閒」或「幫兇」一同批判。在多層的文化對壘中，上海的雜誌格局隨之形成。

雖然從 1930 年夏天起，國民黨的「文化圍剿」空前嚴峻，但「左聯」的組織和領導仍然存在，通過發行秘密刊物進行著鬥爭。由於這些雜誌大多由「左聯」直接領導，因而都具有機關志的性質。雖然「左聯」後期也有少量

〔註 3〕潘漢年，《本刊出版的意義及其使命》，《文化鬥爭》創刊號，1930 年 8 月 15 日。

〔註 4〕《十九年七八九三個月審查文藝刊物報告》，《國民黨中宣部審查 1930 年 7 至 9 月份出版物總報告》，轉引自，吳福輝主編，《中國現代文學編年史——以文學廣告爲中心（1928～1937）》，第 165 頁，北京：北京大學出版社，2013 年。

〔註 5〕《一九三一年之回顧》，《文藝新聞》第 41 號，1931 年 12 月 21 日。

這種類型的雜誌，但這類地下秘密雜誌在 1930 年秋至 1932 年之間最爲集中，是這一時期左翼雜誌的主要類型。這些秘密刊物有的注明爲「左聯」所出，有些則以「文總」名義出版，但「左聯」成員在雜誌中發揮著關鍵作用。這些雜誌，共同構成中共領導下的左翼文化陣線的「文化鬥爭」陣地。

一、地下／半地下化的「左聯」機關志

1930 年夏秋之際，公開出版的左翼雜誌幾乎全部禁絕，但「左聯」的工作並未停止，雜誌作爲重要的鬥爭方式也不可能放棄。這一時期，「左聯」的地下出版工作雖然艱難，但仍在如火如荼的進行，1930 秋到 1932 年，連續發行了多種秘密雜誌，包括《文化鬥爭》、《世界文化》、《前哨・文學導報》、《十字街頭》、《秘書處消息》、《文學》等。

《文化鬥爭》是「左聯」等左翼文化團體被迫完全轉入地下後秘密發行的第一個雜誌，「《文化鬥爭》的出版，是從戰鬥中自己建立出版工作的第一聲！」〔註 6〕該刊創刊於 1930 年 8 月 15 日，共出二期。爲了逃避打擊，並未注明主編和出版發行單位，只標明通訊處爲各左翼雜誌（《新思潮》、《社會科學戰線》、《拓荒者》、《萌芽月刊》、《社會科學講座》、《大眾文藝》、《南國月刊》、《新文藝》、《巴爾底山》、《現代小說》等）轉，實際上，此時，上述左翼雜誌基本均已被禁停刊。正如主編潘漢年在《本刊出版的意義及其使命》中所說：「代表反帝國主義及國民黨的一切左翼刊物，差不多都遭封閉，《社會科學講座》，《新思潮》，《文藝講座》，《萌芽》，《拓荒者》，《大眾》（作者按：疑爲《大眾文藝》），《巴爾底山》……等已經明令禁止。」〔註 7〕可見這個通訊處也形同虛設，而更多是宣告一種姿態，其處境之艱難可以想見。

該刊名爲「文化鬥爭」，也的確名副其實，潘漢年作的發刊詞開篇即爲，「目前中國文化鬥爭急劇尖銳，與政治上的兩個政權對立的鬥爭一般地到了你死我活的緊張。」〔註 8〕旗幟鮮明的提出要與反馬克思主義的文化運動鬥爭。發刊詞宣稱該刊編輯工作由「左聯」和「社聯」共同負責。就內容來看，

〔註 6〕潘漢年，《本刊出版的意義及其使命》，《文化鬥爭》第 1 卷第 1 期，1930 年 8 月 15 日。

〔註 7〕潘漢年，《本刊出版的意義及其使命》，《文化鬥爭》第 1 卷第 1 期，1930 年 8 月 15 日。

〔註 8〕潘漢年，《本刊出版的意義及其使命》，《文化鬥爭》第 1 卷第 1 期，1930 年 8 月 15 日。

也的確是「左聯」和「社聯」的內容，尤以「社聯」爲重。第一期發表了社聯成員谷蔭（朱鏡我）的《反對帝國主義進攻紅軍》和《取消派與社會民主黨》，「社聯」的《擁護蘇維埃代表大會宣言》及《反社會民主主義宣傳綱領》。與「左聯」有關的只有一篇《無產階級文學運動新的情勢及我們的任務》，雖然只有一篇，但是篇幅長，內容重要，爲「左聯」執委會 1930 年 8 月 4 日通過的一份決議，這份決議是後來人們認識「左聯」工作的重要文件。第二期仍以「社聯」的內容爲重頭，如子貞的《文化上的托洛茨基主義》、谷蔭的《動力的反動本色》、耶當的《戰鬥的隨筆》等，「左聯」方面則有《對蘇區代表大會報告決議案》、鬼鄰的《對於反蘇聯戰爭的歐美著作家的態度》、史君《讀「中國文學的新史料》。

《世界文化》可以說是一種「難產」的機關刊。從「左聯」成立起，就宣佈要創辦名爲《世界文化》的機關志，〔註 9〕但一直未能出版，直到 1930 年 9 月 10 日才終於在上海創刊，編輯者、出版者、發行者均署名「世界文化月刊社」，僅出創刊號便被查禁。該刊內容分爲「論文」、「資料」、「世界文化消息」三部分，論文有谷蔭的《中國目前思想界底解剖》、馮乃超的《左聯成立的意義和它的任務》、梁平的《中國社會科學運動的意義》，還有魯迅翻譯的《無產階級革命文學論》，劉志清（柔石）的通訊《一個偉大的印象》，資料和消息主要都跟蘇聯有關。該刊起名「世界文化」，是有著重大的抱負的，將雜誌的產生建立在整個世界格局的基礎上，「大家都知道近幾年來國際狀況有了一個轉變，這就是資本主義日益崩潰，工人鬥爭，民族解放運動日益發展，他方面社會主義的國家蘇聯的經濟建設日益強固發達。目前世界的尖端對立就是資本主義和社會主義的對立鬥爭。《世界文化》是這個對立鬥爭中產生出來的文化之忠實報導者。它要成爲中國文化領域中的最大無線電臺。」〔註 10〕但在力量完全不對等的情況下，未待抱負展開，雜誌便被禁止。

《前哨・文學導報》是「左聯」機關志中非常重要的一種，也是非常時期維持時間最長的機關志。《前哨》出版於 1931 年 4 月 25 日，由魯迅主編，從第二期起改名《文學導報》，出至 1931 年 11 月 15 日第八期被禁。《前哨》

〔註 9〕 1930 年 6 月《新地》月刊第一期《左翼作家聯盟的兩次大會紀略》一文談到「決定編印機關刊物《世界文化》。」6 月 16 日出版的《沙侖》又談到「機關雜誌亦可出版，雜誌名『世界文化』，代發行所爲泰東書局。」

〔註 10〕 《編輯後記》，《世界文化》創刊號，1930 年 9 月 10 日。

的出版籌劃頗久，1930 年 8 月《文化鬥爭》創刊號宣佈要創辦一本機關志，第二期則明確該雜誌爲《前哨》，並發布《「前哨」向廣大革命群眾的通告》:「『前哨』是中國無產階級文學運動之總的機關雜誌。它的編輯計劃已經準備好了，第一期創刊號打算在十月初出版。」並預告了創刊號內容：「革命青年的任務；通信運動及作家的組織活動；爲什麼中國常有軍閥混戰？戰爭通信：長沙——法電鬥爭——學校與學校鬥爭——工廠鬥爭；國際通信；前哨戰（短評欄）；詩歌及小說；漫畫及畫報；其他。」很顯然，後來出來的《前哨》並未按原計劃進行，創刊號與原預告的內容完全不同。可見，在極端艱難的出版環境下，「左聯」的機關志也只能採取游擊戰的方式，不僅出版時間靈活，刊名可能隨時發生變化，甚至雜誌內容也可能根據實際情況隨時調整，採用的是「游擊戰」的方式，但它同時又完全是「左聯」的輿論陣地。蕭三在後來對其總結時說：「一九三一年，聯盟創刊它的中央機關報《前哨》，第二期後改名《文學導報》，一共出了九期。那刊物對反帝的大眾文學予以很大的注意，並領導起反所謂『民族主義』文學之堅強的鬥爭來，稱之爲『劊子手文學』。」〔註 11〕

創刊號爲「紀念戰死者專號」，悼念被國民黨殺害的「左聯五烈士」和劇聯成員宗暉。開首即以「中國左翼作家聯盟」名義發布《中國左翼作家聯盟爲國民黨屠殺大批革命作家宣言》和《爲國民黨屠殺同志致各國革命文學和文化團體及一切爲人類進步而工作的著作家思想家書》，另有悼念文章兩篇，包括魯迅（署名 L.S.）的《中國無產階級革命文學和前驅的血》及梅孫的《血的教訓——悼二月七日的我們的死者》，還有文英（馮雪峰）的短評《我們同志的死和走狗們的卑劣》，悼念死者，揭露文藝界的敵對勢力。本期主要內容還有「被難同志傳略」和「被難同志的遺囑」，立體展示了六位遇害者的文學貢獻。通過機關志的宣傳，「左聯五烈士」事件的影響不斷擴大，並成爲「左聯」時期具有標誌性意義的事件，爲「左聯」和左翼文藝運動爭取更多的輿論支持。

爲了應對國民黨當局的查禁，第二期改名爲《文學導報》，但是第二期出版時間已是差不多四個月之後的 8 月 5 日了，本期主要文章有《世界無產階級革命作家對於中國白色恐怖及帝國主義干涉的抗議》（這些國際革命作家包

〔註 11〕蕭愛梅，《十五年來的中國革命文學》，《泡沫》第 1 卷卷終號，1936 年 2 月 20 日。

括德國的路特威錫・稜、美國的密凱爾・果爾德、奧地利的翰斯・邁伊爾、英國的哈羅・海斯洛普、日本的永田寬)、馬克思主義文藝理論研究會的包括《「五四」運動的檢討》、《革命作家國際聯盟社處給各文部的信》，以及《開除周全平，葉靈鳳，周毓英的通告》。第三期出版於 1931 年 8 月 20 日，共三篇文章，有蕭三的《出席哈爾可夫世界革命文學大會中國代表的報告》，介紹了此次會議的主要議程和相應報告；另有史鐵兒（瞿秋白）的《屠夫文學》，揭露「民族主義文學」的本質；最後一篇爲《革命作家國際聯盟爲國民黨屠殺中國革命作家宣言》。瞿秋白的《屠夫文學》多被研究者提及，但有人談到該篇對民族主義文學的批判與其存在時間不對應的問題，「令人困惑的是，左翼文藝界發動對民族主義的批判，主要集中在對上海《前鋒月刊》和《前鋒周報》兩個刊物上的作品，然而這兩個刊物在左翼文藝界發動批判之前就已經停刊。左翼最早對民族主義文藝的批判是瞿秋白（史鐵兒）的《屠夫文學》，發表於 1931 年 8 月 20 日，《前鋒月刊》卻於 1931 年的 4 月 10 日就已停刊，同年 5 月 31 日《前鋒周報》停刊。」在同一篇文章中還引用阪口直樹的說法，「『左聯』竟是將已停刊的雜誌作爲攻擊對象，並自稱是導致其停刊的原因，此種說法豈不誤謬。」他關注的是「左翼文藝界發動這種事後的批判，這當中複雜的背景和原因是什麼？」〔註 12〕提出這種疑問，是由於並未對《前哨・文學導報》進行細緻的考察，對其出版背景也不夠瞭解。實際上，首先，《前哨》對民族主義文藝的批判並非最早開始於 1931 年 8 月 20 日，創刊號上，文英的《我們同志的死和走狗們的卑劣》已經對民族主義文學進行了控訴，而且列舉了不少他們的刊物。其次，瞿秋白的批判文章雖到 8 月 20 日才出版，實際的寫作時間卻早得多，該刊第二期的《編輯附記》已明確說明，「本刊因爲印刷和發行的困難，不得不將『前哨』這名字改爲『文學導報』，同時將每期篇幅減少而改爲半月刊。又本期和下期的稿件，大部分是五月份的東西，遷延至今刊出，出版日期也當然寫實際出版的日期了。」〔註 13〕提出上面的疑問，不僅因爲沒有仔細看刊物，更是因爲不瞭解在國民黨的暴力壓制下，左翼刊物不得已拖延出版的現實。而且，「民族主義文學」作爲一個運動，在《前鋒週報》和《前鋒月刊》停刊後，仍然還在繼續，左翼加大火力對其進

〔註 12〕 牟澤雄，《(1927～1937) 國民黨的文藝統制》，華東師範大學博士學位論文，2010 年。

〔註 13〕 《編輯附記》，《文學導報》第 1 卷第 2 期，1931 年 8 月 5 日。

行批判也是非常自然的事情。第四期的重頭仍然是對「民族主義文藝」的批判，包括史鐵兒（瞿秋白）的《青年的九月》和石萌（茅盾）的《「民族主義文藝」的現形》，從理論到實踐的層面對民族主義文學進行解剖批判。另有思明的《德國無產階級革命文學運動的概況》和思揚的《三民主義的與民族主義的文學團體與刊物》。最後是左聯秘書處的啓事，揭穿敵人栽贓陷害左聯的伎倆。第五期出版於 1931 年 9 月 28 日，剛好在「九・一八」事變之後，開篇爲「左聯」的「告國際無產階級及勞動民眾的文化組織書」，抗議日本佔領東北。另有史鐵兒（秋白）的《大眾文藝和反對帝國主義的戰爭》和他的「亂來腔」《東洋人出兵》，爲實踐「大眾文藝」的探索。還有石萌（茅盾）的《〈黃人之血〉及其他》，從創作層面繼續批判「民族主義文學」。第 6、7 期合刊開篇爲「左聯」執委會的「告無產階級作家革命作家及一切愛好文藝的青年》，重要的文章還有洛揚（馮雪峰）的《統治階級的「反日大眾文藝」之檢查》、《關於革命的反帝大眾文藝的工作》，晏敖（魯迅）的《「民族主義文學」的任務和運命》，石萌（茅盾）的《評所謂「文藝救國」的新現象》，以及左聯秘書處當年 10 月 15 日的通告和《中國左翼戲劇家聯盟最近行動綱領》。第 8 期於 1931 年 11 月 15 日出版，最重要的文章當屬《中國無產階級革命文學的新任務——一九三一年十一月中國左翼作家聯盟執行委員會的決議》，另有《國際革命作家聯盟對於中國無產文學的決議案》、黃逵的《最近的蘇聯文學》、施華洛的《中國蘇維埃革命與普羅文學之建設》及左聯的《爲蘇聯革命第十四周紀念及中國蘇維埃臨時中央政府成立紀念宣言》。

《前哨・文學導報》最清楚的表現了 1931 年政黨對峙格局下的文化對壘，在「九・一八」事變之後，更是發出了強烈的反帝的聲音，左翼階級話語和民族話語均因此得到表達。而且，也直接的表現了「左聯」與國際左翼文化力量的聯繫，尤其是與國際革命作家聯盟的關係，表現出蘇聯的文藝動向對中國左翼文藝運動的影響。

《十字街頭》是「左聯」的另一份半地下機關志。該刊於 1931 年 12 月 11 日在上海創刊，由魯迅主編，爲四開四版的時事、文藝綜合性小型刊物，原爲半月刊，1932 年 1 月 5 日第三期改爲十日刊，但可惜出至該期便被查禁。

《十字街頭》創辦於「九一八」事變之後，民族危機是其最重要的背景。雜誌開首第一篇即爲《怒吼吧，中國！——集合在反對帝國主義的旗幟下》，呼籲「文學家，文學青年，都集中到反對帝國主義的旗幟下面來」。「截斷一切資本主義文學惡影響的潮流。擊破一切間接直接擁護帝國主義者的文學流派之假面具。特別要反對以救國爲名，而欲挽救他們沒落地位的這些欺騙，積極站在反對帝國主義的立場上，爭取我們言論出版結社集會的自由，反對逮捕槍斃作家的一切企圖。這也是我們反對帝國主義不能不做到的先決問題。」〔註 14〕反帝成爲該刊最重要的主題，魯迅的《沉滓的泛起》（署名它音）、《友邦驚詫論》均有「國難」的背景。另外，該刊發表的重要文獻有瞿秋白（J K）致魯迅的信《論翻譯》（第 1、2 期），討論翻譯的「大眾化」問題；有魯迅與沙汀、艾蕪的《關於小說題材的通信》（第 3 期）。另有瞿秋白的《〈鐵流〉在巴黎》、《滿洲的「毀滅」》等重要文章。可以看出，在這個小雜誌上，瞿秋白越來越發揮著重要作用。魯迅以「阿二」爲筆名在該刊上發表了《好東西歌》、《公民科歌》、《「言詞爭執歌」》等諷喻時世的順口溜。因而，蕭三稱其「是一種諷刺的報紙。專載尖刻的雜感，歌曲，與嚴正的批評文字。」〔註 15〕雖然該雜誌內容並不多，出版時間也不長，但通過魯迅等人的文章，卻在表達民族話語的過程中融入了階級對抗的聲音，顯示出 1930 年代左翼話語的豐富性。而「左聯」領導的「文藝大眾化運動」也成爲這份小雜誌的重要背景。

與此前的機關志有所不同，由「左聯」秘書處出版的《秘書處消息》體現出「左聯」階段性工作簡報的特點。《秘書處消息》爲「左聯」內部刊物之一，原刊爲油印 32 開本，現僅見一期，1932 年 3 月 15 日印行。包括 9 篇文章，基本爲「左聯」的各種工作決議，堪稱「左聯」的工作簡報。具體爲《關於左聯目前具體工作的決議》、《關於左聯改組的決議》、《各委員會的工作方針》、《關於左聯理論指導機關雜誌〈文學〉的決議》、《關於新盟員加入的補充決議》、《關於「三一八」的決議》、《和「劇聯」及「社聯」競賽工作的合同》、《秘書處關於競賽工作的一封信》、《我們創辦了工農小報》。《關於左聯目前具體工作的決議》爲 1931 年 11 月決議的繼續，將左聯當前急需開展的工作列爲六項：一、「左聯」作爲一個革命的戰鬥的文藝團體，應當趕緊動員自己的力量去履行當前的反帝國主義的戰鬥任務；二、實行「文藝大眾化」是目前最緊要的任務。第三、青年文藝研究團體應完全接受「左聯」的領導，並努力發展新的組織。

〔註 14〕林瑞精，《怒吼吧，中國！——集合在反對帝國主義的旗幟下》，《十字街頭》第 1 期，1931 年 12 月 11 日。

〔註 15〕蕭愛梅，《十五年來的中國革命文學》，《泡沫》第 1 卷卷終號，1936 年 2 月 20 日。

第四、反對一切非無產階級的文藝，並研究普羅文藝的理論和技術，創造發動群眾的文學的言語。第五、在北平、天津支部外，建立更多的支部。第六、「左聯」必須開始有系統的介紹世界的革命文藝和普羅文藝的工作，和「國際革命作家聯盟」等組織建立更密切的關係。其他決議對「左聯」的組織進行了調整並明確了具體工作安排，並決定創辦機關志《文學》。這份工作簡報式的雜誌最明確的體現出「左聯」領導左翼文藝運動的具體方式，同時也成爲瞭解「左聯」組織結構的重要途徑。通過這份雜誌可以看出，雖然這一時期「左聯」被嚴厲打壓，但仍然有組織的開展著各項工作。

根據《秘書處消息》的記載，1932 年 3 月 9 日秘書處擴大會議上通過了「關於「左聯」理論指導機關雜誌《文學》的決議」。《文學》雜誌很快創刊，於 1932 年 4 月 25 日發行。在上述決議裏，列出了 7 條關於這種機關志的具體意見，本待一一實現，在版權頁說明，「每月出版二期，全年二十四期」，但《文學》僅出一期便未能繼續。本期僅三篇文章，分別爲：《上海戰爭和戰爭文學》、史鐵兒（瞿秋白）的《大眾文藝的現實問題》、洛揚（馮雪峰）的《論文學的大眾化》，可見對文藝大眾化的重視，這也是符合對雜誌的預設的，在籌辦決議的第一條明確說明：「在左聯的運動到了一個新的階段的現在，它的機關雜誌加強領導作用。首先，它必須在理論上領導著左聯的轉變——大眾文藝運動，它必須儘量的登載關於大眾文藝工作的各方面的研究討論的文字，指示大眾文藝的創作組織及一切實際工作的問題的方向。」〔註 16〕《文藝新聞》的預告也強調雜誌對「大眾化」問題的重視：「最近有新進作家多人，組織一文學雜誌社，將出版半月刊一種，定名爲『文學』。性質轉載理論文字，提出文藝運動上的種種新問題，尤其注重『文藝大眾化』問題的討論。第一期現已付印，一星期內即可出版。」〔註 17〕本期《文學》，雖然在其他幾條上還未來得及完全實現，但是對「大眾化」的重視卻是確實的。但由於僅出了這一期，其作爲「左聯理論指導機關雜誌」的意圖終未完成。

雖然「左聯」的雜誌出版工作轉入地下，但從這些地下雜誌可以看出，「左聯」仍在行之有效的領導著左翼文藝運動，而這些雜誌不僅是「左聯」的重要工作平臺，本身也成爲鬥爭的武器。

〔註 16〕《關於左聯理論指導機關雜誌〈文學〉的決議》，《秘書處消息》，1932 年 3 月 15 日。

〔註 17〕《文學——大眾化》，《文藝新聞》第 48 號，1932 年 3 月 28 日。

二、以「左聯」工作爲重點的「文總」秘密雜誌

1930年秋，中國左翼文化總同盟（簡稱「文總」）在上海成立，各左翼文化團體構成「文總」的各個分支，「左聯」是其中最重要的文化團體之一。「文總」成立後，在出版方面也力圖有所作爲，以便更好實現對左翼文藝運動的領導，進行更有效的鬥爭。「文總」成立後，創辦了自己的機關刊物，從雜誌的面貌看，「文總」的工作與「左聯」工作多有交叉，因而也將其放入「左聯」秘密刊物的範疇下來考察，主要包括《文化月報》／《世界文化》、《文報》等。

《文化月報》於1932年11月15日創刊，編輯者署「陳樂夫」，出版者爲文化月報社，通訊處爲「眞茹國立暨南大學李宗成收」，實際上仍然是半秘密發行的刊物。爲了應對查禁，第2期改名《世界文化》，1933年1月15日出版，署名徐介石編輯，世界文化社發行，但也僅出一期即被禁。

1930年9月10日「左聯」出版過一份名爲《世界文化》的機關志，但1933年的《世界文化》並非其續期，而是《文化月報》的續期。唐弢後來曾梳理過三者之間的關係：「左聯成立會上決定出版的刊物《世界文化》（1930年9月10日出版），這是一個綜合性雜誌。證諸文字記載和許多人的回憶，出一期便被禁止了。到了1932年11月，文總又刊行過一個綜合性雜誌：《文化月報》（十六開本），也是出一期便被禁止了。但上海文藝出版社卻找到了《世界文化》第二期。內容和第一期《世界文化》或第一期《文化月報》都有點近似，作者也多是左聯和文總的成員。這便爲大家帶來了一個疑難的問題：倘說《世界文化》本來就出過第二期吧，根據當時的形勢似乎不大有此可能；倘說本來沒有出過第二期吧，卻又明明存在著第二期。究竟是怎麼一回事呢？經過仔細考查，才知道這一本《世界文化》是由文總編輯，其實該是《文化月報》的第二期。兩個刊物的社址是相同的，《本報啓事》和《徵稿條例》的文字是相同的，出版期也大致銜接。更重要的一個證據是：發表在《文化月報》第一期上嵩甫翻譯的《五年計劃中的社會主義的文化革命》，是一篇未完待續的稿子，卻由《世界文化》第二期續登完畢，這就坐實了前後承繼的關係。不過因爲刊名由《文化月報》改作《世界文化》，開本由十六開縮爲二十三開，從形式上，容易造成錯覺，使人聯想到左聯的第一期《世界文化》，以爲倒是它的續刊了。」〔註18〕

〔註18〕晦庵（唐弢），《「世界文化」第二期》，《人民日報》1961年4月18日第8版。

《文化月報》／《世界文化》作爲「文總」的機關刊，試圖對左翼文學、社會科學等各方面進行領導。該刊《本報啓事》宣稱：「本刊堅決地擔負著爲大眾的勝利而鬥爭的任務，爲了執行這一任務以及爲了本刊的存在與發展，我們要求廣大的讀者群眾，全體動員來參加本刊的工作。」就內容而言，既有政治、社會分析的內容，也有文學相關的內容。雜誌對國內國際形勢和蘇聯的情況特別關注，有《國聯調查團報告書的分析》、《論國際形勢》、《請看王禮錫的「列寧主義」》、《論蘇俄革命紀念與新五年計劃》、《五年計劃中的社會主義的文化革命》、《高爾基的四十年創作生活》等文，文學方面的文章則有魯迅翻譯的《蘇聯文學理論及文學批評的現狀》和創作的《論「第三種人」》，另有「文藝」、「時事述評」、「文化情報」等欄目，「文化情報」刊登了「拉普」解散的消息。

《文報》是「文總」的機關刊，採用自己動手刻寫、油印發行等秘密方式。這種發行方式使刊物的保存更加困難，也使得後來的研究者更難窺其原貌。因此，孔海珠對《文報》的發現便顯示出更重要的史料價值，她發現了1935年出版的三期《文報》並在其著作《左翼・上海（1934～1936）》中對其進行了重點介紹〔註19〕，分別爲：1935年新年號、1935年10月25日出版的第十一期和同時出版的《文報》副刊《研究資料》第一期。就發現的三期內容來看，新年號有《過去工作之檢討與我們今後的努力》、《三 L 紀念日宣傳大綱》、《年關鬥爭綱領》、《反宗教迷信的大綱》、《蘇區文化教育的片斷》、三封信（《世界各國作家對中國焚書坑儒的抗議》《國際革命戲劇家同盟給「劇聯」的一封信》、《「文總」致全世界著作家的信》）、《蘇聯蘇維埃作家聯盟盟約》。十一期內容包括三部分：第一部分爲《紀念兩個國際的人物》和《訃告》。第二部分爲六個聯盟的綱領草案和發表新綱領的「緊急通告」。六個綱領包括：《中國左翼文化總同盟綱領草案》、《中國社會科學者聯盟綱領草案》、《中國新興教育者聯盟綱領草案》、《中國左翼報人聯盟綱領草案》、《中國婦女運動大同盟綱領草案》、《中國左翼作家聯盟綱領草案》，還有《關於發表新綱領的緊急通告》。第三部分爲反映當時「文總」下各聯的活動情況。「文總」理論部發表《重新提出我們的緊急任務》；文總宣傳委員會對各聯的宣傳品作審查報告，主要針對「社聯」、「左聯」、「教聯」送去的一張畫報、二個提綱、三份宣言、四本月刊進行評說；最後一篇文章《怎樣發揮「社聯」工作的特

〔註19〕孔海珠，《左翼・上海（1934～1936）》，上海文藝出版社，2003年。

殊性》。編者認爲「這一期是工作轉向後的第一期。」研究資料第一期主要包括 7 篇第三國際七次大會文獻，《文化防衛國際作家會議經過》，1935 年 5 月 4 日斯大林在紅軍大學院學生畢業會上的演講詞《幹部決定一切》，卷首「文總」宣傳委員會作了《加強研究工作獲得思想的武裝》的指導性文章，提出六條工作原則：一、各聯必須成立研究部或各部理論研究會，適應其特殊性，展開系統的研究活動。二、各聯必須發刊對外機關紙，反映研究的結論和組織的見解，對反動的理論與輿論作鬥爭。三、各聯必須恢復對內機關紙，加強內部教育，展開反對「左」右傾的鬥爭。並且傳達工作經驗及實踐的教訓。四、「文總」常委會必須系統的做出關於現實問題的研究綱領，審查各種刊物，提出代表的反動觀點，並與之作鬥爭的方法，反映在文報的副刊《研究資料》上面，或者印發臨時文件，給各聯研究部會的指示與參考。五、「文總」宣傳會必須廣泛的搜集關於國際、國內的鬥爭消息及資料，加以翻譯或整理刊載本副刊。六、「文總」宣委會必須正確而縝密的審查各聯的刊物及各種宣傳文件，定期或臨時提出報告與指示。

《左翼・上海：1934～1936》以 1935 年三期《文報》的發現爲基礎勾畫了「左聯」後期左翼文藝運動的狀態，〔註 20〕殊爲重要。但在介紹《文報》時，由於找不到其創刊於何時的證據，因而僅將其當成考察後期「左聯」和「文總」活動的途徑。實際上，雖然現在發現的均爲 1935 年的《文報》，但根據國民黨的官方報導，《文報》最遲 1932 年已經創辦，1932 年《社會新聞》第 1 期報導了《文報》的情況，「共產黨之黨外文化團體如左翼作家聯盟，社會科學作家聯盟，戲劇作家聯盟等，聯合組織成『中國左翼文化總同盟』，作爲共產黨文化運動的總機關。該總同盟現出版一種機關報，定名《文報》，已在市上發售，購閱者尙稱踊躍雲。」〔註 21〕而 1932 年 10 月 21 日的廣東民政廳訓令第四七九五號便是公開查禁《文報》的訓令，「據查獲由滬寄漢共黨刊物文報，係反對剿匪擁護蘇聯鼓吹無產階級暴動，並載有著名中國左翼文化總同盟之宣言，通訊地點爲上海光華大學劉仁庵轉，請予查禁，以戢反動。」〔註 22〕這也映證著《文報》出版的事實。但由於已難見到《文報》原貌，很遺憾的無法對其進行細緻考察。

〔註 20〕 孔海珠，《左翼・上海：1934～1936》，上海：上海文藝出版社，2003 年。

〔註 21〕 《共產黨辦文報》，《社會新聞》1932 年第 1 卷第 1 期。

〔註 22〕 《查禁共產黨刊物〈文報〉等》，《廣東省政府公報》，1932 年第 204 期。

三、「文化鬥爭」的陣地：秘密機關志的形式特色和功能特徵

隨著國民黨文化管制的加強，1930 年下半年，原有左翼刊物紛紛被禁，新刊物的出版也變得日益困難，「左聯」相關刊物生存越發困難。由於公開出版已變得不可能，左翼雜誌的出版只能轉入地下。爲了繼續進行雜誌出版工作，「左聯」開始尋求新的發行渠道，組織自己的出版機構變成頭等大事。

1930 年 8 月出版的《文化鬥爭》直接宣佈：「一切革命的馬克思主義的書報，往後希望那些書店來出版，是一天天的困難了，爲了要廣大我們文化鬥爭的宣傳工作，是不應該再幻想那些以買賣爲主的書店來代我們發行，只有堅決的建立我們自己的出版發行工作，要用一百廿分的努力，來克服一切困難的客觀條件，我們只有與廣大青年讀者結合一條戰線，來維持發展我們的出版發行工作！」〔註 23〕在封底再次強調，「自《拓荒者》、《大眾文藝》、《藝術》等雜誌被封禁過後，經驗告訴我們靠書店的合法營業路線，絕對不能出版代表我們鬥爭活動的雜誌，同時本聯盟活動的深入，迫切的需要有一個堅強的領導機關雜誌。所以我們現在要籌備一個中心雜誌，需要讀者諸君起來作直接訂戶。不管壓迫怎樣的殘酷我們決心把它衝破，絕對不會半途中止，而且每期能夠送到諸君之前。」〔註 24〕第 2 期則明確該機關志爲《前哨》，仍然強調「做本雜誌之直接定戶。」可見，建立自己的出版發行渠道，避開書局的中間渠道而直接徵求訂戶成爲左翼文化界應對國民黨通過打壓書局抑制左翼刊物的重要手段。《文化月報》／《世界文化》也發啓事徵求直接定戶，「爲避免商業的剝削以及發行方便起見，本刊歡迎讀者直接訂閱，並希望多多介紹定戶。」〔註 25〕

但建立自己的出版機構並非易事，在 1931 年湖風書局成立前，「左聯」並未建立起自己的出版機構。因而，這些左翼雜誌的印行十分艱難，都設法採用秘密的渠道印行。由於書店都害怕承擔風險，只能將排好的雜誌盡可能快的找小印刷廠印行，《前哨》的出版即是如此，《文化鬥爭》、《世界文化》、《文學》、《十字街頭》、《文化月報》／《世界文化》、《文學生活》也都採用這種方式，沒有明確的出版和發行單位。《秘書處消息》、《文報》、《文學生活》

〔註 23〕潘漢年，《本刊出版的意義及其使命》，《文化鬥爭》第 1 卷第 1 期，1930 年 8 月 15 日。

〔註 24〕《左聯中心機關雜誌徵求直接訂户》，《文化鬥爭》第 1 卷第 1 期，1930 年 8 月 15 日。

〔註 25〕《本刊啓事》，《文化月報》第 1 期，1932 年 11 月 15 日。

更是採用內部油印的方式，避免跟出版印刷機構打交道。事實證明這種游擊的方式是成功的，國民黨對於這種對手暗中出擊的情形也十分頭疼，比如在談到《文化鬥爭》時說：「代表它們重要言論的中央機關雜誌，就是上面所說的《文化鬥爭》。該刊雖經通令查禁，但是它沒有一定的發行地址，且係自設的印刷發行機關，難免不再繼續發行，這是值得加以注意的。」〔註 26〕

這些秘密出版的雜誌基本屬於受「左聯」（「文總」）直接領導的刊物，多數都直接標明「機關志」的屬性。而在特定的歷史條件下，這些地下或半地下的機關志表現出一些共有的特徵。

首先，從形式上看，因爲經濟拮据、印刷困難，發行麻煩，尤其是不可能正常銷售，所以印刷條件非常簡陋，一般這樣的雜誌都裝幀簡陋，甚至是油印的方式。而且，這些雜誌大都篇幅很短，《文化鬥爭》每期也就 10 頁左右，《十字街頭》也就是一份四版的小報，《文學》總共只刊登了三篇文章。

其次，從內容上看，與前期公開出版的機關志完全不同，前期如《萌芽》、《拓荒者》等，不僅雜誌分量厚重，而且翻譯、創作、論文等一應俱全，而這些秘密的機關雜誌，則基本以左聯的決議和相關的論文作爲雜誌的基本內容，很少有翻譯，基本沒有文學創作作品刊登。雖是「左聯」的機關志，文學創作基本完全缺席。這種文學的缺席既與雜誌的生存困境有關，也與「左聯」當時的指導思想有關，在「中共」當時路線的引導下，「左聯」也強調實際鬥爭，而反對作品主義。

再次，從雜誌的性質和構成上看，由於雜誌的目的不在於銷售和盈利，完全是非商業性的，因而，在雜誌上基本沒有任何商業廣告（目力所及，只有《文化月報》／《世界文化》刊登過一則商業廣告），它更看重的是作爲輿論陣地的功能，屬於純粹意義上的機關志。通過這些機關志，一方面傳播「左聯」等文化組織的理念，教育成員，更重要的是發揮文化反制的作用。由於其爲完全非商業的機關志，相對於前期公開出版的機關志，具有更強指導性意見的文件數量大大增多，甚至構成主體，可以說，這個階段「左聯」的重要文件都可以從這些刊物中看到。由於處於地下（半地下）的地位，這些秘密刊物想要產生廣泛的社會影響是比較困難的，更多的作用是一種對內的宣傳和提升，通過明確的鬥爭來提升自身的向心力，也表現出強烈的集團色彩。

〔註 26〕《十九年七八九三個月審查文藝刊物報告》，《國民黨中宣部審查 1930 年 7 至 9 月份出版物總報告》，轉引自吳福輝主編，《中國現代文學編年史——以文學廣告爲中心（1928～1937）》，第 166 頁，北京大學出版社，2013 年。

總體來看，這些雜誌是「左聯」開展「文化鬥爭」的陣地。戴平萬的在描述其小說《陸阿六》的主人公時說，「對於革命呢，那是更不用說；他的生命便是鬥爭的本體啊！」對這些地下機關志來說，也可以套用這句話，它們的生命便是鬥爭的本體。由於雜誌所處的歷史語境，「鬥爭」是這些雜誌精神的關鍵詞，這些秘密雜誌成左翼文化界有力的地下輿論陣地。魯迅曾說，「一講無產階級文學，便不免歸結到鬥爭文學，一講鬥爭，便只能說是最高的鬥爭的一翼。」〔註27〕左翼文藝運動從1928年的雜誌大戰始，但那時的雜誌大戰基本停留在「文本鬥爭」的層面上，是文化層面爭奪話語權之戰，是「論爭」，這種論爭是觀點的交鋒，盧那查爾斯基專門討論過論爭的必然性，「最後的問題，是激烈的尖銳的論爭的形式可以被允許著麼？概言之，尖銳的論爭，這在吸引讀者的意味上，是有益的東西。論爭的性質底論文，尤其是在相互地有著謬誤的場合，伴著其他的條件，更大地影響著，更深地為讀者所攝取。加之，作為革命家的馬克思主義者，批評家戰鬥的氣質，自然地易於取著其思想底激烈的表現。但是，在這個場合，不可忘記用論爭底美點來掩飾自己底議論的弱點，是批評家的大罪惡。」〔註28〕到此時，則從文本鬥爭走向政治鬥爭，上升到生死之戰的層面，不僅話語層次的鬥爭日趨激烈，鬥爭也進入了現實肉身的層面。

雜誌的刊名便顯示著鬥爭的本色，《巴爾底山》（突擊隊）、《前哨》、《文化鬥爭》、《萌芽》、《拓荒者》等都暗含戰鬥之意。通過這些雜誌，「左聯」成員可以明確自己的目標和鬥爭的指向。因其秘密的位置，其表現出更強的戰鬥性，這些雜誌基本都可以稱得上是「鬥爭的雜誌」。「鬥爭」不僅成為一種一種客觀形態，更塑造著一種思維，一種沒有中間地帶的二元思維，「或者來為著大眾服務，或者去為著大眾的仇敵服務。」〔註29〕這不僅與雜誌所出歷史環境有關，也與「左聯」及其背後中共的路線特點有關。

在文化鬥爭的具體指向上，並非純粹的文學鬥爭，而更多是思想之爭，是意識形態之爭，其中包含的文學鬥爭也成為思想和意識形態之爭的構成部分。

〔註27〕魯迅、徐匀，《通信》，《語絲》第四卷第三十四期，1928年8月20日。
〔註28〕盧那查爾斯基著，林伯修重譯，《關於文藝批評的任務之論綱》，《海風週報》6、7號合刊，1929年2月10日。
〔註29〕《「自由人」的文化運動》，《文藝新聞》第56號，1932年5月23日。

第二節　左翼秘密雜誌的文化／政治鬥爭

左翼雜誌轉入地下的根本原因是國民黨當局的「文化圍剿」，因而，這些地下雜誌天然是爲鬥爭而存在的。既要反抗國民黨暴力壓迫，又要與國民黨開展的「民族主義文藝運動」進行鬥爭。同時，左翼內部的身份之爭也日趨激烈，對「托派」雜誌的「非馬克思主義」思想的批評也成爲左翼秘密雜誌的重要內容。

一、反「文化圍剿」鬥爭中的左翼秘密雜誌

國民黨的「文化圍剿」自然是左翼秘密雜誌進行文化／政治鬥爭對重要的對象。1930 年 5 月 3 日，魯迅在至李秉中的信中談到國內文藝雜誌的情況：「實尙無較可觀覽者。近來頗流行無產文學，出版物不立此爲旗幟，世間便以爲落伍，而作者殊寥寥。銷行頗多者，爲《拓荒者》、《現代小說》、《大眾文藝》、《萌芽》等，但禁止殆將不遠。」〔註 30〕果然沒多久，這些雜誌全部遭遇被禁的命運。面對越來越興盛的左翼文化，國民黨日益恐慌，處心積慮地應對左翼文藝運動的高漲。隨著「軍事圍剿」的加強，「文化圍剿」的力度也越來越大。在經歷 1930 年春「左聯」成立期的黃金期後，國民黨的暴力壓制不斷升級，出臺了一系列強有力的打擊措施。

首先最直接的便是對「左聯」等左翼組織和左翼文化人的暴力打擊。不僅宣佈取締「左聯」等左翼組織，而且直接捕殺左翼文化人。1930 年 9 月 30 日，國民黨中央執行委員會秘書處向文官處發出第 15889 號公函，批准中央宣傳部上報取締「左聯」的申請，並「轉函國民政府密令淞滬警備司令部及上海市政府會同該市黨部宣傳部嚴密偵察各項反動組織之機關，予以查封，並緝拿其主持分子，歸案究辦。」同日，國民黨中央執行委員會秘書長陳立夫簽發致國民政府公函，密令淞滬警備司令部及上海市政府會同該市黨部宣傳部嚴密偵查中國社會科學家聯盟、左翼作家聯盟、上海青年反帝大同盟、普羅詩社、無產階級文藝俱樂部、中國革命互濟會、革命學生會等革命組織和已經呈請取締的自由運動大同盟，「一律予以取締」，「緝拿其主謀份子，歸案究辦」，並附各組織人員名單。1931 年 1 月 17 日，「左聯」成員柔石、胡也頻、殷夫、馮鏗等人被捕，18 日李偉森被捕。2 月，「左聯五烈士」及其他 20

〔註 30〕《300503 致李秉中》，《魯迅全集》第 12 卷，第 233 頁。

多名革命者被殺。在此之前，國民黨已殺害了「劇聯」成員宗暉。1933 年 5 月，丁玲、潘梓年被捕，應修人當場犧牲。1933 年，《中國論壇》的 2 卷 8 期還刊登了國民黨擬捕殺的「鈎命單」，多爲左翼文化名人列於其中。1934 年姚蓬子被捕叛變。

經過一系列的暴力鎮壓，「左聯」遭到了巨大打擊，「在一九三一年春，左聯的陣容已經非常零落。人數從九十多降到十二。公開的刊物完全沒有了。」〔註 31〕國民黨對此頗爲得意，「共產黨過去所操縱的『左翼作家聯盟』，經過很多次數的打擊，現在已經到了不能立足的時候。」〔註 32〕

其次是對出版機構的暴力打壓和控制。不僅頒佈具有強烈控制性的「惡出版法」，對出版社也進行暴力控制和威脅。當局深知書刊出版對左翼文藝運動展開的關鍵意義，因而，對書局的控制成爲其遏制左翼文化的一個關鍵策略。「左聯」剛剛成立之時，雖然此前已經經歷過國民黨的查禁打擊，但在出版界和左翼文化界的配合下，左翼出版高漲，形成了「夾縫中的左翼風尚」。1930 年春，左翼雜誌基本納入「左聯」領導之下，在「左聯」的推動下，左翼刊物異常活躍，這種活躍與左翼刊物能夠公開出版有關，並且出版機構並不完全是名不見經傳的小書局，比如光華書局、大江書鋪、現代書局等。大江書鋪出版了大量左翼文藝和社會科學的書籍，如：波格達諾夫的《經濟科學大綱》（施存統譯）、《社會意識學大綱》（陳望道、施存統合譯）、高島素之的《資本論大綱》（施復亮譯）、北條一雄的《社會進化論》（施復亮譯）、田中九一的《蘇聯社會政策》（施復亮、鍾復光合譯）、平林初之輔的《近代社會思想史要》（施復亮、鍾復光合譯）、山川均著《工會運動底理論與實際》（施復亮、鍾復光合譯）等社會學著作。還出版了不少專門的文藝理論譯作，最重要的「文藝理論叢書」和「文藝理論小叢書」。「文藝理論叢書」：盧那卡爾斯基的《藝術論》（魯迅譯）、I・瑪察著《現代歐洲的藝術》（馮雪峰譯）、岡澤秀虎著《蘇俄文學理論》（陳雪帆譯）、威廉・霍善斯坦因著《現代的造型藝術》（雪峰譯）、弗理契著《藝術社會學》（陳雪帆譯）；「文藝理論小叢書」：片上伸著《現代新興文學的諸問題》（魯迅譯）、青野季吉著《藝術簡論》（陳望道譯）、平林初之輔著《文學之社會學的研究》（方光燾譯）、平林初之輔著

〔註 31〕茅盾，《關於左聯》，《左聯回憶錄》第 118 頁，北京：知識產權出版社，2010 年。

〔註 32〕《所謂普羅作家聯盟》，《重心旬刊》，1933 年第 10 期。

《文學及藝術之技術的革命》（陳望道譯）等；光華書局也出版了頗多左翼文藝書刊，魯迅主編的《萌芽》便由光華書局出版，「左聯」成立創辦的《巴爾底山》也最初也打算由光華書局發行。

在這些左翼書刊出版機構中，以現代書局最爲搶眼。1929 年，現代書局就打出了「四大文藝雜誌」的陣容，1929 年 1 月的《大眾文藝》打出了四大雜誌的廣告，即：《大眾文藝》、《新流月報》、《南國月刊》、《現代小說》。1930 年，《新流月報》改名《拓荒者》繼續出版，仍是四大雜誌之一。1929 年底 1930 年初，四大雜誌都發生了比較明顯的變化，構成左翼雜誌的主要陣容，「左聯」成立後，《大眾文藝》、《拓荒者》甚至成爲「左聯」的機關志。可以說，1930 年春上海左翼文藝的活躍，離不開現代書局這樣的出版機構的功勞。

當然，左翼書刊和出版界的合謀，根本上還是由於良好的商業效益，在商業利益的驅動下，出版界千方百計逃避當局的打擊，造就了盛極一時的「左翼風尚」，而「左翼風尚」又進一步推進著左翼文藝運動的前進。在「左聯」剛剛成立之時，「左聯」工作表現出難得的繁榮氣象便與出版界對左翼文藝的青睞有關。

但是，這種風尚也只是活在夾縫中的風尚。爲了雜誌的生存，現代書局非常注重宣傳的策略。比如，最初的「四大文藝雜誌」廣告詞就竭力要強調其無黨派的中立立場：

> 《大眾文藝》：我們把「大眾文藝」四字拿來做月刊的名詞，就是一方面儘量歡迎大眾的作品，一方面竭力供給大眾以適當的讀物。因之，請郁達夫先生主編，特約魯迅，葉鼎洛，夏萊蒂，諸先生撰稿，純粹以大眾的精神組成「大眾文藝」。
>
> 《新流月報》：本月報爲一純文藝刊物，由蔣光慈先生主編，內容注重創作，間登國外名著的翻譯。蔣先生是一個青年有爲的作家，宗旨純正，並無任何派別，所以他的精神，他的是非，都能在這個刊物中尋出他深刻正確的輪廓呢。
>
> 《南國月刊》：本月看爲田漢先生主編，內容偏重戲劇，創作與翻譯都有所貢獻和介紹。而編者的精心結構，將盡萃於本刊上，以後無論對於戲劇之研究和批評，在在可使讀者有得到精確的標準。爲關心藝術者所不可不讀。

> 《現代小說》：這是葉靈鳳先生主編的一種純粹小說月刊，每期有嚴整的短篇創作，國外的短篇翻譯，以及長篇名著的翻譯及創作。文字深刻流麗，能以純屬的技巧描寫熱烈的情緒，這是現代定期刊物中唯一的一個小說月刊。〔註 33〕

如果說《大眾文藝》、《南國月刊》、《現代小說》此時還沒有抱持著相對純文藝的觀念外，《新流月報》的左傾色彩卻已非常明顯，廣告詞強調主編蔣光慈的「宗旨純正，並無任何派別」絕對是一種生存策略。經過 1930 年春的繁榮後，一旦當政的國民黨再次加大壓制力度，文字策略變得毫無意義。到 1930 年 8 月，現代書局的四大文藝雜誌相繼被禁，連現代書局也差點被封。〔註 34〕現代書局被國民黨宣傳部門談話，因其不但停止出版左翼刊物，而且最終決定出版國民黨的民族主義文學刊物，方躲過被關閉的命運。在這樣一種嚴酷的出版環境下，爲保生存，其他書局也不敢再公開出版左翼的刊物，而現存的刊物，內容越來越空虛，正如魯迅所說：

> 現在上海雖然還出版著一大堆的所謂文藝雜誌，其實卻等於空虛。以營業爲目的的書店所出的東西，因爲怕遭殃，就竭力選些不關痛癢的文章，如說「命固不可以不革，而亦不可以太革」之類，那特色是在令人從頭看到末尾，終於等於不看。至於官辦的，或對官場去湊趣的雜誌呢，作者又都是烏合之眾，共同的目的只在撈幾文稿費，什麼「英國維多利亞朝的文學」呀，「論劉易士得到諾貝爾獎金」呀，連自己也並不相信所發的議論，連自己也並不看重自己所做的文章。所以，我說，現在上海所出的文藝雜誌都等於空虛，革命者的文藝固然被壓迫了，而壓迫者所辦的文藝雜誌也沒有什麼文藝可見。〔註 35〕

〔註 33〕《大眾文藝》第 1 卷第 5 期，1929 年 1 月 20 日。

〔註 34〕《中國新書月報》1931 年第 5 期上《現代書局奉令停刊的雜誌》披露：現代書局曾以被封聞，現已啓封，外間對此事至今不明眞相，現該書局自動通告，停辦左列各雜誌：

雜誌名稱	停刊期數	停刊日期	查禁機關
拓荒者	第一卷第五期	十九，五，十	中央黨部
大眾文藝	第二卷第六期	十九，六，一	中央黨部
現代小說	第三卷第六期	十九，三，十五	中央黨部
南國月刊	第二卷第六期	十九，八，二十	中央黨部

〔註 35〕魯迅，《上海文藝之一瞥》，《全集》第 2 卷，第 310 頁。《文藝新聞》20、21 期，1931 年 7 月 27 日，8 月 3 日。

國民黨當局對左翼出版的打擊是一步步嚴厲起來的。1929 年 1 月，國民黨便曾頒佈《宣傳品審查條例》打擊左翼文學。「左聯」成立後，爲了進一步加強對左翼文化的控制，國民黨開始醞釀「出版法」。「出版法」於 1930 年 12 月 16 日公佈，對出版的限制大大增強，尤其是第七條，更是直接針對報紙雜誌的出版發行：「第七條：爲新聞紙或雜誌之發行者，應於首次發行期十五日前，以書面陳明左列各項事項，呈由發行所所在地，所屬省政府或隸屬於行政院之市政府，轉內政部聲請登記，一、新聞紙或雜誌之名稱；二、有無關於黨務或政治事項之登載；三、刊期；四、首次發行之年月；五、發行所及印刷所之名稱及所在地；六、發行人及編輯人姓名年齡及住所。其各版編輯人互異者，並令改版編輯人姓名年齡及住所，新聞紙或雜誌在本法施行前，已開始發行者，應於本法施行後二個月內，聲請爲前項之登記。新聞紙或雜誌有關於黨義或黨務事項之登載者，並應由省黨部等或於省黨部之黨部，向中央黨部宣傳部聲請登記。」〔註 36〕這種規定基本上使「左聯」的刊物不可能再獲得合法的出版權。1931 年 2 月 1 日，國民黨政府公佈的出版法由內政部交警政司主管執行。此後，關於出版限制方面的法規層出不窮，如《出版法實施細則》（1931 年 10 月 17 日）、《新聞檢查標準》（1933 年 10 月 5 日）、《書店登記取締辦法》（1934 年 1 月 22 日）、《修正圖書雜誌審查辦法》（1934 年 6 月 1 日）等。

對於書局的做法是能「招安」則「招安」，稍不配合者，則暴力打擊。1931 年 1 月 11 日，國民黨淞滬警備司令部派員會同閘北公安局搜查寰球圖書公司，劫走進步書籍多種。1 月 19 日，該司令部又派員會同公共租界老閘捕房搜查北新、樂群、華通三書店，劫走進步書刊多種，並拘捕華通書店經理。而現代、光華書局由於同意與當局合作，出版了民族主義文學的刊物，則免遭打擊。魯迅便敏感的認識到其中關節，在信中談到此事是說，「（報紙）載搜索書店之事，而無現代及光華，可知此舉正是『民族主義文學』運動之一，倘北新亦爲他們出書，當有免於遭厄之望，但此輩有運動而無文學，則亦殊令出版者爲難，蓋官樣文章，究不能令人自動購讀也。」〔註 37〕在《出版法》正式實行後，1931 年 2 月 12 日，國民黨上海市黨部宣傳部召集各書店經理談話，勒令即日燒毀一切進步刊物，未出版者須先審查。可以說，對於書店的

〔註 36〕《出版法原文》，《三民半月刊》1930 年第 5 期。

〔註 37〕《310123 致李小峰》，《魯迅全集》第 12 卷，第 252 頁。

監視與打擊從未停止過，1933 年 11 月 13 日，良友圖書公司的大玻璃窗被國民黨砸毀，並留下恫嚇傳單，此後《申報》總經理史量才被暗殺，都可以見出出版界成爲國民黨暴力統治的重點。

正是這種空前嚴厲的壓迫和打擊，使左翼文化陷入最艱難的生存境遇。悖論的是，也正是「焚書坑儒」式的「文化剿匪」宣言反倒成爲左翼文藝運動展開的更爲強大的動力。雖然 1931 年春，「公開的刊物完全沒有了」，但秘密發行的刊物則並未停止，出現了上述一系列秘密戰鬥的機關志。

基於國民黨的暴力打擊和出版壓迫，這一時期的秘密雜誌都扮演著「文化鬥爭」者的角色，直接與國民黨的暴力壓制對抗。無論雜誌的具體指向如何，但與當局暴力壓制的鬥爭一定是最重要的背景，所有的雜誌都試圖揭露當局文化鎮壓的本質，呼籲言論出版等自由。

且不說《文化鬥爭》等直接應對壓迫的雜誌，即使《十字街頭》強調反帝，但矛頭對準的仍然是當局的壓迫，明確將「爭取言論出版結社公演展覽等的自由」、「反對一切障礙反帝運動的理論，揭破賣國的新聞政策」作爲「文化上的任務」。〔註 38〕並將反帝和爭取言論自由直接建立聯繫，「因爲壓迫太厲害了，因爲反帝任務的緊迫，因爲全國反帝的高潮，現在爭取言論出版自由這口號已到處提出來了，並且這個運動已在開始了。」〔註 39〕可以說，對於左翼秘密雜誌來說，「鬥爭」是其本體，左翼秘密雜誌一旦成功存在，即是鬥爭的成果。

爲了應對左翼文藝運動的高漲，國民黨當局除了採用暴力手段進行「文化圍剿」外，還力圖在文化上有所建樹，提出自己的文藝政策與左翼陣營抗衡。正如其御用文人認識到的，「文化剿匪當然該分兩方面進行，一是積極的建設自己的文化，一是消極的剷除赤色的文化。積極的建設自己的文化是治本，消極的剷除赤色的文化是治標。……應該積極的用法西斯蒂的精神，來建設三民主義的文化，一方固應仿焚書坑儒的先例殺共產黨而焚其書，另一方還該仿默罕默德左手握刀右手經典的辦法，把三民主義的文化基礎建立起來，使赤色的文化沒有死灰復燃的餘地。」〔註 40〕從「三民主義文學」到「民族主義文學」都是其試圖「積極的建設自己的文化」的實際努力。國民黨本

〔註 38〕李太，《文化上的任務》，《十字街頭》第 2 期，1931 年 12 月 25 日。
〔註 39〕何明，《怎樣爭取言論自由》，《十字街頭》第 3 期，1932 年 1 月 5 日。
〔註 40〕《文化剿匪的認識》，《社會新聞》第 5 卷第 18 期，1933 年 11 月 24 日。

身並沒有有力的文藝政策，它提出的文藝政策都是對左翼文藝的應付，再次證明「左聯」成立對文化格局的影響。正如朱應鵬在談及國民黨的「民族主義文學」是所說，「所謂黨的文藝政策，又是由於共產黨有文藝政策而來的；假如共產黨沒有文藝政策，國民黨也許就沒有文藝政策。」〔註 41〕王平陵後來也在回憶中談到，創辦《文藝月刊》等是因爲「民國十九年，共黨宣傳階級鬥爭的『普羅文藝』，氣焰囂張，不可一世，青年們盲目附和，如瘋如狂，腐蝕中國優秀文化傳統，爲禍甚烈。」〔註 42〕可見，「民族主義文學」完全是爲了應對「左聯」成立後左翼文藝運動的高漲而產生的。

實際上，在革命文學論爭正酣之時，就有人指出，「上海文藝界的情形大略可以分爲共產派，無政府派，以及保守派，至於我黨的文藝刊物可謂寥若晨星了。」進而呼籲國民黨確立自己的文藝政策。〔註 43〕《文學導報》後來也揭露南京中央日報曾發表《三民主義文藝的建設》等文，內容要點爲：一、共產黨既有文藝政策於先，國民黨則不能讓它（共黨）專美於前了；二、現在三民主義既與共產主義成爲敵對，國民黨也就不能不有文學這一方面的相當抵禦；三、反對無產階級認普洛文學爲鬥爭武器而要提倡合乎（？）中國「國情」，適應三民主義的「非暴力」的文學。〔註 44〕非常鮮明的指出，國民黨的「三民主義」文藝政策是針對共產黨的文藝政策而制定的。1929 年 6 月 4 日，國民黨召開「全國宣傳會議」，會議通過了《確定適應本黨主義之文藝政策案》和《規定藝術宣傳方法案》兩個決議，確定了以「三民主義」爲中心的文藝政策，藉以對抗革命文學。該文藝政策主要有兩條：一、創造三民主義文學（如發揚民族精神，闡發民治思想，促進民生建設等文藝作品）；二、取締違反三民主義之一切文藝作品，如斫喪民族生命，反映封建思想，鼓吹階級鬥爭等文藝作品。〔註 45〕作爲「違反三民主義」的文藝作品，「斫喪民族生命，反映封建思想」只是虛的陪襯，「鼓吹階級鬥爭」才是眞正的指向。就實績來看，並未創造出所謂的「三民主義文學」作品來，成績更多體現在對

〔註 41〕《朱應鵬氏的民族主義文學談》，《文藝新聞》第 2 號，1931 年 3 月 23 日。

〔註 42〕袁道宏，《王平陵先生之文藝生活》，《王平陵先生紀念集》，第 162～163 頁，臺北：正中書局，1975 年。

〔註 43〕廖平，《國民黨不應該有文藝政策嗎》，《革命評論》，1928 年第 16 期。

〔註 44〕《三民主義的與民族主義的文學團體及刊物》，《文學導報》第 1 卷第 4 期，1931 年 10 月 13 日。

〔註 45〕國民黨中執委宣傳部編，《全國宣傳會議記錄》，1929 年 6 月。

無產階級文學的取締上。雖然國民黨試圖將「三民主義」作為唯一的意識形態，並用作打擊一切異己的標準，但在具體操作層面卻並不是成功的。

「左聯」成立後，左翼文藝運動迎來新的高潮，國民黨政府對此非常緊張。「到一九三〇春，上海普羅文化一時的澎湃，及全國前進的青年大眾之熱切的堅決的擁護，這現象就真的使平日只知唱『三民主義是救國？是賣國的』之濫調的黨國要人們受到很大的畏懼與打擊。」〔註 46〕為了應對左翼文藝運動的高漲，除了暴力打擊外，在「三民主義文學」之後提出「民族主義文學」的新政策，與「左聯」領導的左翼文藝運動和無產階級革命文學抗衡。1930 年 6 月 1 日，民族主義文藝運動者集會於上海，組織「前鋒社」，發表《民族主義文學運動宣言》，發起「民族主義文學運動」。「前鋒社」主要成員有上海市教育局長潘公展、淞滬警備司令部偵緝隊長兼軍法處長范爭波，上海市區黨部委員朱應鵬，以及王平陵、黃震遐等。由此，兩大陣營直接的文化對峙格局形成，「最值得我們提到的便是兩大潮流的對立，民族主義的文化運動，和左翼的文化運動。」〔註 47〕《文藝新聞》的一篇文章總結了對峙格局的形成過程，「中國文學之現代的動向，由於一九三零年二月自由運動大同盟之思想的統一，三月間左翼作家聯盟之結成，以及反對左翼文學的民族主義文學之發生，大體上方向已經決定了。即是說，共產黨的文藝政策和國民黨的文藝政策的二大分野的對立，可以說是代表中國最近的文藝思潮的東西。」〔註 48〕狄克的《一九三〇年中國文藝雜誌之回顧》的描述更清晰：「一九三〇年中國文藝雜誌可以說是比較盛興的一個時期，但在思想上卻是一個混亂的時期。不過在這個時期中，普羅文藝是呈現著兩種不同的現象：一種為普羅文藝氣焰最形高張，這是前半個年頭；一種為普羅文藝陷於沒落的狀態，這是後半個年頭。繼普羅文藝運動而突躍於中國文壇的是民族主義文藝運動，他們所發行的刊物，有《前鋒周報》，《前鋒月刊》等兩種，頗引起國內文壇的震動。」〔註 49〕從現象上說，這種觀察算是相當準確。

〔註 46〕《三民主義的與民族主義的文學團體及刊物》，《文學導報》第 1 卷第 4 期，1931 年 10 月 13 日。

〔註 47〕《一九三一年之回顧》，《文藝新聞》第 41 號，1931 年 12 月 21 日。

〔註 48〕池田孝，《一九三〇年～三四年中國文壇的動向》，林國材譯，《華北月刊》第 3 卷第 1 期，1935 年 2 月。

〔註 49〕狄克，《一九三〇年中國文藝雜誌回顧》，《當代文藝》第 1 卷第 1 期，1931 年 1 月 15 日。

這種兩種文學思潮對峙的局面成爲文化界人們的共識，沈從文在描述1930年代初期上海文壇格局時也說：「在上海方面，則有某一時『普羅文學』的興起，以及幾乎是反手間的『民族文學』的成立，兩方面的作者與作品呢，作者名字那麼多，且彷彿有許多人的名字還極其爲年青人所熟習，至於作品卻沒有一個人能從記憶裏屈指數得出他的數目。」〔註50〕可見，「普羅文學」與「民族主義文學」的對峙成爲當時文壇主要的兩極。而這種對峙則主要體現在雜誌的對峙上，新一輪的雜誌大戰就此展開。

1930年6月開始的「民族主義文學運動」掀起了一定的聲勢。「民族主義文藝運動」展開後，發行了大量鼓吹「民族主義」文藝政策的刊物，也成立了不少相關文藝團體，相對「三民主義」文藝政策的寂然，「民族主義文學」應該說熱鬧得多。最突出的表現是，是發行了大量的刊物與左翼刊物對壘。「在統治階級的扶翼之下，產生了連名稱都不勝列舉的許多的刊物。」〔註51〕據統計，除中宣部控制下的《中央日報》和《民國日報》專門開闢了「大道」、「青白」、「青白之園」、「覺悟」外，南京有《文藝月刊》、《文藝週刊》、《青年文藝》、《開展月刊》、《開展週刊》、《矛盾月刊》，上海有《前鋒週報》、《前鋒月刊》、《現代文學評論》、《青春月刊》、《南風月刊》，杭州有《黃鐘》、《初陽旬刊》、《西湖文苑》，加上各地定期不定期的刊物，如《新壘》、《奔濤》、《民族文藝月刊》等，粗略統計大小文藝期刊不下三十種。〔註52〕這些刊物積極鼓吹「民族主義文學」，並將矛頭對準左翼文藝運動。在政治壓制下的左翼地下雜誌，作爲左聯的輿論戰鬥陣地，將與「民族主義文學」的鬥爭作爲其中最核心的內容，堅定的進行文化反制。不僅從理論上解剖，還對其創作也進行一一批判。

民族主義文學的理論文字非常有限，集中體現在《民族主義文藝運動宣言》中。該文宣稱：「文藝底最高的使命，是發揮它所屬的民族精神和意識。換一句說，文藝的最高意義，就是民族主義。」「民族主義底重根發展，一方面須賴於政治上的民族意識底確立，一方面也直接影響於政治上民族主義的確立。……誠如政治上的出路是民族主義，故文藝發展底出路也集中於民族

〔註50〕沈從文，《記丁玲》8、9，北京：中國國際廣播出版社，2013年。

〔註51〕《一九三一年之回顧》，《文藝新聞》第41號，1931年12月31日。

〔註52〕參考牟澤雄，《(1927～1937) 國民黨的文藝統制》，第41頁，華東師範大學博士學位論文，2010年。

主義。」〔註 53〕對「民族主義」的強調是其理論的核心。這裡的民族主義並無什麼新的理論內涵，只是國民黨當局對抗左翼文學的重要法門，是其政治鬥爭的工具。「民族」只不過是針對左聯的工具，「民族主義文學」的重要刊物《前鋒周報》就稱：「所謂左翼作家大聯盟，更是甘心出賣民族，秉承著蘇聯的文化委員會的指揮，懷著陰謀想攫取文藝爲蘇俄犧牲中國的工具。致使偉大作品之無從產生；正確理論之被抹殺；作家之被包圍，被排斥；青年之受迷蒙，受欺騙；一切都失了爭取的出路：在蘇俄陰謀的圈套下亂轉。這些，無一不斷送我們的文藝，犧牲我們的民族。」〔註 54〕將階級問題轉換爲民族問題，以此對抗左翼文學。當時有一個名叫《民族文藝》的刊物更是露骨的宣稱，「這是一個以民族主義爲標榜的文藝月刊，是白樺先生主編的，裏邊有一些翻譯和創作，在責志方面可以說是針對著左翼文學的。執筆者都是現代文壇的成名作家，和民族主義的青年鬥士。」〔註 55〕直接將「民族主義文學」的用心昭告天下。

在「民族主義文學運動」的大旗之下，一大批刊物的創刊使其熱鬧一時，民族主義文學創作自然也是提倡者重點強調的，這一時段，的確也創作出了《黃人之血》、《隴海線上》等代表作。

針對「民族主義文學」對左翼文學的進攻，激進的左翼青年直接進行了反抗，《文藝新聞》便報導了其中一次反抗經過，「民族主義文學運動，在最近出版界甚爲發達，以民族主義爲中心理論的刊物已有四五種出版。五月三日上午十時，現代與光華兩書店門市部，突然有青年數十人，起佯裝顧客，入門後即將各種民族主義文藝刊物《前鋒》，《現代文學評論》，《南風》等，恣情撕毀，並發散『打倒民族主義文學宣言』之傳單，最後高呼口號揚長而去。」〔註 56〕這種飛行集會式的反抗方式自然不會產生實質性的效果，而從理論上與其進行正面的交鋒，方能體現出鬥爭的力量，針對「民族主義文學」，「左聯」的雜誌進行了有力的回擊，從其理論到創作對其進行一一解剖。其中，《前哨・文學導報》對「民族主義文學」的批判表現得最爲集中和激烈。

〔註 53〕《民族主義文藝運動宣言》，《前鋒週報》第 2、3 期，1930 年 6 月 29 日、7 月 6 日。

〔註 54〕《編輯室談話》，《前鋒週報》第 10 期，1930 年 8 月 24 日。

〔註 55〕《民族文藝》，《現代出版界》第 24 期，1934 年 5 月 1 日。

〔註 56〕《民族主義文學運動在四馬路一瞬之風波》，《文藝新聞》第 9 號，1931 年 5 月 11 日。

魯迅、茅盾、瞿秋白分別撰文，對民族主義文學進行批判和解剖，包括史鐵兒（瞿秋白）的《青年的九月》（《文學導報》1 卷 4 期）、石萌（茅盾）的《「民族主義文藝」的現形》（《文學導報》1 卷 4 期）、《〈黃人之血〉及其他》（《文學導報》1 卷 5 期）、《所謂「文藝救國」的新現象》（《文學導報》1 卷 6、7 期合刊）、晏敖（魯迅）的《「民族主義文學」的任務和運命》（《文學導報》1 卷 6、7 期合刊）等。

當然，由於民族主義文學本身純粹是爲了反對左翼文學而提出，其構成成員基本爲國民黨官僚和一些名不見經傳的小作家，並未在文壇構成實質性的影響。雖然「左聯」秘密雜誌對民族主義文學的批判不遺餘力，但實際上，民族主義文學作爲一種熱鬧一時的口號很快便聲勢消退，連民族主義文學的刊物也在很短時間內大幅減少，並不完全因爲左翼文化界對其的批判，更多是因爲自身缺乏足夠的生命力。

即使「民族主義」文學的刊物 1931 年陸續停刊，「民族主義文學」的口號盛況不再，但是「民族主義文藝運動」並未停止，「民族主義」仍是國民黨利用的一個重要旗幟，尤其是在戰爭的背景下，民族主義仍是具有很大蠱惑力的名詞。因此，左翼雜誌與之的鬥爭並未停止，尤其在戰爭背景下，民族主義文學的提倡者更容易利用「民族」的口號拉攏人心，換上一副「愛國的文藝」的面孔，左翼雜誌對這種「愛國」背後實質的剖析成爲重點。比如，《十字街頭》和《文學》都在民族危機背景下產生，其中的重要內容便是對國民黨「愛國文藝」、「國難文學」的批判。

二、左翼雜誌對「托派」（取消派）思想的批判

1927 年國民黨當政後，除了總體上的兩黨對峙的格局外，無論是國民黨還是共產黨內部，也都存在著複雜的鬥爭。由於中共高度受制於蘇聯和共產國際的領導，蘇聯的政治鬥爭也隨之影響了中國，與蘇聯國內斯大林派和「托派」的鬥爭相類，在中共內部同樣有多數派與少數派之爭，中國的「托派」被冠以「取消派」等名號。在國民黨當局加大對中共進行軍事圍剿和文化圍剿的力度時，這種中共內部的鬥爭也十分激烈。「左聯」作爲中共領導的文化組織，捲入這種鬥爭當中也是理所當然的事。如果不瞭解這種背景，對「左聯」雜誌的認識也就不可能完整。

就當時的情況看，「左聯」的秘密雜誌除了主要與當政的國民黨當局進行鬥爭外，還與其他「非馬克思主義思想」進行著鬥爭，與《新月》派的鬥爭仍在繼續，但是與「托派」思想的鬥爭更爲激烈。雖然兩者都以馬克思主義爲自己的旗幟，但「托派」自然會被認爲是「非馬克思主義」的，因爲這種鬥爭的核心是對「左翼身份」的爭奪，即爭奪左翼的正宗話語權。當時，「左聯」的雜誌自然被國民黨認爲是「反動」的文學千方百計予以打擊，而「托派」的雜誌也因反對資本主義而被國民黨所敵視，可以說，兩派之爭是兩種「反動」文學（思想）之爭。雖然「托派」雜誌被國民黨視爲「反動」雜誌，但「左聯」仍將其當作當局的幫兇來對待，並予以批判。對於「左聯」來說，來自「托派」的思想挑戰是另一個層面的文化攻擊。

實際上，爭奪正宗話語權之爭同樣是慘烈的生死之爭，在布爾什維克當政的蘇聯，托洛茨基派已經作爲反動派被鎮壓，而其影響不僅在國內並未消弭，在中國等其他馬克思主義傳播的國家也發生了廣泛的影響，是共產黨內最重要的鬥爭。在中國，由於中共本身處於地下，大規模的生死鎮壓難以實現，更多體現爲思想層面的鬥爭。與「托派」思想的鬥爭主要是社聯的工作，因爲「托派」思想主要表現在對社會和歷史的認識上，進而得出其對「革命」的態度，因而其範圍主要在歷史學和社會學範圍。雖然與「托派」思想的鬥爭主要不在文藝的範疇內展開，但由於托派的雜誌也涉及到對30年代左翼文藝運動的認識和評價，而且，雖然鬥爭主體以「社聯」爲主，但「左聯」與「社聯」本來就多有交叉之處，文學和社會科學雜誌高度交叉，在「左聯」的這些秘密刊物上，對「托派」（取消派）的批判是相當重要的構成部分。另外，關注這種與文學看上去關係不大的鬥爭的更重要的原因在於，這種鬥爭實際上間接的對文學發生著影響，比如當時兩派抖著中最激烈的關於中國社會性質的論戰看上去是社會學和歷史學領域的論爭，但它卻不僅影響著文壇的格局，甚至影響著文學的創作導向。因此，對30年代初「左聯」雜誌的認識，不能僅停留在其與國民黨的鬥爭上，關注其與托派的鬥爭也非常重要。

1930年下半年，托派取消派的主要雜誌有《動力》和《展開》，兩個雜誌都在1930年7月15日出版。《動力》月刊由動力編輯社編輯，神州國光社發行，在創刊號「開場白」中，說明了創刊的動機，「現在中國的思想界似乎帶著新的元素而活動起來了，新的 Ideologie 已在萌芽而開展了，自然這不是偶然的，自有其社會『內在』的原因。但是同時新的紊亂和曲解亦正在隨著而來，例如：人們表面上高呼擁護『辨證唯物論』，而暗地裏卻是有意無意地發揮各種各樣的修正論調，特別是『機械論』；人們表面上高呼擁護『普羅文化』或『普羅文藝』，而實際上賣的卻是各種各樣的『小市民』的貨色。這樣的『魚目混珠』難道不障礙歷史的前進嗎？我們希望我們的『動力』能夠做到『名副其實』的地位，能夠盡到它推動歷史前進的使命；自然首先要『清除道路』，掃除歷史的障礙物；因此我們的主要精神是在『批評』，因爲批評乃是『撥開雲霧見青天』之唯一手段，當然也要努力於『建設』，但是眞正的建設只有從不斷的嚴格的批評中才能創造出來。自然『批評的武器決不能代替武器的批評，物質的武力必須由物質的武力去破壞』，但是『理論一經抓住群眾，也會變成物質的武器』。」〔註 57〕其所指非常明確，不是國民黨當局，而是中共多數派，中共領導的「左聯」自然也是其批判對象，其「正本清源」，爭奪正宗馬克思主義理論話語權的姿態可謂非常明確。《動力》僅出兩期，就這兩期的內容而言，主要是對馬克思主義理論的介紹，兼及中國「托派」的理解。第一期的文章有《機械的唯物論與布哈林》（吳西岑）、《蘇聯五年來之哲學論戰》（彭葦秋）、《黑格爾哲學的歷史意義（樸列哈諾夫著）》（魏芝譯）、《康德，荻茨根，馬赫與歷史的唯物論（德國墨林著）》（葦森譯）、《「中國是資本主義的經濟，還是封建制度的經濟？」》（嚴靈峰）、《壟斷資本主義與經濟學（阿特拉斯著）》（彭葦秋譯）、《馬克思價值論的基點及其與李嘉圖學說之區別（盧彬（Rubin）著）》（代青譯）、《普羅文化與普羅藝術（托洛斯基著）》（迅雷譯）、《藝術斷片談（馬克思著）》（劍青譯）、《馬克思及其夫人的疾病與死亡》（季子譯）、《馬克思給古蓋爾曼的信》（寒光譯）。第 2 期有《評陶希聖所謂『流寇之發展及其前途』》（劉光宇）、《再論中國經濟問題》（嚴靈峰）、《辨證唯物論的宇宙觀與近代自然科學之發展（昂格思著）》（畏之譯）、《論資本論》（李季）、《蘇聯關於價值學說的爭論》（彭葦秋）、《馬克思價值說的基點及其與李嘉圖學說的區別（續）（盧彬）》（代青譯）、《世界股票行情低落問題——世界經濟大恐慌的信號》（高峰）、《關於左翼作家》（托洛斯基）、《托爾斯太——俄羅斯革命的一面鏡子（烏里亞諾夫著）》（何畏譯）、《現代土耳其的經濟狀況》（丹齊譯）、《皮袍子引起的話》（獨清）。其中托洛茨基的兩篇文章直接涉及對左翼文藝和左翼作家的認識，《普羅文化與普羅藝術》是托氏《文學與革命》藝術的第六章，譯者在「譯畢附記」中說明了譯這篇文章的眞實意圖，「近

〔註 57〕《開場白》，《動力》第 1 卷第 1 期，1930 年 7 月 15 日。

幾年來——尤其是近一年來，『普羅文藝』問題，在中國文壇上嚷得十分熱鬧。但不幸得很，我們所見到的那些搖旗吶喊得最起勁的先生們，大都對於問題本身沒有什麼眞知灼見，只是抓住了一些『捕風捉影』的口頭禪在那裡自欺欺人。」對當時「左聯」的工作批判相當尖銳，並進一步指出，「他們的文藝理論，有的是東鄰的來源，而東鄰的左翼文壇，其本身也便充滿著烏煙瘴氣。從這種烏煙瘴氣中我們可以檢析出兩種主要的組成成份；其一，是布哈林的機械論，其二，是盧那恰爾斯基的二元論。在這兩種成份的基礎上所建立起來的藝術觀，與眞正辨證唯物論者的藝術觀，自然毫無共通之點。我們爲要校正這些不正確觀點在中國革命文壇上的散佈，特先把托氏這篇文章重譯發表出來。」〔註 58〕尖銳的指出了左翼文藝批評中存在的問題，但其以托洛茨基理論爲正宗，當然也非常明確的宣示著其托派的文化立場。《關於所謂「左翼作家」》的編者更是將矛頭直指「左翼作家聯盟」，「我們覺得這篇文字不僅是西歐『左翼作家的一面照妖鏡；並且借來批評中國的左翼聯盟已十分恰當——自然，這些先生們比起西歐的『左翼作家』來更是『一蟹不如一蟹』了。」〔註 59〕雖然是托派的雜誌，但因爲《動力》爲神州國光社所出，所以在該雜誌上刊登了神州社即將出版的「現代文藝叢書」的廣告，而這部叢書的譯者則是魯迅、柔石、韓侍桁、馮雪峰、姚蓬子、曹靖華，基本爲「左聯」成員。可見當時左翼內部的複雜性。由《動力》的內容可以看出，其爲中國社會性質論戰托派一方的重要陣地。

《展開》是另一個支持托洛茨基思想的雜誌，由展開社出版，支那書店發行。創刊號即發表了《展開社宣言》，宣稱其旨趣爲：「1.團結國內進步青年，研究社會科學和革命文學的理論。2.站在辨證唯物論的立場上和一切反動思想作無情的鬥爭。……3.出版，言論，機會，結社，研究自由。」這裡的「反動思想」包含甚廣：「不管是民生史觀派，物觀派，新康德派，以至於一切馬克思主義新舊修正派，我們在此公然地宣佈：這些都是我們不可調和的敵對的反動思想！」〔註 60〕《展開》第 1、2 期合刊刊載了余慕陶的《請看新 Don Quixote 的狂舞》、托洛茨基的《革命的淘汰與政治的鍛鍊》、王獨清的《上海的憂鬱》、黃藥眠的《工人之家》、成紹宗的《吉立沙之轉換（巴比塞）》、淩豐的《「左

〔註 58〕《普羅文化與普羅藝術．附記》，《動力》第 1 卷第 1 期，1930 年 7 月 15 日。

〔註 59〕《關於所謂『左翼作家』．編者按》，《動力》第 1 卷第 2 期，1930 年 9 月 30 日。

〔註 60〕《展開社宣言》，《展開》第 1、2 期合刊，1930 年 7 月 15 日。

翼作家聯盟」做的是什麼事情？》、王實味的《三代》、陳鐵光的《火山》、成紹宗的《黃昏中的一個聲音（巴比塞）》、余慕陶的《史的唯物論與一元的唯物論之比較（安德曼）》、謝韻心的《新俄新劇場之起源（Huntly Carter）、王獨清的《兩封公開狀》等文，基本立足於文學和文藝界。王實味後來被看成托派，不知是否與其在托派的雜誌上發過文章有關。《請看新 Don Quixote 的狂舞》是對鄭伯奇發表於《大眾文藝》上的《中國新興文學的意義》一文的批判，爲托洛茨基的文學理論正名，《「左翼作家聯盟」做的是什麼事情？》更是對「左聯」赤裸裸的攻擊，順便也攻擊魯迅等人領導的「自由運動大同盟」，將兩個聯盟貶爲資產階級的聯盟，自己以正宗的馬克思主義自居。王實味的《三代》雖爲小說，實際上卻是革命史的講述。王獨清將「左聯」稱爲「中國斯達林派底集團」，稱「他們罵我是取消派，其實誰在用不顧客觀條件的盲動來取消革命，誰在只知道把持地位來取消群眾的團體，稍爲有理解的人，一定是會明白地指謫出來的。」〔註 61〕與「左聯」可謂針鋒相對。編輯在刊末更是明確了其托派的立場，引用托洛茨基的話批判「左聯」：「特羅斯基說：『當布爾什維克與門雪維克，社會革命黨，以及其他小資產階級傾向爭論的時候，布爾什維克把他們敵人所持的眞實政見告訴給工人們。但當門雪維克或社會革命黨與布爾什維克爭論的時候，他們不對布爾什維克的眞正意見加以辯駁，只把一些布爾什維克從未說過的東西加在他們頭上。門雪維克與社會革命黨『不能』把布爾什維克的意見稍近眞確地告訴工人，因爲那樣工人就要贊助布爾什維克了。』這就是所謂左翼作家聯盟及其所屬雜誌的慣技，也就是一般史大林派的慣技。」〔註 62〕將與「左聯」的鬥爭直接界定爲「托派」和斯大林派的鬥爭。

《動力》、《展開》上對「左聯」的攻擊引起了「左聯」機關志的反駁，《文化鬥爭》是其中最有針對性的。《文化鬥爭》是「左聯」進入雜誌地下化之後的機關志，「文化鬥爭」的刊名已非常明確的表明雜誌的鬥爭性質，並將鬥爭矛頭直接對準「反馬克思主義的文化運動」，具體指嚮明確爲，「A.反對民族資產階級的改良主義（如新生命派）。B.反對自由資產階級的思想（如胡適派的新月，周作人派的駱駝草）。C.反對取消派——托洛斯基，機會主義。（如，動力，展開）。D.反對第二國際社會民主主義（鄧演達陳啓修

〔註 61〕王獨清，《兩封公開狀》，《展開》第 1、2 期合刊，1930 年 7 月 15 日。

〔註 62〕《付印之時》，《展開》第 1、2 期合刊，1930 年 7 月 15 日。

的什麼農工黨（？））。」〔註 63〕就實際內容來看，尤以對托派取消派的批判佔有最大的分量，文化上的托洛茨基主義成爲雜誌批判的最直接的指向。《文化鬥爭》創刊號上發表谷蔭（朱鏡我）的《取消派與社會民主黨》便將矛頭直指《動力》、《展開》，「取消派人已經建立《動力》和《展開》進行其反對無產階級文化運動底任務！無恥的取消派人，尤其彰明照著地濫抄馬克思，恩格斯，列寧底隻言片語來混淆革命戰士底意識，破壞革命的正確理論。這一無恥的勾當，是必須予以嚴重的打擊的！」〔註 64〕同期發表的「左聯」的 8 月 4 日決議也將取消派作爲重要敵人，「現在不管新月派怎樣板起臉孔來說文學的尊嚴，也不管民族主義文學派怎樣在叫囂，也不管取消派怎樣在開始取消中國無產階級文學運動，然而，他們在蓬勃的革命事實之前，只暴露自己的反動的本相，在群眾中不會有多大的影響。同時，革命的發展，階級鬥爭的劇烈化，使每個革命的作家學習了唯物辨證法，學習了許多運動上實際的經驗，因此清算了文壇的封建關係，手工業式的小團體的組織以至它的意識，而形成統一的無產階級文學運動的總機關左翼作家聯盟。……只有取消派和文學上的法西斯蒂組織民族主義文學派的小嘍羅才不能夠從中國無產階級文學運動之歷史的發展來注解『左聯』產生的意義。」〔註 65〕第 2 期刊登的《文化上的托洛茨基主義》、《「動力」底反動的本色》都是以《動力》、《展開》爲批判中心的，指其爲托洛茨基主義和機會主義的刊物，偏離眞正的馬克思主義，並將支持者定義爲帝國主義和國民的幫兇。

除《文化鬥爭》，這一時期的雜誌都將取消派作爲鬥爭的主要對象，《世界文化》上朱鏡我作的《中國目前思想界的解剖》，取消派思想是其中重要一支，《文化月報》上對王禮錫的批判也是一例。

「左聯」與「取消派」的鬥爭並未在《動力》、《展開》上結束，實際上一直在持續進行，後來的「文藝自由論辯」便與左翼內部與取消派的思想鬥爭背景分不開。《文化評論》的創刊是一個重要事件，創刊號即發表了胡秋原的《眞理之檄》和《阿狗文藝論》，由此掀起 1930 年代最具影響和意義的論

〔註 63〕潘漢年，《本刊出版的意義及其使命》，《文化鬥爭》第 1 卷第 1 期，1930 年 8 月 15 日。

〔註 64〕谷蔭，《取消派與社會民主黨》，《文化鬥爭》第 1 卷第 1 期，1930 年 8 月 15 日。

〔註 65〕《無產階級文學運動新的情勢及我們的任務》，《文化鬥爭》第 1 期，1930 年 8 月 15 日。

戰。胡秋原的文章之所以引起軒然大波，主要與其所處的位置有關。雖然其表面上主要以「民族主義文學」作爲批評對象，實際上所指更在「普羅文學」，立即觸動了「左聯」中人敏感的神經，由此引發大規模的論戰。胡的文章就像打中了當時政治文化場域機括的彈弓，將政治鬥爭語境、文學在政治鬥爭中的位置等重要問題都激活了。同時，因爲論戰，進一步加強了雜誌陣營的對抗性，尤其是左翼內部兩種派別雜誌的對抗性。在《動力》、《展開》和《文化鬥爭》都已停刊的情況下，雜誌的對壘格局仍在繼續，在當時，一邊是《文化評論》和《讀書雜志》，另一邊是《文藝新聞》、《中國與世界》、《現代文化》等。查關於「自由人」論爭的主要文章，主要發表在上述雜誌上：胡秋原的《眞理之檄》、《阿狗文藝論》（《文化評論》創刊號，1931 年 12 月 25 日），《勿侵略文藝》（文化評論　第 4 期），《錢杏邨理論之清算與民族文學理論之批評》，（《讀書雜志》第 2 卷第 1 期，1932 年 1 月 10 日）；譚四海的《「自由智識階級」的「文化」理論》（《中國與世界》第 7 期，1931 年 12 月 30 日）；《請脫掉「五四」的衣衫》（文藝新聞）第 45 期「代表論言」，1932 年 1 月 28 日）；瞿秋白的《「自由人」的文化運動》，《文藝新聞》56 號，1932 年 5 月 23 日；洛揚（馮雪峰）的《「阿狗文藝」論者的醜臉譜》（《文藝新聞》第 58 號，1932 年 6 月 6 日）。文章之爭背後表現的是雜誌陣營的對壘，如譚四海在批判胡秋原的文章所說：「同在一個刊物中做文章當編輯，而且在創刊號上，我覺得只好將他們認作是意見一致的志同道合者。十二月二十五日出版的一種社會，文化，思想，教育，批評旬刊《文化評論》創刊號。這本雜誌，提出它一貫的主張，很值得文化界的注意。」〔註 66〕可見，思想的鬥爭似乎直接的表現爲雜誌間的鬥爭，而雜誌的鬥爭又引發了更大規模的思想鬥爭，後來，「文藝自由論辯」的重要參與者之一蘇汶在談到論辯的發生時指出，對胡秋原的批判主要是因爲其「複雜的社會關係」和其文章背後的「政治陰謀」。

提到這一點，不得不與 1930 年代主要發生在社會科學領域的「中國社會史論戰」發生關係。該論戰 1930 年「左聯」成立前即以展開，代表中共官方觀點的主要是《新思想》／《新思潮》月刊，而《動力》、《讀書雜志》則主要充當著論辯的另一方，雖然中共官方反對者的觀點不盡相同，但在官方看來，與托陳取消派均有明確或不明確的關係。胡秋原也曾參與這次論戰，其

〔註 66〕譚四海，《「自由智識階級」的「文化」理論》，《中國與世界》第 7 期，1931 年 12 月 30 日。

觀點自然與官方觀點不同，這也是其「複雜的社會關係」和「政治陰謀」的來源。因而，馮雪峰對胡秋原對「左聯」和「民族主義文學」各打五十大板的文章特別敏感，指出：「胡秋原曾以『自由人』的立場反對民族主義文學的名義，暗暗地實行了反普羅革命文學的任務，現在他是進一步的以『眞正馬克思主義者應當注意馬克思主義的贋品』的名義，以『清算再批判』的取消派的立場，公開地向普羅文學運動進攻，他的眞面目完全暴露了，……這眞正顯露了一切托洛斯基派和社會民主主義派的眞面目！」〔註 67〕正因如此，因張聞天的文章而對「第三種人」的批判基本結束之後，對胡秋原的批判卻仍然激烈。1933 年 1 月 1 日創刊的《現代文化》專設「批評自由人專號」，其矛頭即爲胡秋原。登載的四篇文章均指向胡：《自由人的秘密》是對「胡秋原的亞細亞生產方法論」的駁斥、《論胡秋原的亞細亞的生產方式》也是同樣是駁斥胡關於社會性質的理論、《對於中國社會史論戰的襲擊》更是將胡定位在「社會史論戰」的框架內、《關於胡秋原蘇汶與左聯的文藝論戰》一文則是對「文藝自由論辯」的評價，可以看出，對胡、蘇的定位是截然不同的，其鬥爭矛頭仍然是胡秋原，稱「自由人第三種人的出現，乃是必然的。」但胡秋原「已經走向反動方向」，將其和持托派觀點李季放到一起進行批判。〔註 68〕可以看出，對胡秋原乃至「自由人」的批判，其中心是對「托派」思想的批判和警惕。當然，後來蘇汶加入，並在文藝領域引起軒然大波，則是始料未及的。需要注意的是，在國內這種論戰背後也包含著對蘇聯文藝政策的反應，尤其是已經完全成爲政治鬥爭的戰場的由「公謨學院」主辦的雜誌《文學遺產》的走向對中國國內的論戰產生了影響，在斯大林《至無產階級革命》的信掀起了全蘇意識形態總清算的情況下，《文學遺產》對此前活躍在理論界的普列漢諾夫等人進行了總清算，並整理了不少馬克思主義的經典文獻，而這些都成爲中國「左聯」在批判胡秋原等人思想的重要理論資源。

值得一提的是，講到「托派」，則不得不提到神州國光社的作用，它對「托派」雜誌的出版提供了不少支持，《動力》、《讀書雜志》都由神州國光社出版發行。托派著名人物王凡西在回憶錄中就談到神州國光社的作用，「在所有新興的書店中，以神州國光社的聲勢爲最大。這是陳銘樞投資的，而實際負責

〔註 67〕洛揚（馮雪峰），《「阿狗文藝」論者的醜臉譜》，《文藝新聞》第 58 號，1932 年 6 月 6 日。

〔註 68〕首甲，《關於胡秋原蘇汶與左聯的文藝論戰》，《現代文化》第 1 卷第 1 期，1933 年 1 月 1 日。

者則爲王禮錫。王禮錫的出身我不大清楚，會吟點舊詩，以詩人自命，但對出版事業，尤其對社會科學則是十足的外行。人相當老實，於政治少所知，因而也沒成見。只要是『左方人物』，甚至只要你能賣弄幾個社會科學的名詞，他都延攬之惟恐不及。他每嘗以蔡元培自況，故作家中自陶希聖等起，中經斯大林派，一直到我們托派，他都一視同仁。一九三〇年初期，他跟反對派特別接近，劉仁靜，李季，王獨清，彭述之，杜畏之，彭桂秋，吳季嚴等都和他來往甚密。……除了神州之外，與反對派有關而多少出了書的書店，有滬濱，新宇宙，春秋以及亞東等家。其他如陶希聖、樊仲雲主持的『新生命』，也曾被我們利用了的。所出書籍，在反對派中並無統一計劃，完全由個人和書店商定，但雖如此，內容仍很豐富的，馬恩烈的古典著作都有一些介紹，托洛茨基《自傳》出了三種譯本，優秀的西洋革命史也譯過不少。當時『無產者社』還經由神州國光社出版了一種期刊：《動力》，在一般的社會科學，以及特殊的托派主張的傳播上，曾發生了很大影響。這時上海在共產黨的直接領導下，正開展著左翼文藝運動；但它們在馬克思主義書籍的出版方面，反而落在我們托派之後，他們的主持者多數是文學家，因之運動的重點也放在『普羅文學』上面。他們在這方面都不曾做出成績來，一直要到一九三三年前後瞿秋白投入這個運動之後，才開始有了點生氣。可是到了那時候，托派方面的主要能文者都被繫禁在監獄中，外面有的只是打著托派旗幟而其實未曾一日接近托派的人，再加上一些過去的托派，參加於《讀書雜志》時期的學術爭論。這些人根本不是托派，僅僅從托派武庫中竊取一二槍支，向斯大林派射擊以便取悅於蔣介石。」〔註 69〕雖然王並不承認神州國光社出版的這些雜誌是眞正的「托派」，但其與托派的關係確是不能否認的。

左翼之間的鬥爭固然激烈，但就當時的政治文化地圖而言，實際上形成了國民黨官方、中共領導的「左聯」、「托派」的三角思想鬥爭局面，任何一方都受到另外兩方的批判與攻擊。以《讀書雜志》爲例，一方面被「左聯」批判，同時也被國民黨警惕。但値得注意的是，雖然看似是一個較爲平等的三角關係，但實際上在勢、理上都是不平衡的，在理上，以左翼占上風，尤其是「左聯」爲代表的正統左翼，而在勢上，卻顯然是國民黨官方擁有絕對的威勢，不管《文藝新聞》還是《讀書雜志》，最終都被查禁。即使基本完全是兩種左翼之間的論爭，如中國社會性質的論戰，但由於其意識形態與國民

〔註 69〕王凡西，《雙山回憶錄》第 166 頁，北京：東方出版社，2004 年。

黨官方的對立，因而作爲論戰陣地之一的《讀書雜志》主要因此獲罪，「查上海神州國光社出版之《讀書雜志》，各期多刊有反動言論，審查其中較爲顯著者，計有（一）該雜誌一卷四五期合刊之孫倬章著之《中國經濟的分析》，內容說中國是資本主義之社會，無論是帝國主義在中國發展之資本主義，與民族資本主義，皆應在打倒之列，主張中國階級革命，實行馬克斯共產主義。（二）卷四五期合刊之劉夢魂著之《中國經濟之性質問題的研究》，內容說中國農村經濟的崩潰，要發展中國農村中的生產力，只有與廣大的農民群眾在一起的中國無產階級，才能打倒帝國地主資產階級的統治，所以主張建立工農的政權，實現工農民主專政。（三）二卷一期之孫倬章著之《中國土地問題》、內容說反對土地私有主張，中國工農聯合暴動，組織工農革命政府，以解決土地問題。（四）二卷二三期合刊之劉鏡園著之《中國經濟的分析及其前途》，內容說中國只有兩條路可走：（一）準備作印度；（二）要學蘇俄，由無產階級專政的手段，直接奪取政權，改變經濟組織。（五）二卷二三期合刊之胡秋原著之《略覆孫倬章君並略論中國社會之性質》，內容說反帝國主義，就要反對中國統治者，同時主張農民土地革命。（六）二卷四期之郁達夫著之《滬戰中的生活》，內容主張乘滬戰無產階級下動員起來，先打倒帝國主義，再打到南京帝國主義走狗的政府。（七）二卷七八期合刊之任曙著之《怎樣切實開始研究中國經濟問題的商榷》，內容說本黨之辛亥革命，是資產階級民主革命的性質，並說辛亥革命的失敗，則二月革命只能這樣扮演。（二月革命即蘇俄布爾札維克主義革命）。（八）二卷九期之王禮錫著之《九一八週年的清算》，內容有一段，謂：『有的主張一面準備抵抗。一面進行交涉；有的一面反和，一面又不主戰，怕作戰者會取得政治上領導，而政權落不到自己。揣其實際，有的是怕戰而失掉政權，有的以戰的共口號，來爭奪政權。這一切政黨的反動怯懦行爲都是不配來解決中國問題。』此段含有詆毀政府之意。上舉八項，僅爲該雜誌中反動言論之較顯者，其餘更散見各期，不勝列舉。由此足證該雜誌連篇累牘，故意作反動之宣傳。確實有據，似應永遠查禁，以杜流傳。」〔註 70〕神州國光社也因此特別受到國民黨的關注。可以說，鬥爭的雜誌不僅建構著雜誌各方代表的意識形態，而且在鬥爭中透視著文壇的格局和面貌。在認識這一時期的雜誌時，要充分注意這些複雜性。

〔註 70〕《查禁讀書雜志》，《廣東省政府公報》第 219 期，1933 年 4 月 10 日。

總體上說，政治壓制下的「左聯」雜誌與國民黨官方進行著頑強的鬥爭，但又不止於此，其鬥爭的指向更爲複雜。

第三節　左翼雜誌的「游擊戰」

在「左聯」作爲一個集團和上海的左翼刊物受到空前嚴厲的打擊時，除了通過秘密出版進行鬥爭外，出版中心的轉移和「化整爲零」以小團體的方式出版同樣是「地下文學」的生存之道。

一、左翼雜誌出版中心的北移

1933 年，《社會新聞》登載了一篇題爲《文化剿匪的認識》的社論，可以說是赤裸裸的暴力宣言，而且也可看作國民黨對付左翼文化的各種暴力手段的自我招認和立此存照。文章首先分析「文化剿匪」的重要性：「軍事剿匪，政治剿匪，這固然是重要的工作，但文化剿匪應是更重要的工作，我們該知道，赤匪的猖獗，決不是赤匪武力優越的結果，其最大的原因，是赤匪乘著國民黨在政治上文化上沒有嚴密組織的機緣，用有組織的方法建立了赤色政治和赤色文化的基礎，來製造他們的赤色恐怖，來奪取他們所垂涎的政權，就就中他的建立赤色文化基礎，更比他們建立政治基礎來得有力。他們一方面組織文化團體，來吸收青年，不停不斷地加以赤色的訓練，使青年做他的螟蛉，另一方面用赤色的文化宣傳，來煽動階級鬥爭，使剿匪軍的後方變做赤化運動的場所。這種方法，是再惡毒不過的。這幾年以來，所以赤匪的數量愈演愈多，剿不勝剿，就是因爲這緣故，因爲他的每一個文化團體，都是他的赤化訓練所，凡是他的赤化訓練所的所在地，就都有他的補充隊伍，因此前線儘管是伏屍遍地，但他的鬥士卻會愈聚愈多。現在我們不想從根本上剷除赤匪則已，倘我們要從根本上剷除赤匪，那我們就不能不從事文化剿匪。」並提出「查封解散赤色文化的團體」、「嚴厲取締鼓吹赤色文化的出版物」、「取締電影」、「統制教育」等具體辦法。其中尤其強調宣傳至於運動的重要作用，因而對左翼書刊的打擊尤其是其重要手段，「赤色的書籍，報紙，雜誌，近來在量的方面日見增加，其所傳播的社會層也日見擴大，就中中等以上學校的學生最易受他們的感染。青年學生受赤化刊物感染的結果，不是對於三民主義的革命前途抱著失望悲觀的態度，便是盲信殺人放火的共產主義可行於中國，其影響之巨，是不待言而可知的。而今我們假如決心從事文化剿匪的工作，那我們就應該從取締赤色出版物著手。但這裡所說的取締，並不是普通的取締，而是最嚴厲的取締，在書籍方面，不僅該取締赤化分子的出版物，還該取締半赤化分子的出版物。在報紙雜誌方面，不僅該取締和共產黨有直接關係的報紙雜誌，還該取締把報紙和雜誌的一部分供共產黨利用的報紙雜誌。總以不使宣傳赤化的書籍報紙能夠存在為原則。」〔註71〕從1930年夏秋開始，國民黨當局不斷加大著對左翼文藝運動的打擊，但左翼文化仍然頑強的生存著，到1933年，對左翼文化的打擊上升到新的高度，「以不使宣傳赤化的書籍報紙能夠存在為原則」。到此時，左翼書籍和雜誌的出版環境惡劣至極點，上海作為左翼文化的中心，尤其成為國民黨重點打擊的對象，在這種境遇下，連秘密刊物都難以為繼。

隨著《文學月報》的被禁，上海的左翼出版物基本全部被重點監視查禁，《文學月報》被禁之後，除了個別社團刊物如《無名文藝》、《新詩歌》等外，上海的左翼文藝刊物一時相對凋零，而在北平反倒出現了一個左翼刊物出版的高峰，1933年，《冰流》、《新大眾》、《藝術信號》、《文學雜誌》、《文藝月報》、《科學新聞》等相繼創刊。《出版消息》敏銳的指出了左翼出版物北移的趨向，「自在上海出版的北斗雜誌和文學月報相繼停刊以來，左翼的文壇似乎有轉到北平的傾向」，〔註72〕這些北平的左翼雜誌主要創刊於1933年，可以說，在上海左翼刊物面臨絕境之時，1933年的北平卻迎來左翼雜誌出版的短暫高峰。北方左聯的作用得到較大發揮。

在北平的這些左翼雜誌中，尤以《文學雜誌》和《文藝月報》最為重要，甚至有人指出其承繼《北斗》、《文學月報》等上海「左聯」刊物的抱負。日本學者近騰龍哉的《〈文學雜誌〉、〈文藝月報〉與「左聯」活動探賾》一文探討了《文學雜誌》、《文藝月報》的前後因果以及魯迅與該雜誌的關係。〔註73〕

《文學雜誌》為北方「左聯」機關刊，王志之、谷萬川主編，北平西北書局發行，1933年4月15日創刊，5月15日出版第2號，8月15日出版第3、4期合刊號後停刊。停刊原因可能是，西北書店遭到特務的搜查與禁售處

〔註71〕《文化剿匪的認識》，《社會新聞》第5卷第18期，1933年11月24日。

〔註72〕成，《文藝月報第二號的介紹和批評》，《出版消息》第18期，第37頁，1933年8月16日。

〔註73〕見王風、【日】白井重範編，《左翼文學的時代——日本「中國三十年代文學研究會」論文選》，第109頁，北京大學出版社，2011年。

分，有的編者被捕（如谷萬川），有的編者參見「抗日義勇軍」等。《文學雜誌》初設「小說」、「詩」（詩・文或詩歌・散文・隨筆）、「劇」、「論評」、「畫葉」等欄目，後又增加「書評」、「通信」等欄，有意成爲《北斗》、《文學月報》那樣的左翼文藝雜誌。在各方面因素影響下，雜誌有了克服極左傾向的自覺，認識到「革命是沒有這般窄，而文學家也正須指導小資產階級清算了自己才能前進。」與「左聯」的地下機關志有了一定的不同。撰稿者除了谷萬川、王志之、張天翼、宋之的、尹庚、金丁的左翼年輕作家外，還有魯迅、茅盾等老作家，也有鄭振鐸、朱自清等中間人士。

《文藝月報》，1933 年 6 月 1 日創刊，北方「左聯」機關刊之一，16 開本，主編 1、2 期署文藝月報社，第 3 期爲陳北鷗、金谷，僅出 3 期，分別於 1933 年 6 月 1 日，7 月 15 日和 11 月 1 日出版。第 3 期《編後雜記》說明第 4 期由金谷負責編輯，並附第 4 期要目預告，但並未見出版。《文藝月報》無論從刊名還是內容編排，都與《文藝月報》有較高相似度。《現代出版界》介紹道：「這是北平的幾個左翼作家創辦的刊物，裝訂編製以及封面，幾乎完全和已停刊的《文學月報》一樣。裏面有許多文章都已失去時間性，如《魯迅訪問記》則是記的去年魯迅在北平時的言論，大概是早已集稿，到現在才出版的原故。不無可惜，我們希望以後的幾期能夠新鮮一點。執筆者有張英白，里正，何菲，徐盈等。」〔註 74〕《文藝月報》編輯也自明有繼承《北斗》、《文學月報》的抱負，「自從北斗和文學月報相繼停刊以後，在文壇特別覺到了沈寂。尤其在北平，滿天飛著沙塵，眞難看到天日，想找到使人滿意的文藝刊物，更是難事。在那時，我們就計劃著出個大家還能看的過去的文藝刊物。」〔註 75〕內容上有小說、詩歌等創作，也有理論性的論文和批評，還有文藝情報等。《文藝月報》集稿集中於 1932 年底 1933 年初，那時，不僅國民黨的「文化圍剿」力度加大，同時有著反戰的背景。《文藝月報》特別強調反戰，創刊號即刊登了巴比塞、羅曼羅蘭、辛克萊等國際反戰作家的畫像，另有《國際反戰作家給蘇聯和中國大眾的信》等內容。

《文學雜誌》和《文藝月報》互相支持，《文藝月報》創刊號刊登了《文學雜誌》第 2 號目錄，第 2 號刊登了第 3、4 期合刊目錄，《文學雜誌》第 3、4 期合刊則刊登了《文藝月報》第 2 號出版廣告並附要目，而且引用《世界日

〔註 74〕《文藝月報》，《現代出版界》第 14 期，1933 年 7 月 1 日。
〔註 75〕《編後》，《文藝月報》第 1 期，1933 年 6 月 1 日。

報》和《庸報》的評價推介雜誌。當然，對其他北平的左翼雜誌，兩刊也極力推介。在撰稿陣容上，兩種雜誌也比較相似，除了北平的左翼青年作家外，上海的一些作家也在刊物上發文。由於創辦左翼文藝雜誌的自覺，兩個刊物均表示出創作特別的重視，但就發表的作品來看，仍然是不太成熟的，少有優秀作品。

值得注意的是，兩個雜誌都對「丁玲事件」做出了積極的反應，《文藝月報》第 2 期和《文學雜誌》第 3、4 期合刊都特闢了「紀念丁玲」的專欄，《文藝月報》的相關文章有陳北鷗的《悼丁玲》、茅盾的《女作家丁玲》、林瓴的《評丁玲奔》；《文學雜誌》登載了丁玲的相關畫像，包括女作家丁玲像、丁玲手稿、丁玲的愛兒、丁玲畫像（蔡威廉作），相關文章有雪野的《紀念丁玲》、峰毅的《丁玲胡也頻在濟南》及丁玲的「遺稿」《無題》，並載《文化界爲營救丁潘宣言》、《國際作家給全世界作家的信》等文，提高了丁玲事件的影響，是左翼文壇的一件大事。

作爲北方左聯的雜誌，除對小說、詩歌等創作外，雜誌也努力傳達「左聯」的精神，但在現實條件的限制下，北方左聯與上海左聯總部的聯繫並不容易，與中共的聯繫更難。爲了更多傳達左翼精神，雜誌對蘇聯和國際無產階級文學動態和理論十分重視，因而相關譯文和介紹構成雜誌的重要組成部分。如《文學雜誌》上的《一九三三年日本普羅文學運動的展望》、《托爾斯泰論》（伊里支作）、《蘇聯文學的展望》（上田進作）、《霍卜特曼的從日出到日落》（盧那卡爾斯基作），《文藝月報》上的《文學的黨派性》（伊里支作）、《國際反戰作家給蘇聯和中國大眾的信》、《大眾藝術的認識》（山岸又一作）、《文學批評上的幾個問題》（川口浩作）、《日本布爾喬亞文學最近傾向》、《資本主義下的大眾文學》（川口浩作）、《文學上的杜魯斯奇》（Kirpotin 作），關注的均是與中國國內文化界密切相關的問題，如「文藝大眾化」問題、對托洛茨基的批判、左翼作家的反戰等。《文藝月報》的「文藝情報」欄基本上也全部是蘇聯文化界的相關消息。《文學雜誌》和《文藝月報》在上海左聯機關志缺席的情況下，及時塡補了機關志的空缺。用茅盾的話說，「在北方文壇上，《文學雜誌》和《文藝月報》大概是一對規模最大的前進的雜誌，影響如何，雖然尙不得知，可是主編者的毅力很值得欽佩。」〔註 76〕

〔註 76〕 茅盾，《幾種純文藝的刊物》，《文學》第 1 卷第 3 期，1933 年 10 月 10 日。

1933 年，上海的左翼雜誌幾乎遭受滅頂之災之時，與上海的「左聯」總部有著一定聯繫的北方左聯的青年，在北平掀起一股辦刊熱潮，也算是一種刊物的游擊戰。只可惜這種刊物高峰並沒有維持多久，很快便遭到當局的打擊，《出版消息》第 23 期則介紹了這些刊物的停刊消息，「《文學雜誌》無形停頓」、「《文藝月報》暫停」、「《冰流》不再流矣」、「《科學新聞》短命死矣」、「《藝術信號》停頓」、「北平文藝小報均已停刊」等等，北平短暫的刊物出版高峰告一段落。

相對上海，北平的刊物也有著自己的特點。由於 30 年代不少左翼作家齊聚上海，而且上海的出版業作爲一種商業空前繁榮，因而上海的刊物自然可以依託書局和大批的左翼作家；而北平在大批作家南遷之後，文化界相對蕭條，「京派」也主要以天津爲大本營，因而北平的左翼文藝運動和左翼刊物的出版則不可能像上海那樣。通過對北平這些重要左翼刊物的考察，可以發現，這些刊物主要依託各高校，包括北平師範大學、燕京大學、輔仁大學、清華大學等高校學生，刊物的通訊處一般都會表明「**大學**轉」。從這個角度，或許也可以從側面解釋在北京發生又一次大規模學生運動「一二・九運動」的原因，即使不是關鍵原因，但也跟北平左翼文藝運動展開的方式有關。

這些刊物主要由北方「左聯」領導，當然與上海的「左聯」保持著精神上的聯繫，但是由於客觀條件的限制，「左聯」總部的精神並不能及時完整的傳達給北平的這些成員，因而，從刊物面貌上來看，並不完全受制於「左聯」總部的約束。相對於上海前一時期的雜誌，北平的這些雜誌都表現出對文學作品的重視，雖然登載的作品仍然相當幼稚。

從作者群來看，北平的雜誌作者往往以名不見經傳的年輕作者爲主，這當然與當時難以依賴名人有關，反倒讓雜誌具有了一些生氣。後來，北方「左聯」不少成員都回憶魯迅當年對辦刊的指導，強調「要好好辦一個刊物」，「一，刊物不一定都登名人的文章，因爲名人的文章不一定都好；二，要好好把工農兵通訊運動搞起來，從他們中間發現作家；三，要認眞對待泥腿子（農民），陳獨秀之流是不喜歡泥腿子的，我們要到泥腿子中間去。」〔註 77〕不管魯迅當時是否如此指導北方「左聯」的辦刊，但就刊物面貌來看，從一定程度上是具備這樣的特點的。

〔註 77〕陸萬美，《追記魯迅先生「北平五講」前後》（《憶魯迅》）；陳沂，《一九三一至一九三二年的北方左翼文藝運動》（新文學史料）1979 年第 4 期）；《魯迅年譜》第 3 卷，第 356 頁。

在上海左翼文藝運動陷入困境，左翼雜誌難以生存之時，北平左翼雜誌的短暫繁榮對整個中國的左翼文藝運動來說意義重大，展示出左翼文化界靈活戰鬥的能力。

二、左翼文學團體及「左聯」成員創辦的雜誌

在如此艱難的環境之下，「左聯」作爲一個集團，其總體工作均在地下進行，除了政黨式的組織傳遞方式外，其主要精神通過秘密的地下雜誌傳播。在當局不斷加劇的打壓下，秘密雜誌也生存困難。在這種情況下，一些左翼文化小團體和「左聯」成員單打獨鬥式的工作便顯示出重要的意義，創辦雜誌是其中最重要的部分。在「左聯」工作展開艱難的時期，不少左翼文化團體和「左聯」成員零星創辦了不少雜誌。這些雜誌雖然未必產生巨大的影響，但是對於左翼文藝運動和左聯工作的具體開展有著重要意義，是深入基層的戰鬥。

國民黨當局也認識到「赤色文化團體」對左翼文藝運動的意義，「赤色文化團體的存在，就是赤色訓練所的存在，這是共產黨的一種極有效的工具。這種赤色的文化團體到處都有，在上海尤多如牛毛，除卻秘密的以外，還有公開和半公開的團體，他們多半是假愛國之名，行赤化運動之實，在表面看去，儼然是一個愛國團體，但其內容無一不是實質的共產黨的外委。以前當局對於這種團體實在是太放任了，從今以後，應拿出徹底澄清的決心，將所有的赤色文化團體，一律查封解散，不讓這些赤色的文化團體存在，才能夠受到文化剿匪的實效。」〔註 78〕因而，這些左翼文化團體在政治高壓下難以持久的生存，但是野火燒不盡、春風吹又生，單個的左翼文化團體和單個的左翼刊物雖然維持不了太久，但一個被禁，另一個又創立起來，這種生生不息的生命力卻是國民黨當局想怎麼禁止都難以禁絕的。從 1930 年秋「左聯」的活動被完全壓制到地下後，左翼團體和刊物便源源不斷的產生，發揮著重要作用，其中的一些甚至還產生了一定影響。

在這些雜誌中，《文學生活》是較早由「左聯」成員創辦的雜誌中之一種，該刊 1931 年 3 月 1 日創刊於上海，署名文學生活社編輯，姚蓬子負責實際主編工作，上海聯合書店發行，創刊號出版後即被禁。《文學生活》爲純文學刊

〔註 78〕《文化剿匪的認識》，《社會新聞》第 5 卷第 18 期，1933 年 11 月 24 日。

物，作者多為左聯盟員，刊載了張天翼的《二十一個》、沈起予的《碑》、白薇的《天地之死》、魏金枝的《自由在垃圾桶裏》等小說，葉聖陶的童話《蠶兒與螞蟻》，穆木天的詩《奉天驛中》和《雪夜》，蓬子、俞彬、趙景深等人的譯作，侍桁的作家論《一個空虛的作者》對沈從文的創作進行了批判，另有少量文藝短評等。在當時文學本身並不十分受到「左聯」重視的時節，《文學生活》在文藝上的努力殊為難得。

另一種較為重要的是《生存月刊》，為「左聯」成員方之中主編的綜合性刊物，文藝內容較多，在「一・二八」之前叫《生存評論週刊》，已出版 3 卷，「一・二八」之後改名《生存月刊》，「由第 4 卷第 1 號起，出月刊，年出 10 期。」

如前所述，1933 年對於上海的左翼刊物而言，是蕭條的一年。而剛好在這一年，除了出版中心北移造成北平左翼雜誌的盛行外，上海的小文藝團體和其創辦的雜誌也比較集中的出現。「中國詩歌會」和其刊物《新詩歌》是其中比較重要的一種。1932 年 9 月，楊騷、蒲風、穆木天等發起成立「中國詩歌會」，目的是研究詩歌理論，創作詩歌作品，倡導詩歌的大眾化，介紹進步的詩歌理論和作品。「中國詩歌會」是當時最重要的左翼文化團體，踐行著「左聯」提出的「文藝大眾化」口號，將此口號在詩歌領域予以實踐。1933 年 2 月，中國詩歌會《新詩歌》（旬刊）出版，反對詩歌的歐化。1933 年 7 月 10 日，《新詩歌》（月刊）創刊，「該刊係新詩歌旬刊之擴大物。以詩歌大眾化為口號。」〔註 79〕「中國詩歌會」和《新詩歌》因其鮮明的旗幟在文學史產生了重要影響，在討論詩歌問題時，不能忽略該團體和雜誌的嘗試。

另一個比較重要的文化團體是「無名文藝社」。「無名文藝社」成立於 1932 年 12 月，《社會新聞》曾進行捕風捉影的報導，「上海『大英地界』成都路上有個無名文藝社，緋色宋來文人之小團體也（筆者注：原文如此，不知何意。）。據說，以前社員有近百，現在社員不到五十。也出無名之類的刊物，正因為無名，眞的就無聲無息了。該社負責人，傳為葉紫，曾在出版消息上，自己吹噓過好幾次，但仍係無名之卒。巴比賽調查團來滬後，該社為向左翼作家醜表功，也曾召集社員會商，以作歡迎表示。惟該社幹部中，傾向取消之份子，亦在不少，對此躋近行動之提議，大不以為然。然為表示不爭起見，以消極不參加為抵制之武器。因此該社在此次反帝運動中，成為『取消派之尾

〔註 79〕《七月份創刊雜誌略述》，《現代出版界》第 15 期，1933 年 8 月 1 日。

巴』，頗受左翼已負名之作家白眼云。」〔註 80〕「無名文藝社」出版了刊物《無名文藝》，該刊初爲旬刊，1933 年 2 月 5 日創刊，出版 2 期，葉紫主編，1933 年 6 月 1 日改爲月刊，由葉紫、陳企霞主編，是一個以左翼年輕作家爲主要陣容的刊物，創刊號除了詩歌、小品文、翻譯、書評外，有小說五篇，分別爲葉紫的《豐收》、黑嬰的《沒有爸爸》、島西的《垃圾》、劉錫公的《巷戰》、汪雪湄的《雁》，用茅盾的話說，「黑嬰的《沒有爸爸》是例外，其餘四篇都表示出作者前進的意識。」茅盾對《無名文藝》評價甚高：「這是青年作家的同人雜誌，……《無名文藝月刊》的一群青年作家有很大的前途，我們虔誠的盼望他們繼續努力。」〔註 81〕

同時，一些有抱負的左翼青年也試圖通過辦刊實現抱負，比如馮潤章的《洪荒》和《農村》。這兩個雜誌在文學基本沒產生任何影響，卻反映出左翼青年深入實際鬥爭的努力。

《洪荒》創刊於 1933 年 7 月 1 日，「該刊的性質似乎偏重於文藝及農村研究。創刊號中關於農村研究者有《現代中國農村概觀》，《各地農村通訊六篇》，關於文藝者有《報告文學說》，詩歌，小說，劇本等。」〔註 82〕《農村》於 1933 年 8 月 16 日創刊，「農村研究社所籌備之定期刊物《農村》已籌備就緒，由上海現代書局經售，定於八月十五日出版，該刊內容除發表一般的作品外，特別注重農村問題的研究，全國各地農民生活的實際描寫，及國際農村生活的介紹。」〔註 83〕「雖然從名稱上看來好像是一個社會科學的刊物，但《農村》實是一個文藝雜誌。它的內容，除三兩篇論文之外，便完全是文藝的篇幅，不過這刊物裏的詩歌，劇本，小說，都完全是以農村生活爲題材的。末附各地農村通信一欄，收集河南，陝西，浙江，福建等省農村報告材料，頗爲這一種刊物的特色；從這裡，我們可以看出我們農村生活的各種姿態來。」〔註 84〕創刊號有論文《農村怎能不潰滅》（豐莊）、《蘇維埃農場》（方土人）、《抗捐軍的崛起》（茨石），詩歌《陷落》（豐莊）、《倦了的桑枝》（一鳴）、《流亡》（黎明）、《行軍喇叭》（西淮），小說《騙局》（藤子）、《英雄世界》（佳水）、《母親的愛》（宛爾）、《逃荒者》（吳天柱），戲劇《高利貸》（馮

〔註 80〕《無名文藝社與取消》，《社會新聞》第 5 卷第 4 期，1933 年 10 月 12 日。

〔註 81〕茅盾，《幾種純文藝的刊物》，《文學》第 1 卷第 3 期，1933 年 9 月 1 日。

〔註 82〕《七月份創刊雜誌略述》，《現代出版界》第 15 期，1933 年 8 月 1 日。

〔註 83〕《〈農村〉將出版》，《現代出版界》第 15 期，1933 年 8 月 1 日。

〔註 84〕《八月份創刊雜誌述略》，《現代出版界》第 16 期，1933 年 9 月 1 日。

潤章）及全國各地農村通訊。《農村》是《洪荒》的改名。據馮潤章回憶，「創辦了《洪荒月刊》，不幾期，被國民黨查禁了。後又改名《農村月刊》，不幾期，又被查禁了。」〔註 85〕馮潤章曾就辦刊事致信魯迅，魯迅答複道：「災區的眞實情形，南邊的坐在家裏的人，知道得很少。報上的記載，也無非是『慘不忍睹』一類的含混文字，所以倘有切實的記錄或描寫出版，是極好的。」「不過商量辦報和看文章，我恐怕無此時間及能力，因爲我年紀大起來，家累亦重，沒有這工夫了。但我的意見，以爲（1）如辦刊物，最好不要弄成文學雜誌，而只給讀者一種誠實的材料；（2）用這些材料做小說自然也可以的，但不要誇張及腹側，而只將所見所聞的老老實實的寫出來就好。」就刊物實際來看，馮潤章基本上採納了魯迅的建議。

1933 年的小團體左翼雜誌還有「狂流文藝社」的《狂流文藝》和「現代文藝研究社」的《文藝》。《狂流文藝》創刊於 1933 年 7 月 15 日，「這是一個新出的文藝月刊。大多數的作家我們都不認識，在第一期『發動號』中，我們所知道的只有巴金和黑嬰，但其他的執筆者，雖然尚未爲我們所認識，他們的努力是可以從他們的著作中被看出來的。」〔註 86〕《文藝》，1933 年 10 月 15 日出版創刊號，11 月 15 日出版第二號，12 月 15 日出版第三號後被禁。1934 年至 1935 年間茅盾和魯迅在爲美國人伊羅生編輯的《草鞋腳》一書開列的《中國左翼文藝定期刊編目》中說：「這個刊物完全是左傾的青年作家的園地。主要的內容是創作。最優秀的青年作家的作品在這刊物上發表了不少。」該雜誌在當年有一定影響，被列入當月的雜誌綜述，「自去年《現代》雜誌創刊後，上海文藝界之沈寂狀態，開始擊破，以後陸續出版之十六開本大冊重要文藝刊物，有文學，矛盾（改版），新時代（改版），無名文藝月刊等，最近更有『現代文藝研究社』主編之《文藝》出版。創刊號計載創作小說七篇，論文三篇，有幾位撰稿者，均曾在無名文藝月刊中出現過。」〔註 87〕《文藝》基本上是左翼青年作家的園地，何家槐、周文、夏徵農、葉紫、歐陽山等是該刊的主要撰稿人，同樣是「左聯」年輕成員的努力。

最後要介紹一本重要的雜誌《春光》。《春光》，1934 年 3 月 1 日創刊於上海，由陳君治、莊啓東編輯，春光書店出版，同年 5 月被禁，僅出三期。《春

〔註 85〕馮潤章，《我記憶中的左聯》，《左聯回憶錄》第 67 頁，北京：知識產權出版社，2010 年。

〔註 86〕《七月份創刊雜誌略述》，《現代出版界》第 15 期，1933 年 8 月 1 日。

〔註 87〕《十月份創刊雜誌略述》，《現代出版界》第 18 期，1934 年 11 月 1 日。

光》創刊號設「文藝座談」、「論文」、「小說」、「劇本」、「詩與散文」、「介紹」、「創作日評」，後兩期雖措辭上稍有調整但內容大致差不多，從欄目設置可以看出其打造一個純文藝雜誌的努力。在作家陣容上，有鄭伯奇、陳君冶、何家槐、李輝英、丘東平、任白戈、王任叔、張天翼、艾青等人，集中了大部分左翼青年作家，同時也包括施蟄存、戴望舒、杜衡等游離在左翼邊緣的作家。魯迅多次提及該刊，在對友人的信中，說該刊「並不怎麼好——也不敢好，不准好。」但其仍然是「沉默」的 1934 年左翼年輕作家努力的結果，算是唯一公開的左翼雜誌。《春光》因其活力受到評論界的關注，「《春光》（月刊），這是新出版的純文藝雜誌，由陳君冶莊啓東主編，在《現代》及《文學》之外，又來這一支生力軍，是值得注意的。」〔註 88〕除了大量左翼青年作家在《春光》上發表作品外，從創刊號起，鄭伯奇發起「爲什麼沒有偉大作品產生」的討論，在當時文壇產生了一定影響。

綜上所述，當國民黨當局對左翼文化進行嚴厲的打擊之後，地下戰和游擊戰變成了左翼雜誌生存的策略，眞正體現出「舊制度時代的地下文學」的生存之道。

〔註 88〕《三月份創刊雜誌述略》，《現代出版界》第 23 期，1934 年 4 月 1 日。

第三章　「中間姿態」的雜誌與左翼文藝運動

茅盾晚年將「左聯」分爲前後兩期：「從 1930 年 3 月到 1931 年 11 月爲前期，從 1931 年 11 月起到 1936 年春『左聯』解散爲後期。……從『左聯』成立到一九三一年十一月是『左聯』的前期，也是它從左傾錯誤路線影響下逐漸擺脫出來的階段；從一九三一年十一月起是『左聯』的成熟期，它已基本上擺脫了『左』的桎梏，並開始了蓬勃發展、四面出擊的階段。」〔註 1〕他將 1931 年 11 月「左聯」通過的題爲《中國無產階級革命文學的新任務》的決議作爲標誌性的界線。夏衍雖然也認爲此決議有重要意義，但認爲不應對此估計過高，因爲此後「左聯」還發動了對「自由人」和「第三種人」的批判，可見並未克服左傾路線。因而對茅盾的分期略有不同意見，認爲「左聯」的「轉變」「不是 1931 年 11 月，而是 1932 年的夏秋之間，也就是『淞滬戰爭』失敗之後。而使這個轉變在黨內得到合法地位，這是在歌特 1932 年 11 月 3 日在黨刊《鬥爭》上發表了《文藝戰線上的關門主義》之後。」〔註 2〕

儘管兩人觀點有所不同，但都是以是否克服「左傾」思想傾向作爲分期標準的。作爲當年「左聯」的核心成員，兩人都是從「左聯」的內部視角來看待這個問題，而處在當時惡劣的政治形勢之下，除了「左聯」內部的努力外，或許外部壓力也成爲促使「左聯」轉變自身態度的重要動因——在國民

〔註 1〕茅盾，《「左聯」前期》，《新文學史料》，1981 年第 3 期。
〔註 2〕夏衍，《懶尋舊夢錄》，第 140 頁，北京：生活·讀書·新知三聯書店，2006 年。

黨壓倒性的打擊控制之下，純粹的左翼作家難以佈成陣地與國民黨對攻。在這種情勢下，尋求與中間力量的聯合越來越成爲大勢所趨，也成爲左翼文化界保存力量並尋求發展的重要路徑。

與此同時，夏衍指出的「淞滬戰爭」失敗也是一個非常重要的背景，「九・一八」、「一・二八」事變之後，中國陷入更加深重的民族危機中，中間力量也越來越對當局的態度表現出不滿，而在反帝的大背景下更加傾向於左翼的立場。因而，在左翼文化面臨困境之時，左翼文化界與左傾的中間力量的結合變成大勢所趨。

胡繩在總結中共革命成功的經驗時引用胡喬木的觀點說：「國民黨的人只是一小撮，我們的人也很少，實際上第三種人佔大多數。」「革命能夠成功，是因爲我們黨把中間勢力拉過來了。」〔註 3〕雖然胡繩的所指主要是 1945 年後中共對中間勢力的成功爭取，而在認識 1930 年代左翼文藝運動時，這也是一個不可忽視的角度。在中共面臨毀滅式危機，「左聯」的組織領導工作越來越難以展開之際，左翼文化不僅沒有中斷，而且取得了進一步的發展，「中間力量」的確發揮了巨大的作用，「中間雜誌」則是發揮作用的重要陣地。

而在左翼文化與中間力量的結合和對中間雜誌的利用上，則與具體的文化人間的人事交往有著莫大關係。雖然左翼文學強調階級鬥爭，表現出極強的鬥爭性，並形成了「左翼文壇」，「合法主義」的傾向一度曾被「左聯」激烈批判過，〔註 4〕但「左翼文壇」並非一個孤立存在的邊界分明的實體，而且「合法主義」恰好也是左翼文化傳播最好的保護傘。雖然在觀念層面上分出了貌似界限分明的「左」、「中」、「右」文化群體，但實際日常生活的層面上，左翼文人與整個文壇有著複雜的關係，與觀念上的界限分明更爲複雜，尤其與中間階級有著盤根錯結的關聯。

1930 年代的文壇，左翼與中間階級複雜微妙的人際關係對文學直接產生影響，有時候並不是純粹的文學觀念完全決定作家的立場和文壇的面貌。因而，在左翼文藝運動的具體展開過程中，由於人事關係本身的複雜性和諸多複雜因素（甚至包括商業因素，比如，作家們出於稿費的需要等），左翼文化

〔註 3〕《胡繩論「從五四運動到人民共和國成立」》，第 3 頁，北京：社會科學文獻出版社，2001 年。

〔註 4〕《無產階級文學運動新的情勢及我們的任務》，《文化鬥爭》第 1 卷第 1 期，1930 年 8 月 15 日。

人在現實層面上並未表現出你死我活的鬥爭，往往表現出對中間雜誌的難以拒絕甚至倚重，左翼文藝的重要成果不是體現在機關志而更多體現在這些「中間」雜誌上。尤其是左翼文化被壓制得難以存活之時，這些「中間」雜誌更是成爲左翼文化生長最重要的土壤。當然，除了大的時事背景和人際交往的影響外，出於商業等方面的考慮，中間雜誌也樂於發表左翼文人的作品。正是因爲文壇的這種盤根錯節的關係，當左翼文化被嚴厲打擊，「左聯」只能秘密發行刊物甚至秘密發行都變得非常困難時，左翼文人還能在文壇各自發展，大大擴大著左翼文化的影響。

具體而言，由於「左聯」被毀滅式的壓迫，「左聯」的刊物基本全部轉入地下，成爲打游擊式的秘密刊物，後來，秘密發行都難以爲繼。而與此同時，在公開出版的舞臺上，「中間雜誌」日益成爲左翼文藝運動的陣地。主要表現在兩個方面：一是「左聯」機關志的淡化左翼色彩，比如《北斗》的「中間化」策略；二是左翼文人對「中間雜誌」的滲透：一方面表現爲「左聯」直接滲透到《文藝新聞》等左傾雜誌的編輯中，將其轉化爲自己的鬥爭陣地；另一方面表現爲左翼作家紛紛將陣地轉移到一些「中間雜誌」上，除了上海的大報《申報》和《中華日報》的副刊《申報・自由談》、《中華日報・動向》外，《申報月刊》、《東方雜誌》等大型雜誌也發出左翼聲音，更重要的是 30 年的大型文藝雜誌《現代》和《文學》，這其中包含著與左翼文化的複雜關係。這幾種雜誌不是色彩較爲中性就是與官方直接關聯。當然，這兩種途徑都與左翼文人在30年代上海文壇上的社會關係有關，《北斗》「中間化」策略的實現離不開丁玲的個人資源；《文藝新聞》的左翼化離不開袁殊與左翼文人之間密切的關係；《文學》與左翼文化的關係甚至延伸至左翼文人與文學研究會的複雜關係。在「中間化」的過程中，體現出左翼文化的生存策略和左翼文學在三十年代文化場的重要位置，同時表現出「中間雜誌」平臺對左翼文藝運動的推進作用。

第一節 《文藝新聞》的「中立化」

1931 年 3 月 16 日，《文藝新聞》在上海創刊，爲綜合性的文藝週刊，由袁殊等主編。1932 年「一二八」事變後，從 2 月 3 日起，按日發行戰時特刊《烽火》，共出 13 期。《文藝新聞》於 1932 年 6 月 20 日停刊。

《文藝新聞》發刊時強調中立的態度，「以絕對的新聞的立場」，「不拘守某一種主義；不依附於某一種集團；不專爲任何的個人或流派。」〔註5〕後來的辦刊過程中，也多次強調其新聞的立場，否認與「左聯」的關聯，如23號的《本報要緊聲明》:「據本報寧波通訊員來函，謂有史某在該地對外造謠本報:『將於最近停刊，原因是爲左聯經貼，以致經費支拙。』云云，按本報自發刊以來，因忠實記載而招怨一般無恥之小丑，致造謠中傷，不一而足。過去情形，已在刊於第六號之袁殊啓事說明。今二十餘號以來，決未受（亦從不作此企圖）任何黨派機關之津貼，或其他幫助，蓋所以建立新聞紙之獨立的力量。現在經濟之賠累，完全有同人於艱苦中爭持；將來則希望依讀者而生存。究竟停刊與否，亦憑努力於成長之收效而決定。下流者居心，故毫無傷於事實，謂同人當益圖奮勉於今後也。」〔註6〕雖然極力撇清，但後來證明，其與「左聯」有著密切的關係，「左聯」盟員樓適夷參加了編輯工作，在「左聯」的影響下，《文藝新聞》越來越成爲左翼文化界的發聲渠道。正因爲它與「左聯」的密切關係，而被一向被看作「左聯」重要的外圍刊物。

雖然《文藝新聞》越來越趨於左傾，當時不少人試圖坐實《文藝新聞》與「左聯」關係。比如《人民週報》的描述:「去年——一九三二——左聯雖沒有什麼活躍，在量上，卻已大有可觀，三月間發刊《文藝新聞》，內容是報告一些作家消息和起居注，對民族文藝有刻毒的攻訐，表面上他說與左翼無關，實際上，他暗地是接受左聯的指揮。掄著莫斯科鏽爛了的鐮刀，在中國文壇作一回左衝右突的戰鬥，當時也曾有不少的作家，震懾在他的威名之下。至於他自己呢？一篇兩篇袁殊的報告文學，用誘人而鼓動的標題，勾引著讀者。『九一八』到『一二八』，曾發行附刊《烽火》，完全用不合事實的記載，來適合他自己煽亂粗暴的性質。」〔註7〕甚至被看成「左聯」的機關刊，「我們曉得《文新》是左聯的機關報，蘇汶自稱爲第三種人，這第三種人顯然是和自由人沒有好多分別。左聯以爲自由人與第三種人已向本身積極挑戰，故不得不出動隊伍應戰。」〔註8〕但無論外界如何坐實其與「左聯」的關聯，《文藝新聞》編者一概予以否認，雖然在內容上仍然保持左翼文化的立場。而它

〔註5〕《文藝新聞之發刊》，《文藝新聞》第1號，1931年3月16日。

〔註6〕《本報要緊聲明》，《文藝新聞》第23號，1931年8月17日。

〔註7〕林抹，《一九三二年左翼文壇的清算》，《人民周報》，1933年第54期。

〔註8〕余慕陶，《一九三二年文藝論戰之總評》，《讀書雜志》第3卷第2期，1933年2月。

一直宣稱的「中間姿態」在當時的環境下確實發揮了重要作用，幫助其生存了更長時間。

之所以能一再宣告「中間姿態」，與主編袁殊的身份分不開。袁殊在文藝界堪稱「黑白通吃」，既與左翼文人保持密切關係，也可以與黑幫老大稱兄道弟，被稱爲「五方特務」（中共、共產國際、國民黨中統、軍統和日寇）。這種身份使《文藝新聞》能夠涉險過關，在左翼刊物裏堅持時間最長。而雜誌本身的特點也是其中間姿態的重要外衣。《文藝新聞》與一般左翼文藝雜誌不同，而是試圖做成「專門於文化的有時效之新聞紙」，「以絕對的新聞的立場，與新聞之本身的功用，致力於文化之報告與批判。」〔註9〕由於各方面因素的結合，《文藝新聞》是以合法身份出版的，有「中華郵政准掛號認爲新聞紙類」的資格。

刊物名爲「文藝新聞」，「新聞」是其最重要的特色。綜觀整個刊物，的確是立足於整個文化界的動態，關注「新聞性」，而非以文藝作品爲本位。主編袁殊將新聞業作爲自己理想的事業，多次提出「集納主義」的口號，儘管雜誌越來越傾向於左傾，對「集納主義」的追求一直沒有改變過，甚至後來還增加了專門的「集納版」。

由於對「集納主義」和「新聞性」的重視，《文藝新聞》更將「文化通訊」發展爲一項嚴肅的事業，刊物本身也成爲左翼「文化通訊」類雜誌的代表。《文藝新聞》第四號（1931 年 4 月 6 日）發布了一條「顧鳳城等發起文藝通訊社」的消息：「讀書月刊編者顧鳳城及本報袁殊等，近發起一文藝通訊社，致力於文化的通訊事業：廣大的組織國內外的通訊網，探訪一切文化消息，以供給各新聞紙及雜誌，先由上海開始工作。」〔註10〕在這種理念的影響下，《書報評論》、《讀書月刊》、《出版消息》等「文化通訊」類刊物在出版界不斷流行，在左翼思潮的影響下，不少這類刊物都表現出左傾的面向。「文壇消息」、「讀書界消息」、「文藝新聞」、「出版消息」經過自覺、系統的編輯，可以成爲左翼文化傳播中的一支重要力量。

新聞雖然有著客觀中立的外衣，而同時立場也是非常分明的，《文藝新聞》的左翼文化立場在辦刊過程中越來越鮮明。其最爲人熟知並奠定其重大意義有兩件事，一是對「左聯五烈士」遇害的首次報導，二是與胡秋原關於「自

〔註 9〕《文藝新聞之發刊》，《文藝新聞》第 1 號，1931 年 3 月 16 日。
〔註 10〕《文化的通訊事業》，《文藝新聞》第 4 號，1931 年 4 月 6 日。

由人」的論辯並掀起「文藝自由論辯」。這都體現出與「左聯」的密切關係，也表現出刊物的左翼立場。

「左聯五烈士」遇害事件是由《文藝新聞》首先報導的。1931 年 3 月 30 日，《文藝新聞》第 3 號發表《在地獄或人世的作家？》一文，該文以回答一位叫「藍布」的讀者來信的方式披露柔石、胡也頻、嶺梅、殷夫等作家被殺之事。來信者首先強調《文藝新聞》的「新聞的立場」，「至於嚴正的立場，那忠實的態度及在一般新聞紙中那新穎的工作方向，是鶴立雞群般的引起了一般人的注目和愛戴的！」然後提出探聽四位作家失蹤之事，雖說是探聽，實際上卻陳述了四人被殺的事實，「後忽一傳聞，謂胡君等系皆被逮捕，早於一月前槍斃。原因則云或與所謂『左翼文藝運動』有關。聽者震痛，夫此四君者，皆爲最近中國文壇上活潑有爲之青年，對於文藝上文化上皆初有貢獻。果如此說，則不能不令人深長思之矣。貴新聞社本嚴篤中正效忠於文化的立場上，其有以教我否？」〔註 11〕編者以「無從奉覆，謹刊出尊函，仍以不安而『安』先生對他們的惦記」作爲回應，以含蓄的姿態表達了雜誌的立場。第 5 號則再次以讀者來信的方式證實了「五烈士」被殺的消息，署名「曙霞」的來信《作家在地獄》披露：「柔石、胡也頻、馮鏗、殷夫都已於二月七日晚上被槍斃了。這是千眞萬確的消息。大批槍斃青年作家，在中國還算是第一次哩。——恐怕在全世界的文學史上亦是很少見罷。他們爲了文學竟受到這樣殘酷的犧牲，這恐怕不是他們意料所及，亦不是我們讀者所能夢想的罷！」署名「海辰」的來信還披露了李偉森的死訊，「柔石，馮鏗，也頻，殷夫等人都槍斃了。此外還有一位叫李偉森的，（《動蕩中的蘇俄農村》的譯者）他亦是當今著作界中的健將哩！這些人都不幸在二月七日同時喪生了……」〔註 12〕在當時的出版環境下，以「讀者來信」的方式來披露這樣的重要消息，這是一種策略。第六號進一步刊登了「五青年作家遺容」，「左聯五烈士」作爲一個群體被首次塑造出來。後陸續刊登了一些紀念文章，如第 11 號刊登了《白莽印象記》，認爲他「用自己的血，寫成這偉大的詩篇。」13 號刊登蕭石的《我在懷念著也頻》，丁玲的《死人的意志難道不在大家身上嗎？》（丁玲在中公講演）在此基礎上，「左聯五烈士」的影響不斷擴大，成爲左翼文化界批判國民黨暴政的最重要證據，《萌芽》創刊號便成爲「紀念戰死者專號」。《文藝新

〔註 11〕《在地獄或人世的作家？》，《文藝新聞》第 3 號，1931 年 3 月 30 日。
〔註 12〕《嗚呼，死者已矣！》，《文藝新聞》第 5 號，1931 年 4 月 13 日。

聞》第 19 號介紹了美國《新群眾》雜誌對「左聯五烈士」的報導，「美國哥爾特主編之《新群眾》雜誌，一九三一年六月號所載中國左翼作家聯盟爲五作家之死致全世界書，把中國現時的內在，向國際作著告白。」影響進一步擴大。通過對「左聯五烈士」事件「新聞」式的報導，促進著其作爲左翼話語事件的生成並有力的推進著左翼文化的傳播。

除此之外，《文藝新聞》還與 1930 年代一場重要的論爭息息相關。《文藝新聞》第 45 號發表了一篇題爲《請脫棄「五四」的衣衫》的「代表論言」，暗中以《文化評論》第一期的《眞理之檄》和《世界與中國》第三號的《文化運動的回顧與展望》作爲批判對象。這引起了作者胡秋原和《文化評論》的反駁，針對胡的回應，《文藝新聞》第 56 號發表《「自由人」的文化運動——答覆胡秋原和〈文化評論〉》，明確稱《文化評論》和胡秋原是主張「自由人的文化運動」，燃起了「文藝自由論辯」的戰火。此後，胡秋原又在《讀書雜志》上發表批判錢杏邨的文章，引起了洛揚（馮雪峰）在《文藝新聞》上的反駁，發表《「阿狗文藝」論者的醜臉譜——洛揚君致編者》〔註 13〕，論辯進一步深入，並引起整個左翼文化界的高度關注，並在此基礎上引發了蘇汶的「第三種人」理論。由此，「文藝自由論辯」也成爲 1932～1933 年雜誌的重要論題。可以說，《文藝新聞》在「文藝自由論辯」中扮演著重要角色，要探討這次論爭，還得從雜誌之爭說起。

此外，《文藝新聞》還充當著反帝的先鋒，「九一八」事變後，第 29 號提出「起來！中國的大眾！！」，並「要求反帝運動的一切言論出版集會結社的絕對自由！」接下來幾期對日本佔領東三省屠殺中國民眾進行了激烈的揭露和抗議。「一二八」事變後，又出版了「戰時特刊」《烽火》，特刊從 1932 年 2 月 3 日至 2 月 17 日天天出版，及時報導著戰時的情況，充當著「戰時的先鋒」。

雖然《文藝新聞》一直以「新聞性」作爲自覺追求和外衣，但隨著其左翼立場的越來越分明，越來越爲當局所忌憚，即使袁殊有三頭六臂，也免不了刊物被禁的命運。「文藝新聞自發行以來，風行一時，銷數竟達八千份，平日致力於新興文化事業之報導與批判，消息靈敏，立論尖端，對於麻木之現文化界，痛加抨擊，致時受人歧視，最近該社因受外埠各處郵政檢查將報扣留，大受影響，環境惡劣，聞最近議決，暫行停刊，看以後再說。誠新興文

〔註 13〕《「阿狗文藝」論者的醜臉譜——洛揚君致編者》，《文藝新聞》第 58 號，1932 年 6 月 6 日。

化界的一樁大損失。」〔註 14〕《文藝新聞》最終還是因其左翼文化立場而停刊，但若不是其「合法主義」的路線，雜誌也斷然堅持不了如此長的時間。

第二節 《北斗》、《文學月報》與「左聯」機關志的公開出版

對《文藝新聞》而言，「中間化」是它本來的追求，在「左聯」的影響下才越來越「左」，而《文藝新聞》的生存模式對「左聯」的辦刊策略是有著直接的啓發和影響的，正如茅盾回憶中所總結的，「從《前哨》（以及其他『左聯』的刊物）的迅速被禁和《文藝新聞》的能夠堅持出刊，使得『左聯』及其成員逐漸認清合法鬥爭的必要和重要，開始作策略上的轉變。他們愈來愈多地向各中間的商業性質的文藝刊物投稿（以前這被認爲是右傾），並且在各學校組織『自由主義』面目的文學團體，團體的綱領上標明的是反帝反封，而不再是『普羅文學』了。」〔註 15〕此後，《北斗》將「中間化」當作一種自覺的策略，《文學月報》也抓住時機公開出版。這兩種雜誌不僅爭取公開出版的機會，而且都將「創作」作爲刊物的重心。相對此前對「合法主義」和「作品主義」的批判，這種策略對於「左聯」機關志來說，其獨特性是相當明顯的，也是「左聯」刊物中頗有分量的兩種。

一、《北斗》：以「中間姿態」爲策略的「左聯」機關志

《北斗》創刊於 1931 年 9 月，由丁玲主編，姚蓬子、沈起予協助，上海湖風書局發行。1932 年 7 月被查封停刊，共出 2 卷 8 期。

《北斗》是「左聯」新的出版思路的成果。「當時正處於反革命圍剿的嚴酷歲月中，左聯的處境極困難，工作十分艱苦，左聯的出版機關創造社被國民黨反動派查封了，太陽社也被封了，有幾家同我們有些聯繫，尚未被查封的書店，在反動派的嚴酷統治下，也不敢出版具有明顯革命傾向的書籍。俠父同志瞭解到這種情況就說：既然出版這樣困難，我們是不是自己辦個小書店，我可以想辦法搞點錢，交左聯來辦。俠父同志對左聯工作的這一熱情支持，可謂雪中送炭。……經過分析研究，認爲俠父這個支持對左聯是十分重

〔註 14〕《文藝新聞停刊》，《現代出版界》第 2 期，1932 年 7 月 1 日。
〔註 15〕茅盾，《我走過的道路》（中），第 69 頁，北京：人民文學出版社，1984 年。

要的和可行的。……此後我同俠父商談了好幾次，決定：資金全部由俠父負責，編輯工作由左聯負責，書店的經營管理工作請俠父物色可靠的人選，及早動手，爭取下半年開業。俠父還希望同左聯的其他同志見見面。當時處於白色恐怖之下，不便於聚會，於是我們安排他分別與夏衍、阿英、雪峰、適夷、丁玲、杜國庠、沈起予等左聯負責人和著名作家見了面。……書店開張了，定名爲湖風書局。黨決定在湖風書局辦一個左聯機關的公開雜誌，定名《北斗》，由丁玲主編。」〔註 16〕丁玲在創刊號《編後記》也說：「所以我決定了，決定做最方便的事。所以繼續寫了一點小說，所以又編了這一個雜誌，因爲湖風想出一刊物，而我又同他們稍稍有點熟的關係。」〔註 17〕《北斗》在當時乃至整個「左聯」時期的雜誌中，以其獨具一格的風格而讓人印象深刻，成爲「左聯」時期最重要的刊物之一。尤其在當時的壞境，更是難能可貴，正如茅盾在 1933 年所說，「那時中國的左翼刊物悉遭封閉，出版左傾書報的書店都受嚴重的壓迫，左翼作家聯盟整頓陣容，改變了戰略以後，乃有北斗雜誌出版，這是當時全中國在左聯領導下的唯一的文藝刊物。」〔註 18〕

與「左聯」此前的雜誌不同，《北斗》淡化左翼色彩，不再追求左傾，有意表現出一種「中間姿態」。丁玲後來在回憶《北斗》的籌劃過程時說：「馮雪峰對我說，中央宣傳部研究了，說有個工作要我來做比較合適。他說，現在有的人很紅，太暴露，不好出來公開工作；說我不太紅，更可以團結一些黨外的人。中央要我主編《北斗》雜誌，這是左聯的機關刊物。在這之前，左聯也曾出過《萌芽》、《拓荒者》、《世界文化》、《文化鬥爭》、《巴爾底山》等，但都被國民黨查禁了。馮雪峰說，《北斗》在表面上要辦得灰色一點。我提出一個人辦有困難。於是就決定由姚蓬子和沈起予協助我，由我出面負責。」〔註 19〕《北斗》落實了這種辦刊策略，也確實起到了良好的效果。就刊物面貌來看，一方面，不再一味追求「紅」，此前倍受「左聯」批判的自由主義作家成爲《北斗》的重要撰稿人，這是「左聯」的主動追求，「執筆者除了左聯的作家外，也有『自由主義』的中間作家。這是和以前《拓荒者》等不同的地方。以前《拓荒者》對於『自由主義』的中間作家是取了關門的態度，而《北斗》則是誘導的態度。」「《北斗》在青年中間很有些相當的影

〔註 16〕陽翰笙，《宣俠父與「左聯」》，《人物》1982 年第 3 期。
〔註 17〕丁玲，《編後記》，《北斗》第 1 卷第 1 期，1931 年 9 月。
〔註 18〕茅盾，《女作家丁玲》，《文藝月報》第 2 期，1933 年 7 月 15 日。
〔註 19〕丁玲，《關於左聯的片斷回憶》，《新文學史料》1980 年第 1 期。

響。」〔註20〕另一方面，與此前「左聯」刊物對創作越來越漠視的態度相比，《北斗》以創作爲中心，發表了不少重要的文學作品。

雜誌能取得如此效果，總體上自然與「左聯」辦刊策略的改變分不開，「左聯」在各方面都爲《北斗》的出版提供了方便，魯迅還爲《北斗》提供了第一期的封面畫（珂勒惠支的木刻畫《犧牲》），而在具體操作層面上，則離不開主編丁玲的努力。丁玲曾有與胡也頻、沈從文一起編輯《紅黑》雜誌的經驗，對雜誌編輯並不陌生，甚至可以說，她一直希望在雜誌編輯上能夠施展自己的抱負。胡也頻被殺後，她曾在一次演講中談及雜誌編輯之事，「我們講一點關於雜誌上的事；彷彿是在雜誌上作文章也很爲難！後臺沒有人，是不容易出版！沒有雜誌，對我們的損失很大！有人佔據我們的文壇，去蒙蔽讀者！這實在不是好現象！我們應該怎樣把騙人的指揮出來；不准賣的！我們應該怎樣的介紹！我們講雜誌不是去批評，只是講我們應該如何工作而已！你們都出些什麼刊物？但希望對於書報要常常介紹，同學要時時討論才好！」〔註21〕在這番話中，對左翼雜誌的出版現狀是有所不滿和反思的，其在雜誌出版方面的期待也可見一斑。「左聯」委託其主編《北斗》，可以說是實現其編輯理想的一個上佳機會。

《北斗》實現其策略的主要途徑是看重的是中間文人的保護作用，但是如果沒有文人之間的緊密聯繫，這種「中間化」策略則難以實現。《北斗》雖由姚蓬子、沈起予協助，但在創刊之初，丁玲更倚重於沈從文的幫助。考察初期《北斗》，不能不重視沈從文在其中的作用。沈從文當時在北平文藝界影響越來越大，與不少自由主義作家交好，在拉稿方面有著很大的便利。由於丁玲當時與沈從文私交甚好，一旦確定了「辦得灰色一點」的辦刊策略，丁玲便首先想到了沈從文，並致信請求幫助。從信件來看，從辦刊思路到拉稿，甚至刊名，丁玲都相當重視沈從文的意見。「現在有個新的小書店，請我替他們編一個雜誌，我頗想試試。不過稿費太少，元半千字，但他們答應銷到五千時可以加到二元或二元半，因此起始非得幾個老手撐臺不可。我意思這雜誌仍像《紅黑》一樣，專重創作，而且得幾位女作家

〔註20〕《中國左翼文藝定期刊編目》，魯迅、茅盾合作，茅盾執筆，《茅盾文集》第20卷，第92頁，北京：人民文學出版社，1990年。

〔註21〕《死人的意志難道不在大家身上嗎？》（丁玲在中公講演），《文藝新聞》第13期，1931年6月8日。

合作就更好。冰心，叔華、楊袁昌英，任陳衡哲，淦女士等，都請你轉請，望她們都成爲特約長期撰稿員。這雜誌全由我一人負責，我不許它受任何方面牽制，但朋友的意見我當極力採納。希望你好好的幫我的忙，具體的替我計劃，替我寫稿，拉稿，逼稿。我們自己來總要比別人的好一點方好，你說是不是？！我現在把我的計劃告訴你：雜誌爲月刊，名還未定，（你替我想想看！）每期約八萬字左右，專重創作和新書介紹，最好能常常有點『趣味』而無『下流氣味』的小文章。坐莊的人全靠我自己（我願將全力放在這上面）和你。想多找些老文人的文章，尤其想多推出幾個好點的女作家，如上述的幾個，還有沈櫻也很好。八月若趕不及出創刊號，九月也好。第一期或出以特大號，這樣一定要有幾篇長的好的大創作。我自己願來一篇，你頂好也來一篇。你再好好的做一篇批評；單論一部書或一個人；這書這人都要有影響的才好。第一期，一定希望冰心或其他一人有文章登載。你最好快點替我進行，過幾天便可登一預告，說是：『丁玲主編的雜誌，已有了這些已成名的有地位的女作家來合作。』這眞是動人的新聞。我希望能得到他們的同意，事情還剛剛開始，一切計劃皆不落實，你可多多爲我想一想。上海的施蟄存我也要他的稿子。北平有什麼新的誠懇的小文人，我們願意不放棄他們。」〔註 22〕可以說，從刊物的總體思路，到稿件的具體細節和實施過程，丁玲都與沈從文保持著最深入的交流。

由於兩人關係密切，丁玲在通信中對沈從文可謂毫不客氣，目的只在於催稿、辦好刊物，「不要發牢騷，把自己的文章抄好，把熟人的文章逼來吧。這刊物，就正是想用成績來修正一切海上習氣的一個刊物！爲什麼不趕快把文章寄來？我問你。稿件你一定爲我催催，頂好在七月二十號以前能寄來。我還歡喜同他們能夠直接通信，你可不可以將我的意思告訴他們？我更希望他們能對於丁玲和善一點，親近一點，沒有事的時候，將丁玲當個朋友，同我在紙上說些不客氣的空話。」〔註 23〕沈從文的確爲《北斗》的拉稿盡了最大的努力，「我就爲她各處去信，請大家幫她把這刊物辦得熱鬧一點。同時且去告給她我對於這刊物的一切意見。……聽說丁玲來編刊物了，高興幫忙的

〔註 22〕丁玲給沈從文的信，1931 年 6 月 23 日，沈從文，《記丁玲》集續，第 150～152 頁，上海良友復興圖書印刷公司，1940 年。

〔註 23〕丁玲給沈從文的信，1931 年 6 月 23 日，沈從文，《記丁玲》集續，第 158～159 頁，上海良友復興圖書印刷公司，1940 年。

人實在很多，冰心第一個就為她寫了一首長詩，其他的人也先後把文章寄去。」〔註 24〕

由於丁玲對女作家的重視，《文藝新聞》曾預告「丁玲將主編婦女文藝雜誌」，「上海又新開了一『湖風書店』，並特請丁玲編一文藝雜誌，撰稿者除鄭振鐸、葉紹鈞等極少數『男士』外，餘均為女士，如冰心、李蘭、陳衡哲、冰瑩、沈櫻等女作家，均為主要撰稿人，將有羅致全國女作家於一堂之觀。又聞該雜誌準於九月一日出創刊號，內分創作，論壇，雜俎等。」〔註 25〕雖然《北斗》的確重視女作家的創作，發表了不少女作家的文章，但畢竟不是「婦女文藝雜誌」，《文藝新聞》第 35 號在介紹《北斗》時已定位成「這是一本以文學作品，尤其是創作為主體的雜誌。」〔註 26〕

雖然沒有成為專門的「婦女文藝雜誌」，但沈從文確實為丁玲拉來了當時文壇重要女作家的稿子，冰心、陳衡哲、淩叔華、林徽音都有作品在《北斗》上發表，除此之外，沈從文自己和徐志摩、葉聖陶、戴望舒等作家的作品也有發表，這種特點在第一到第三期中表現得特別突出。雜誌也自覺的強調這種特色，在創刊號的《編後記》中，對雜誌第二期的預告，也避免提及「左聯」中人而強調具有合法身份的中間作家的作品，「不過這期創作小說我認為少了一點，因為我的朋友沈從文先生答應的稿子寄來得太遲了一點，不能等他便付印了。不過第二期一定可設法再弄豐富一點。現在可以預告的是還有冰心女士的詩，葉聖陶先生，沈從文先生的小說……」〔註 27〕

雖然《北斗》初期一眼望去盡是沈從文、戴望舒、冰心、葉聖陶等中間作家的作品，但作為「左聯」的機關志，「左聯」中人自然要成為雜誌的主力，而中間作家則為左翼作家提供了保護作用。只是為了掩人耳目，左翼作家基本都採用了化名，尤其是魯迅、茅盾、瞿秋白、馮乃超等「左聯」中堅（魯迅——隋洛文，茅盾——朱璟，瞿秋白——董龍、陳笑峰，馮乃超——李易水）。創刊號上，便有魯迅（隋洛文）的譯作《肥料》、茅盾（朱璟）的《關於「創作」》、馮乃超（李易水）的《新人張天翼的作品》、瞿秋白（董龍）的《啞吧文學》、《畫狗吧》，還有丁玲自己的「轉向」之作《水》。在前幾期，

〔註 24〕沈從文，《記丁玲》集續，第 153 頁，上海良友復興圖書印刷公司，1940 年。
〔註 25〕《丁玲將主編婦女文藝雜誌》，《文藝新聞》第 19 號，1931 年 7 月 20 日。
〔註 26〕《北斗第一第二期》，《文藝新聞》，1931 年 11 月 9 日。
〔註 27〕丁玲，《編後記》，《北斗》第 1 卷第 1 期，1931 年 9 月 20 日。

另有魯迅的譯作《被解放的堂・吉訶德》、馮雪峰（何丹仁）的譯作《創作方法論》、瞿秋白（陳笑峰）的《笑峰亂彈》等，此外，作爲協助編輯的蓬子、沈起予常有作品發表，白薇、樓適夷、張天翼等也是《北斗》的撰稿人。可以說，「紅色」仍然非常鮮明的存在。

但《北斗》的這種「中間化」特色並未堅持到底，「《北斗》共出了七期，很受青年的歡迎，在那時頗有影響。可惜第三期以後，丁玲忙別的去了，刊物又『紅』了起來，那些『中間』老作家的文章也絕跡了，終於又遭到了查封的命運。」〔註28〕從第四期起，雜誌完全沒有了沈從文編輯的影子，「中間作家」不復存在，雜誌的撰稿者幾乎完全變成「左聯」中人，雜誌的面貌也隨之發生了巨大的變化，「左聯」機關志的特點越發體現出來。不僅魯迅（長庚）的雜文、瞿秋白（司馬今）的亂彈變得更有戰鬥力，到 2 卷 2 期，甚至魯迅、茅盾也不再使用化名，而直接以「魯迅」、「茅盾」示人，而且也更集中的展開了一系列討論和論爭：1 卷 4 期到 2 卷 1 期，魯迅與趙景深展開了關於翻譯「順」的問題的論爭；2 卷 1 期開展了關於「創作不振之原因及其出路」的討論，魯迅、茅盾、鄭伯奇、葉聖陶、丁玲等人均參與討論；2 卷 3、4 期合刊參與了「文藝大眾化」的討論，有起應（周揚）的《關於文學大眾化》、何大白（鄭伯奇）的《文學的大眾化與大眾文學》、寒生（陽翰笙）的《文藝大眾化與大眾文藝》、田漢的《戲劇大眾化和大眾化戲劇》等專題論文，還刊登了「文學大眾化問題徵文」，不少作家發表意見。而且，《北斗》不僅是左翼大作家的舞臺，左翼年輕作家也有了發表作品的機會，葛琴的《總退卻》，文君（楊之華）的《豆腐阿姐》都是作爲處女作在《北斗》上發表的。李輝英、蘆焚、艾青（筆名峨伽）都是作爲新人在《北斗》上被發現的。可以說，1 卷 4 期之後，《北斗》越來越「紅」，其戰鬥力的增強是毋庸置疑的，但這種突出的失去了遮掩的「紅」很快便成爲當局打擊的目標，1932 年 7 月 20 日出完二卷三、四期合刊後便被查禁。「丁玲女士主編之文藝月刊北斗，創刊以來，已有一年，平日致力於新文藝之介紹與批判，近來更努力於檢討文學大眾化問題。最近突然被當局查抄。計被抄去北斗第一卷合訂本二千餘冊，尚有其他單行本稿件。恐以後未必能續刊。」〔註29〕「北斗」不到一年便「隕落」了。在《北斗》被禁一年以後，沈從文在北方主編的《大公報・文藝副刊》則在中國文壇產生著越來越重要的影響。

〔註28〕茅盾，《我走過的道路（中）》，北京：人民文學出版社，第 72 頁，1984 年。
〔註29〕《「北斗」的隕落》，《現代出版界》第 4 期，1932 年 9 月 1 日。

雖然《北斗》後來因變「紅」被禁，但其中間化的策略卻是其最重要的特色，並因此在左翼雜誌中獨樹一幟，丁玲也因此成爲一名成功的雜誌編輯，並爲其此後的編輯工作打下了基礎。

二、《文學月報》:「一・二八」事變後「左聯」機關志的短暫公開出版

《北斗》停刊前夕，「左聯」又創辦了一份新的機關志——《文學月報》。上海光華書局預告《文學月報》的出版時說，「一年來的中國文壇，可說是沈寂極了，簡直可以說沒有一種差強人意的文學刊物出現。這在愛好文學的青年當然是不能忍耐，而思有以打破它的。本局爲適應這種需要起見，決計出版文學月報，特請蓬子先生主編，撰稿的有魯迅，茅盾，丁玲等名作家。內容以創作爲主，但於各國著名作家，也將作有系統的介紹。」〔註 30〕《讀書月刊》也刊載了該刊的創刊廣告:「在經過了 1931 年的沈寂的中國文壇，現在決定集全國最主要同時最進步的文學者來作一度復興的努力。」〔註 31〕

《文學月報》1932 年 6 月 10 日創刊於上海，創刊號及第 2 期由姚蓬子主編，第 3 期起改由周起應主編，1932 年 12 月 25 日第 5、6 號合刊出版後被禁。《文學月報》是繼《北斗》以後的唯一公開的左翼文藝刊物，由左聯直接領導。1932 年 12 月 12 日，魯迅在致曹靖華的信中說:「周連兄（暗指左聯）近來沒什麼成績可說，《北斗》已被停刊，現在我們編的只有《文學月報》。」作爲「左聯」最重要的刊物，《文學月報》顯示了「左聯」關注的問題和取得的實績。從創刊號起便刊登了不少重要文章，第一期有宋陽（瞿秋白）的《大眾文藝的問題》，魯迅的《論翻譯》，第二期有止敬（茅盾）的《問題中的大眾文藝》、瞿秋白的《再論翻譯答魯迅》等相關回應文章，第三期繼續有瞿秋白的《再論大眾文藝答止敬》，這些文章關乎當時左翼內部最重要的兩次論爭，一是魯迅與瞿秋白關於翻譯的論爭，而是瞿秋白與茅盾關於「文藝大眾化」的論爭，可見《文學月報》作爲陣地的重要意義。與《北斗》一樣，《文學月報》也把創作擺在比較重要的位置。「本刊注全力於創作，務使成爲文學青年最充實的讀物，同時成爲中國文壇上最有力量的一個文學刊物。」〔註 32〕

〔註 30〕《文學月報》出版預告，《文藝新聞》第 53 號，1932 年 5 月 2 日。
〔註 31〕《讀書月刊》第 3 卷第 1、2 期合刊，1932 年 6 月 1 日。
〔註 32〕《讀書月刊》第 3 卷第 1、2 期合刊，1932 年 6 月 1 日。

創作的確成爲《文學月報》最重要的內容，小說、詩歌、散文、戲劇等門類都有發表，相繼刊登了茅盾的《火山上》、《騷動》（爲茅盾長篇大作《子夜》的節選）、田漢的《暴風雨中的七個女性》、《戰友》、《母親》、洪深的《時代下幾個必然的人物》、《五奎橋》、丁玲的《某夜》、《消息》、張天翼的《最後列車》、和尚大隊長》、金丁的《孩子們》、巴金的《馬賽的夜》、東平的《通訊員》等，展示了左翼創作的基本水平。

值得注意的是，《文學月報》是繼《北斗》之後唯一公開出版的刊物，而與《北斗》不同之處在於，《北斗》由「左聯」自己籌辦的湖風書店出版，而《文學月報》的出版者是曾經出版過左翼刊物而後因國民黨的打擊而退縮的光華書局。爲何在《北斗》被禁後《文學月報》反而能夠得以眞正的公開出版呢？

這不得不聯繫當時的歷史語境來考察，「一・二八」事變之後，上海的文藝雜誌出現了短暫的復興，《現代出版界》在描述這一時期文藝雜誌的復興現象時說：「雖然一開春，日軍牆報的炮火即把小說月報燒掉了，但一九三二年的文藝刊物，似乎仍有逐漸熱鬧的氣象。現代書局既聘施蟄存主編純文藝刊物一種，定名『現代』，創刊號已於五月一日出版。光華書局未敢後人，亦聘定蓬子主編一種純文藝刊物，定名《文學月報》。……如是則上海將有四大文藝刊物，即：《現代》（施蟄存編）、《北斗》（丁玲編）、《文學月報》（蓬子編）、《文學月刊》（趙景深、鄭振鐸等編）。」〔註33〕樓適夷後來回憶說：「由於『九一八』事變的發生，全國抗日救國運動高漲，革命文學運動的情勢也起了根本性的變化，『左聯』在廣大群眾的衛護中，已不需在地下狀態中來進行工作，很多左翼文學刊物又紛紛公開出現，『左聯』的公開的機關刊物《北斗》在九月創刊，後來又創辦了由周揚同志主編的《文學月報》。」〔註34〕《北斗》還利用中間文人來充當雜誌的保護色，到《文學月報》，則與後期的《北斗》一樣，連中間文人的保護色也去掉了，但在滬戰雜誌復興的背景下，《文學月報》也得以維持了半年時間。但由於其左翼的立場，最終還是以被禁告終。

《社會新聞》對《文學月報》的停刊理由進行編排，「自去年下季以來，上海出版界之文學雜誌僅二種：一爲現代書局之《現代》，由新感覺主義文學

〔註33〕《文藝雜誌的復興消息》，《現代出版界》第1期，1932年6月1日。

〔註34〕樓適夷，《記「左聯」的兩個刊物》，《左聯回憶錄》第137頁，北京：知識產權出版社，2010年。原載1960年《文學評論》第2期。

家施蟄存主編。另一爲光華書局之《文學月報》，係左翼作家繼《北斗》而後之機關志。原由蓬子主編，編輯蓬子行爲浪漫，從中剋扣稿費，爲眾不滿，乃撤銷其編輯職務，而另代以周起應。《現代》月刊以編排頗新及公開討論『自由人』問題，嚴厲抨擊胡秋原而銷行甚盛，《文學月報》爲恐文學鬥爭之領導權，被非嫡系之施等所奪，乃一面儘量在文字中公開政治主張，一面又具體批判現代之內容，意在吸收讀者。不料光華老闆大感威脅，蓋恐觸犯出版法，書店遭封也。因是毅然決定停刊該誌，左翼戰士既失其自己之地盤，乃又改變方針，打入《現代》中去。」〔註 35〕雖說這種說法免不了胡編亂造之嫌，但是作爲當時唯一公開出版的刊物，書局首先難以承受壓力這一點卻是確實的。

《文學月報》雖然並未如《北斗》一樣實行「中間化」的策略，但卻在民族危機的背景下得以短暫公開出版，反應出歷史語境對雜誌出版的影響。

第三節　左翼力量對老牌報刊的滲入

1933 年對於左翼文化界來說，是比較獨特的一年。左翼雜誌轉移出版中心和「化整爲零」進行游擊戰的同時，上海左翼文化界卻別開生面的開闢了左翼文藝運動的新戰場。其中一個重要的特點是滲入老牌報刊，尤其是將重要的副刊發展成左翼園地，爲我所用。蘇聯人在觀察這一時期的文化現象時，將其總結爲「左傾的資產階級文藝雜誌」，「中國的革命作家，和日本的作家處在同一的條件之下（譬如最近青年天才作家丁玲、應修人的被謀殺），然而不斷的有新的活動。他們自己的文學雜誌現在停止了，然而在左傾的資產階級文藝雜誌上也有這聯盟的人的作品——魯迅和其他；……中國的革命文學的進展是因爲中國知識分子的左傾。這個進展同時也指出中國革命文學運動上創作地位的增高。」〔註 36〕這種「知識分子的左傾」的關鍵則是中間力量立場的變化問題。

由是，國民黨也驚訝的發現，雖然在「文化圍剿」的一步步加劇下，竟然出現了「左翼文藝運動的抬頭」。〔註 37〕如茅盾所說，左翼文藝運動在內外

〔註 35〕《文學月報停刊》，《社會新聞》1933 年第 8 期。

〔註 36〕一無譯，《現階段的文化戰線》，《文學新地》第 1 期，1934 年 9 月 25 日。文末注明：節譯自 S · Ludkiewich: Anti-Fascist Cultural Front）。

〔註 37〕水手，《左翼文藝運動的抬頭》，《社會新聞》第 2 卷第 21 期，1933 年 3 月。

交困的情況下（內有王明左傾路線，外有國民黨的文化圍剿），產生了「一種奇特的現象」，即「在王明左傾路線統治全黨的情況下，以上海爲中心的左翼文藝運動，卻高舉馬列主義的旗幟，在日益嚴重的白色恐怖下，開闢了無產階級革命文學的道路，並取得了輝煌的成就。」〔註 38〕夏衍對茅盾所說的「輝煌成就」進行了總結：

> 一、上海最大的日報《申報》副刊「自由談」改組，魯迅（何家幹）、茅盾（玄）、瞿秋白等發表了大量雜文、評論；
>
> 二、「左聯」的一批新作家初露頭角，沙汀、艾蕪、歐陽山、葛琴、張天翼等人的作品相繼發表和出版；
>
> 三、茅盾的長篇小說《子夜》出版，一時傳頌；
>
> 四、一批進步電影上映，在觀眾中獲得好評。……
>
> 五、「劇聯」領導的「影評人小組」和同年 3 月組成「文委」直轄的「電影小組」，佔領了幾乎上海所有大報的電影副刊，開始有計劃地介紹蘇聯電影理論。……
>
> 六、田漢、陽翰笙、夏衍打進了藝華電影公司。〔註 39〕

可以看出，之所以取得如上輝煌成就，最大的原因在於左翼文化界對中間力量的重視。正如夏衍所說：「在『左聯』前期，我們自己辦書店，出機關雜誌，禁了再辦，辦了再禁，不僅孤軍作戰，損失很大，而且由於極『左』思想的影響，我們的地盤很窄，作用不大；現在，在『左聯』——也該說左翼的後期，我們已經逐漸團結和爭取了中間力量，甚至能夠到牛魔王的肚子裏去作戰了。」〔註 40〕而最明顯的是《東方雜誌》、《申報月刊》等大型雜誌出現了左翼的聲音，左翼力量同時也打入了《申報》和《中華日報》等老牌大報，其副刊《申報・自由談》和《中華日報・動向》成爲左翼文化界的重要陣地。正如《社會新聞》驚愕的，「在上海，左翼文化在雜誌方面，甚至連那些第一塊老牌雜誌，也左傾起來。胡愈之主編的《東方雜誌》，原是中國歷史最久的雜誌，也是最穩健不過的雜誌，可是據王雲五老闆的意見，胡愈之近來太左

〔註 38〕茅盾，《我走過的道路》（上），第 476 頁，北京：人民文學出版社，1997 年。

〔註 39〕夏衍，《懶尋舊夢錄》，第 161 頁，北京：生活・讀書・新知三聯書店，2006 年。

〔註 40〕夏衍，《懶尋舊夢錄》，第 165 頁，北京：生活・讀書・新知三聯書店，2006 年。

傾了，所以在愈之看過的稿子，他必須再重看一遍。但雖然是經過了王老闆大刀闊斧的刪段以後，《東方雜誌》依然還嫌太左傾，於是胡愈之的飯碗不能不打破，而由李某來接他的手了。又如《申報》的《自由談》在『禮拜六派』的周某主編之時，陳腐到太不像樣，但現在也在左聯手中了，魯迅與沈雁冰，現在已成了《自由談》的兩大臺柱了。《東方雜誌》是屬於商務印書館的，《自由談》是屬於《申報》的，商務印書館與申報館，是兩個守舊文化的堡壘，可是這兩個堡壘，現在似乎是開始動搖了，其餘自然是可想而知。」〔註 41〕

一、《東方雜誌》、《申報月刊》中的左翼聲音

如上所述，《東方雜誌》是歷史最悠久的雜誌，1904 年即已創刊。此處不想去追溯雜誌的歷史，而主要關注雜誌的「左傾」現象。正如《社會新聞》報導的，《東方雜誌》的左傾與當時的主編胡愈之有關。胡愈之實際上與《東方雜誌》有著很深的淵源，1914 年，胡愈之考入商務印書館，第二年即開始參加《東方雜誌》的編輯工作，初為助理編輯，並在《東方雜誌》上發表了大量文章。1920 年起成為雜誌主要編輯之一，1924 年開始實際負責整個雜誌的編輯工作，1928 年，胡愈之離開上海赴法國留學，留法期間，擔任《東方雜誌》特約通訊員，1931 年，經蘇聯回國，作《莫斯科印象記》。回國後，仍在商務印書館當《東方雜誌》的編輯，由於商務印書館毀於「一・二八」戰火，《東方雜誌》暫時停刊。1932 年 8 月，商務印書館復業，老闆王雲五請胡愈之正式擔任《東方雜誌》主編。1932 年 10 月 16 日，雜誌在中斷 8 個月後復刊。胡愈之在復刊號卷首發表《本刊的新生》一文，顯示出其革新雜誌的決心：

> 我們十二分地明白，欲求民族的新生，單靠了筆頭和紙頭，是不中用的。慕沙裏尼說：「槍炮更響於言辭。」我們是生在「槍桿兒」的時代，不是「筆桿兒」的時代。近數十年來政治的經驗告訴我們，外交文敵不過飛機大炮，理論宣傳敵不過實力鬥爭。難道我們以前上當還不夠，現在還能再相信可以單靠了文字來「救國」嗎？
>
> 不但我們不相信可以單靠了文字救國，連文字這東西根本有什麼用，我們都開始懷義著了。近年來，內憂外患的狂波怒濤，把我們這一輩子，這些握筆桿兒的怯弱的書生們，都震撼得站不住腳了。

〔註 41〕水手，《左翼文藝運動的抬頭》，《社會新聞》第 2 卷第 21 期，1933 年 3 月。

大家已開始覺得文字是浪費而沒有用的。加入我們不能丟開筆桿兒，去拿槍桿兒，那麼我們只有沉淪，和沒落的份兒，這大概是目前智識份子同有的感想罷。

但是單靠文字救國，固然不對，而絕對否定文字的力量，也只有一半眞理。我們已脫離了原始的簡單的生活時代。現代的民族鬥爭和社會鬥爭，都用著非常複雜的方式，沒有文字和理論來做指導，斷沒有決勝的把握。……分析現實，指導現實的文字，卻在民族社會鬥爭中，有他的重要的使命。所以我們不必咒詛筆桿兒，頌讚槍桿兒，現在所必要的，是筆桿兒不離開槍桿，槍桿不離開筆桿。

拿筆桿的智識者，如果能夠用拿槍桿的精神，捨身到現實中間去，時刻不離現實，我想除了懦怯以外，絕沒有自悲「沒落」的理由。〔註 42〕

在這篇氣勢磅礡的卷首語中，胡愈之呼籲知識分子的現實關懷。實際上，從 20 年代，胡愈之即非常關注國家前途，在《東方雜誌》等刊物上發表過大量擲地有聲的文章，如「五卅慘案」發生後，胡愈之撰寫《五卅事件紀實》，闡明事件的詳細經過，使老牌的《東方雜誌》發出難得的激進之聲。他還十分關注蘇俄文壇情況，發表了不少有關蘇俄的文章，如：《鮑爾希維克下的俄羅斯文學》(《東方雜誌》18 卷 16 號「新思想與新文藝專欄」)、《文藝界的聯合戰線》(《文學週報》86 期)、《諸名家的列寧觀》(《東方雜誌》1924 年 6 月 25 日）等。30 年代更是因其《蘇俄印象記》的出版名噪一時，塑造了一個蓬勃向上的蘇俄形象，鼓舞了不少左翼青年。由於其長期與左翼文化的接觸和對其的認同，1933 年 9 月，他更是秘密加入了共產黨。

雖然《東方雜誌》復刊時，胡愈之並未入黨，但是其文化傾向自然已在左翼一邊。從內容上看，復刊後的《東方雜誌》越來越顯示出新的氣象，加入大量對現實政治的批評。尤其是 1933 年初的第 30 卷「新年號」，不僅發表了胡愈之自己和陳翰笙、沈志遠、朱光潛、鄭振鐸等人的論文，還發表了茅盾、老舍、葉聖陶、郁達夫、巴金、丁玲等著名作家的作品，作者陣容強大，並開闢「新年的夢想」專欄，142 位文化名人一共寫了 244 個夢，其中對當局的不滿可見一斑。這種新氣象自然不會讓當局滿意，《社會新聞》敏銳的發現

〔註 42〕 愈之，《本刊的新生》，《東方雜誌》第 29 卷第 4 號（復刊號），1932 年 10 月 16 日。

了「雜誌的左傾」。胡愈之後來也在回憶中說，「我著手編輯《東方雜誌》後，努力革新內容，使刊物更適合抗日救國的需要，同時在國民黨實行文化『圍剿』的情況下，儘量吸收和刊登黨員和進步作者寫的文章。」〔註 43〕

1933 年新年號有「新年的夢想」專欄，胡愈之後來認爲這過早的暴露了雜誌的傾向，魯迅曾經對此有過微諷和批評，專門寫作了一篇題爲《聽說夢》（《文學雜誌》第 1 期，1933 年 4 月 15 日）的短文。由於國民黨和商務老闆的壓制，左傾氣象只維持了半年，就被商務印書館負責人王雲五中止，編輯易爲汪精衛的親信李聖五。

除《東方雜誌》這個老牌雜誌出現左翼聲音外，申報館新創辦的雜誌《申報》月刊》也不乏左翼的聲音。

《申報月刊》創刊於 1932 年 7 月 15 日，由申報館編輯、出版、發行，俞頌華主編，淩其翰、黃幼雄等人編輯，史量才爲發行人，出至 1935 年 12 月第 4 卷第 12 期停刊。設有外論摘要、時事小言、室內譚瀛、小說、海外通信等欄目。由於申報館的強大實力，《申報月刊》一經創刊即產生了不小反響，《東方雜誌》復刊號對《申報月刊》的出版給予了隆重介紹，後來《申報月刊》發展成幾乎與《東方雜誌》並重的大型雜誌。雜誌是爲紀念《申報》創辦六十週年而辦，以六十週年紀念爲契機，《申報》負責人史量才決定對申報館進行革新，1931 年 9 月即在《申報》上登載了《本報六十週年紀念年宣言》，宣佈「本報究應如何以肩荷此社會先驅推進時代之重責，如何使社會進入合理之常軌，如何使我民族臻於興盛與繁榮，是則本報同人在六十年後之今日所鄭重深自體念而不敢絲毫放鬆者。念之則如何，以積極之行動努力於本報之改進努力於應付之責任，不徘徊，不推諉，不畏縮，盡我綿薄，期有以自效，是爲本報同人深自體念後最大之決心。」〔註 44〕在當時的歷史語境下，這種抱負和責任感必然與對現實的批判相聯繫，在這種語境下創辦的《申報月刊》自然也不可能保守。

該刊主編俞頌華是一名資深編輯，曾主編著名的《時事新報·學燈》，1928 年胡愈之赴法後曾接任他擔任《東方雜誌》主筆，同時主編著名進步刊物《新社會》，這些經歷爲其主編《申報月刊》打下了良好基礎。

〔註 43〕胡愈之，《我的回憶》，第 23 頁，南京：江蘇人民出版社，1990 年。
〔註 44〕史量才，《本報六十週年紀念宣言》，《申報》1931 年 9 月 1 日，第 12 版。

作爲一份政治、經濟、文藝、科學的綜合性刊物，雜誌關心的重心是當時的國內外政治、經濟格局和國際形勢等。《申報月刊》創辦於「九・一八」和「一・二八」事變之後，民族危亡是其關心的重要問題，發出了強烈的反帝的聲音。

雖然雜誌並非以文藝爲主，但也發表了不少重要的文學作品，創刊號即發表了茅盾的《林家鋪子》、巴金的《沙丁》。此後，還陸續發表了穆時英的《夜》、葉聖陶的《席間》、沈從文的《黑暗佔領了空間的某夜》、淩鶴的《屠場》、李健吾的《火線之外》、黑纓的《帝國的女兒》、茅盾的《秋收》、《機械的頌讚》、《在公園裏》、《現代化的話》、《香市》、《我不明白》等，還有不少國外作品的翻譯。1934 年 7 月，《申報月刊》創刊兩週年之際，更設「文藝特輯」。

尤其値得一提的是，因主編俞頌華與魯迅、茅盾均爲舊相識，因而兩人都曾是雜誌的主要撰稿者，茅盾的《林家鋪子》爲俞頌華的約稿，小說原名爲《倒閉》，俞頌華認爲創刊號就登「倒閉」似乎不吉利，與茅盾商量改名爲《林家鋪子》，因爲俞是茅盾的老友，他也就同意改題了。魯迅從 1933 年起以「洛文」的筆名在《申報月刊》發文多篇，如《關於女人》、《詩人的孤寂》、《偶成》、《謠言世家》、《上海的兒童》等。魯迅在信中說，「投稿於《自由談》久已不能，他處頗有函索者，但多別有作用，故不應。《申報月刊》上尚能發表，蓋當局對於出版者之交情，非對於我之寬典，但執筆之際，避實就虛，顧彼忌此，實在氣悶，早欲不作，而與編者是老相識，情商理喻，遂至今尚必寫出少許。」〔註 45〕從魯迅和茅盾的例子可見出人際關係對雜誌文章面貌的影響。同時，通過魯迅的說法，由於《申報》、《東方雜誌》等大型雜誌報紙與官方較好的關係，從而發文方面也能爲文人起到一定保護作用，可見這些中間雜誌對於處境艱難下的左翼文化有著重要的意義。雖然作文須「避實就虛，顧彼忌此」，但總算是能發表出來。

但《申報》總體上的革新和對當局的批判不可能長期爲當局縱容，1934 年 11 月 13 日，總經理史量才被暗殺，《申報月刊》也因此受到了巨大影響。

〔註 45〕《331227　致臺靜農》，《魯迅全集》第 12 卷，第 533 頁。

二、副刊的「左翼化」：改組後的《申報・自由談》與《中華日報・動向》

在《東方雜誌》、《申報月刊》等大型雜誌的出現左翼聲音的同時，副刊的左翼化也成爲一種獨特的文化現象，最典型的便是《申報・自由談》和《中華日報・動向》。

有研究者指出，「現代報紙文藝副刊的雜誌化傾向十分明顯。這種雜誌化傾向主要表現爲週刊和不定期特刊的出版。與逐日出版的副刊相比，週刊和特刊在內容的分量上要重，版面內容更趨向於某一方面的集中。」〔註46〕這固然是副刊雜誌化的表現，即使每日出版的副刊，也具有日刊的功能。而且，由於副刊附著在報紙上，因報紙本身的影響，使副刊更易有與讀者接觸的機會。因而，在「左聯」處於艱難時期之時，《申報》、《中華日報》等大報副刊的左翼化對於左翼文藝運動的展開有著非同尋常的意義。改組後的《申報・自由談》和《中華日報・動向》可以說是一份小型的左翼雜誌。到「左聯」解散前後，《時事新報》的文藝副刊《每週文學》也在兩個口號的論爭中頗爲重要。

《申報・自由談》是《申報》最重要的副刊。1911年8月24日，《申報》即開闢《自由談》專欄，先後經王鈍銀、吳覺迷、姚鵷雛、陳碟仙、周瘦鵑等鴛蝴派人士主編，內容以迎合小市民趣味爲主。1932年12月1日《自由談》開始由法國歸來的由黎烈文主編，大力革新副刊內容，黎烈文一直主編到1934年5月9日。後由張梓生接編，張接編時期，雖然政治色彩相對變淡，但實際上很大程度上繼承了黎烈文時期的風格，魯迅也繼續爲其投稿，但因政治壓力越來越大，尤其是在11月13日《申報》總經理被暗殺之後，《自由談》更面臨越來越大的壓力，1935年10月31日，張梓生也辭職，《自由談》停刊。

《申報・自由談》的革新也與《申報》六十週年之際的總體革新有密切關係，相對《申報月刊》，其在文藝界的影響更大。在史量才策劃的革新中，陶行知在其中起著非常重要的作用，他甚至對《申報》的革新提出了非常具體的意見：「當前《申報》的革新要抓住評論這個『頭』和副刊這個『尾』或『屁股』，繼續推進其他方面」。〔註47〕可見，作爲「尾」的《自由談》是革

〔註46〕雷世文，《文藝副刊與文學生產》，第216頁，北京：中國文史出版社，2004年。

〔註47〕馬蔭良，《報紙革新要抓「頭」和「尾」——回憶一九三一年申報的改革》，《新聞記者》，1987年第1期。

新的重要部分。《自由談》在「革新計劃宣言」中宣告：「《自由談》雖說只是一種副刊，但為調和讀者興趣，關係也很重大，今後刊載文字，約分長篇創作，短篇世界名著小說譯述，科學的故事，世界風土記，婦女和兒童的小品文字，以及幽默文字等，並時常舉行有興味的民意測驗或懸賞徵文，務以不違背時代潮流與大眾化為原則。」〔註 48〕從《自由談》革新觀念的提出到眞正實施，還是在黎烈文回國主持《自由談》之後。

革新後的《自由談》為 1930 年代知識分子提高了發表言論的「自由」機會，也成為左翼文人活動的重要舞臺，尤其是左翼文化界最重要的人物魯迅和茅盾成為雜誌的主要撰稿人，《社會新聞》甚至稱，「魯迅與沈雁冰，現在已成了自由談的兩大臺柱了。」除了魯、茅之外，《自由談》另有很強的左翼撰稿陣容，主要包括瞿秋白、周揚、徐懋庸、陳子展、周木齋、草明、李輝英、何家槐、徐盈、任白戈、穆木天、張香山、歐陽凡海、魏猛克、艾蕪、葉紫、周文、魏金枝、歐陽山、胡風、聶紺弩、張天翼、唐弢等左翼作家。

實際上，除了左翼作家外，《自由談》的撰稿人包羅了政治傾向不同的各方面作家，如陳望道、夏丏尊、葉聖陶、郁達夫、老舍、林語堂、沈從文等知名作家，同時也有視左翼為洪水猛獸的章克標、林微音等人。眞可謂「自由談」！但改版後的《自由談》最為大家所記住的仍然是魯迅為代表的雜文，以及由此而來的雜誌的左翼傾向。

此處特別關注的問題是：左翼是如何介入《自由談》的？尤其是魯迅如何介入《自由談》的？從 1932 年 12 月 1 日黎烈文正式拉開主持大幕的這一期來看，主要登載的主要是對《自由談》「新生」的寄語，有冰瑩的《新生的自由談》，其左翼傾向是眾所周知的，黎烈文邀其寫稿可見其態度的開放性。正是因其態度的開放性和文字的新鮮吸引了魯迅。魯迅後來在《偽自由書・前記》裏交代了如何從不關注《自由談》到《自由談》投稿的經歷，「我到上海以後，日報是看的，卻從來沒有投過稿，也沒有想到過，並且也沒有注意過日報的文藝欄，所以也不知道《申報》在什麼時候開始有了《自由談》，《自由談》裏是怎樣的文字。……但從此我就看看《自由談》，不過仍然沒有投稿。不久，聽到了一個傳聞，說《自由談》的編輯者為了忙於事務，連他夫人的臨蓐也不暇照管，送在醫院裏，她獨自死掉了。幾天之後，我偶然在《自由

〔註 48〕《申報六十週年革新計劃宣言》，《申報月刊》，1932 年 11 月 30 日。

談》裏看見一篇文章，其中說的是每日使嬰兒看看遺照，給他知道曾有這樣一個孕育了他的母親。我立刻省悟了這就是黎烈文先生的作品，拿起筆，想做一篇反對的文章，因爲我向來的意見，是以爲倘有慈母，或是幸福，然若生而失母，卻也並非完全的不幸，他也許倒成爲更加勇猛，更無掛礙的男兒的。但是也沒有竟做，改爲給《自由談》的投稿了，這就是這本書裏的第一篇《崇實》。」〔註 49〕從魯迅的敘述來看，表面上其初衷是想寫一篇反對黎烈文觀點的文章，其實從中可以看出在黎烈文主編《自由談》之後，魯迅越來越關注《自由談》，自然是由於對其編輯風格的總體認可的，因而，從「不知道」到「就看看」，直至直接爲之投稿。

魯迅在《自由談》發表的第一篇短評其實是《逃的合理化》，主編黎烈文便將他與茅盾放在一起予以隆重推薦：「編者爲使本刊內容更爲充實起見，近來約了兩位文壇老將何家幹先生和玄先生爲本刊撰稿，希望讀者不要因爲名字生疏的緣故，錯過『奇文共賞』的機會」。〔註 50〕正是作爲左翼中堅的魯迅和茅盾的介入，國民黨官方將其當作《自由談》左翼化的重要證據。

自從魯迅給《自由談》投稿後，一方面，魯迅提高了《自由談》的質量和名聲，另一方面，《自由談》也成就了魯迅的「短評」，正如魯迅自己所說：「我的常常寫些短評，確是從投稿於《申報》的《自由談》上開頭的；集一九三三年之所作，就有了《僞自由書》和《準風月談》兩本。」〔註 51〕據查考，魯迅共在《自由談》上發表文章 128 篇，其中「花邊文學」113 篇。「短評」從此成爲魯迅雜文最重要的形式，真正體現出「如匕首、如投槍」的短小尖利的特點。可以說，《自由談》開創了雜文的一個新階段，這一點也得到文學史家的重視，唐弢便非常贊同陳子展對「雜感文」發展歷史的判斷：「如果要寫現代文學史，從《新青年》開始提倡的雜感文不能不寫；如故論述《新青年》以後雜感文的發展，黎烈文主編的《申報》副刊《自由談》又不能不寫，這樣才說得清歷史變化的面貌」。〔註 52〕《自由談》的重要性可見一斑。

〔註 49〕《僞自由書・前記》，《魯迅全集》第 5 卷，第 4 頁。

〔註 50〕《編輯室》，《申報・自由談》，1933 年 1 月 30 日。

〔註 51〕《花邊文學・序言》，《魯迅全集》第 5 卷，第 437 頁。

〔註 52〕唐弢，《影印本申報・自由談序》，劉納編選《唐弢文論選》，第 223 頁，北京：人民文學出版社，2009 年。

《自由談》爲發表短小精悍的文字提供了舞臺，刊物本身便形塑著一種文學形式，魯迅的「短評」成爲這種文學形式更極至的呈現。實際上，也因此也帶動著一種「短評」的風尙，左翼青年作家如徐懋庸、唐弢等人文字的「魯迅風」便由此形成，並未此後雜文的發達做好了鋪墊。也因此影響著此後與小品文鬥爭中左翼文化界的話語立場和鬥爭方式。可以說，《申報・自由談》的左翼化不僅爲困難時期的左翼文化人提供了平臺，更對此後左翼文學的話語表達方式產生著深刻的影響。茅盾便曾在這個意義上高度評價了《自由談》革新對於文體塑造的影響：「延續兩年的《申報・自由談》的革新，在中國現代文學史上應當大書一筆。這不僅因爲《自由談》的改革是從敵人那裡奪過一塊有很大影響的陣地，也不只是因爲《自由談》的改革意味著『左聯』的作家們進一步突破了自設的禁錮，更大膽地運用了公開闔法的鬥爭方式，還因爲《自由談》的改革推動了雜文的發展，造就了一批雜文家……在魯迅的帶動下，當時寫雜文蔚然成風，許多從來不寫雜文的作家，也在《自由談》上或者其他報刊上寫起了雜文，一些左翼青年作者更競相學習或模倣魯迅雜文的筆調。這樣說也許不算過分：《申報・自由談》的革新，引來了雜文的全盛時期」。〔註 53〕「雜文」文體的發達也是 1933 年左右《自由談》左翼化的最重要成果。

除了《申報・自由談》外，另一個 1933 年後左翼化的官方大報副刊是創刊於 1934 年 3 月 1 日的《中華日報・動向》。

《動向》是《中華日報》的文學副刊，由聶紺弩主編，當年 10 月 31 日停刊。《中華日報》本是汪精衛控制的報紙，主持人爲林伯生，經孟十還介紹，林伯生邀請聶紺弩來主編一份文學副刊，即爲《動向》。聶紺弩又請葉紫做助編。由於聶紺弩和葉紫都爲「左聯」中人，《動向》基本上完全左翼化，從撰稿人上看，有魯迅、聶紺弩、胡風、杜國庠、宋之的、田間、周而復、艾青、張庚、歐陽山等「左聯」成員或左翼作家；就內容上看，《動向》參與了 1934 年的「大眾語」討論，發表了相關論文多篇，尤其值得注意的是，雜文成爲《動向》最重要的特色，魯迅便在《動向》上發表了 20 多篇短小犀利的雜文，後收入《花邊文學》。黎烈文被擠出《自由談》後，魯迅「一面又擴大了範圍，給《中華日報》的副刊《動向》，小品文半月刊《太白》之類，也間或寫幾篇同樣的文字。聚起一九三四年所寫的這些東西來，就是這一本《花邊文

〔註 53〕 茅盾，《我走過的道路》（上），第 592 頁，北京：人民文學出版社，1997 年。

學》」。〔註 54〕實際上，1934 年 9 月魯迅停止向《自由談》投稿後，《動向》成爲魯迅雜文的主要陣地。由於上述情況，《動向》幾乎成爲「左聯」公開的機關刊，雖然銷路甚好，在堅持了 8 個月後，還是因得不到上面的支持而停刊。

《動向》延續了《自由談》的雜文風格，並且更明確的左翼化。因而，其與「左聯」的關係成爲《社會新聞》等雜誌隨意揣測的對象，1935 年 7 月 21 日，便有兩則關於《動向》與「左聯」關係的消息：

其一：周起應主編《動向》

中華日報雖經行政院司法院予以特殊的法律地位，並強制司法界購閱，而銷路之不佳也如故。林伯生情急智生，乃大拉共產黨作家以充編輯，而各種副刊，更全部較共黨中人執筆。其中最露骨之一種，即爲《動向》。動向之爲共黨中人主編，固已成公開之秘密，而究竟編者爲誰？頗費猜疑，現查悉動向係著名共黨左聯領袖周起應所編，而由黃某出面，各稿亦太半出於周之手筆云。

其二：左聯之機關志

自從共黨崩潰，左聯瓦解以來，因盧布之津貼依然存在，而殘餘份子之活動，在地下層中，更顯出其頑強性。以左聯而論，今日的狀況，原已死灰不如。可是在這死灰中掙扎的餘孽，偏是無縫不鑽。如某大報的業餘週刊，什麼「讀書問答」之類，均含著極顯著的赤色意味。而無獨有偶的，最近另有一新興的某大報，於月前開始改組，擴充。擴充改組後的某大報，形式上，紙張數量上，確是較前進步多了，然而，改組後新添了什麼《動向》與《世界文化》等副刊。《動向》與《世界文化》的內容是如何樣的，只要拜讀過的人們，都會答覆。《動向》的左向，或向左邊走，確無問題。問題是由左向赤。這並不是偶然的，《動向》與《世界文化》之所以準赤，或向赤。《動向》的編者，出面者爲黃某，而在幕後操縱的是周起應，周起應是個左聯中的大亨，已無容介紹了。又據傳説，世界文化的編者，是筆名沙汀的。楊某，沙汀的是左聯中人。由於這兩位左聯大亨在操縱著《動向》與《世界文化》，有計劃的介紹赤色份子，逐漸混進去，再由這些赤色仁兄的手，將《動向》拉到粉紅色的境界去了。

〔註 54〕魯迅，《花邊文學・序言》，《魯迅全集》第 5 卷，第 437 頁。

這種消息自然是有不少東拉西扯的胡謅，比如硬將《動向》的主編扣在周揚頭上，但在「眞僞雜糅」的敘述中，也確實反映出《動向》與左翼文化的密切關係，也正因如此，才被當局如此嫉視。但其作爲《自由談》之後的又一個左翼化的大報副刊，的確在「左聯」中後期的左翼文藝運動中發揮了重要作用，與 1934 年的《新語林》、《太白》等雜誌形成了呼應和配合。

大報副刊之於獨立雜誌，有著生存方面的優勢，因此在 30 年代左翼文藝運動中發揮著獨特的作用，正如魯迅對黎烈文說的，「《自由談》僅《申報》之一部分，得罪文虻，尙被詆毀如此，倘是獨立刊物，則造謠中傷，禁止出版，或誣以重罪，彼輩易如反掌耳。」〔註 55〕可見《自由談》這樣的副刊之於左翼文化意義重大。

第四節 《現代》與 1930 年代左翼文藝思潮

左翼文藝運動與中間雜誌的複雜關係更加清楚、具體的體現在與大型雜誌《現代》的關係上。

《現代》創刊於 1932 年 4 月，在《創刊宣言》中，主編施蟄存宣佈：「本志是文學雜誌，凡文學的領域，即本志的領域。」更強調「不是狹義的同人雜誌，……不預備造成任何一種文學上的思潮，主義，或黨派。」發表文章主要看重「文學作品本身的價值。」試圖做成一個淡化政治色彩、立場中立的純文藝雜誌。而這個在「左翼的時代」誕生的中立雜誌，實際上不可能不受到左翼思潮的影響，其「非同人雜誌」的定位更是爲左翼文化留下了躋身其中的空間。同時，以施蟄存、杜衡爲首的《現代》編委與左翼文化人的交往關係更使雜誌與左翼文化的關係變得更加複雜。雖然《現代》以「中立」的立場示人，但因各方面的複雜關係，卻成爲左翼文藝運動困難期左翼文化人的重要平臺，其與左翼文藝的關係尤其體現在前期雜誌上。

一、《現代》的左翼面向

從《現代》的創刊時間來看，剛好是在「滬變」之後。此前，發行《現代》的現代書局與「左聯」初期的左翼文學有著密切關係，「左聯」成立前後，曾發行過《大眾文藝》、《現代小說》、《拓荒者》、《南國月刊》等「四大雜誌」

〔註 55〕《330722　致黎烈文》，《魯迅全集》第 12 卷，第 423 頁。

爲代表左翼雜誌，前三者甚至成爲「左聯」早期的機關刊物。而這些刊物在1930 年夏秋被國民黨當局全部查禁，爲了生存，此後的現代書局不得不出版「民族主義文學」的刊物，其作爲商業書局的本質顯露無疑，但並不一定能代表書局本身的政治立場。由於此前出版「左」、「右」雜誌的失敗經歷，「左」的雜誌雖然商業反應好，但政治風險高，很容易被當局連根拔除，「右」的雜誌不僅商業上反應冷淡，而且也極容易帶來道義譴責。因而，到《現代》創辦時，現代書局的老闆希望創辦一個政治色彩更爲淡化，形象中立的更爲穩健的雜誌。正如施蟄存在回憶中說：「從《拓荒者》到《前鋒月刊》，兩個刊物的興衰，使現代書局在名譽上和經濟上都受到損害。淞滬戰爭結束以後，張靜廬急於要辦一個文藝刊物，藉以復興書局的地位和營業。他理想中有三個原則：（一）不再出左翼刊物，（二）不再出國民黨御用刊物，（三）爭取時間，在上海一切文藝刊物都因戰事而停刊的眞空時間，出版一個刊物。」〔註56〕但由於現代書局與左翼文學曾經的密切關係，加之滬變後的特殊環境，在左翼文化思潮流行的年代，《現代》不可能完全置身事外，因其不是「同人雜誌」，更提供了包羅萬象的可能。加之《現代》的編輯們與左翼文化界界有著非常複雜的淵源，其對「左翼」也難以視而不見。

以往的研究特別重視《現代》之「現代主義」的一面，而忽視《現代》與左翼文學的關係，實際上，就客觀的介紹當時的世界文學潮流而言，左翼文學思潮也是一種不可忽視的文學思潮，是「現代」文學思潮之一種。《現代》以「現代」命名，在「現代」中，與「左翼」的複雜關聯成爲題中應有之義，此前，葉靈鳳主辦的一系列冠以「現代」之名的雜誌和趙景深主辦《現代文學》，均非常重視「現代」之「左翼」的面向。《現代》也不例外，主編施蟄存多次表達過這種意思，「在二十年代初期到三十年代中期，全世界研究蘇聯文學的人，都把它當作 Modernist 中間的一個 Left Wing（左翼）。」〔註57〕「比較左派的理論和蘇聯文學，我們並不是用政治的觀點看。而是把它當一種新的流派看。」〔註58〕雖然他們只是把左派當成一種新的流派看，但是在當時複雜的政治形勢下，卻又成爲左翼文化傳播的重要途徑。有人說，「《現代》雜誌全份不僅記錄了三十年代中國新文學總體的姿態面目，也很能反映包括

〔註56〕施蟄存，《我和現代書局》，《北山散文集（一）》，第 324 頁，上海：華東師範大學出版社，2001 年。

〔註57〕施蟄存，《沙上的腳跡》，第 180 頁，瀋陽：遼寧教育出版社，1995 年。

〔註58〕施蟄存，《沙上的腳跡》，第 179 頁，瀋陽：遼寧教育出版社，1995 年。

蘇聯在內的歐美文學的一些動態。」〔註59〕可以說，《現代》雜誌不僅沒有忽視左翼文學思潮，而且可以說在對其的介紹上貢獻頗大，體現出「中立」雜誌的「左翼面向」。

首先是對馬克思主義與蘇俄文藝理論和作品的介紹。《現代》對馬克思、恩格斯的文藝理論介紹頗多。如張大明所說，「馬克思、恩格斯的文藝思想，於 1933 年至 1934 年，因爲蘇聯公開發表了他們論文藝的幾封書信，中國才比較集中的反覆作了譯介。簡要的事實是：1933 年 4 月 1 日《現代》雜誌的第 2 卷第 6 期載靜華（瞿秋白）編寫的《馬克思、恩格斯和文學上的現實主義》；6 月 10 日《讀書雜志》第 3 卷第 6 期載陸侃如譯《恩格斯未發表的兩封信》，一封致哈克娜斯，一封致特里爾，這是最早的中文完整譯文。」〔註60〕因而，《現代》登載瞿秋白的《馬克思、恩格斯和文學上的現實主義》對馬克思、恩格斯的文藝理論在中國的傳播有重要意義。

與之相關的是《現代》對「社會主義現實主義」的介紹。《現代》3 卷 6 期發表了森堡譯的華西里珂夫斯基的《社會主義的現實主義論》，該文對馬、恩論現實主義的觀點進行了引用發揮，認爲「馬克思和恩格斯就爲藝術家開拓了走向革命的普羅列塔利亞特的世界觀的道路，那就是通過現實主義。並且，現實主義，我們的社會主義的現實主義——除此以外，在我們的時代裏，就不能夠有著別的。」〔註61〕此後，發表於《現代》4 卷 1 期的周揚的《關於「社會主義的現實主義和革命的浪漫主義》一文對「社會主義的現實主義」的理論進行了進一步闡釋，並將其與「革命的浪漫主義」進行了辨析，是周揚的重要理論文獻。此文是根據蘇聯理論家吉爾波丁的報告編寫的。蘇聯提出「社會主義現實主義」的理論是意圖糾正機械論的「唯物辨證法的創作方法」，中國左翼文化界及時跟進蘇聯新理論，可見蘇俄文藝理論對中國文藝界的重大影響，而傳播甚廣、影響巨大的《現代》雜誌無疑在其中充當了重要的中介作用。

〔註59〕施蟄存，《讀〈現代〉重印本感》，《文藝百話》，第 283 頁，上海：華東師範大學出版社，1994 年。

〔註60〕張大明，《西方文學思潮在現代中國的傳播史》，第 445 頁，成都：四川教育出版社，2001 年。

〔註61〕森堡譯，《社會主義的現實主義論》，《現代》第 3 卷第 6 期，1933 年 10 月 1 日。

在介紹蘇俄文藝理論時，也譯介了不少蘇俄文學作品。研究者將其總結爲兩類題材：「一類是以十月革命後三年內白軍和紅軍在國內各地做最後鬥爭爲背景，描寫這場漫長而殘酷的戰爭中人們的苦悶、絕望、迷惘、混亂情緒的小說，二是記錄普通勞苦大眾生活，描寫革命時代工農大眾爲革命的勝利同反動勢力作鬥爭的故事。」〔註62〕前者如伏爾可伏的《小雄雞》、小托爾斯泰的《白夜》、里昂諾夫的《科夫雅金手記》等，後者如巴赫米傑夫的《鐐銬手》等。另外，特別介紹了「報告文學」這種新興的體裁，比如適夷譯自迦林的《工場的一天》，本期編者還在「社中日記」明確定義了「報告文學」：「所謂報告文學，是近傾的文學上的一種新形式。概括地給他一個說明，就是以社會主義的目的，用文學的技巧，來做大眾生活的紀錄。概括地給他一個說明，就是以社會主義的目的，用文學的技巧，來做大眾生活的紀錄。這裡，沒有想像，不需要結構。」〔註63〕從有選擇的「拿來」的這些文學作品和形式，也成爲中國左翼作家寫作的重要參照。

其次是中國左翼作家發表了不少作品，並且成爲「文藝自由論辯」中左翼理論家的重要表達平臺。《現代》不僅介紹蘇俄的文藝理論和作品，同時也是中國左翼作家的發表平臺，其中不乏「左聯」成員。從《現代》創刊起，茅盾、張天翼、魏金枝、鄭伯奇、周揚等左翼作家便在該雜誌上發表了不少作品。1933年4月1日《現代》第2卷第6期發表了魯迅的《爲了忘卻的紀念》一文，公開悼念兩年前被國民黨槍殺的「左聯五烈士」，更是彰顯出《現代》與左翼的密切關係。

《現代》與中國左翼文藝運動和文學思潮的關係尤其體現在1卷3期發表蘇汶的《關於文新與胡秋原的文藝論辯》一文加入「文藝自由論辯」後。在論辯中，《現代》成爲論辯的戰場，奇特的是，它並不是僅僅充當「第三種人」的陣地，而是直接將自己的雜誌變爲戰場，左翼文人也可以在上面馳騁拼殺，在很大程度上也充當著左翼文人發表意見的陣地。左翼關於「第三種人」的主要文章基本都發表在《現代》上，包括易嘉（瞿秋白）的《文藝的自由和文學家的不自由》、周起應的《到底誰不要眞理，不要文藝》、舒月的《從第三種人說到左聯》、洛揚（馮雪峰）的《並非浪費的論爭》、丹仁（馮

〔註62〕周寧，《〈現代〉與三十年代文學思潮》，第61頁，山東大學博士學位論文，2007年。

〔註63〕《社中日記》，《現代》第2卷第6期，1933年4月1日。

雪峰）的《關於「第三種文學」的傾向與理論》等。或許，《現代》編輯此舉主要出於雜誌的商業考慮，但將反對自己的文章發表在自己主辦的雜誌上，的確並不多見。雖然《現代》不是「同人」雜誌，但是編輯自己是有著自己相對統一和一貫的立場和態度的。這些「左聯」成員的觀點不將觀點主要發表在「左聯」的機關刊物，而是發表在《現代》上，也可看出左翼文藝運動展開方式的改變。

正是由於《現代》與左翼文化的關係，《社會新聞》又編排了一條「眞僞雜糅」的消息：

> 自去年下季以來，上海出版界之文學雜誌僅二種：一爲現代書局之《現代》，有新感覺主義文學家施蟄存主編。另一爲光華書局之《文學月報》，係左翼作家繼《北斗》而後之機關志。原由蓬子主編，後以蓬子行爲浪漫，從中剋扣稿費，爲眾不滿，乃撤銷其編輯職務，而另代以周起應。
>
> 現代月刊以編排頗新及公開討論「自由人」問題，嚴厲抨擊胡秋原而銷行甚盛，文學月報爲恐文學鬥爭之領導權，被非嫡系之施等所奪，乃一面儘量在文字中公開政治主張，一面又具體批判現代之內容，意在吸收讀者。不料光華老闆大感威脅，蓋恐觸犯出版法，書店遭封也。因是毅然決定停刊該誌，左翼戰士既失其自己之地盤，乃又改變方針，打入現代中去。〔註 64〕

通過上面這種論述，至少可以看出《現代》與左翼文化有著較爲複雜的關係，而左翼文藝在當時的複雜生存情境更是可見一斑。

二、施蟄存、杜衡與左翼文化界之淵源

《現代》在創刊宣言中便宣稱以「文學作品本身的價值」爲標準，試圖辦成一個淡化政治色彩、中立的純文藝刊物。而這個雜誌確實發表了不少魯迅、茅盾、張天翼等左翼作家的作品，蕭三將此解釋爲「無色彩的雜誌《現代》，是站在自由的臺階上的；但它必須收受聯盟盟員的作品，藉以吸引讀者。」〔註 65〕《現代》發表左翼作品、介紹左翼思潮固然有商業考慮的因素，但不

〔註 64〕 衛，《文學月報停刊》，《社會新聞》1933 年第 3 卷第 8 期。

〔註 65〕 蕭愛梅（蕭三），《十五年來的中國革命文學》，《泡沫》第一卷卷終號，1936 年 2 月 20 日。

能將此看作唯一的因素，實際上，《現代》編委與左翼文化的複雜淵源也是雜誌與左翼文化關係密切的重要原因。

關注《現代》與左翼的關係，首先需要從《現代》的編輯施蟄存談起。《現代》並非施蟄存主編的第一份雜誌，在此之前，他與好友杜衡、戴望舒等人曾主編過《文學工場》、《無軌列車》、《新文藝》等雜誌。如第一章所述，這些雜誌與當時盛行的左翼文藝思潮有著密切聯繫，從某種程度上可以看作左翼雜誌，而三人也曾經都是左翼青年。馮雪峰與施蟄存私交很好，通過他，三人與魯迅、馮乃超等人建立了聯繫，曾一起合作「馬克思主義文藝論叢」，奠定了與左翼的關係基礎。

施蟄存主編《現代》，自然不可能不受此前編輯理念和人際資源的影響。通過對幾個雜誌的考察可以發現，《現代》的主要撰稿人仍是此前《無軌列車》和《新文藝》時期的主力，這些人與施蟄存個人關係密切，除了戴望舒、杜衡、劉吶鷗、穆時英等水沫同人外，另有馮雪峰、張天翼、魏金枝、巴金等左翼作家。可以看出，《現代》雜誌陣容的形成與此前施蟄存積累起來的資源有重要關係，尤其是左翼作家資源。

在《新文藝》「轉向」之前，施蟄存等人曾遺憾雜誌的「十樣錦」性質，「本刊第一卷因為種種關係，只能做到包羅各種性質的文藝的『十樣錦』式的雜誌。所以對於普羅文學方面沒有特大的成績。」〔註 66〕故而第二卷竭力在普羅文學上有所成績。從《現代》的編輯理念來看，只是試圖再次恢復這種「十樣錦」雜誌的特色。可以說，《現代》與此前的《新文藝》等雜誌有著很強的精神聯繫。雖然《現代》創刊之時，施蟄存和現代書局均不可能再像此前一樣在普羅文學上有所成績，但經過了《新文藝》的左翼化之後再來主編《現代》這個「非同人雜誌」，自然也會考慮左翼文藝思潮這個面向，哪怕僅是將其當作一種純粹的文藝思潮。其此前編輯雜誌的人際資源也使其很容易獲得左翼文化界的稿源。而「左翼面向」的加入，也是雜誌「非同人性」的重要表現，施蟄存個人也是將其當作自己編輯的得意之處來看待的，這一點通過其對《現代》創刊號集稿過程的描述便可得知一二，「創刊號於三月下旬集稿，仍是同人雜誌面目，甚不愜意，幸而張天翼、魏金枝、巴金、瞿秋白諸稿先後寄到……於是此刊同人性大為沖淡，得以新型綜合性文學月刊姿

〔註 66〕《讀者會》，《新文藝》第 1 卷第 5 期，第 1031 頁，1930 年 1 月 15 日。

態問世。」〔註 67〕他所列舉的這些作家基本都爲有左翼傾向的作家，甚至爲「左聯」成員。而這些人，也曾是《新文藝》等雜誌時期就已經有過合作的老友，可見，施蟄存的編輯理念，以及其在文藝界的關係，爲中立面向的《現代》加入了左翼聲音。而通過對雜誌的總體考察，可以發現，雜誌並不支持國民黨的官方聲音，其基本立場是傾向於左翼的。

更能體現與左翼複雜關係的是《現代》的另一位主編杜衡。作爲施蟄存的好友，曾與之一起參加政治活動、編雜誌。1930 年 3 月，還與戴望舒一起參加了「左聯」的成立大會（施蟄存在松江未參加），算是「左聯」的盟員之一。但是他並非一個典型的盟員，他後來在回憶中說，「我之參加左聯，爲期最短，也許沒有另一個人，比我更短。我只出席了二三次會，就不再去理會它。」〔註 68〕可見其與「左聯」處於一種比較疏離的狀態，尤其當時的「左聯」籠罩在激進、左傾之下，幾乎是一個類政黨，其活動也遠遠超出了文藝團體的範疇。加入「左聯」的體驗使之對「左聯」的組織方式有了一定瞭解，這種純粹政治化的方式應該對他造成了不小衝擊。因而，他在 1932 年展開的「文藝自由論辯」提出「第三種人」的口號，這在一定程度上也來自於對自己認識中的「左聯」的不滿。「第三種人」是由胡秋原的「自由人」引申出來的，雖然「左聯」一方如瞿秋白、馮雪峰、魯迅等都對「第三種人」的觀點持否定和批判態度，雙方論辯尖銳，但是實際上並沒有對私人關係造成太大的影響。首先，論辯是在私下有溝通的情況下進行的。施蟄存在後來的回憶中說，「當年參加這場論辯的幾位主要人物，都是彼此有瞭解的，雙方的文章措辭，儘管有非常尖刻的地方，但還是作爲一種文藝思想來討論。許多重要文章，都是先經對方看過，然後送到我這裡來。魯迅最初沒有公開表示意見，可是幾乎每一篇文章，他都是在印出以前看過。最後他寫了總結性的《論「第三種人」》，也是先給蘇汶看過，由蘇汶交給我的。這個情況，可見當時黨及其文藝理論家，並不把這件事作爲敵我矛盾處理。」〔註 69〕實際上，即使在論辯時期，魯迅與杜衡之間也在私下有通信。即使「杜衡」和「蘇汶」代表著同一個人的兩種身份，或許魯迅聯絡的是編輯身份的杜衡，但在具體層面

〔註 67〕 施蟄存，《浮生雜詠·六十三》，《沙上的腳跡》，瀋陽：遼寧教育出版社，1995 年。

〔註 68〕 戴杜衡，《一個被迫害的紀錄》，《魯迅研究月刊》，1989 年第 2 期。

〔註 69〕 施蟄存，《往事隨想·施蟄存》，第 72 頁，成都：四川人民出版社，2000 年。

上，是很難將一個人的兩種身份剝離開來的。其次，就論辯的具體過程而言，雖然「自由人」和「第三種人」總體上被放在同一方來看，但「左聯」成員在對待胡秋原和蘇汶的具體態度上還是有不小差異的，胡秋原被當作搬運馬克思主義理論的機械論者，甚至將之與托派綁定在一起，除《現代》外，《文藝新聞》、《現代文化》等雜誌都對其進行了猛烈的批判。相對來說，對蘇汶則溫和得多，在論辯中止時，最終被當作「同路人」來處理。蘇汶自己也意識到「左聯」對自己和胡秋原的態度不同，認爲「左聯」批判自己主要「出於誤解」，誤解的來源是因爲胡秋原「複雜的社會關係」，自己對胡秋原的辯護使「左翼文壇懷疑我是胡先生的那個所謂『政治陰謀』的聲援。」〔註 70〕從 1932 年 7 月 1 日蘇汶在《現代》上發表《關於〈文新〉與胡秋原的論辯》到 1932 年 11 月 3 日張聞天以「歌特」的筆名在中共黨報《鬥爭》上發表《文藝戰線上的關門主義》（該文被 11 月 15 日《世界文化》轉載），關於「第三種人」論辯基本結束，對「第三種人」的鬥爭也被判斷爲「關門主義」，或許在蘇汶看來，誤解因此被澄清。在這一過程中，杜衡一方面以「蘇汶」之名作爲論戰的當事者，另一方面卻又是《現代》雜誌的編委之一，這樣一種與左翼的複雜關係使得作爲「編輯」的杜衡對整個論辯的態度是相當寬容的，雖然「文藝自由論辯」時期的《現代》由施蟄存主編，但顯然，由於施、杜的關係，杜衡的態度一定會對雜誌造成影響，但從雜誌的實際情況看，即使對批判自己的文章事先知情，仍然將其和盤發表在《現代》上。此時的《現代》，很難被看成「第三種人」的雜誌，仍然以「非同人雜誌」的名義包容著左翼文化，以至於使《社會新聞》認爲左翼人士「打入《現代》中去」。

然而，杜衡後來的態度也在不斷變化，最終從反對文藝受政治壓制的作爲「作者之群」的「第三種人」說話的杜衡明確走向與楊邨人、韓侍桁等提倡「小資產階級革命文學」，改變著「第三種人」的內涵。就在對蘇汶的批判剛剛告一段落之際，1933 年 1 月，曾爲「左聯」成員的楊邨人在《讀書雜志》上發表《離開政黨生活的戰壕》，2 月，《現代》又發表其《揭起小資產階級革命文學之旗》，後得到韓侍桁的公開支持。杜衡雖然一度保持沉默，但是後來卻越來越傾向於楊、韓的觀點，並在《現代》的編輯中越來越體現出來，更在離開《現代》後與兩人在 1935 年 5 月 10 日創辦《星火》雜誌。《星火》宣

〔註 70〕蘇汶，《編者序》，《文藝自由論辯集》，第 2 頁，上海：現代書局，1933 年。

稱要在「軍閥割據式的壟斷的文壇上」創辦屬於「誠懇而努力的文藝青年」自己的「同人刊物」。〔註 71〕蘇汶是雜誌的核心人物之一，創刊號上即發表了他的《作家的主觀和社會的客觀》，將「第三種人」時期的觀點推向另一個層次，也引起了與左翼文壇的再一次爭論。

可見，杜衡與左翼文化界有著割不斷理還亂的複雜關係，他所參與編輯的《現代》也因此與左翼文化關係複雜。當然，《現代》終究算不上是左翼雜誌，尤其是 1934 年以後，《現代》眞正越來也凸顯其「第三種人」的特徵，與左翼的關係越來越少，正如魯迅給蕭三的信中說：「《現代》雖自稱中立，各派兼收，其實是有利於他們的刊物。」〔註 72〕但《現代》最大程度的體現了「中間雜誌」與左翼文藝關係的複雜特徵，而同時，「左翼時代」也從根本上影響了《現代》雜誌的面貌。

第五節 《文學》與「左聯」中後期的左翼文藝運動

另一個與左翼文學關係密切的 30 年代大型文藝刊物是《文學》。相比《現代》，它更能體現出左翼文化界與中間力量的密切合作，同時，也更能體現出「左翼時代」對雜誌的塑造。由於《文學》強烈的文學研究會背景，要探究《文學》與左翼文藝運動的關係，則須首先更遠的去考察文學研究會與左翼文化和左翼文化界的關係。

一、《文學》與左翼文藝關係之前史

從 1920 年代「文學研究會」與「創造社」創立後不久，兩個社團便因文學觀念的不同而一直針鋒相對。左翼文藝運動主要由創造社的呼籲而起，當「革命文學論爭」打響時，文學研究會的主要作家茅盾、葉聖陶都成為以創造社為主的「革命文學」提倡者的攻擊目標。但 1930 年代左翼文藝運動的開展過程中，「文學研究會」卻發揮著越來越重要的作用，尤其在左翼冒進行不通的時期，文學研究會以一貫的沈穩態度踏踏實實的推進著左翼文藝運動。從雜誌上看，則是《文學》等雜誌在左翼文藝運動發揮著十分重要的作用。

〔註 71〕《前致辭》，《星火》第 1 卷第 1 期，1935 年 5 月 10 日。
〔註 72〕《340117　致蕭三》，《魯迅全集》第 13 卷，第 11 頁。

實際上，「文學研究會」關注蘇俄文學並不比創造社晚，只是創造社更傾向於理論建構，如郭沫若的《我們的文學運動》（《創造周報》第 3 號）、郁達夫的《文學上的階級鬥爭》（《創造周報》第 3 號）都具有很強的理論建構欲望。而文學研究會則更重視將蘇俄文學當作文學現象的一部分進行介紹，專設「俄國文學組」，從文獻編年史的角度去觀察，可以看出，文學研究會對蘇俄文藝的介紹一直非常重視。文學研究會對蘇俄文藝的介紹主要體現在其刊物《小說月報》、《文學週報》上。就《小說月報》而言，1921 年沈雁冰主編《小說月報》後，從 12 卷起，其「海外文壇消息」欄便將蘇俄文壇和世界左翼文壇動態作爲關注重點進行介紹，如《勞農俄國治下的文藝生活》（12 卷 1 號）、《巴比塞的社會主義談》（12 卷 3 號）、《俄國文學出版界在國外之活躍》（12 卷 4 號）、《文學家對於勞農俄國的論調一束》（12 卷 4 期）、《一本詳論勞農俄國國內藝術的書》（12 卷 4 期）、《高爾基被逐的消息不確》（12 卷 4 期）、《俄文豪古卜林的近作〈蘇羅芒的星〉》（12 卷 5 期）、《德國的無產階級詩與劇本》（12 卷 6 期）、《俄國批評家對於威爾士的俄事觀的批評》（12 卷 7 號）、《勞農俄國的詩壇之現狀》（12 卷 8 號）、《俄國文壇現狀一斑——寓言小說之風行》（12 卷 11 號）、《高爾基的「童年」生活》（12 卷 11 號），13 卷由鄭振鐸接編後，「海外文壇消息」的蘇俄消息相對較少，但仍時有介紹，如：《俄國戲院的現狀》（13 卷 3 號）、《俄國革命的小說》（14 卷 6 號）、《蘇俄的三個小說家》（14 卷 12 號）、《俄國的新寫實主義及其他》（15 卷 4 號）等，15 卷 7 號起，「海外文壇消息」一欄取消。20 年代晚期的「現代文壇雜話」欄，蘇俄文壇消息仍是重要內容。

除消息式的介紹外，也不乏長文專論。1921 年 9 月，《小說月報》12 卷號外專門出「俄國文學研究專輯」，專門介紹蘇俄文學。「論文」欄開篇第一篇爲鄭振鐸寫的《俄國文學的啓源的時代》，論述了普希金以前即十九世紀以前的俄國文學。另有耿濟之譯的《十九世紀俄國文學的背景》、陳望道譯的《近代俄羅斯文學底主潮》、魯迅的《阿爾志跋綏夫》、張聞天的《托爾斯泰的藝術觀》等，還發表了 CZ、CT 同譯的《赤色的詩歌——第三國際黨的頌歌》（即《國際歌》）歌詞，並在附注中高度評價蘇俄革命詩歌：「充滿著極雄邁，極充實的革命的精神，聲勢浩蕩，如大鑼大鼓之錘擊，聲滿天地，而深中乎人人的心中。雖然也許不如彼細管哀弦之淒美，然而浩氣貫乎中，其精彩自有不可掩者，眞可成爲赤化的革命的聲音。不惟可以藉此見蘇維埃的革命的精神，並且可以窺見赤色的文學的一斑。」同年 10 月，12 卷 10 號爲「被損害民族的文學號」，專門介紹波蘭、捷克、塞爾維亞等「被損害民族」文學，其中有魯迅（署名唐俟）翻譯的《小俄羅斯文學略說》。1923 年 5 月，14 卷 5 號開始連載鄭振鐸的《俄國文學史略》，並在同年 8 月 14 卷 8 號登載《關於俄國文學研究的重要書籍介紹》。1924 年 6 月，發表瞿秋白《赤俄新文藝時代的第一燕》（論叢）。

1928 年，「革命文學」論爭開始後，茅盾、葉聖陶等被創造社、太陽社等人當作批判的靶子，被當作「革命文學」的對立面。實際上，《小說月報》對蘇俄文學的介紹並未停止，1928 年 1 月，19 卷 1 號甚至發表了作爲論敵的錢杏邨的《俄羅斯文學漫評》。1929 年 3 月，20 卷 3 期開始連載陳雪帆（陳望道）翻譯的岡澤秀虎的《蘇俄十年間的文學論研究》，並在附記中指出這「是一篇對於蘇俄今日的文學論的極有系統的介紹。蘇俄的文學作品已成爲很多人注意的東西，即我們，也介紹了不少進來。獨有爲我們好些人爭論的中心點的文學論，卻始終沒有仔仔細細的介紹。這十年來的蘇俄方面的文藝論戰的史蹟是很值得我們的注意與研究的。」該文至 1930 年 8 月才刊完。1929 年 4 月，20 卷 4 期發表劉穆（劉思慕）翻譯的蘇聯波格丹諾夫《詩的唯物解釋》，並加「編者誌」說，波格丹諾夫是「蘇俄的一個眞摯的革命家，同時也是一個淵博的學者，其所論『普羅文藝』，頗有獨到的見解。」此後，還有蒙生譯自 A.Lesjnev 的《新俄的文學》（20 卷 7 號）、蒙生的《蘇俄的文學雜誌——俄國通訊之二》（20 卷 10 號）、王西征的《蘇俄藝術運動談片》（20 卷 11 號）、戴望舒譯自法國 Ichowicz 的《小說與唯物史觀》（20 卷 12 號）、胡秋原譯自平林初之輔的《政治底價值與藝術的價值》（21 卷 1 號）、洛生譯自凡伊斯白羅特的《蘇俄文藝概論》（21 卷 1 號、2 號）、雪峰譯自蒲力漢諾夫的《文學及藝術的意義——車勒芮綏夫司基的文學觀》（21 卷 2 號）、仲雲的《唯物史觀與文藝》（21 卷 3 號）等。

當左翼文藝運動在中國興起後，《小說月報》也成爲一些左翼作家成長的搖籃，如胡也頻、丁玲、張天翼等。丁玲的《韋護》、《一九三〇年春上海》（一）、（二）、《田家沖》、《一天》等轉向「革命文學」之後的小說均發表在《小說月報》上。

《小說月報》在蘇俄文藝的介紹上，貢獻頗多。只可惜因商務印書館在炮火中被毀，《小說月報》難以爲繼。否則，在 1930 年代「左聯」時段的左翼文藝運動中將會發揮更大作用。

作爲文學研究會的另一個重要陣地，《文學週報》（《文學週報》的前身是《文學旬刊》和《文學》，1925 年 5 月 10 日第 172 期改名《文學週報》）也有不少介紹蘇俄文學和無產階級革命文學的文獻。1925 年 5 月，沈雁冰在《文學周報》172 期上開始連載的論文《論無產階級藝術》（該文在 172、173、175、196 期連載）更是中國無產階級革命文學運動中的重要文獻。該文開篇即宣告：「從文學發展的史蹟上看來，文學作品描寫的對象是由全民眾的而漸漸縮小至於特殊階級的。」沈雁冰發表於第 190 期的《文學者的新使命》也明確提出文學者應將「無產階級」作爲關注重心，指出「文學者目前的使命就是要抓住了被壓迫民族與階級的革命運動的精神，用深刻偉大的文學表現出來，使這種精神普遍在民間，深印入被壓迫者的腦經，因以保持他們的自求解放運動的高潮，並且號召起更偉大更熱烈的革命運動來！不但如此而已，文學者更須認明被壓迫的無產階級有怎樣不同的思想方式，怎樣偉大的創造和組織力，而後確切著名地表現出來爲無產階級文化盡宣揚之力。」〔註 73〕此後，《文學週報》常介紹一些蘇俄文藝界的消息，如 195 期沈雁冰譯的《關於「烈夫」的（通信）》、205 期發表沈澤民的《莫斯科通信》等，216、217、219 期登載了仲雲譯的脫落斯基的《論無產階級的文化與藝術》，232 期發表了蔣光赤的《介紹來華遊歷的蘇俄文學家皮涅克》，284 期發表孫衣我的《介紹蘇俄詩人葉賽寧》。1929 年 4 月 28 日，《文學週報》364～368 期合刊更是推出「蘇俄小說專號」，專登蘇俄小說，刊載蘇聯小說 10 篇，其中有蘇聯女作家賽甫琳娜的小說《老太婆》，此前，胡愈之曾在《文學週報》介紹過她，〔註 74〕後來魯迅也翻譯了她的小說，稱她爲「現在很輝煌的女性作家」。該期還特別編《中譯蘇俄小說編目》，有很強的文獻價值。這本「蘇俄小說專號」於 1934 年 1 月被國民黨當局以「普羅文藝」的罪名查禁。

除此之外，「文學研究會叢書」中也有不少介紹蘇俄情況的。影響最大的當屬瞿秋白的《餓鄉紀程》和《赤都心史》，均被鄭振鐸編入「文學研究會叢書」。《餓鄉紀程》1922 年 9 月由商務印書館初版，書名被改爲《新俄國遊記》，《赤都心史》1924 年 6 月由商務印書館初版。鄭振鐸的《俄國文學史略》也爲該叢書之一，1924 年 3 月由商務印書館初版，瞿秋白該書寫了第十四章《勞

〔註 73〕沈雁冰，《文學者的新使命》，《文學週報》第 190 期，1925 年 9 月 13 日。

〔註 74〕愈之，《介紹蘇聯女作家賽甫里娜》，《文學週報》第 197 期，1925 年 11 月 1 日。

農俄國的新作家》，介紹了馬雅可夫斯基等蘇聯作家。翻譯作品有魯迅譯自阿爾志跋綏夫的《工人綏惠略夫》、曹靖華譯自柴霍甫的《三姊妹》等。

文學研究會對蘇俄文藝的介紹可謂不遺餘力，這其中一些關鍵人物發揮著至關重要的作用。文學研究會會員中，茅盾、鄭振鐸、胡愈之、曹靖華等人對蘇俄文藝介紹最力，在 1930 年代的左翼文藝運動中發揮著更重要的作用。張聞天、瞿秋白、馮雪峰等中共領導和左翼文藝運動的領導者與文學研究會關係密切，甚至被認爲是文學研究會成員。因爲這些關鍵人物的存在，使得文學研究會與左翼文化陣營有著千絲萬縷的密切關係。而這些人物的私人交往更是將與左翼文化界的關係引向更深的層次。

這其中最重要的是與魯迅的關係。魯迅一直與「文學研究會」關係甚好，對他們的文學觀念也多認同，尤其是將其放入與其他社團的比較中，好惡更爲清晰。「文學研究會是爲人生而藝術的，說話多是站在被壓迫者的方面。它在同時受三方面的攻擊，一方面是創造社，創造派是天才的藝術，則爲人生而藝術的文會派不免有點『俗』，一方面是留美的紳士派，在紳士想，藝術是不應該與下等人有份的；藝術是只有老爺太太才能曉得，比喻說 Yes——No——這才是紳士的莊嚴。第三方面則爲以前說過的鴛鴦蝴蝶派，至於鴛鴦蝴蝶派的《小說世界》在去年才停刊了。」〔註 75〕而創造社、留美紳士派、鴛鴦蝴蝶派都曾是魯迅的論敵（尤其是前兩者），文學研究會在觀念上則與魯迅更趨一致。在私人交往上，文學研究會的茅盾、鄭振鐸、曹靖華、瞿秋白、馮雪峰都與魯迅建立過非常密切的關係。魯迅並未加入文研會，茅盾對此曾有回憶，「『文學研究會』成立前，是鄭振鐸寫信給我徵求我和胡愈之做發起人。當時我們同鄭振鐸並不相識，北京方面有周作人等，但沒有魯迅。那時魯迅在教育部工作。據說有一個『文官法』規定：凡政府官員不能和社團發生關係。魯迅雖不參加，但對『文學研究會』是支持的，他爲改革後我負責的《小說月報》撰稿。」〔註 76〕魯迅雖非文研會成員，但與文研會成員間有不少來往。鄭振鐸、胡愈之、葉聖陶都在邀請愛羅先珂來華時與魯迅有過聯繫，此後聯繫更多。1928 年，革命文學論爭興起，「創造社」、「太陽社」以左翼之正宗自居，將茅盾、葉聖陶及與文研會關係更密切的魯迅作爲批判靶子。「左聯」成立後，與茅盾、瞿秋白更

〔註 75〕 魯迅，《上海文藝之一瞥》，《文藝新聞》第 20 號，1931 年 7 月 27 日。
〔註 76〕 茅盾，《紀念魯迅先生》，《魯迅回憶錄》（散篇，中冊），第 701 頁。

是成爲並肩作戰的戰友，與鄭振鐸、胡愈之也多有合作。雖然後來魯迅與文研會中人也有齟齬，但不可否認，文學研究會背景的文人成爲「左聯時代」魯迅人際關係的重要組成部分，並影響著魯迅在文化界的發聲方式，當然同時，魯迅對文研會的影響也非常明顯，雙方的互動造就著左翼文藝運動困難期的展開方式。

文研會成員中，鄭振鐸與左翼文化界的關係最爲複雜。鄭與魯迅關係密切，如上所述，20 年代即已建立聯繫，30 年代合作更多。1933 年左右，魯迅與鄭振鐸合編《北平箋譜》，並在信中闡明該書意義：「這種書籍，眞非印行不可。新的文化既幼稚，又受壓迫，難以發達；舊的又只受著官私兩方的漠視，摧殘，近來我眞覺得文藝界會變成白地，由個人留一點東西給好事者及後人，可喜亦可哀也。」〔註 77〕魯迅將《北平箋譜》看成自己的一項重要工作，雖廣受攻擊，但堅持做成，選擇與鄭振鐸合作，可見對其非常信任。1935 年瞿秋白被殺後，魯迅致信鄭振鐸，商量編印瞿秋白遺著事，並將所擬草目附上，由鄭募集資金。此事更見出魯迅對鄭的重視。

同爲文學研究會會員，與茅盾等人關係甚好，與瞿秋白也有私交。鄭振鐸本人雖以文學史家和編輯家著稱，但也積極參與政治活動，這其中或許有這些好友的影響。鄭曾爲中國濟難會的發起人之一，濟難會後來爲左翼文藝運動做了不少保障工作。1928 年成立的中國著作者協會，〔註 78〕鄭也是主要發起人之一，參加了成立大會並當選爲執行委員，該會實際上是後來成立的左聯的前身。該會宣言稱，「我們痛心軍閥的內戰，我們憤慨帝國主義列強的侵略，當此存亡斷續之交，我們益感覺到自己責任之重大。我們是以出賣勞力爲生活的，爲維持自己的生存，故有改善經濟條件與法律地位之要求；然而同時我們是知識的勞動者，中國文化之發揚與建設，其責任實在我們的兩肩。我們爲完成此重大的使命，敢結合中國著作界同志，成立中國著作者協會。」〔註 79〕鄭在宣言中簽名。

〔註 77〕《331111　致鄭振鐸》，《魯迅全集》第 12 卷，第 488 頁。

〔註 78〕魯亞，《國內文壇消息》介紹了「中國著作者協會」成立的消息：「在『左聯』成立前，1928 年 12 月 30 日成立了中國著作者協會。鄭振鐸、孫伏園、張崧年等九十餘人參加。選舉鄭伯奇、沈端先、李初梨、彭康、鄭振鐸、周予同、樊仲雲、潘梓年、章錫琛九人爲執行委員，錢杏邨、馮乃超、王獨清、孫伏園、潘漢年五人爲監察委員。」《海風週報》第 2 期，1929 年 1 月 6 日。

〔註 79〕《中國著作者宣言》，《思想月刊》第 5 期，1929 年 1 月。

但「左聯」成立後，鄭振鐸並沒有成爲「左聯」盟員。甚至「左聯」的雜誌曾攻擊鄭，比如，《萌芽月刊》1 卷 4 期曾發表「穆如」的《大學潮》，不點名攻擊鄭振鐸擔任光明大學文學院院長一事；《巴爾底山》1 卷 1 期發表王泉的《悼「光明大學」》，點名嘲諷鄭振鐸。

1930 年 4 月 4 日茅盾由日本回到上海，不久後即參加左聯，對左聯不吸納鄭振鐸等人感到奇怪，並表示不贊成這種關門的做法。雖然葉聖陶後來回憶不加入「左聯」的原因時另有說法，「『左聯』成立時，馮雪峰事前勸告葉聖陶和鄭振鐸不要加入，認爲這樣做對工作更爲有利。（編者，1979 年 12 月 19 日訪葉聖陶）」〔註 80〕但就鄭在「左聯」成立伊始即受到左聯盟員的攻擊一事看，情況或許更爲複雜。但這並未影響到鄭在此後的左翼文藝運動中發揮作用，尤其是「左聯」經過了早期的極左路線之後。夏衍曾回憶到，「過去我們作家的作品只能在自己辦的或與左翼有關的書商辦的雜誌上發表……到了『一・二八』以後情況就不同了……通過鄭振鐸同志，連商務印書館也肯出版左聯作家的作品了。」〔註 81〕丁玲在胡也頻被殺後是向鄭振鐸預支了二百元稿費回湖南的。〔註 82〕

雖然鄭振鐸並未加入「左聯」，但卻在「左聯」後期的文化界發揮著越來越重要的作用。1936 年「左聯」解散後籌備成立「文藝家協會」，便是由鄭振鐸、傅東華等人出面與各方面聯繫，6 月 7 日成立大會上，鄭振鐸、茅盾、葉聖陶等爲主要發起人。10 月 2 日，鄭振鐸，魯迅、茅盾、葉聖陶等 21 人聯名發表《文藝界同人爲團結禦侮與言論自由宣言》。

由於魯迅、茅盾、瞿秋白、鄭振鐸等人的密切關係，當「左聯」經過了早期的極左進入相對正常化時期，尤其是瞿秋白參與領導左翼文藝運動後，文學研究會在左翼文藝運動中發揮著更重要的作用。魯、瞿、茅三人主導「左聯」的時期，也是「左聯」在文化上取得實際成就最大的時期，堪稱「左聯」黃金期。而同時，鄭振鐸、胡愈之這些沒有加入「左聯」的文研會成員反倒在特殊年代得以以相對中立的面孔發揮了不可替代的作用，胡愈之的最大作

〔註 80〕商金林，《葉聖陶年譜長編》（第一卷），第 425 頁，北京：人民教育出版社，2004 年。

〔註 81〕夏衍，《左聯成立前後》，《文學評論》，1980 年第 2 期。

〔註 82〕丁玲在《記丁玲續集》上的批語說：「我會湖南是我向鄭振鐸預支稿費二百元。後來我沒有用稿子還債，是我一生中唯一的欠債。」

用體現在對生活書店的影響上，與此後《文學》的左翼化不無關係，尤其在「雜誌年」、「翻譯年」的出版界頗有建樹。

當然，需要說明的是，文學研究會雖然總體上主張「爲人生的藝術」，但其成員在具體立場上並不完全相同，當周作人逐漸走向「自己的園地」、茅盾等人越來傾向於左翼文化時，朱自清、夏丏尊、葉聖陶等人卻有了「那裡走」的彷徨，朱自清發表了《那裡走——呈萍郢火栗四君》一文眞誠表達自己的困惑，他們也最終走上了與茅盾、周作人均不同的「開明人」的路。

可以這麼說，創造社、太陽社的年輕成員挑起「革命文學論爭」，發動了左翼文藝運動，他們在「革命文學論爭」時期和「左聯」早期把握著更多話語權，而在「左聯」中後期，創造社、太陽社的成員聲音越來越弱，而文學研究會的作家和後起的青年作家們在文化界發揮著越來越重要的作用，推進著左翼文藝運動的前進，當然他們與創造社、太陽社疾風驟雨式的方式不同，他們採取了一種更爲穩健的方式。總體上說，要討論 1930 年代左翼文藝運動，僅關注創造社、太陽社是不夠的，關注文學研究會的作用實際上更能展示 1930 年代左翼文藝運動的眞實面相。

二、《文學》與 1933 年後左翼文藝運動的展開

實際上，文學研究會與左翼文化界的關係直接影響著雜誌的撰稿陣容，並由此影響著雜誌的面貌。以黎烈文主持的《申報・自由談》爲例，一般人主要關注魯迅及其影響下的一篇左翼青年作家（尤其是雜文家）對於《自由談》左傾的影響，實際上，這其中也包含著文學研究會的人事因素。由於黎烈文的文學研究會背景，在他主持的第一期即登載了葉聖陶的《「今天天氣好呵！」》和謝六逸的《湯餅宴》，葉聖陶和謝六逸均爲文學研究會的老成員，葉、謝二人的文章都表達了《自由談》欲自由而不得的時代處境，但對其新生仍抱期望。茅盾、夏丏尊等人爲雜誌撰稿也應與其與編輯黎烈文的人際交往有關。當然，更能清晰的體現文學研究會與左翼文化界和左翼文藝運動關係不是《自由談》，而是《文學》。

如上所述，文學研究會對蘇俄文藝的介紹主要體現在《小說月報》等雜誌上，而《小說月報》因戰火而被迫停刊，文研會也因此失去了最重要的陣地。創辦一個新的雜誌則成爲迫切的要求，這個雜誌就是 1933 年創刊的《文學》。《文學》創刊於左翼文化遭受重創的 1933 年，恰在這個特殊時期，更體

現出文學研究會與左翼文化界的複雜關係，以及文學研究會的雜誌如何在左翼文藝運動面臨嚴峻形勢時發揮作用。可以說，《文學》在總體上影響著「左聯」中後期上海左翼文藝運動的展開方式。

《文學》創刊於 1933 年 7 月 1 日，由魯迅、茅盾、鄭振鐸、葉聖陶、郁達夫、陳望道、胡愈之、洪深、傅東華、徐調孚 10 人組成編輯委員會，編輯實際由傅東華擔任，黃源輔助，生活書店出版。1937 年 11 月 10 日第 9 卷第 4 號出版後終刊，共出 58 期，是 30 年代堅持時間最長的大型純文學刊物。關於《文學》的創刊茅盾有詳盡的回憶：「一九三三年春節前後，鄭振鐸從北平回到上海度假（當時他在燕京大學教書）。三月下旬的一天，他來看我。我們談到現在缺少一個『自己』的而又能長期辦下去的文藝刊物，像當年的《小說月報》；作家們，尤其是青年作家們，寫出了作品苦無發表的地方。鄭振鐸忽然說，我們把《小說月報》重新辦起來如何？《小說月報》自從因『一二八滬戰』而停刊後，已一年多了，未聞商務印書館當局如王雲五之流有復刊的表示……於是我們就具體商量起來。我說，刊物要辦就辦個大型的，可以改個名稱，不叫《小說月報》，篇幅可以比《小說月報》增加一倍。內容以創作為主，提出現實主義，也重視評論和翻譯。觀點是左傾的，但作者隊伍可以廣泛，容納各方面的人」，〔註 83〕這就《文學》的創刊由來，意圖讓《小說月報》東山再起。同年 4 月 6 日在會賓樓聚餐商討《文學》創刊事，魯迅、葉聖陶、郁達夫、陳望道、胡愈之、洪深、傅東華、徐調孚、鄭振鐸、茅盾等出席。王伯祥 1933 年 4 月 6 日日記：「散班後，晚，赴會賓樓振鐸、東華、愈之之宴，到十五人，擠一大圓桌，亦殊有趣也。計主人之外，有喬峰、魯迅、仲雲、達夫、蟄存、巴金、六逸、調孚、雁冰、望道、聖陶及予十二客。縱談辦《文學雜誌》事，兼涉諧，至十時三刻乃散。」同年 4 月 23 日，北平左聯以「文學雜誌社」名義，在北海五龍亭舉辦文藝茶話會。鄭振鐸、朱自清等應邀參加，鄭振鐸得知北平左聯的雜誌以《文學雜誌》為名，決定把上海要出的《文學雜誌》改名《文學》。5 月 6 日，《生活》週刊發表《〈文學〉出版預告》：「編行這月刊的目的，在於集中全國作家的力量，期以內容充實而代表最新傾向的讀物供給一般文學讀者的需求。它為慎重起見，特組九人委員會負責編輯。聘請特約撰稿員數達五十餘人，幾乎把國內前列作家羅致盡淨。內容除刊登名家創作，發表文學理論，批評新舊

〔註 83〕 茅盾，《我走過的道路》（上），第 598 頁，人民文學出版社，1997 年。

書報，譯載現代名著外，並有對於一般文化現狀的批判；同時極力介紹新進作家的處女作，期使本刊逐漸變成未來世代的新園地；又與各國進步的文學刊物常通消息，期能源源供給世界文壇的情報。」5 月 20 日，《生活》公佈《文學》月刊編委會 9 人名單（郁達夫、茅盾、胡愈之、洪深、陳望道、徐調孚、傅東華、葉紹鈞、鄭振鐸）和特約撰稿人 48 人名單。7 月 1 日《文學》創刊，魯迅不公開具名。

從發起人和編委會陣容來看，很容易看出《文學》是以文學研究會爲主導的，《現代出版界》在介紹時敏銳的指出了這一點，「本刊是文學社主編的。所謂文學社者，據說即是文學研究會的變形。所以這本創刊號，除了態度較左傾外，一切形式及分子完全與小說月報無別。創刊號中有茅盾，郁達夫，葉聖陶，巴金，張天翼等的創作十篇，在量上不可說不多，但新作家的兩篇創作，實在並不很高明。散文與詩，篇幅雖多也並無精彩之處，但因爲是創刊號，而且所羅致的作家甚眾，當然很能在文壇上熱鬧一下的。」〔註 84〕

《現代出版界》所說的「態度較左傾」，的確是《文學》的主動追求。就刊物的發起人看，魯迅、茅盾是「左聯」中最核心的人物，由於特殊的人際關係，雜誌與「左聯」建立起關係也是自然而然的事。當時擔任《文學》助編的黃源在回憶中說：「戰後其他的雜誌逐漸復刊，而《小說月報》被壓制始終不給復刊。這時鄭振鐸從北京來上海，他建議恢復《小說月報》，改名爲《文學》，改由上海生活書店發行。他的建議得到茅盾、胡愈之的支持，魯迅和『左聯』的贊助。茅盾是『左聯』的主要領導成員。所以，《文學》是以文學研究會爲基幹，結合『左聯』和其他進步作家，是一個全國性的進步的大型文學月刊」。〔註 85〕朱自清在 4 月 29 日的日記中談及《文學》與「左聯」之關係，「晚赴梁宗岱宴，振鐸謂傅東華來信，左聯方面擬將雜誌拿去，而以他爲擋箭牌，編輯會加至九人，左聯方面約五人。又在第一期，要登一文曰《九一八後之反帝文學》，批評小說三篇，茅公主不署名，又將北平圈去若干人，此事頗難辦，又不便公佈，後大概提出討論，擬寫一信至上海，並舉余爲平社書記。」〔註 86〕（作者按：茅盾的《九一八後之反帝文學》後載《文學月刊》第 2 期，署名「東方未明」）。可見《文學》確與「左聯」關係密切。之所以

〔註 84〕《七月份創刊雜誌略述》，《現代出版界》第 15 期，1933 年 8 月 1 日。
〔註 85〕黃源，《在魯迅身邊》，《在魯迅身邊》，第 3 頁，上海文藝出版社，1991 年。
〔註 86〕朱自清日記（1933 年 4 月 29 日），《朱自清全集》第 9 卷，南京：江蘇教育出版社，1993 年。

打入《文學》，當然與當時左翼文學的險惡處境有關，「左聯」希望利用文學研究會的中立色彩推進左翼文藝運動。

就內容來看，《文學》第一卷左翼色彩強，基本可以看作是完全的左翼雜誌。創刊號即發表了茅盾的《殘冬》、葉聖陶的《多收了三五斗》、張天翼的《一件尋常事》、艾蕪的《咆哮的許家屯》、沙汀的《戰後》、黑嬰的《五月的支那》、曹靖華的《綏拉菲莫維支訪問記》、魯迅的《又論「第三種人」》、《談金聖歎》等文，文壇消息方面關注了「蘇聯出版物之激增」、「高爾基的處女作」，可見明顯的左翼色彩。第一卷的另外幾期還發表了魯迅的《我的種痘》、《辯「文人無行」》、何家槐的《出獄》、沙汀的《老人》、徵農的《禾場上》、白薇的《長城外》、谷非（胡風）的《秋田雨雀印象記》（1 卷 2 期），起應（周揚）的《十五年來的蘇聯文學》、茅盾的《牯嶺之秋》、《蘇俄詩人白德內衣的五十誕辰》、張天翼的《反攻》、何谷天（周文）的《雪地》（1 卷 3 期），丁玲的《莎菲日記第二部》、臧克家的《猴子拴》、曹靖華譯自阿・托爾斯泰的《十月革命給了我一切》（1 卷 4 期），吳組緗的《黃昏》、艾蕪的《鄉下人》、徐懋庸的《我的失敗》、狄謨的《關於蘇俄文壇組織的消息》、茅盾的《一個青年詩人的「烙印」》、老舍的《臧克家的〈烙印〉》（1 卷 5 期），吳春遲譯自盧那卡爾斯基的《社會主義的藝術底風格問題》等，另有王魯彥、王統照等作家的小說。

《文學》第一卷因其較強的左翼色彩被《社會新聞》等國民黨刊物盯住，多次予以披露，並因此被國民黨專門發文查封。1933 年 12 月 16 日，國民黨上海特別市執行委員會向上海市書業同業公會發出「執字 857 號訓令」：爲令遵事查本市法租界霞飛路生活書店出版之《文學月刊》內容所載盡係普洛文藝且詳述現社會主張殊屬妨礙民眾之正當思想亟應予以查禁俾絕流傳除函中宣會撤銷登記並會同公安局查封外合行令仰該會遵照轉飭所屬各書店勿予代售並將存書繳由該會呈繳來會以憑核辦毋稍違誤爲要此令。1933 年 12 月 19 日，上海書業同業公會向各代售《文學》的書店發出第 57 號通告：奉中國國民黨上海特別市執行委員會訓令執字第八五七號云：「生活書店出版之《文學月刊》內容所載盡係普洛文藝且詳述現社會，主張殊屬妨礙民眾之正當思想，亟應予以查禁俾絕流傳，除函中宣會撤銷登記，並會同公安局查封外，遵照轉飭所屬各書店勿予代售，並將存書繳由該會呈繳來，存書限五天內繳送本會以便彙繳爲荷。」後因主編傅東華呈明二卷一期起調換主編改善內容才得以重辦。〔註 87〕丸山升指出，「(《文學》雜誌）核心成員是『左聯』成員或是其支持者，因而，『左聯』成員的作品登載最多，這時期『左聯』的機關雜誌不能公開發行，該雜誌擴大了左翼作家合法的活動舞臺，同時該雜誌抑制了過渡的政治主義使之具有商業雜誌的性質，對於『左聯』作家的作品走向成熟起到了重要作用。」〔註 88〕

迫於生存壓力，《文學》第 2 卷起左翼色彩漸淡。魯迅 1934 年初的信中多次談到《文學》和左翼作家的被壓迫的局面，1 月 11 日致鄭振鐸的信中說，「《文學》二卷一號，上海也尚未見，聽說又不准停刊，大約那辦法是在利用舊招牌，而換其內容，所以第一著是檢查，抽換。不過這辦法，讀者之被欺騙是不久的，刊物當然要慢慢的死下去。」〔註 89〕17 日致蕭三的信中也說:「《文學》編輯者，原有茅盾在內，但今年亦被排斥，法西斯蒂將潛入指揮。本來停刊就完了，而他們又不許書店停刊，其意是在利用出名之招牌，而暗中換以他們的作品。至於我們的作家，則到處被封鎖，有些幾於無以爲生。」〔註 90〕23 日在致姚克的信中又說：「《文學》編輯已改換，大約出版是要出版的，並且不准不出版（！），不過作者會漸漸易去，蓋文人頗多，而其大作無人過問，所以要存此老招牌來發表一番，然而不久是要被讀者發見，依然一落千丈的。」〔註 91〕2 月 11 日再次談及：「檢查已開始，《文學》第二期先呈稿十篇，被抽去其半，則結果之必將奄奄無生氣可知，大約出至二卷六期後，便當壽終正寢了。」〔註 92〕可見 1934 年後國民黨當局對左翼文化壓制的又一次加劇，幾乎到毫無喘息空間的程度。

〔註 87〕1934 年 1 月 18 日，國民黨上海特別市執行委員會向上海書業公會發出 897 號訓令：爲令知事案查文學月刊前因內容所載盡係普羅文藝業經本會予以查禁並令行該會轉飭所屬停售各在案茲據該月刊主編人傅東華呈明自第二卷第一期起改善內容調換主編不用左聯作品及將稿件先送本會審核後再行付印等尚屬可行除批覆准予試辦外合行令仰該會知照自該刊二卷一期起准予發售其以前出版之文學月刊仍予停售並轉飭所屬各會員書店一體知照爲要此令。

〔註 88〕丸山升、伊藤虎丸、新村徹編，《中國現代文學事典》所收「文學」條（丸山升執筆），東京堂，1985 年版。轉引自小谷一郎著《東京「左聯」重建後留日學生文藝活動》，第 49 頁，上海社會科學院出版社，2012 年。

〔註 89〕《340111　致鄭振鐸》，《魯迅全集》第 13 卷，第 8 頁。

〔註 90〕《340117　致蕭三》，《魯迅全集》第 13 卷，第 11 頁。

〔註 91〕《340123　致姚克》，《魯迅全集》第 13 卷，第 16 頁。

〔註 92〕《340211　致姚克》，《魯迅全集》第 13 卷，第 24 頁。

面對當局對《文學》的壓迫，1934 年 1 月 23 日，鄭振鐸與茅盾一起去傅東華家研究對策，提出從第 3 期連出四期專號（翻譯專號、創作專號、弱小民族文學專號、中國文學研究專號）的應付辦法。1 月 26 日，又與茅盾一起到魯迅家，研究《文學》諸事，魯迅認爲連出四期專號是目前對付當局壓迫的可行的辦法，表示贊成。〔註 93〕從中也可看出，《文學》雖然在當局的壓迫下不得不改變策略，但在對應策略的制定上，仍然是由魯迅、茅盾等制定的。雖然第 2 卷以後，《文學》的左翼色彩越來越淡，但是其仍然是左翼青年作家如夏徵農、周文、張天翼等人發表文字的重要園地，胡風和周揚關於典型的辯論也都發表在《文學》上。可以說，《文學》在「左聯」後期仍然發揮著非常重要的作用。

最初，「左聯」欲借《文學》之中立色彩推進左翼文藝運動，《文學》在左翼文藝運動中的確發揮了重要作用，成爲左翼作家的重要平臺。而「左聯」和《文學》之間並非一種單向的關係，而是互動的，《文學》也借著左翼文化力量在出版界影響越來越大，並發展成爲可以影響左翼文化界的勢力。

張大明認爲：「1933 年以後，左聯作爲一個黨領導的文藝藝術的團體，它的領導層還在，還有活動，但基層群眾性的外部活動都沒有了。它換了形式，基本上不從事與文學無關的純政治活動了。」「左翼文學作爲主潮統治文壇的歷史結束了。」〔註 94〕其實是左翼文化在壓迫下換了方式，繼續「曲折的生長」，比如利用上述的「中間雜誌」。而無心插柳之處在於，由於「左聯」對作家的干涉變少，反而讓作家有了相對較多的創作自由。因而從表面上看，則是擺脫了左傾路線，實現了「良性發展」。雖然「左聯」的領導力在式微，但左翼文化界仍在以自己的力量推進著左翼文藝運動，使之繼續「在曲折中生長」，並具體呈現在「左聯」後期「雜誌年」、「翻譯年」的雜誌出版中。

〔註 93〕陳福康，《鄭振鐸年譜》（上冊），第 261 頁，太原：山西古籍出版社，2008 年。

〔註 94〕張大明，《中國左翼文學編年史》，第 1062 頁，北京：社會科學文獻出版社，2013 年。

第四章　「雜誌年」、「翻譯年」左翼雜誌「沉默」的應對

魯迅在《一九三三年上海所感》一文中形象的描述了 1933 年上海文壇的情勢：「用筆的人更能感到的，是所謂文壇上的事。有錢的人，給綁匪架去了，作爲抵押品，上海原是常有的，但近來卻連作家也往往不知所往。有些人說，那是給政府那面捉去了，然而好像政府那面的人們，卻道並不是。然而又好像實在也還是在屬於政府的什麼機關裏的樣子。犯禁的書籍雜誌的目錄，是沒有的，然而郵寄之後，也往往不知所往。假如是列寧的著作罷，那自然不足爲奇，但《國木田獨步集》有時也不行，還有，是亞米契斯的《愛的教育》。不過，賣著也許犯忌的東西的書店，卻還是有的，雖然還有，而有時又會從不知什麼地方飛來一柄鐵錘，將窗上的大玻璃打破，損失是二百元以上。打破兩塊的書店也有，這回是合計五百元整了。又是也撒些傳單，署名總不外乎什麼什麼團之類。」〔註 1〕辛辣的影射了國民黨爲打擊左翼文化實施的一系列暴力行動。

1931 年後，雖然國民黨不斷加大對左翼文化的打擊，但是左翼文化界仍然不斷改變策略，推進著左翼文藝運動。1933 年，當局驚覺「赤色文化運動的抬頭」〔註 2〕。在這種情況下，國民黨又一次前所未有的加大了「文化圍剿」的力度。1933 年 5 月，丁玲、潘梓年被捕，應修人犧牲。同年 10 月，國民黨

〔註 1〕魯迅，《一九三三年上海所感》，《文學新地》第 1 期，1934 年 9 月 25 日。文末注明：石介譯自三四年一月一日《東京朝日新聞》。

〔註 2〕《文化剿匪的認識》，《社會新聞》，1933 年第 5 卷第 18 期。

更是指使暴徒，以「影界鏟共同志會」的名義，展開一系列暴力行動：12 日，搗毀上海藝華影片公司，並散發反共傳單、宣言；13 日，搗毀良友圖書公司玻璃窗；14 日，搗毀伊羅生編輯的《中國論壇》報印刷所；15 日，又對上海大小電影院，發出警告函件；30 日，襲擊神州國光社總發行所，散發反共傳單，攻擊魯迅、茅盾等作家，恐嚇有關文化單位不得「刊行、登載、發行」魯迅等作家的作品。同時，左傾的《文學》第一卷被查禁，雜誌不得不放棄左傾色彩，左翼作家「幾於無以為生」。1933 年底，魯迅多次在信中述及當時越來越嚴峻的出版形勢，比如在致曹靖華的信中說：「風暴正不知何時過去，現在是有加無已，那目的在封鎖一切刊物，給我們沒有投稿的地方。我尤為眾矢之的，《申報》上已經不能登載了，而別人的作品，也被疑為我的化名之作，反對者往往對我加以攻擊。各雜誌戰戰兢兢，我看《文學》即使不被傷害，也不會有活氣的。」〔註 3〕在致姚克的信中，更歷數當時文藝報刊備受壓制摧殘的狀況：「《生活週刊》已停刊，這就是自縊以免被殺；《文學》遂更加戰戰兢兢，什麼也不敢登，如人之抽去了骨幹，怎麼站得住。《自由》更被壓迫，聞常得恐嚇信，蕭的作品，我看是不會要的；編者也還偶來索稿，但如做八股然，不得『犯上』，又不可『連下』，教人如何動筆，所以久不投稿了。」〔註 4〕此處談及了 1933 年左翼文人活躍的刊物，尤其是《文學》和《申報・自由談》。

1934 年，情況更加惡化。1934 年初，《文學》即使戰戰兢兢，第一卷也被查禁，並勒令刊物整改；《自由談》的處境也越發艱難。2 月 19 日，國民黨市黨部奉國民黨中央宣傳部命令，大肆查禁圖書雜誌，據披露，「上月十九日，上海市黨部奉中央黨部電令，派員挨戶至各新書店，查禁書籍至百四十九種之多，牽涉書店二十五家，其中有曾經市黨部審查准予發行，或內政部登記取得著作權，且有各作者前期作品，如丁玲之《在黑暗中》等甚多，致引起上海出版業之恐慌。」〔註 5〕同年 5 月，國民黨當局在上海設立圖書雜誌審查委員會，加緊迫害左翼文藝，正如魯迅在致劉煒明的信中所說，「在文學方面，被壓迫的那裡只我一人，青年作家，吃苦的多得很，但是沒有人知道。上海所出刊物，凡有進步性的，也均被刪削摧殘，大抵辦不下去。這種殘酷的辦

〔註 3〕《331125　致曹靖華》，《魯迅全集》第 12 卷，第 504 頁。

〔註 4〕《331219　致姚克》，《魯迅全集》第 12 卷，第 519 頁。

〔註 5〕《最近中央黨部查禁書目》，《現代出版界》第 23 期，1934 年 3 月 1 日。

法，一面固然出於當局的意志，一面也因檢察官的報私仇，因爲有些想做『文學家』而不成的人們，現在有許多是做了秘密的檢察官了，他們恨不得將他們的敵人一網打盡。」〔註 6〕

在「文化圍剿」的同時，國民黨對中共在上海的力量也進行著清洗時式的破壞。6 月，上海中央局書記李竹聲被捕叛變，10 月，新任書記盛忠亮被捕叛變，1935 年 2 月 19 日，國民黨再次全市大搜捕，上海中央局再次被破壞，代書記黃文傑被捕，同時還逮捕了朱鏡我、陽翰笙、田漢、杜國庠、許滌新等三十餘人，這一次，中央局機關、組織部、宣傳部、文委、左聯、社聯等都被打擊。經過多次破壞，中共在上海的領導機關幾乎被徹底摧毀。

在左翼文化力量和中共在上海的組織遭遇毀滅性打擊之時，1933 年底到 1934 年初，馮雪峰、瞿秋白先後離開上海前往江西蘇區，上海的文化工作因此又少了兩員大將。1934 年底，紅軍在經歷了國民黨的軍事圍剿後被迫長征，瞿秋白也被國民黨殺害。隨著中共組織的被破壞和轉移，上海的文化組織，包括「左聯」等全面與中共失去了直接聯繫，「左聯」的組織越發渙散，進入了衰落期。〔註 7〕正如魯迅在評價文壇的情勢和「左聯」的狀態時所說，「現在文壇的無政府情形，當然很不好，而且壞於此的恐怕也還有，但我看這情形是不至於長久的。分裂，高談，故作激烈等等，四五年前也曾有過這現象，左聯起來，將這壓下去了，但病根未除，又添了新分子，於是現在老病就復發。但空談之類，是談不久，也談不出什麼來的，它終必被事實的鏡子照出原形，拖出尾巴而去。倘用文章來鬥爭，當然更好，但這種刊物不能出版，所以只好慢慢的用事實來克服。其實，左聯開始的基礎就不大好，因爲你那時沒有現在似的壓迫，所以有些人以爲一經加入，就可以稱爲前進，而又並無大危險的，不料壓迫來了，就逃走了一批。這還不算壞，有的竟至於反而賣消息去了。人少倒不要緊，只要質地好，而現在連這也做不到。好的也常有，但不是經驗少，就是身體不強建（因爲生活大抵是苦的），這於戰鬥是有妨礙的。」〔註 8〕

在這種情勢下，「左聯」對左翼雜誌的領導力越來越難以體現，可以說，整個左翼文化界陷入一片「沉默」。正如鄭伯奇對 1934 年文藝界的描述：「有

〔註 6〕《341128 致劉煒明》，《魯迅全集》第 13 卷，第 270 頁。

〔註 7〕參考 Wang-chi Wong, Politics and Literature in Shanghai: The Chinese League of Left-wing Writers, 1930~1936, Manchester University Press, 1991。

〔註 8〕《341210 致蕭軍、蕭紅》，《魯迅全集》第 13 卷，第 287 頁。

人笑著說，去年的文壇可算是『幽默年』，今年恐怕要成爲『沉默年』呢。」「沉默年」基本可以概括 1934 年左翼文化的基本處境。但「沉默年」裏，左翼文化界並非完全的無作爲，正如鄭伯奇進一步指出的：「沉默，並不是絕對的消極。」〔註 9〕對左翼文化界來說，他們也在以自己的方式艱難的表達著自己的主張，最直接的表現爲在雜誌出版上對出版潮流的應對，從 1934 年的「雜誌年」到 1935 年的「翻譯年」，左翼文化人通過對出版潮流「沉默的應對」，曲折的發出自己的聲音。當然，「左聯」的組織仍然存在，雖然出版工作越來越艱難，但也力圖不失時機的秘密出版一些小刊物，艱難的維持著左聯的血脈。魯迅在 1932 年底曾說：「自從有了左翼文壇以來，理論家曾經犯過錯誤，作家之中，也不但如蘇汶先生所說，有『左而不作』的，並且還有由左而右，甚至於化爲民族主義文學的小卒，書坊的老闆，敵黨的探子的，然而這些討厭左翼文壇了的文學家作遺下的左翼文壇，卻依然存在，不但存在，還在發展，克服自己的壞處，向文藝這神聖的之地進軍。」到 1934 年，左翼文學處境更爲艱難，但「左翼文壇」同樣「依然還在」。

第一節　「雜誌年」的出版風氣與左翼雜誌的應對

在當局不斷加大對左翼文化的打擊壓迫之時，上海卻出現了雜誌的繁榮。1934 年更是被上海出版界定位爲「雜誌年」。「雜誌年」的命名自然來源於雜誌的繁榮，「雜誌年的名稱，起因與別的什麼年不同。別的什麼年的名稱，是因出於某種需要，而規定的，有提倡的意思。雜誌年則是由於既成的事實，而起名的，是說明的意思。」〔註 10〕而「雜誌年」雜誌的繁榮是相對於「單行本」出版的寥落而來的，「一九三四年，在所謂『民族復興運動』方面，是『婦女國貨年』，在文化方面，可說是一個『雜誌年』。特殊是小型的刊物，眞如雨後的春筍，每天都有新的出來。這些刊物，旋生旋滅的固然有，大多數很廣泛的受到讀者的歡迎。相反的，單行本的市面，卻跌落得很厲害。在往年，寒暑假其間，是書店的『清淡月』，現在呢，除掉雜誌而外，是每個月都成爲清淡的了。許多書店，停止了單行本的印行，即使要出，也是以既成的大作家的作品爲限。」〔註 11〕

〔註 9〕鄭伯奇，《作家的勇氣及其他》，《春光》第 2 期，1934 年 4 月 1 日。

〔註 10〕《雜誌年的改造》，《文化建設》1935 年第 4 期。

〔註 11〕《雜誌年》，《萬象》第二冊，1934 年 6 月號。

「雜誌年」裏，雜誌數量確實大幅增多，不少刊物競相報導雜誌出版的盛況。「在所謂『雜誌年』的今年，的確，我們看見許多雜誌的新刊，在上海一地論，截止目下位置，也在三十種以上了。」〔註 12〕「一九三四年，雜誌已濫，論壇凸顯景氣，『雜誌年』這個言詞，無形的在人們腦中浮動，蕩漾。」〔註 13〕這種盛況到年底仍未停歇，「有人統計，今年新出版的定期刊，大約有四百多種，——即新增了十倍左右：於是所謂『雜誌年』，當眞名不虛傳。」〔註 14〕

隨著雜誌出版的繁榮，「雜誌年」的標誌性事件是專門的「雜誌公司」的成立。「人們都說，今年是雜誌年。是的，不要一種一種檢視，只要看到有雜誌公司的設立，大部分專賣各種的刊物，就可知道雜志年的名副其實了。」〔註 15〕「今年自正月起，定期刊物愈出愈多。專售定期刊物的書店中國雜誌公司也就應運而生。」〔註 16〕除了專門的雜誌公司，各大書局也紛紛設立專門的雜誌部，代售、代訂、代發行各種定期刊，就雜誌內容來看，雜誌界本身的動態成爲各大雜誌關注的焦點之一。

爲什麼會在這一年出現雜誌的繁榮景象呢？不少人將之歸結於讀者購買力的下降導致「出書難」，價格相對低廉的雜誌則成爲書局的新寵。「對於雜誌繁昌的現象，論者在讀者底消費力和出版家底生意眼上尋求了它底原因。」〔註 17〕具體指向三點：一、讀者的要求：雜誌較單行本廉價，讀者愛吃消閒的零食。二、出版家的一窩蜂的脾氣以及營業上的無路可走，也是定期刊發達的原因。三、中國社會想辦雜誌的人多。也有人探討經濟之外的更多層面的原因，「在經濟面外，還有使雜誌必然繁榮的其他條件，這是許多人不曾注意到的條件之一，是大家有更多的話要說，更多的話希望有人代說。中國的民眾，現在是處於非常不幸的地位，外面帝國主義的壓迫，內面封建勢力的侵害，使大眾喪失了一切的自由，限於極端的苦惱，煩悶，憤激。對迫害需要反抗，有苦惱希望訴說，在黑暗中要摸索一條路，這是不可變易的事理。這些，只有雜誌能隨時隨地擔負起，一一的去實踐。『雜誌年』的

〔註 12〕鳴，《關於雜誌的概論》，《熒光》第 1 卷第 1 期，1934 年 10 月 15 日。
〔註 13〕林國材，《寫在一週年紀念號前》，《華北月刊》第 3 卷第 1 期，1935 年 2 月。
〔註 14〕一介，《明年又是什麼年呢？》，《太白》第 1 卷第 7 期，1934 年 12 月 20 日。
〔註 15〕《雜誌年的改造》，《文化建設》1935 年第 4 期。
〔註 16〕《所謂『雜誌年』》，《文學》第 3 卷第 2 期，1934 年 8 月 1 日。
〔註 17〕鐵先，《重壓下的文壇剪影》，《文學新輯》第 1 輯，1935 年 2 月 20 日。

形成，這也是主要的原因之一。從雜誌的繁榮上，也可以看到中國民眾對於政治注意力的加強。一向漠視政治的中國民眾，由於切身的利害關係。使他們不得不注意政治，不得不希望從報紙雜誌的言論上，來幫助他們於這些政治現象的瞭解，甚至於參加爲民眾爭自由的發表言論，散布有眞實性的新聞，橫遭摧殘的時候，從這一方面是不能得到滿足的。小型雜誌便適應這樣的要求而產生，讀者注意的重心，也因此趨向這一方面。」〔註18〕更有人看到「雜誌年」雜誌的繁榮只是一種「虛假的繁榮」，「什麼圖書都不能印出的辰光，而竟印了七八百種定期雜誌，這不能不顯出是一種神奇。其實，這也沒大了不起，這不過說明作家滿肚子鳥氣無處發泄，大家餓著肚子來弄一點小玩意，書店就利用了這些牢騷蟲可以少要或不要稿費，把它印出，藉以取得幾個餘利，去開銷門市。於是，在文化市場上這虛假的榮繁就粗線了。四馬路各家書店，居然有一兩家擠破了門，其他各家也不致『門可羅雀』的寂寞了。」〔註 19〕「『雜誌年』之所以造成，無論由出版家方面看，或者由讀者方面看，都可說是一種畸形的發展；而這中間的原因現在可得而說的，就是『不景氣』。」〔註20〕

但是待國民黨《新出版法》出臺後，雜誌出版也受到重大影響。《新出版法》1935 年 7 月 12 日通過，引起了出版界的巨大反響，出版界對其中的「核准主義」尤多異議。「一、新出版法對於報紙雜誌之社會組織、經費來源、收支預算及編輯發行之計劃等等，概在必須呈報登記之列，意在防止濫設報館雜誌社，用心良苦，惟效力極爲可疑。……二、關於新聞刊登之範圍，規定過於廣泛，幾令今後言論界之記載批評，可以動輒得咎，統制程度太嚴，轉非國家之利。」〔註 21〕「呈報主義變爲核准主義」之後，雜誌的生存空間再一次被大大壓縮。《讀書生活》生動的描述了此後雜誌的艱難境遇，「自從新出版法在立法院三讀通過後，全國新聞界，出版界都惹起了嚴重的注意，滬、平、津各埠政界業向中政會提出請求，要求從事修改，緩日公佈。至於出版界如書店及雜誌發行人方面，對於新出版法亦同樣表示驚懼，其痛苦甚或超過日報。只因近年來一般書店生意蕭條，事實上現在有計劃出書的書店幾乎沒有了，雜誌方面在外表上看來雖然現出是特有的在榮繁，在骨子內實在完

〔註18〕《雜誌年》，《萬象》第二冊，1934 年 6 月號。
〔註19〕楚士，《新出版法與雜誌年》，《讀書生活》第 2 卷第 7 期，1935 年 8 月 10 日。
〔註20〕一介，《明年又是什麼年呢？》，《太白》第 1 卷第 7 期，1934 年 12 月 20 日。
〔註21〕《新出版法的再檢討》，《警高月刊》1935 年 3 卷 3 期。

全是另一回事。雜誌的壽命是由作家咬著牙齒，空著肚子才能苟延的，基礎既然不穩，更談不上計劃。所以在這兩方面的人，對於該出版法，雖然覺得是自己的催命符，但因奄奄氣息，連一點反抗之聲也發不出了。」〔註 22〕在這種境遇下，即使虛假的繁榮難以維持，「(此前) 我們看見一個刊物出了一期或兩期就壽終正寢了，但是可喜的還有新的又誕生出來，雖然這時代的產況不免有短命鬼之嫌，到底比沒有一個活人的世界要熱鬧。不過，目下又有人在那裡喊節制生育，連這種短命的孩子也許就要在娘肚內歸天，世界恐怕再要寂寞些罷！」〔註 23〕

但無論如何，1934 年，雜誌界的確經歷了出版的繁榮景象。事實上，雜誌出版的繁榮局面還繼續維持了幾年。「在中國的出版界，民國廿三年，曾被稱爲『雜誌年』，據《人文月刊》的發表，該刊於民國廿三年，全年所收到的雜誌，有三九五種；民國廿四年，全年所收到的有四七五種；民國廿五年全年所收到的有四四二種；所以這三年來，雜誌的發達，是成爲弧線形的，『二十三年之所謂雜誌年不過是個開端，廿四年而大進；廿五年則漸降而或入安定狀態亦未可知』，從可知近年來中國雜誌的發達而引起人們的注意了。」〔註 24〕究其原因，則爲「支配階級不曾放棄它在文學戰線上的進攻，勞苦大眾和進步的作家們底文學活動將更加廣泛更加強大，雜誌繁昌的現象在一九三五年還要繼續下去的罷。」〔註 25〕一直到 1936 年，雜誌出版仍然維持著較大的數量。雖然「雜誌年」特指 1934 年，但「雜誌年現象」卻時間更長得多，以 1934、1935 兩年最爲集中，有人將這兩年都統稱「雜誌年」。〔註 26〕〔註 27〕「雜誌年」現象是觀察當時出版界的重要途徑，正如《文學》所總結的，「我們以爲『雜誌年的研究』就足夠包括了現在出版界大部分而且主要的現象。」〔註 28〕

1934 年的上海，一方面是「雜誌年」雜誌出版的繁榮，另一方面則是「中共」及其領導的「左聯」等文化組織在上海力量的式微，但雜誌上的左翼文藝

〔註 22〕公僕，《辦雜誌人對於修改新出版法的意見》，《讀書生活》2 卷 10 期，1935 年 9 月 25 日。

〔註 23〕楚士，《新出版法與雜誌年》，《讀書生活》第 2 卷第 7 期，1935 年 8 月 10 日。

〔註 24〕周伯棣，《綜合雜誌與專門雜誌》，《文化建設》1937 年第 9 期。

〔註 25〕鐵先，《重壓下的文壇剪影》，《文學新輯》第 1 輯，1935 年 2 月 20 日。

〔註 26〕徐懋庸，《編者的話（一)，《芒種》第 1 卷第 1 期，1935 年 3 月 5 日。

〔註 27〕行素，《雜誌年》，《新生》第 2 卷第 2 期，1935 年 2 月 2 日。

〔註 28〕《雜誌年與文化動向》，《文學》第 4 卷第 5 期，1935 年。

運動卻在進一步推進，「左聯」地下雜誌《文學新輯》總結道：「在這個『雜誌年』裏出現的雜誌裏面，有的是登載進步的工農底生氣蔚然的作品，有的表現了勞苦的店員們底積極的文學認識生活認識底成長，有的廣泛地團結了進步的作者來抵制了文壇上新國粹派底影響，有的執行了對於反動文學活動的鬥爭，有的發現了從勞苦大眾裏面出來的傑出的新人，有的從進步的觀點介紹了西洋的文學遺產，有的成了一般勞苦大眾底日常顧問和良友……這各各反映了勞苦大眾底文學要求和進步的作家們底努力，在這裡面不難找出一根或近或遠地被勞苦大眾爭求解放的所爭所貫穿著的紅線。」在嚴峻的出版情勢下，左翼文化界如何發揮自己的作用呢？「在這樣的情勢下，革命的和進步的文學活動，就不得不採取了有伸縮性的多樣的方式，在各種不同的情形中來實現統一的任務，由曲折的道路來追求最後的目的。這是突破支配階級底『文化統制』的最重要的補助戰略。」〔註 29〕順應「雜誌年」的出版潮流並予以相應的應對，即是「有伸縮性的多樣的方式」和「曲折的道路」之一。

就雜誌的態勢來說，純左翼雜誌自然難以生存，大型文藝刊物《現代》、《文學》仍在發行，但越來越收縮其「左傾」的面孔變得越來越「無生氣」，同時，「雜誌年」的雜誌出版出現了一些新的態勢，雜誌上的左翼文藝運動即在這種新的態勢的夾縫中艱難推進著。

一、綜合性雜誌的左傾傾向

《現代》在總結「雜誌年」雜誌的總體態勢時說，「儘管雜誌年中雜誌是一天天的增多，一天天的出現了許多專門的雜誌，但一般性質的雜誌，仍然在其中佔著很重要底地位。所謂一般的雜誌，並指他內容不是專門偏於那一方面，而是包含著整個文化領域底各部門的刊物。這種刊物，因爲他更能普遍的抓著讀者層，所以，在雜誌中，他是佔著最重要的地位的。大的如《東方雜誌》、《申報月刊》、《新中華》，小的如《新生》、《世界知識》、《讀書生活》等。一般雜誌的主要傾向：第一是短評的增加；第二是國際問題的注重；第三是內容的通俗化；第四是漫畫和插圖的增加。」〔註 30〕這兒的「一般雜誌」，其實即爲綜合性的刊物。

〔註 29〕鐵先，《重壓下的文壇剪影》，《文學新輯》第 1 輯，1935 年 2 月 20 日。

〔註 30〕雷鳴蟄、李正名，《一般性質的雜誌之檢討》，《現代》第 6 卷第 4 期，1935 年 5 月 1 日。

實際上，《現代》復刊後也像《東方雜誌》、《新中華》等老牌綜合雜誌學習，改爲「綜合的文化雜誌」，同屬於「一般雜誌」，改變後的《現代》由汪馥泉主編，設「現代論壇」、「國際政治經濟」、「中國經濟文化」、「通俗學術講座」、「隨筆」、「婦女問題」、「創作」、「書報評論」、「青年生活引導」等欄目，眞可謂非常「綜合」。」甚至有人認爲，「『革新後』的《現代》似乎比《東方雜誌》以及《新中華》等老牌刊物多少活潑一些。」〔註 31〕

不僅《現代》受影響改變編輯理念，在老牌綜合雜誌的影響下，1934 年起，出現了不少規模相對較小的「一般雜誌」，成爲傳達左翼進步聲音的重要平臺，《新生》、《世界知識》和《讀書生活》便是其中內容和銷量方面都表現突出的幾種。

《新生》週刊，1934 年 2 月 10 日創刊於上海，杜重遠主編。發刊詞中描述創刊的動機爲「在現在必須使大多數民眾，對於中國民族的地位，帝國主義的侵略，有深刻的瞭解，對於民眾自身的任務與前途，有切實的認識，方能鼓起民族的勇氣和決心。」刊物以「灌輸時代知識，發揚民族精神」爲宗旨，以在東三省被佔，國家被侵略爲背景，具有極強的反帝精神。該刊其並非純文學雜誌，而是上面界定的「一般雜誌」，報導經濟、政治、社會、文化等各方面信息，其徵稿範圍爲時事論文、學術論文、國內外通訊、職業生活、文藝作品（雜感、隨筆、創作小說）、問題討論（信箱），是名副其實的綜合雜誌。雜誌專設「新術語」一欄，對當時流行的一些術語進行解釋，如「殖民地」、「半殖民地」、「次殖民地」、「共管」、「委任統治」、「勢力範圍」等，顯然具有很強的民族色彩。其時事性極強的插畫也很具特色，具有畫報的功能。

《新生》文學作品並不多，主要以東北爲描寫對象，如靳以等的《東北行》、李輝英的小說《逼》、《這樣的地方》、《航空信》、《日本當鋪》、《開發滿洲的柱石》、《逃亡》、《包飯館裏》等，還有黑嬰的小說《被打靶的人》、《鴉片鬼》、征農的《鬧戶口》、蕭乾的《平綏線上》、靳以的小說《新年》等文。《新生》雖以抗日反帝著稱，但也敏感的感應著文化界的各種現象，支持著左翼文化界發起的大眾語運動和反對復古運動。《新生》主要關注國際關係中的中國，文章貼近現實，多短小精悍的雜文，杜重遠主筆的「老實話」篇篇擲地有聲，畢雲程、童恂齋、柳湜、易水、鄒韜奮等是雜誌的主要撰稿人。茅盾曾爲該刊作《文學的新生》一文。

〔註 31〕惕若（茅盾），《雜誌潮中的浪花》，《文學》第 4 卷第 5 期，1935 年 5 月 1 日。

因其強烈的現實針對性，《新生》得到了魯迅的稱讚，「現在的讀書界，確是比較的退步，但出版界也不大能出好書。上海有官立的書報審查處，凡較好的作品，一定不准出版，所以出版界都是死氣沉沉。雜誌上也很難說話，現惟《太白》，《讀書生活》，《新生》三種，尚可觀，而被壓迫也最甚。至於《人間世》之類，則本是麻醉品，其流行亦意中事，與中國人之好吸鴉片相同也。」〔註 32〕其以「民族精神」爲特色，最終也因民族事件而惹禍被禁。1935 年 5 月 4 日，《新生》2 卷 15 期因發表易水（艾寒松）的《閒話皇帝》一文雖經國民黨書報審查機關審查通過，仍然觸怒日本，主編杜重遠被判刑，《新生》週刊也隨之被查封，此爲「新生事件」。出至 1935 年 6 月 22 日 2 卷 22 期。

如同《新生》是在民族危亡的背景下產生一樣，1934 年 9 月 16 日創刊的《世界知識》也是基於民族危機的背景而產生的，該雜誌由畢雲程主編，生活書店出版，定位爲「國際經濟政治文化半月刊」。生活書店編輯徐伯昕回憶《世界知識》的創辦緣起時說，「《世界知識》是經胡愈之統治爲首的一批國際問題專家的倡議籌辦的。這個刊物也可以說由於國內國際形勢的催促而產生的。『九・一八」事變之後，日本帝國主義者對我國步步進逼，企圖吞併全中國，進而侵略亞洲其他地區，稱霸世界。中華民族的危亡已臨到十分危急的關頭。當時，歐美資本主義世界出現了嚴重的經濟危機，德、意實行了法西斯統治，企圖重新分割世界，加緊對殖民地半殖民地的侵略，以反對社會主義蘇聯爲藉口，急於挑起新的世界戰爭，英國等老牌帝國主義採取不干涉政策。英、美、法登過對日本侵略中國也不可能有公正的態度，而是一味遷就日本。他們知識因爲日本侵犯了他們在中國的利益，才對日本有所責難。中國想要從他們那裡得到援助只是空想。中國的出路在哪裏？世界將會走向光明還是走向黑暗？這些問題在許多人的腦子急於求得解答。在這樣的情況下，《世界知識》就應運而生了。」〔註 33〕作爲一個關注國際問題爲主的雜誌，《世界知識》對當時的國際形勢進行了精到的分析，團結了一大批國際問題專家和社會科學研究者。由於雜誌的定位，《世界知識》很少發表文學作品，除了極少數翻譯小說。如徐懋庸譯的《伊特勒共和國》就曾在刊物上連載。彰顯出其「一般雜誌」的特點。

〔註 32〕《350214　致吳渤》，《魯迅全集》第 13 卷，第 387 頁。
〔註 33〕徐伯昕，《世界知識與生活書店》，《世界知識》，1984 年第 9 期。

《世界知識》在當時產生了廣泛影響，黑嬰稱「在一般讀者群的且要，這本雜誌我以為是再適當沒有的了。……這年頭，究竟不是閒適地讀那些專門給人消遣的文章的時候了，青年們有著當前的大任，此刻是非努力求些實際的知識不可的。所以，《世界知識》的出版，在『介紹一些和整個人類生活有關的知識』這一點上，我就很希望我們能夠把這些知識接受下來」〔註 34〕由於雜誌的緣故，抗戰勝利後，還發展出世界知識出版社。

除《新生》外，另一種魯迅覺得可觀的刊物是《讀書生活》。《讀書生活》創刊於 1934 年 11 月 10 日，1936 年 11 月出至 5 卷 2 期停刊。該刊由李公樸主編，最初編輯有艾思奇、柳湜、夏子美、李公樸等，上海雜誌公司發行，張靜廬為發行人，後由生活書店出版，李公樸兼任發行人。

該刊《創刊辭》宣稱創辦《讀書生活》並不是要把人拉回書齋，「它的主要對象是店員學徒，及一切連學校那章鐵門都不能走進的人」，為這些人的讀書提供一定指導。基於此，該刊設置了「短論」、「文學講話」、「哲學講話」、「科學講話」、「生活記錄」、「書報介紹」、「讀書問答」、「讀書方法」、「讀書經驗」、「文化消息」等欄目，後來又增加了「社會常識讀本」、「大眾習作」等欄目，甚至直接登載小說。這是一個綜合性的讀書雜志，但總體來說，文學構成了其主要內容。由於這個雜誌為 90%以上普通大眾服務的定位，自然不是官方傾向的，哲學欄基本由提倡「大眾哲學」的艾思奇撰稿，而文學部分則主要是左翼作家的文章，「左聯」成員黎夫（夏徵農）是這個刊物的早期主要撰稿者之一，尹庚、李輝英、石淩鶴、徐懋庸、胡風、周立波、楊騷等左翼作家都有文章在該刊上發表。相比《新生》和《世界知識》，《讀書生活》的關注重心更傾向於文藝界，因而也聚集了更多的作家和批評家。

「一般雜誌」在「雜誌年」之後在出版界影響越來越大，後來也有不少同類雜誌產生，1935 年 10 月 10 日創刊於上海的《生活知識》也是同類刊物，在左翼文藝運動中也發揮了重要作用。雖然是「一般雜誌」，而非文藝雜誌，但是都可以看到文藝界的人士對雜誌的參與，在那個年代，文學本身就是很難從文化中截然劃分出來的。

〔註 34〕黑嬰，《〈世界知識〉》，《新生》第 1 卷第 34 期，1934 年 9 月 29 日。

二、小品文雜誌的流行與左翼雜文刊物的崛起

雖然左翼文人對於「一般雜誌」的參與使得文學與文化的界限更加模糊，但是真正的文藝性刊物在「雜誌年」也算繁榮，在「雜誌年」體現為「幽默」的「軟性讀物」的流行。「軟性讀物」一般便指的是文藝類雜誌，「今年自正月起，定期刊物愈出愈多。專售定期刊物的書店中國雜誌公司也就應運而生。有人估計目前全中國約有各種性質的定期刊三百餘種，內中倒有百分之八十出版在上海，而且是所謂『軟性讀物』，——即純文藝或半文藝的雜誌；最近兩個月內創刊的那些『軟性讀物』則又幾乎全是『幽默』與『小品』的『合股公司』。」〔註35〕「雜誌年」文藝雜誌的風尚則是小品文雜誌的流行，尤其是「幽默」成風，甚至成為「幽默運動」:「這一兩年來『幽默』時來運至，其風靡一時，感人心脾，正不亞於『摩登』；不惟許多文士作家在忙著替『幽默』做注解寫專論，並且幽默之風好像已吹到每一個角落裏。凡言談文字之間不帶有幾分幽默氣息者，其人殆不能儕於新士林之列。於是託古以倡幽默者有之，假幽默以自鳴高雅者有之。此風一開，文壇變色，大有遍地哀愁均化作『會心的微笑』之概，使吾人不禁感覺到，魏晉時代流行於士大夫之間的清談之風又著了洋裝還魂到『人間世』了。」〔註36〕此處不禁描述幽默盛行之「盛況」，同時包含對《人間世》雜誌的暗諷之意。

繼1933年《論語》發行後，1934年4月，林語堂、徐訏、陶亢德在上海創辦《人間世》半月刊（至1935年12月第42期停刊），大肆鼓吹幽默，提倡小品文。（此後，1935年9月，林語堂、陶亢德又主編《宇宙風》半月刊，1947年出至152期停刊）。從《論語》開始，一系列的雜誌掀起了「幽默」的小品文雜誌的流行風，「首創雜文而側重幽默的論語半月刊，既風行一時，既起的同式刊物也有十餘種之多，而且都能吸引相當讀者，足以維持起發行。」〔註37〕就語境看，這裡的雜文指的是「小品文」，這類雜誌的暢銷又推波助瀾的推動著幽默之風的進一步盛行。而在文體上，則是小品文的風行，「有許多人說過，近幾年來中國文學上最有成就的是小品文。這個雜誌年裏，小品文也佔了更重要的地位。」〔註38〕「幽默之風」和小品文的合流影響著整個文

〔註35〕《所謂『雜誌年』》，《文學》第3卷第2期，1934年8月1日。

〔註36〕倩之，《談幽默運動》，《新生》第1卷第12期，1934年4月28日。

〔註37〕《雜文的風行》，《人言週刊》，1934年第1期。

〔註38〕華道一，《科學小品和大眾教育》，《太白》第1卷第11期，1935年2月20日。

化界的風氣，雖然李歐梵認爲「1932 年以後，左聯在意識形態上的支配地位沒有遇到重大挑戰。有相當數量的文人環繞在林語堂的三種流行的雜誌周圍——《論語》、《人間世》和《宇宙風》，而且有意『不談政治』，強調幽默和諷刺，當然他們對左聯在意識形態上的權威不構成威脅」，〔註 39〕但這種解釋並不符合當時的實際情況，許多人不僅把「幽默」的流行僅僅看作文化現象，同時也與現實政治密切相關，正如《新生》在談到「幽默」時總結道，「這種幽默之風如聽其流播下去，我敢保證它會和頹廢之風合流，因爲幽默在中國有時雖能做一點不痛不癢的小諷刺，可是它卻不夠盡情的暴露現實，而且它往往可以將大眾奮鬥的決心熱情化作一陣輕煙，這輕煙恰好替敵人作了進擊大眾的掩護物！」〔註 40〕可見，一種文壇風氣的流行並不僅僅是文化現象本身，它同時已與現實政治建立起關聯。除此以外，提倡文言文的復古運動也是當時文化界的重要現象。

左翼文化界的回擊辦法是：以子之矛攻子之盾。在順應出版潮流的基礎上，對此種風氣予以反駁和矯正。正如茅盾所說，「一九三四～一九三五年，在復古運動和林語堂派的『逃避現實』的幽默文學盛行的當兒，左聯的分子用散兵線曾經做了頑強的鬥爭。」〔註 41〕對抗幽默文學的手段則是創辦同類雜誌，深入敵後與之對抗，並將反對復古運動作爲其內在的內容。「雜誌年」裏，左翼文人創辦或參與的小品文雜誌，不僅更加強了小品文的風尚，同時又內在的批判著作爲擺設的小品文。實際上，對「幽默」的小品文的批判在《申報・自由談》和《中華日報・動向》上已經展開，但專門雜誌的流行，卻的確是從「雜誌年」開始。以小品文的面貌出現的雜誌有《新語林》、《太白》、《芒種》等。

1934 年 7 月 5 日，《新語林》半月刊在上海創刊，由光華書局出版，同年 10 月出至第六期停刊。該刊前 4 期由徐懋庸主編，後 2 期由莊啓東組成的「新語林社」主編。所開設的欄目有「雜感」、「論文」、「小說・散記」、「詩」、「隨筆」、「書評・序跋」、「長篇」等，主要撰稿人有魯迅、廖沫沙、艾蕪、魏猛克、任白戈、徐懋庸、張天翼、胡風、許幸之、征農、王任叔、胡依凡、鄭

〔註 39〕費正清、費維愷主編，《劍橋中華民國史》（下卷），第 497 頁，北京：中國社會科學出版社，1994 年。

〔註 40〕倩之，《談幽默運動》，《新生》第 1 卷第 12 期，1934 年 4 月 28 日。

〔註 41〕茅盾，《關於「左聯」》，《左聯回憶錄》第 121 頁，北京：知識產權出版社，2010 年。

伯奇、瞿秋白、葉紫、胡楣、郁達夫、聶紺弩等左聯成員，也有周木齋、唐弢、陳子展、曹聚仁、黎烈文、艾思奇、艾青等非左聯成員的進步作家。

徐懋庸是當時魯迅最爲看重的青年作家之一，後來還爲其雜文集《打雜集》作序。魯迅最初並不贊成徐懋庸主編光華書局發行的刊物，曾在信中談及光華書局的劣蹟，「對於光華，我一絲的同情也沒有，他們就是利用別人的同情的同情和窮迫的。……光華忽用算盤，忽用苦求，也就是忽講買賣，忽講友情，只要有利於己，什麼方法都肯用，這是流氓行爲的模範標本。」〔註42〕因此勸徐懋庸「斬釘截鐵的走開，無論如何苦求都不理。」〔註43〕可見出版《新語林》，其初衷仍出於光華書局在小品文雜誌風尙中試圖佔據一席之地的生意經。雖然《新語林》以林語堂主編的系列小品文雜誌爲潛在批判對象，但是在商業宣傳時仍然利用林氏成功的宣傳點，比如其宣傳語稱：「本刊嚴肅而不枯燥，幽默而不浮泛。尤有濃厚趣味，令人愛讀不止。」「幽默」、「趣味」赫然在其中，不難看出商業訴求的影響。

雖然魯迅反對，但徐懋庸後來還是接編了《新語林》，在其接編之後，魯迅仍然給予了很多的支持，不僅將《引玉集》裏的木刻用作雜誌封面，還常爲其寫稿。可以說，書局的生意經是一個方面，主編及撰稿陣容才決定雜誌的具體面貌，徐懋庸主編該誌後，吸引了大批左翼文化界的文人（其中不乏「左聯」中人）投稿，《新語林》由此得以成爲左翼文化的陣地。

《新語林》是在小品文流行的背景下產生的，設有「雜感」、「論文」、「書評」等主要欄目，也刊登少量小說、詩歌作品。「雜感」是雜誌最具特色的部分就具體話題而言，《新語林》首先關心的是「大眾語」問題，創刊號即刊登了任白戈的《「大眾語」底建設問題》。《新語林》創刊之時，不僅是林語堂主編的小品文雜誌流行之時，而且也有文化界復古運動的背景，因而，雖然《新語林》與林語堂的辦刊理念絕不相同，但創刊號也刊登了林語堂的《說個人筆調》，討論語體問題，編者認爲其「雖非爲大眾語問題而作，但那上半篇討論的一點，卻也可以作爲討論這個問題者的參考」。在反對「文言文的死灰復燃」的復古運動面前，林和《新語林》的觀點應是一致的。「大眾語」一直是《新語林》關係的核心話題之一。

〔註42〕《340727　致徐懋庸》，《魯迅全集》第13卷，第185頁。
〔註43〕《340803　致徐懋庸》，《魯迅全集》第13卷，第192頁。

另一個提倡「大眾語」的「小品文刊物」是陳望道主編的《太白》半月刊。該刊 1934 年 9 月 20 日在上海創刊，出至 1935 年 9 月 5 日 2 卷 12 期停刊，共出 2 卷 24 期。

《太白》是小品文刊物的又一代表，也是應對「小品文」雜誌出版風尚的結果，陳望道在回憶中說：「一九三四年創辦這個雜誌，是想用戰鬥的小品文去揭露、諷刺和批判當時黑暗的現實，並反對林語堂之流配合國民黨反動派文化圍剿而主辦的《論語》和《人間世》鼓吹所謂『幽默』的小品文的。」〔註 44〕刊名取名「太白」跟雜誌的創辦目的有關，「取名『太白』，含義有三方面：一是，根據當時我們提倡『大眾語』的動議，認爲對於當時已經有脫離群眾語言傾向的『白話』必須進一步加以改革，使文學語言更加接近民眾，更加有利於表現革命的思想內容。『太白』，也就是『白而又白』，『比白話還要白』的意思。二是，『太白』這兩個字筆畫簡單明瞭，合起來不滿十畫，易識易寫，便於雜誌的普及。三是，可以說是當時主要的眞實含義，即『啓明星』的意思。我們中國在傳統上把天亮前後出現在東方天空的金星，稱作『啓明』又叫『太白』。當時，正處在舊中國濃重的黑暗之中，但這不過是黎明前的黑暗。我們是爲著迎接勝利的曙光而戰鬥！」〔註 45〕

由於當時出版界「小品文」當道，《太白》的出版動機頗爲明確，「就當時環境說，一些閒適的文人正想把小品來當作消遣的妙品，而我們覺得當前的現實，決不容許我們閒適；而暴露現實正是小品文的職責。」〔註 46〕「《太白》的主要的任務，當然是轉移《論語》和《人間世》所造成的頹廢的個人主義的小品文作風，使之成爲積極的、科學的、爲大眾的。」〔註 47〕因而，在批判「幽默小品」的同時，卻深入「小品文」內部，借力打力，提倡別一類的小品文。雜誌在布局上，也以「短論」、「速寫」、「漫談」、「科學小品」、「時事隨筆」等爲主，體現出「小品文雜誌」的特色，其中「短論」、「速寫」尤顯獨特，正如祝秀俠所說：「創刊號的《太白》，的確是以豐富而新穎的風姿出現著，尤其實在幾篇『速寫』文章裏面，展開了一種新的明快簡爽的筆

〔註 44〕 陳望道，《關於魯迅先生的片斷回憶》，《文藝論叢》第一輯，1977 年 9 月。
〔註 45〕 陳望道，《關於魯迅先生的片斷回憶》，《文藝論叢》第一輯，1977 年 9 月。
〔註 46〕 聚仁，《懷〈太白〉》，《芒種》第 2 卷第 1 期，1935 年 10 月 5 日。
〔註 47〕 徐懋庸，《〈太白〉的停刊》，《芒種》第 2 卷第 1 期，1935 年 10 月 5 日。

觸，是《太白》的一個優異的特色。」〔註 48〕在文章的具體內容上，最重要的是與文藝大眾化運動相配合，提倡「大眾語」。

《太白》是一個開放性的雜誌，這從創刊號公佈的編委和特約撰述人名單可以看出。編委包括：艾寒松、傅東華、鄭振鐸、朱自清、黎烈文、陳望道、徐調孚、徐懋庸、曹聚仁、葉紹鈞、郁達夫；特約撰述有：艾蕪、巴金、冰心、沈櫻、杜重遠、方光燾、豐子愷、風子、佛朗、谷人、高滔、耿濟之、顧均正、何谷天、洪深、黃芝岡、黃石、黃源、胡仲持、胡愈之、張天翼、賈祖璋、金仲華、靳以、韜奮、周越然、周木齋、周予同、趙元任、朱光潛、克士、老舍、老戈、李健吾、李輝英、李滿桂、廖埜容、劉薰宇、劉廷芳、落花生、馬宗融、孟斯根、聶紺弩、歐陽山、任白戈、小默、夏丏尊、夏徵農、沈起予、許傑、陳子展、陳守實、謝六逸、孫伏園、陶行知、草明、蔡慕暉、蔡希陶、王魯彥、王伯祥、王統照、萬迪鶴、魏猛克、吳組緗、吳文祺、楊騷、葉籟氏、樂嗣炳。成員的開放性同時也帶來雜誌內容的開放性，與純粹的左翼刊物不同，雜誌的文章並不直接傳遞「左聯」的精神，表現出包羅萬象的特點。

但左翼立場卻也滲透在雜誌中，僅從編委和撰稿人來看，左翼文人便不在少數，其中一部分是左聯成員。爲了掩蓋雜誌的左翼色彩，作爲雜誌提倡者和主要撰稿人的魯迅並未列入名單（魯迅爲《太白》寫過 25 篇文章，是實際的主要撰稿人之一），據陳望道回憶：「魯迅先生參加了《太白》雜誌的編輯委員會。根據當時鬥爭的條件和需要，魯迅先生提出在《太白》編輯委員會的名單中他不要公開列名。」〔註 49〕由此可見，左翼文人對雜誌的參與程度比實際表現出的更高。

《太白》由于堅持嚴肅的立場，表現出了一定的生氣，魯迅對此也較爲滿意，認爲是「尚可觀」的三種雜誌之一。

與《太白》處於同一時期的還有徐懋庸、曹聚仁主編的《芒種》半月刊，該刊創刊於 1935 年 3 月 5 日，上海群眾雜誌公司發行，從 1 卷 9 期起改爲北新書局發行，1935 年 10 月 5 日出至 2 卷 1 期停刊，共出 11 期。

〔註 48〕祝秀俠，《對於〈太白〉一二期的一點私見》，《新語林》第 6 期，1934 年 10 月 20 日。
〔註 49〕陳望道，《關於魯迅先生的片斷回憶》，《文藝論叢》第一輯，1977 年 9 月。

《芒種》與《新語林》和《太白》有一定承續關係，徐懋庸對此進行了詳細的說明：「目前辦了起來的這個小刊物，是在半年多前早有過消息的。去年七八兩月中，我變過四期叫做《新語林》的半月刊，後來因爲發行這刊物的書店對於稿費不負責任，使我覺得對不起作者，我就辭職了。……我辭去《新語林》的編輯之後，接著加入了生活書店的一個半月刊的編輯委員會。其時那個半月刊方在籌備，名稱未定，大家分頭擬想，我也想了幾個，但都不好，最後是決定採用了陳望道先生所擬的『太白』。這《太白》半月刊現在已經出到是一起了。在《太白》定名的次日，我忽然想起《律曆志》上的二十四節氣的名目，覺得其中的『驚蟄』和『芒種』等幾個頗可作刊物名之用。後與曹聚仁先生談起，他也以爲很好，而且特愛『芒種』這一個。但《太白》既已定名爲『太白』，這個好名稱可白想了，我們當時頗有一點惋惜之意，而實未想到眞要辦起一個《芒種》半月刊來。直到最近，群眾雜誌公司要辦一個刊物，請我和曹先生合編，我稍稍考慮了一下，就答應了，並且和曹先生商定，乘機就把『芒種』兩字用了出來。」〔註 50〕《芒種》同樣是小品文雜誌潮的產物，有人認爲其將與《太白》、《人間世》成鼎足之勢，雖然編者曹聚仁並不承認這種類比，但是的確說明了小品文雜誌潮之於《芒種》創辦的影響。兩位主編在創刊號也詳細說明了各自與林語堂的糾葛，這其中複雜的人事關係也必然成爲雜誌創刊的原因，以至影響到雜誌的內容。

《芒種》創刊號規劃該刊「門類」十八種，包括：一、新語——對於半月刊間社會大小事件的小評論，二、長篇論文，三、半月讀報記，四、國外消息，五、飛短流長——記載文化界的消息，六、歷史小品，七、諷刺小品，八、屁——幽默小品，九、瓦釜——詩歌，十、隨筆，十一、書評，十二、遊記，十三、短篇小說，十四、長篇小說，十五、連環圖畫，十六、木刻，十七、寫作，十八、語錄——補白。可謂無所不包。但這只是大致的門類，在具體操作上並非每期嚴格照此編目。文章形式上，也以短小精悍的雜文爲主，對各種社會現象發表批判意見，當然不乏對林語堂及其主辦刊物的諷刺和批評。其對復古運動的反對也是不遺餘力的，第 7 期發表了《我們對於文化運動的意見》，集合了大量進步文化團體和個人。

就撰稿陣容上看，除主編徐懋庸、曹聚仁外，有陳子展、周木齋、方之中、林煥平、魏金枝、李輝英、胡繩、聶紺弩等人，第九期宣佈芒種社編輯

〔註 50〕徐懋庸，《編者的話（一）》，《芒種》第 1 卷第 1 期，1935 年 3 月 5 日。

委員有：黎烈文、周木齋、唐弢、魏猛克、夏徵農、何家槐、曹禮吾、徐懋庸、曹聚仁，撰稿人與編委和《新語林》、《太白》多有重合，魯迅也在《芒種》上發表文章多篇，有《集外集序言》（第 1 期）、《從「別字」說開去》（第 4 期，署名「旅隼」）、《〈打雜集〉序言》（第 6 期）、《「題未定」草（五）》（2 卷 1 期）等。

同爲小品文類型的刊物，《新語林》、《太白》、《芒種》與《論語》、《人間世》等的最大的區別在於對於現實的態度，是充當生活的小擺設還是直面現實，即是「種花」還是「種刺」。〔註 51〕就文體而言，多種刊物的合力，則造就了「雜文」文體的流行。雜文是遭受非議最多的文體，同時卻也是最能體現左翼文學政治性的文體。雜文的興盛是伴隨著小品文的流行大潮發展起來的，是對小品文的內部反撥，同時也是一種文體內部的革命。

「雜文」與「小品文」本難截然劃分，不少人將兩者混爲一談，「這一二年來，雜文在文壇上，佔了壓倒的勢力，首創雜文而側重幽默的論語半月刊，既風行一時，繼起的同式刊物也有十餘種之多，而且都能吸引相當讀者，足以維持其發行。並且各大雜誌，似乎也少不了雜文的點綴了，各種具有一般人閱讀性質的定期刊物，都添加出此種雜文的紙面來了。」〔註 52〕這兒的「雜文」顯然是指「小品文」。如何對兩者進行區分？施蟄存在釐清兩者關係時引用時人的觀點道：「近來有人給『小品』和『雜文』定了一個界限，大意是說『小品』和『雜文』原是同樣的東西，不過『小品』是悠閒的紳士文人所寫出來陶情逸興的文章，而『雜文』則是非常緊張地從事於革命的文人所出來刺激民眾的東西了。這種見解，乾脆地換一句話來說，就是：『小品者，右傾的雜文也，雜文者，左傾的小品也。』〔註 53〕雖然這種說法非常通俗，但是大致可以概括一般人對兩者關係的理解，不管說法是否科學，可以肯定的是，雜文與現實政治緊密相連，「他以爲非這樣寫不可，他就這樣寫，因爲他只知道這樣的寫起來，於大家有益。」〔註 54〕茅盾將雜文比作「顯微鏡」，透視社會的病菌，「『顯微鏡』式的『雜文』正是時代所要求。」〔註 55〕因而，魯迅非常歡迎「雜文」的流行爲文壇帶來的生氣，「第一是使中國的著作界熱鬧，

〔註 51〕曹聚仁，《芒種種刺》，《芒種》第 6 期，1935 年 5 月 5 日。

〔註 52〕《雜文的風行》，《人言週刊》，1934 年第 1 卷第 1 期。

〔註 53〕施蟄存，《小品·雜文·漫畫》，《獨立漫畫》第 1 期，1935 年 9 月 25 日。

〔註 54〕魯迅，《〈打雜集〉序言》，《芒種》第 6 期，1935 年 5 月 5 日。

〔註 55〕茅盾，《文學的新生》，《新生》第 1 卷第 36 期，1934 年 10 月 13 日。

活潑；第二是使不是東西之流縮頭；第三，是使所謂『爲藝術而藝術』的作品，在相形之下，立刻顯出不死不活相。」〔註 56〕可見，在小品文流行之時，雜文的日益發達有著其相當深厚的背景，其最大限度的展現出文體本身的政治性，也最直接的體現著「文學的政治」的理念。在某種程度上，「左翼」的內涵也由此得到大大的擴展。

但在當時的語境下，明刀實槍的鬥爭難以展開，上述刊物都在「小品文」刊物的框架內運行，並都竭力爭取以合法的身份出版，《新語林》創刊號封面標明「本刊業已呈請登記」，《芒種》從第 2 期起標明「本刊已呈請中央部黨及內政部登記」並公佈中宣會審查證審字號數。這當然也是書局本身的追求。因而，就內容來看也並不敢有太強的鋒芒，拿《太白》來說，「將這一年的《太白》的內容跟《論語》、《人間世》的內容做個比較，也可以看出一種顯明的對照。但在這一點上，《太白》的公開地給人看到的成績，是還不夠好的。許多很好的文章，雖然通過了陳望道先生和排字工人之手，最後仍不能與讀者相見——這事實是我所深知的。……若站在不明白出版界的環境的讀者的立場，則對於這一年來的《太白》，實在不能說出十分滿意的話。」〔註 57〕雜誌「沉默」應對的苦衷不言而喻。尤其是 1934 年 6 月出版審查制度開始施行後，雜誌文章更面臨著檢查官的嚴厲審查，文章被刪削得面目全非的情況也常發生，魯迅曾描述在這種環境下作文的苦衷，「因爲有幾種刊物，是不能不給以支持的，但有檢查，所以要做得含蓄，又要不十分無聊，這正如帶了鐐銬的進軍。」〔註 58〕在這種艱難的情況下，正如魯迅 1935 年初的判斷那樣，「凡是較進步的期刊，較有骨氣的編輯，都非常困苦。今年恐怕要更壞，一切刊物，除胡說八道的官辦東西和幫閒湊取得『文學』雜誌而外，較好都要壓迫得奄奄無生氣的。」〔註 59〕但是，即使面臨壓迫，上述雜誌都試圖在潮流之內默默地表達著反潮流的立場，努力地矯正著當時的文化風氣。

順應小品文雜誌的潮流，同樣創辦小品文刊物，左翼文化人因而在其中發揮著文化匡正的作用，不動聲色的將左翼文藝運動進一步向前推進。

〔註 56〕魯迅，《〈打雜集〉序言》，《芒種》第 6 期，1935 年 5 月 5 日。

〔註 57〕徐懋庸，《〈太白〉的停刊》，《芒種》第 2 卷第 1 期，1935 年 10 月 5 日。

〔註 58〕魯迅，《350607 致蕭軍》，《魯迅全集》第 13 卷，第 476 頁。

〔註 59〕《350106 致曹靖華》，《魯迅全集》第 13 卷，第 336 頁。

三、「大衆化」背景下通俗雜誌與漫畫雜誌的流行

《文學》在總結 1934 年雜誌出版的特點時談道，「從去年（1934）下半年起，洶湧高漲的『雜誌潮』中有兩個特點是很明顯的，第一是『小品文』和漫畫的結合，第二是通俗的傾向。」〔註 60〕這的確從某種程度上準確的抓住了當時雜誌潮流的一些重要特點。小品文的盛況已如前所述，而「通俗化」也是「雜誌年」開始雜誌的一大特色。艾思奇更是將 1935 年稱爲「通俗年」，「出版界開始找到了低層社會的讀者，作者也開始努力爲低層的讀者寫文章，通俗化和大眾化，成爲文化界的一個有力的新運動。」〔註 61〕當「大眾化」成爲左翼文化界的共識，雜誌界也隨之受其影響。不僅眾多雜誌的內容討論「大眾化」的話題，各種雜誌也紛紛以「大眾讀物」自居，如《新語林》便自稱爲「最活躍生動之大眾讀物」〔註 62〕，《太白》被定位爲「大眾的小品刊物」〔註 63〕。可以說，在當時「大眾化」的語境下，「通俗化」成爲進步雜誌的自覺追求。而「小品文和漫畫的結合」其實也是雜誌「通俗化」的一種表現。在「通俗化」大潮中，《新小說》、《漫畫漫話》是其中較典型的兩種，也是左翼文化人較爲集中的兩種雜誌。

《新小說》1935 年 2 月 15 日創刊於上海，由鄭伯奇主編，1935 年 7 月 15 日出版了第二卷第一期後終刊，共出版 6 期。該刊由良友圖書公司出版發行，鄭伯奇 1932 年 4 月化名鄭君平進入良友，此後爲《良友》畫報撰寫了大量時評、小說與散文。1933 年 7 月主編《電影畫報》，1935 年 2 月開始主編《新小說》。

雜誌名爲「新小說」，其「新」主要體現在對「通俗」的追求上，「我們要出一本通俗的文學雜誌，這雜誌應該深入於一般讀者中間，但，同時，每個作品都要帶有藝術氣氛的。我們相信，眞正偉大的藝術作品都是能夠通俗的，都是能夠深入於一般讀者大眾中間去的。」〔註 64〕創辦一種這樣的通俗文藝雜誌是經過長期策劃的，趙家璧後來曾回憶《新小說》的策劃過程：「文

〔註 60〕惕若（茅盾），《雜誌潮中的浪花》，《文學》第 4 卷第 5 期，1935 年 5 月 1 日。
〔註 61〕艾思奇，《對於「通俗年」的一點意見》，《漫畫漫話》第 1 卷第 4 期，1935 年 7 月 15 日。
〔註 62〕《新語林》宣傳語，《新語林》第 5 期，1934 年 10 月 5 日。
〔註 63〕祝秀俠，《對於〈太白〉一二期的一點私見》，《新語林》第 6 期，1934 年 10 月 20 日。
〔註 64〕《作者，讀者和編者》，《新小說》第 1 卷第 2 期，1935 年 3 月。

藝大眾化問題討論的後期，隨著有人提出小說大眾化和通俗小說的問題。一九三四年，日本文壇上，也掀起一陣討論通俗文學的熱潮。伯奇就把日本的老牌文學雜誌《新潮》七月號給我看，指出有五位著名作家和文學批評家如片岡鐵兵、森山啓等對通俗文學各抒己見，寫了專文。伯奇對日本的出版物極為熟悉，他告訴我，日本的通俗刊物如 King 和《婦人之友》等，厚厚一大冊，銷行數十萬冊，其中發表的通俗小說很多出於名家之手，情節引人入勝，故事饒有趣味，極受廣大群眾的歡迎。而日本的純文學雜誌，道貌岸然，不能深入一般群眾之中，中國的情況也是如此。這年冬，他放棄《電影畫報》，改編一本通俗文學雜誌，準備闖一條新路的想法。」〔註 65〕《新小說》便是在這種背景下創刊的。該雜誌專登小說、隨筆與中間讀物（就內容上看，中間讀物是一些民俗考證之類的文字），文字上要求通俗而有興味。雖然將「通俗」作為雜誌的定位，但是其「通俗」與通俗文學的「通俗」多有不同，鄭伯奇認為「通俗」和「藝術」是一體的，他列舉的例子也都是文學史上的經典作品：「歌德的《浮士德》、許果的《哀史》、左拉的《娜娜》、托爾斯泰的《復活》、杜斯退益夫斯基的《罪與罰》，都是當時一種新的藝術上的條件，到現在卻也還深受著一般人的歡迎。同時，有生命的通俗作品也都是在藝術方面很成功的。像《茶花女》，像《小婦人》，像《黑奴籲天錄》都是很好的例子。把作品分為藝術的和通俗的，這是一種變態。《新小說》的發刊，就是想把這不合理的矛盾統一起來的。」〔註 66〕在雜誌上也就「通俗」的界定問題進行過討論，包括「通俗」與「媚俗」的關係、通俗小說形式問題、通俗文學和讀者趣味等等。2 卷 1 期還專門譯介日本作家的「通俗小說論集」，包括片岡鐵兵的《通俗小說私見》、森田麟太郎的《通俗小說問題》、森山啓的《關於通俗小說》，可見對「通俗」這一論題的重視。不管對「通俗」的理解多麼不同，但雜誌對文字筆調的通俗化的追求卻是明確的，郁達夫的《唯命論者》便因其通俗化的趨向格外受到重視，編者認為「這樣的作風，在他還算是初次罷。」這得到讀者的認可，「我覺得第二期所登郁達夫的《唯命論者》是既能『通俗』又耐回味的一篇小說了。……已出二期的《新小說》上眞能推為『通俗文學』的，這也是初次。」〔註 67〕郁達夫在 1928 年曾主編《大眾

〔註 65〕趙家璧，《回憶鄭伯奇同志在「良友」》，《新文學史料》，1979 年第 5 期。
〔註 66〕《作者，讀者和編者》，《新小說》第 1 卷第 2 期，1935 年 3 月。
〔註 67〕惕若（茅盾），《雜誌潮中的浪花》，《文學》第 4 卷第 5 期，1935 年 5 月 1 日。

文藝》，同樣是受日本大眾小說的影響，《新小說》可以說是對《大眾文藝》的一種呼應。

由於鄭伯奇在文化界的影響力，《新小說》團結了一大批作家，刊登了大量名家作品，就小說而論，比較重要的有張天翼的《一九二四～三四》、孫師毅的電影小說《新女性》、郁達夫的《唯命論者》、柯靈的長篇連載《犧羊》、老舍的《善人》、李輝英的《投宿》、王任叔的《鄉間的來客》、蕭軍的《貨船》、茅盾的《夏夜一點鐘》、鄭伯奇的《幸運兒》、姚雪垠的《野祭》等等，翻譯小說有穆木天譯的《劊子手》、魯迅譯自西班牙作家巴羅哈的《捉狹鬼萊哥羌臺奇》、郭建英譯自江戶川獨步的《芋蟲》、金人譯的《滑稽故事》等篇，另有阿英等的考證文章。即使「作者・讀者・編者」欄的互動，也是在與張天翼、王任叔、曹聚仁、吳組緗、郁達夫、郭沫若、陳子展等名家間展開，尤其是旅居日本的郭沫若在《新小說》創刊後的來信殊爲難得，認爲「《新小說》饒別致，文體亦輕鬆可喜。能於大眾化中兼顧到大眾美化（廣義的美），是一條通順的路。」〔註 68〕這應該都與編輯鄭伯奇的人際影響分不開。由於和魯迅有私交，《新小說》也得到魯迅的關注和支持，不僅在雜誌上發表了自己譯作，還介紹蕭軍的小說《搭客》給雜誌（後改名《貨船》發表），還寫信讓孟十還去訪問雜誌主編鄭伯奇談翻譯事。

《新小說》非常重視電影對於大眾的作用，登載了電影小說。這或許與鄭伯奇主編《電影畫報》的經驗有關，柯靈就發現兩個刊物之間的關係：「這兩個雜誌在時間上相銜接，可以看出其間明顯的血緣關係，那就是電影創作的實踐和理論使他看到了文藝和人民的相互影響和力量。」〔註 69〕柯靈自己的長篇連載小說《犧羊》便是以電影界作爲題材的。而鄭伯奇更是大膽的預測「小說的將來」是電視等新媒介的介入，「也許有一天——也許電視發明成功的那一天吧——小說不單是作家一手包辦的東西，而變成和詩歌戲劇小童，要假借別個藝術家的媒介來和大眾相見。」〔註 70〕

由雜誌的撰稿人可見，雖然鄭伯奇爲「左聯」成員，但是《新小說》卻不是一個純左翼刊物，雖茅盾、張天翼、何家槐、戴平萬等左翼作家是該刊

〔註 68〕《作者・讀者・編者》，《新小說》第 5 期，1935 年 6 月 15 日。

〔註 69〕柯靈，《追思——悼鄭伯奇同志》，《柯靈文集》（第 3 卷），第 610 頁，上海：文匯出版社，2001 年。

〔註 70〕鄭伯奇，《小說的將來》，《新小說》第 5 期，1935 年 6 月 15 日。

撰稿人，葉聖陶、郁達夫、施蟄存、老舍等中間作家在刊物中也發揮著十分重要的作用。與「左聯」機關刊物的強調純粹的鬥爭不同，《新小說》顯得更爲開放寬容，同時又表現出進步文化立場，對於「大眾化」在創作的具體操作上進行了有益的探索和實踐。這種開放的立場反倒實在的推動著左翼文學的發展。正如柯靈所說：「《新小說》後來沒有發生預期的影響，但無疑應當看作是左翼文學力求向縱深發展的一個標記。」〔註 71〕在「左聯」和左翼文化界處境艱難之時，左翼文化人用自己的實際行動實在的推進著文化的發展。而且有趣的是，通過《新小說》的撰稿陣容，也可以找到爲何良友的小編輯趙家璧能夠調動當時如此多左翼作家的一些線索，雜誌本身取得的成績也頗可貴，而通過這個雜誌彰顯出的背後更大的文化空間更加值得重視，看似不相關的一個通俗文學雜誌和一項大的文化工程因有可能建立起關聯，實際上，《新小說》從第 3 期起開始刊登「中國新文學大系」的廣告。

第 5 期預告了雜誌的革新，不僅增加了雜誌的欄目，其列舉的撰稿陣容更是幾乎囊括了當時文壇最優秀的作家，十分值得期待。從第二卷起確實進行了革新，刊登了茅盾、靳以、鄭伯奇、葉聖陶、姚雪垠等名家的作品，革新號還預告了雜誌此後的宏偉藍圖，但因爲編輯鄭伯奇與良友經理的矛盾，「革新號」後鄭伯奇就離開良友，本來應該取得更大成績、產生更大影響的《新小說》也隨之停刊。

《新小說》主編鄭伯奇曾在《新小說》革新號編者言中說：「通俗化不是一件容易事，不單是所登載的作品要容易受大眾歡迎，就連編排的體裁，冊子的大小，封面畫和文字中的插圖也都引起讀者的興趣，顯然我們以前沒有做到。」可見形式上的通俗化也是非常重要的，圖文並茂便是通俗化的重要途徑，實際上，《新小說》在這方面已經有所努力，比如爲文章配圖便是措施之一，馬國亮、萬籟鳴都是雜誌的常用繪畫師。由於對圖畫的看重，當時漫畫、畫報非常流行。1935 年左右，上海雜誌界便有《漫畫生活》、《中國漫畫》、《上海漫畫》、《獨立漫畫》、《電影漫畫》、《時代漫畫》、《東方漫畫》、《漫畫界》等多種漫畫類雜誌，呈一時之盛。《漫畫漫話》是其中比較獨特的一種，不僅是更爲傾向於文藝的雜誌，更試圖將文藝雜誌形式上的通俗化進一步推向前進。

〔註 71〕柯靈，《追思——悼鄭伯奇同志》，《柯靈文集》（第 3 卷），第 611 頁，上海：文匯出版社，2001 年。

《漫畫漫話》創刊於 1935 年 4 月 1 日，初由李輝英、淩波編輯，第二期起由蔡若虹、莊啓東、淩波編輯，上海雜誌公司總經售。該刊由圖畫和文字兩部分構成，創刊號設有「漫話」、「散文」、「歷史小品」、「詩」、「速寫」、「小說」、「中篇連載」、「木刻」、「漫畫」等欄目，就篇幅來看，文字部分顯然分量更大，而且也更能展示編輯的成績，一開始便聚集了不少左翼文人，包括曹聚仁、徐懋庸、莊啓東、艾蕪、周楞伽、夏徵農、李輝英等，僅小說就有艾蕪的《歸來》、周楞伽的《醫院裏的太太》、夏徵農的《接見》和李輝英的《平行線》等，「漫話」、「散文」、「歷史小品」則主要是當時流行的小品文和雜文，當時活躍的小品文、雜文作者也爲該刊撰稿，文字中也間有插畫。這種文字（尤其是小說）基本壓倒圖畫的局面或許與李輝英擔任主編有關，從第二期起，因爲美術出身的蔡若虹加入編輯陣容，圖畫部分的比例大大增加，登載了不少蔡若虹、張諤等畫家的彩色畫作，文字部分的插畫不僅更多，而且與內容配合度也更高，越來越實現圖文並茂。從整個編排上看，圖畫部分與文字部分不再是截然分開的兩塊，而是圖畫與文字更好的穿插在一起。文字部分也做了調整，小說的比重減少，突出了雜誌「漫話」這一特色，「漫話」成爲雜誌更加明確的重頭戲，柳湜、周木齋、夏徵農等活躍在《太白》、《芒種》等雜誌的雜文作者也是「漫話」的主要撰稿者，可以說，「漫話」部分算是一個小型的小品文雜誌，與其他左翼的小品文雜誌一樣，該刊對當時流行同時備受批判的「雜文」持支持態度，如孟加的《再來個「雜文」談》等文。雖然銷量不錯，《漫畫漫話》卻只出了四期便停刊了。

《新小說》、《漫畫漫話》同樣是書局以合法方式出版的雜誌，《漫畫漫話》創刊號便注明已通過中宣會圖書雜誌審查委員會的審查。

雖然 1934 年「中共」在上海的組織被徹底破壞，「左聯」基本難以公開活動，因而，在出版界，純粹的左翼雜誌自然少之又少，但是左翼文化界仍然沒有停止活動，左翼文人在各種合法的雜誌上表現活躍，或者在雜誌創辦上追求合法化，在「雜誌年」的出版風潮中，在順應出版潮流的同時，又對不健康的文化傾向進行反撥和抵制，在潮流中又創造出新的潮流。雖然難以如 30 年代初一樣進行針鋒相對的鬥爭，如同此前利用中間刊物推進左翼文化一樣，「雜誌年」左翼文化界利用「合法主義」使得自己仍然在文化方向上發揮著主導作用，「沉默」的應對產生出積極的效果。

第二節 《譯文》：左翼文化人在翻譯上的努力

1935 年，「雜誌年」的餘波還在繼續，同時又被冠上了「翻譯年」的新名號。「近年來文壇上也學著時尚，每年總要換個新花樣，去年是『雜誌年』，今年據說是『翻譯年』了。」〔註 72〕而譯文類雜誌的出版則是「翻譯年」到來的先聲，同時也是其表現和成果。正如有人所說，「二十四年一開頭，就有一個刊物提出『翻譯年』的口號。提出者說，這所謂『翻譯年』，並不是說『翻譯』的作品要掃蕩了一切，或竟能代替了創作，或壓倒了創作。這不過是一種預測，或一種希望。我們以爲這種預測或希望，是很有實現的可能的。先看已經存在的事實罷，去年曾有兩個專載『譯』文的文學雜誌出版：《譯文》和《世界知識》，而且頗有人要看。同時還有一個專載一般的譯文的《時事類編》，也銷路頗好。這可以證明：一、消沉的翻譯空氣，已因許多譯者的努力而漸呈活躍；二、讀者對於翻譯的作品，已經很肯接受。」〔註 73〕

一、翻譯雜誌的流行與「翻譯年」背後的文化與政治

如上所述，翻譯雜誌的流行是「翻譯年」出現的重要表徵。《世界知識》和《時事類編》雖非純文藝雜誌，但也體現出「翻譯年」的某些特徵，並且兩個雜誌也涉及一定的文藝內容，在當時大受歡迎。有人專門向讀者推薦這兩種雜誌，「我在這裡指向介紹二種雜誌給青年讀者們，一是中山文化教育館出版的《時事類編》，一是生活書店出版的《世界知識》；前者專門選載世界各國著名雜誌上的文章，所登載的譯文大都是從世界上具有權威的刊物上選出來的，思想十分正確，譯文也都依照原文，我們讀了《時事類編》，就可以知道世界大勢，國際間的事變，世界學術思想的變化等等；而且每一月有胡愈之的一篇《一月間的國際正字》，將一月間的國際事變用科學方法一絲不亂地展開在讀者底面前，使讀者在幾分鐘內就可以把握到一個月內的國際政治的輪廓；其次，最近增設的文藝欄也是值得介紹的，這一欄中所選載的作品都是世界上進步作家的理論與創作，如近幾期中的《給文學寫作者的一封信》，《高爾基論蘇聯的文學》，都是值得每一個文學青年細心地精讀的。《世界知識》是專門研究分析國際政治經濟的一個半月刊，執筆者大都是國際問

〔註 72〕柳無忌，《論『翻譯年』的翻譯》，《人生與文學》1935 年第 4 期。
〔註 73〕杜若造，《『翻譯年』的翻譯工作》，《文化建設》1935 年第 6 期。

題的專家，內容材料也極豐富；卷首的『瞭望臺』將半月間的國際事變扼要地敘述出來，使讀者在開卷時就對半月間的國際事變有一簡明的把握；胡愈之的『國際新聞論』用問答的體裁解答國際問題的常識，初學國際問題的人應該精讀；金仲華每期的文章中附以簡明的地圖，可容易幫助讀者的瞭解。總之，這個刊物的態度是嚴肅的，文章是整齊的。」〔註 74〕《時事類編》在 1933 年就已經創辦，而在「翻譯年」將其當成一個文化現象特別指出來，可以見出文化界對「翻譯年」作爲一個視野的強調。

關於翻譯的純文藝雜誌除《譯文》外，「雜誌年」和「翻譯年」的重要翻譯文學雜誌還有伍蠡甫主編的《世界文學》和鄭振鐸主編的《世界文庫》。在討論《譯文》雜誌這個中心話題之前，先對《世界文學》和《世界文庫》的主要情況進行考察。

在《譯文》復刊詞中，魯迅描述該雜誌產生的背景，「《譯文》就在一九三四年九月中，在這樣的狀態之下出世的。那時候，鴻篇巨製如《世界文學》和《世界文庫》之類，還沒有誕生，所以在這青黃不接之際，大約可以說是彷彿戈壁中的綠洲，幾個人偷點餘暇，譯些短文，彼此看看，倘有讀者，也大家看看，自尋一點樂趣，也希望或者有一點益處——但自然，這決不是江湖之大。」《譯文》產生可以說開啓了「翻譯年」的先聲，在此之後，「鴻篇巨製」的《世界文學》和《世界文庫》產生，將「翻譯年」裝點得更加熱鬧。

《世界文學》1934 年 10 月 1 日創刊，其出版時間緊隨《譯文》之後。該刊由伍蠡甫主編，上海黎明書局出版。黎明書局 1929 年由復旦大學的孫寒冰、伍蠡甫、章益等教授一起發起創辦的，旨在介紹當時最新的世界名著。由孫寒冰擔任總編輯，伍蠡甫擔任副總編輯。〔註 75〕《世界文學》是黎明書局出版的最重要的雜誌。在創辦《世界文學》雜誌的同時，黎明書局還出版了伍蠡甫主編的「西洋文學名著譯叢」，在《世界文學》上刊登出版廣告，該叢書中伍蠡甫本人翻譯多本，也包括洪深的譯作羅曼諾夫的《戀愛的權利》、高爾基的《二十六男與一女》。後來的《譯文》差點與黎明書局扯上關係，《譯文》停刊後，黎明書局曾接洽出版事宜，但因黎明書局出版希特勒的《我的奮鬥》

〔註 74〕《〈時事類編〉與〈世界知識〉》，《出版消息》第 46、47、48 期合刊，1935 年 3 月 30 日。

〔註 75〕參考鄭振懷，《伍蠡甫創辦黎明書局》，《民國春秋》，2001 年第 4 期。

及其他宣傳法西斯的書籍，加之伍蠡甫與魯迅的觀念也大相徑庭，在魯迅的反對下，遂未成功。

雖然與《譯文》觀念不同，但《世界文學》確是當時影響頗大的翻譯雜誌。其發刊詞稱：「本刊誕生，要勉盡新文學簡述途中的千百萬分之一的責任。介紹各國文學，估量他對於世界文學抑即新文學的價值；等在形式或內容可以取資的作品；用絕對客觀態度，探尋中國文學走向世界文學的途徑。無時不是希望著這種旨趣在中國能夠形成新的文學觀，引起國人對於新文學的注意。」〔註 76〕從內容上看，《世界文學》的確是以「客觀」的態度介紹著世界各國文學。雜誌共出六期（第 6 期 1935 年 9 月 15 日出版），譯文包括小說、劇本、詩歌、散文、論文等各種文體，譯文來源不僅有英、法、德等主要歐洲國家，也有波蘭等小國，還介紹了不少蘇俄的文學，創刊號即刊登了高爾基的《文學的世界性》、羅曼諾夫的《戀愛的權利》等。在譯者陣容方面，以伍蠡甫、伍光建、孫寒冰等黎明書局同人爲主，也有少量左翼作家的譯文，如洪深、黃源、徐懋庸、祝秀俠、茅盾等。每期 200 多頁的篇幅，介紹了大量外國文學作品及重要批評文章。的確爲世界文學在中國的傳播做出了巨大貢獻。

《世界文庫》是另外一項有關翻譯的宏大工程。《世界文庫》，雖爲叢書，卻以刊物的方式出版發行，由鄭振鐸主編。1935 年第 5 期《世界知識》刊登了《世界文庫》的編例和鄭振鐸寫的發刊緣起。《世界文庫》第一集擬出 60～80 冊，「世界的文學名著，從埃及、希伯來、印度、中國、希臘、羅馬到現代的歐美日本，凡第一流的作品，都將被包羅在內：預計至少有二百種以上。……本文庫所介紹的世界名著，都是經過了好幾次的討論和商酌，然後才開始翻譯的。」《世界文庫》由生活書店 1935 年 5 月開始出版，仿照定期刊物的出版方式，「每月刊行一冊，每年刊行十二冊，每冊約四十萬字，中國的及國外的名著各占其半。」1935 年刊行了第一集的 12 冊，1936 年，《世界文庫》進行了革新，改爲「單行本」的方式，但後來因爲抗日戰爭的爆發而中斷。「文庫」不僅包括外國名著，中國經典古籍也被放入世界名著的範疇。第一集十二冊共收錄作品 126 種，中國 63 種、外國 63 種，第一集的這些外國作品主要爲英、法、俄等歐美國家作品。

〔註 76〕《發刊詞》，《世界文學》第 1 卷第 1 期，1934 年 10 月 1 日。

《世界文庫》以其宏大的規劃成為「翻譯年」的最大工程，有人稱「這工程的實踐，便可說是『翻譯年』這預測或希望的實現。」〔註 77〕

有了上述的成績，「翻譯年」因而並不完全流於一種口號。而此處更關心的是，為何「翻譯年」何以作為一種專門的口號在此時被提出，其背後包含著怎樣的文化政治？

《時事類編》1933 年 8 月創刊之時，便將中國放入 1929 年後新的世界形勢中，強調「要尋覓我們民族自救的途徑及盡國民的責任必須瞭解國際形勢——研究世界上經濟的、政治的諸種事實，拿來作我們的參考。」〔註 78〕《世界知識》也因為類似的動機創刊。可見，在「翻譯年」之前，雜誌界對國際形勢的關注已成為一個重要的趨勢。對「翻譯」的重新重視成為這種趨勢的必然要求。

同時，由於國民黨文化統制的力度越來越強，文化人難以對國內事務多作評論，拿國際說事便成為一種重要策略。在文學上，則由於對左翼文化的打壓越來越嚴厲，翻譯便成為一個出口，成為文藝上翻譯流行的重要原因。正如 1935 年 4 月 9 日魯迅致山本初枝信的信中所說：「現在好像到處都不是文章的時代。上海的幾個所謂『文學家』，出賣了靈魂，每月也只能拿到六十元，似乎是蘿蔔或鰮魚的價錢。我仍在寫作，但大多不能付印。無聊的東西倒允許出版，但自己都覺得討厭。因此，今年大抵只做翻譯工作。」魯迅將翻譯當作惡劣出版環境中的一個重要出口，《譯文》的創刊便與此相關。

可見，「翻譯年」這個口號背後，實際上包含著複雜的文化政治。

當然，「翻譯年」作為一種口號提出，原本是期待文藝界在翻譯上能有一番大作為，但實際情況是，雖然一度活躍，並有了《時事類編》、《世界知識》、《譯文》、《世界文學》等雜誌和「《世界文庫》工程，但終究難說得上翻譯的振興。《芒種》雜誌的一篇文章總結道，「曾經有幾位文藝家從去年的雜誌年而預想到今年是翻譯年，好像今年中國的文壇上，翻譯文字必將盛行一時。然而事實上，中國今年的文壇，雖然幾經掙扎，也終顯露不出一點生氣來。翻譯年的預想，因為恐慌的深刻化而一半將成幻覺。我們現在目前所能遇見

〔註 77〕杜若造，《『翻譯年』的翻譯工作》，《文化建設》1935 年第 6 期。

〔註 78〕《發刊詞》，《時事類編》第 1 卷第 1 期，1933 年 8 月 10 日。

的，將是各書業從事於孤注一擲的出版或投機書籍的營業之後，因爲讀者購買力的衰疲而隨即消沉下來。」〔註 79〕

如果從「左翼時代的雜誌」來看，《譯文》、《世界文學》、《世界文庫》都不能算是左翼雜誌，但「翻譯年」的出現本身便體現了左翼文學在當時的處境，尤其是《譯文》，更是體現了特殊處境下左翼文化界沉默的努力。

二、翻譯作爲「沉默」的武器：《譯文》與「翻譯年」

《譯文》是「翻譯年」裏最重要的一種雜誌，雖然其創辦於作爲「雜誌年」的 1934 年。它是地道的在「雜誌年」誕生的專載譯文的文學雜誌，編者說創辦《譯文》是「偶然想在這『雜誌年』裏來加添一點熱鬧。」〔註 80〕然而，「雜誌年」誕生的《譯文》開啓了「翻譯年」的先聲，並成爲「翻譯年」最重要的成果。

實際上，在《譯文》創刊前，生活書店出版的《文學》已經連出兩期「外國文學專號」，反響不錯，爲創辦《譯文》做了一些鋪墊。《譯文》的創刊是經過精心策劃的，魯迅是該刊的主要發起者。1934 年 6 月 9 日晚，魯迅邀黎烈文、茅盾等在寓所進餐，同年 8 月 5 日，又與茅盾同赴生活書店在覺林的招宴，都是商量創辦《譯文》的事宜。《譯文》的創辦，其緣起是《申報・自由談》編輯的易人。1934 年 5 月 10 日左右，《申報・自由談》由張梓生接辦，黎烈文被國民黨壓迫去職，魯迅非常氣憤，因而與茅盾邀黎烈文一起創辦《譯文》，另闢蹊徑，繼續戰鬥。覺林宴會上議定由黃源署編輯名（前三期實爲魯迅編輯），由生活書店負責出版。

脫離《自由談》而創辦一個新雜誌自有負氣的原因，但創辦《譯文》這個純翻譯的雜誌卻更有深層考慮。如上所述，創辦《譯文》，主要是對惡劣的出版環境的應對。之所以致力於翻譯，主要是想在出版環境險惡之時做一些實實在在的工作。《譯文》的創辦也是「翻譯年」背後文化政治的體現。當然，魯迅對翻譯的一貫重視更是創辦《譯文》的根本原因。如第一章所述，在《譯文》創刊前，魯迅曾主編過多本雜誌，翻譯都是其中最主要的組成部分，如《莽原》、《奔流》、《萌芽》、《文藝研究》等，均把翻譯放在最重要的位置。而在魯迅參與的眾多論爭中，關於翻譯的爭論也是最能體現其文藝思想的部

〔註 79〕 晉豪，《從光華書局關門說起》，《芒種》第 7 期，1935 年 7 月 5 日。
〔註 80〕 《前記》，《譯文》第 1 卷第 1 期，1934 年 9 月 16 日。

分——魯迅不僅特別重視翻譯，而且有著自己獨特的翻譯觀。因而，在「雜誌年」的惡劣出版環境下，加之遇到黎烈文的事情，魯迅在策劃創辦新雜誌時首要選擇翻譯類雜誌也是非常自然的事。黃源在介紹《譯文》的出版經過時說：「先生眼見翻譯運動無法展開，到一九三四年夏天，再也忍受不住了，決心自己創辦個純文藝的翻譯雜誌，力行苦幹。他約了茅盾先生黎烈文先生作了有力的合作。當時我在文學社任事，和茅盾先生時有往返，和生活書店也比較接近。茅盾先生便來信託我就近與生活書店交涉，並要我出名編輯。記得茅盾先生在那年的六月或七月的廿九日，給我一信，說明魯迅先生擬創辦這翻譯的純文藝雜誌的原意：『以少數志同道合者的力量辦一種小刊物，並沒有銷他一萬二萬的大野心，但求少數讀者購得後不作爲時髦裝飾品，而能從頭至尾讀一遍。所以該刊的印刷紙張是力求精良，譯文亦比較嚴格。這刊物不是一般的讀物，只是供給少數眞想用功的人作爲『他山之石』的。』」〔註81〕這種說法雖有作者的主觀之見，畢竟《譯文》創刊號即聲稱雜誌的創辦「不是想豎起『重振譯事』的大旗來」，〔註82〕但其中陳述了一個最重要的事實：魯迅對《譯文》的創辦無比重視。《譯文》的創辦，在魯迅的編輯生涯中也是非常重要的一筆。

《譯文》於 1934 年 9 月 16 日創刊於上海，上海生活書店出版發行，主要撰稿人有魯迅、茅盾、黎烈文、孟十還、曹靖華、胡風、周揚等，1935 年 9 月出至第 13 期停刊；次年 3 月復刊，改由上海雜誌公司出版，1937 年 6 月出至第 3 卷第 4 期停刊。共出 29 期。雖由黃源擔任《譯文》出名編輯，但最初三期完全由魯迅一手編訂，除了自己譯稿外，找插畫、集稿、看稿等工作都由魯迅親自完成，後面才由黃源接編，但魯迅在譯稿、找插畫方面仍給予了雜誌大力的支持。

從《譯文》刊載的內容來看，它並非一個如此前「左聯」的雜誌一樣鼓吹階級鬥爭，因而很少有人將其當作左翼雜誌。但《譯文》的譯者基本爲左翼文化界中的知名人物，這恰好顯示出左翼文化界在特殊年代的實在努力，而且，也提示人們不應對「左翼」作狹義的理解。

《譯文》作爲一個純翻譯類雜誌，對翻譯的重視自不用說。而此處更關心的是「譯什麼」，對翻譯對象的選擇才能體現編輯的用心。

〔註81〕黃源，《魯迅先生與〈譯文〉》，《譯文》新 2 卷第 3 期，1936 年 11 月 16 日。

〔註82〕《前記》，《譯文》第 1 卷第 1 期，1934 年 9 月 16 日。

魯迅 1934 年在答國際文學社關於「你對於蘇維埃文學的意見怎樣」的問題時說，「我覺得現在的講建設的，還是先前的講戰鬥的——如《鐵甲列車》，《毀滅》，《鐵流》等——於我有興趣，並且有益。我看蘇維埃文學，是大半因爲想紹介給中國，而對於中國，現在也還是戰鬥的作品更爲緊要。」〔註 83〕在《譯文》出版時，雖然難以直接刊載「蘇維埃文學」中的「戰鬥的作品」，但在譯文選擇上，也是精心規劃的。《譯文》第一次終刊前共出兩卷，出至 1935 年 9 月 16 日，剛好創刊滿一週年。第 2 卷第 6 期難得的用「前記」說明終刊之事：「《譯文》出版已滿一年了。也還有幾個讀者。現因突然發生很難繼續的原因，只得暫時中止。但已經積集的材料，是費過譯者校者排者的一番力氣的，而且材料也大都不無意義之作，算作終刊，呈給讀者，以盡貢獻的微意，也作告別的紀念罷。」〔註 84〕關於終刊的個中原因後文再加細說，此處先關注《譯文》的內容。終刊前的第 1、2 卷重點對普希金（普式庚）、梅里美、果戈理、紀德、蕭伯納、高爾基、歌德、契訶夫、馬克吐溫、陀思妥耶夫斯基（杜斯退益夫斯基）、屠格涅夫、左拉、狄更斯等知名大作家的作品進行了重點譯介，同時，也譯介了一些影響相對並不那麼大甚至一些小國的作家的作品，如匈牙利的柯龍曼·密克薩斯、法國的弗朗西斯·科佩、格羅斯、加爾斯、俄國的薩爾蒂珂夫、奈克拉索夫、西班牙的巴羅哈、蘇聯的泰洛夫、左勤克、德國的貝塞爾、克羅地亞的瑪吐塞、奧格列曹維支、希臘的 A.藹夫達利哇蒂斯等。

《譯文》在《太白》上的廣告說，「本刊專登翻譯的作品和論文，『古典的』和『近代的』都有！執筆者願以忠實的翻譯態度介紹一點值得讀的外國文學給愛好文藝的人們。每期並多登些精選西洋近代的木刻，精美而富於情趣。」誠如廣告所言，《譯文》譯介了大量優秀的外國文學作品，同時也刊登了爲數不少的木刻作品。正是由於譯者「忠實的態度」，《譯文》得到了讀者很高的評價，「《譯文》以往的成績是相當地令我們滿意的，而且都不在各文藝雜誌之下。編者不抱什麼野心，只是小心地加以扶持。所翻譯不論古典的現代的全有，而且也有不少弱小民族的作品。編者對於木刻等也盡力介紹，這也是極難得的。每一篇論文都有後記，使我們知道其來源等，但評語還很

〔註 83〕魯迅，《答國際文學社問》，《魯迅全集》第 6 卷，第 19 頁。
〔註 84〕《前記》，《譯文》第 2 卷第 6 期，1935 年 9 月 16 日。

少見，大約爲篇幅所限。」〔註 85〕實際上，無論是書店的廣告，還是對雜誌的評價，均強調「古典的現代的全有」和忠實的譯介的面向，當然，這是《譯文》自然具備的特徵。而這些中性的說法也將《譯文》譯者和編者眞正的意圖很好的掩藏了起來。如上面的書評所說，《譯文》的後記非常重要，但它不僅是使我們知道文章的來源，在這裡面其實是對譯者「選擇的政治性」的一種描述，每篇譯文短短的幾行文字不僅對該篇文章及其作者的相關背景進行了介紹，從這些平實的介紹中其實可以窺見譯者和編者選擇譯介這些文章的原因。就介紹的作家來看，介紹的大作家除了因爲他們在文學史上產生過很大的影響，譯介他們除了表現出文學史眞實的重現外，更重要的是看重他們對於當時中國的現實針對性。例如，2 卷 2 期譯載了紀德作的《王爾德》，譯者徐懋庸在後記中介紹此文時說：「王爾德是我們所熟知的，他是唯美主義的倡導者，是主張藝術應該從人生遊歷，應該從人生超脫的人，更極端的讚揚快樂。這種唯美主義形成所謂唯美派，這個唯美派在中國也有了分派，於是也有了一味講美，講享樂，也講變態性欲的作家。然而，據這一篇所寫，則唯美主義其實是一種脆薄的幻影，王爾德祖師，一到監獄之中，看到眞實的人生之後，他的只知追求享樂的『頑石一般的心』終於也完全破碎了，他崇拜起俄國作家來了，他也把『同情』放進他的心中了。想從人生游離，超脫，其實是因爲沒有看見過眞的深的人生，一接近眞的深的人生，唯美主義就要破滅。——在這一點上，我覺得這篇文章是很有意思的，至少，它使我們對王爾德的認識更深一層。」〔註 86〕譯介王爾德，不是因爲他是唯美派的祖師，而是因爲他自己對唯美的懷疑。可見，在翻譯對象的選擇上，實際上包含著譯者自身的文化傾向。而對影響並不那麼大的作家作品的介紹，在選擇上也有其特殊的原因，如魯迅譯介俄國作家薩爾蒂珂夫的《飢饉》，是因爲「作者鋒利的筆尖，深刻的觀察，卻還可以窺見。後來波蘭作家顯克微支的《炭畫》，還頗與這一篇的命意有類似之處；十九世紀末他本國的阿爾志跋綏夫的短篇小說，也有結構極其相近的東西。」〔註 87〕魯迅對顯克微支和阿爾志跋綏夫的看重眾所周知，而此處譯介一個在中國影響較小的作家的作品卻意在爲其尋根。因而可以說，通過《譯文》譯介的這些文字，自身便體現出了「選擇

〔註 85〕田岱，《評現代中國的文藝雜誌》，《清華週刊》1936 年第 7 期。

〔註 86〕徐懋庸，《王爾德·譯後記》，《譯文》第 2 卷第 2 期，1935 年 4 月 16 日。

〔註 87〕許遐（魯迅），《飢饉·譯後記》，《譯文》第 1 卷第 2 期，1934 年 10 月 16 日。

的政治性」。除主要刊登創作和作品推介文字外，也登載一些重要的批評文字，如：1 卷 4 期還刊登了胡風譯恩格斯作的《與敏娜・考茨基論傾向文學》，該文對國內關於「文學和政治」的關係的討論有借鑒作用，2 卷 2 期登載了周揚譯白林斯基（別林斯基）作的《論自然派》，周揚譯介此文也非常有針對性，「從這裡，就可以看出他是怎樣讚美果戈理的偉大的功績，高唱集中全注意力於大眾，表現現實的普通的人們，與『在那一切眞實上的現實的再現』之藝術定義相應。」〔註 88〕

《譯文》復刊後，基本延續了此前的理念，內容上也有很大連續性，在作家選擇上也頗多相似之處，《國聞周報》的一篇文章說，「《譯文》所介紹的作家以俄法二國佔最大多數，而前者佔總數之半。新一卷一期起至新二卷三期止的九冊中，除長篇連載死魂靈第二部外，共刊譯文一百三十五篇，內俄國作家 63 篇，其中舊俄作家佔二十四篇，蘇聯作家佔三十九篇，其中又以高爾基，普希金，果戈里的作品最多。法國作家中羅曼羅蘭，紀德的也譯了不少。這一年之中，他們又出了下列的幾個特輯。羅曼羅蘭特輯（載論文二篇，作品三篇），杜勃洛柳蒲夫特輯（載論文二篇，回憶一篇，作品一篇），高爾基特輯一（載論文三篇，作品二篇），高爾基特輯二（載論文二篇，作品三篇），高爾基特輯三（載論文二篇，回憶一篇，作品四篇），普式庚特輯（載論文六篇，作品三篇）。這幾個特輯都是帶有紀念性質而編輯得頗爲完備的。新第一卷第四期上有三篇批評莎士比亞的文章，是蘇聯文壇接受莎士比亞遺產以後的新估價，在莎士比亞翻譯作品次第出版的年頭，這幾篇文章也可以稱爲一個特輯，而予中國的莎士比亞讀者一個簇新的眼界」〔註 89〕翻譯對象選擇的傾向性一望便知。

雖然《譯文》稱不上純粹的左翼雜誌，但從作家作品的選擇可以看出左翼文化界如何「沉默」的努力。在當時的條件下，不僅傾向性需要盡力隱藏起來，甚至名字也需要隱藏起來，比如魯迅，即使是做翻譯工作，也難以以眞面目示人。魯迅在致黃源的信中說：「我想將《果戈理私觀》後面譯人的名和後記裏的署名，都改作鄧當世，因爲檢查諸公，雖若『並無成見』，其實是靠不住的，與其以一個署名，引起他們注意，以至挑剔，使辦事棘手，不如現在小心點的好。」〔註 90〕因此，魯迅在《譯文》上基本上使用筆名發表譯

〔註 88〕周揚，《論自然派・後記》，《譯文》第 2 卷第 2 期，1935 年 4 月 16 日。
〔註 89〕《過去一年中的翻譯工作》，《國聞周報》，1937 年第 1 期。
〔註 90〕《340814　致黃源》，《魯迅全集》第 13 卷，第 200 頁。

作，他使用的筆名有：許遐、鄧當世、茹純、樂雯、張祿如等。黃源說：「創刊號中，譯果戈理的《鼻子》的許遐，譯立野信之的《果戈理私觀》的鄧當世，譯格羅斯的《藝術都會的巴黎》的茹純，就是先生，都是先生的化名。……第三期（按：應爲第二期）中用樂雯的筆名譯了紀德的《描寫自己》，石川湧的《說述自己的紀德》的是先生，用張祿如的筆名譯了巴羅哈《山民牧唱》序的是先生，用許遐的筆名第一次介紹了俄國譏諷作家薩爾蒂珂夫的《飢饉》的，是先生，用鄧當世的筆名開始譯了高爾基的《俄羅斯的童話》第一二節的也是先生。……第三期他又譯了巴羅哈的《會友》，並續譯高爾基的《俄羅斯的童話》」〔註 91〕這生動的提示著《譯文》所處的環境。

魯迅是《譯文》的精神核心，除了他直接主編的 3 期外，此後也在編輯過程中發揮著重要作用。從《譯文》的面貌上，可以清楚的看出與《奔流》、《萌芽》等雜誌的精神聯繫。1920 年代末 30 年代初，魯迅將翻譯的中心放在盧那查爾斯基等蘇俄理論和蘇俄文藝政策的譯介上，同時，也翻譯了《毀滅》等「戰鬥的作品」，到《譯文》出版時，因「戰鬥的作品」難以出版，魯迅將翻譯重心放到了果戈理等人的作品上，並在生命結束前夕，泣血翻譯了果戈理的長篇大部頭作品《死魂靈》。

《譯文》在介紹自己時特別強調其對木刻、肖像等插畫的重視，這其中也包含著《譯文》同人特別的用心，尤其是魯迅的自覺追求，這種追求其實是對「眞實」的追求。正如魯迅在解釋翻譯紀德《描寫自己》的理由時說，「每一個世界的文藝家，要中國現在的讀者來看他的許多著作和大部的評傳，我以爲這是一種不看事實的要求。所以，作者的可靠的自敘和比較明白的畫家和漫畫家所作的肖像，是幫助讀者想知道一個作家的大略的利器。」〔註 92〕對眞實的追求實際上是魯迅對待文學的基本態度，也是其選擇譯介對象時的基本標準，並且立足於中國的現實處境。

魯迅晚年對果戈理的重視也來源於這種立場。實際上，魯迅早年就對果戈理特別看重，稱其「以不可見之淚痕悲色，振其邦人。」〔註 93〕果戈理筆下的「幾乎無事的悲劇」在現實的中國仍在不斷上演，「那創作出來的角色，

〔註 91〕黃源，《魯迅先生與〈譯文〉》，《譯文》新 2 卷第 3 期，1936 年 11 月 16 日。

〔註 92〕張祿如（魯迅），《描寫自己・譯後記》，《譯文》第 1 卷第 2 期，1934 年 10 月 16 日。

〔註 93〕《摩羅詩力說》，《魯迅全集》第 1 卷，第 66 頁。

可眞是生動極了，直到現在，縱使時代不同，國度不同，也還使我們像是遇見了有些熟識的人物。」〔註 94〕到晚年，魯迅終於用自己的生命去譯介果戈理的多部作品。《譯文》創刊號即翻譯了果戈理的短篇小說《鼻子》和立野信之作的《果戈理私觀》。由於對果戈理的重視，後來魯迅還制定了一個龐大的《果戈理選集》的譯介計劃，1935 年 9 月在致孟十還的信中講到這個計劃:「我想，先生最好把《蜜爾格拉特》趕緊譯完，即出版。假如果戈理選集爲六本，則明年一年內應出完，因爲每個外國大作家，在中國只能走運兩三年，一久，就被厭棄了，所以必須在還未走氣時候出版。……第一本《Dekanka》，第三、四本『小說，戲曲』；第五、六本《死魂靈》，此兩本明年春天可出。《死魂靈》第二部很少，所以我想最好把《果戈理研究》合在一起，作爲一厚本，即選集的結束。」〔註 95〕魯迅在《鼻子》、《果戈理私觀》的譯後記中對果戈理進行介紹時說：「果戈理幾乎可以說是俄國寫實派的開山祖師；他開手是描寫烏克蘭的怪談的，但逐漸移到人事，並且加進諷刺去。奇特的是雖是講著怪事情，用的卻是寫實手法。」〔註 96〕魯迅最看重的即是這種「寫實手法」以及「加進諷刺去」。「諷刺」是一種藝術手法，但在魯迅看來，更是一種對生命、對存在的態度。他曾在一篇專門談「諷刺」的文章裏說，「『諷刺』的生命是眞實；不必是曾有的實事，但必須是會有的實情。……較可注意的事件，報上是往往有些特別的批評文字的，但對於這兩件，卻至今沒有說過什麼話，可見是看得很平常，以爲不足介意的了。然而這材料，加入到了斯惠夫德（J. Swift）或果戈理（N.Gogol）的手裏，我看是準可以成爲出色的諷刺作品的。在或一時代的社會裏，事情越平常，就越普遍，也就癒合於作諷刺。」〔註 97〕年輕的左翼批評家張香山將「諷刺文學」的功用說得更加直白，「建設了批判的現實主義之果戈里的諷刺文學，將舊俄的沒落底封建地主，小官吏們，加以最銳利的熱諷冷嘲，無論是《外套》裏的小官吏阿下基維支，《檢察官》離得菲列斯太珂夫，《死靈》裏的地主等都被描成了一種無能的，懦怯的，醜惡的，可憐的人間；在這些諸作品裏，果戈里是以最大的熱情，描畫出了舊俄

〔註 94〕魯迅，《幾乎無事的悲劇》，《魯迅全集》第 6 卷，第 382 頁。

〔註 95〕魯迅，《350908　致孟十還》，《魯迅全集》第 13 卷，第 537 頁。

〔註 96〕許遐（魯迅），《果戈理私觀&鼻子・譯後記》，《譯文》第 1 卷第 1 期，1934 年 9 月 16 日。

〔註 97〕魯迅，《什麼是「諷刺」——答文學社問》，《雜文》月刊第 3 期，1935 年 9 月 20 日。

的將成滅亡的人物，而宣佈其可憐的全階級的生命之告終。」〔註 98〕這明確的將諷刺文學與左翼文學的態度建立起關聯。

魯迅的「『諷刺』的生命是眞實；……在或一時代的社會裏，事情越平常，就越普遍，也就癒合於作諷刺。」當然比張香山的說法具有更深層的體驗，從這裡，也可聯想到魯迅如此看重雜文的理由，在翻譯果戈理的時候，同時也是魯迅提倡雜文最力的時候。可以說，魯迅對果戈理的重視和對雜文的重視共同指向著魯迅的文學觀。從這個意義上，《譯文》的態度與其他左翼小品文、雜文雜誌在根本上是相通的。

第三節　生活書店與左翼文藝運動

從上面的論述可以看出，「生活書店」是「雜誌年」、「翻譯年」雜誌的關鍵詞，本章提到的大多數左翼雜誌均由生活書店出版發行。實際上，「雜誌年」之前，生活書店就已經出版了《文學》、《新生》等跟左翼文化關係密切的刊物。因而，考察生活書店與「左聯」後期左翼文藝運動的關係成為一個重要的論題。

一、生活書店的「左翼化」歷程

要對生活書店與左翼文化的關係進行梳理，首先必須考察生活書店的歷史，而探究生活書店的來歷，得從《生活》週刊談起。《生活》週刊 1925 年 10 月 11 日即已創刊，最初為黃炎培創辦的中華職業教育社的機關刊物，第一卷由王志莘主編，1928 年 10 月第二卷起由鄒韜奮主編。在鄒韜奮主編期間，不斷革新雜誌內容，《生活》週刊的發行量大大增加，成為全國知名刊物。「九・一八」事變後，雜誌更是由綜合性的青年大眾讀物轉變為以抗日救亡為中心的時事政治刊物。其內容越來越傾向於左翼文化立場。由於《生活》週刊影響越來越大，讀者需要越來越多，1930 年 9 月，週刊成立了出版代辦部，幫助讀者代辦其他書報，服務對象主要為《生活》週刊訂戶。1932 年 7 月，以《生活》週刊書報代辦部的為基礎創辦了生活書店。

〔註 98〕張香山，《諷刺文學與伊利夫及彼得洛夫》，《雜文》第 1 期，1935 年 5 月 15 日。

生活書店於 1933 年向國民黨政府實業部註冊，1933 年 8 月召開第一次社員大會，選出鄒韜奮、徐伯昕、王志莘、畢雲程、杜重遠爲理事，鄒韜奮爲經理，徐伯昕爲副經理。生活書店成立後，《生活》週刊繼續出版，但很快因言論獲罪，1933 年 12 月 16 日出完最後一期停刊，共出 8 卷 50 期。

《生活》週刊被禁後，生活書店於 1934 年 2 月創辦了《新生》週刊。《新生》實際上是《生活》週刊的後續刊物，正如鄒韜奮所說：「《新生》爲《生活》後身，乞兄爲之撰文，表面上由杜重遠兄負責，一切仍屬舊貫，編輯由艾寒松兄負責，發行仍由徐伯昕兄負責。」胡愈之也在回憶中說，「在《生活週刊》被迫停刊後的兩個月，我們立即出版了《新生週刊》。這次由杜重遠出面登記出版，並由他掛名任刊物主編，因爲杜重遠是民族資本家，國民黨對他比較放心，但實際上刊物仍是由我和艾寒松負責，是《生活週刊》的繼續，還是堅持宣傳抗日救亡的立場。」〔註 99〕《新生》出版期間，鄒韜奮會寄稿回國，介紹西方各國的新聞事業，發表了《談巴黎報界》、《再談巴黎報界》、《倫敦的新聞事業》等文，後來又在《新生》上開闢「萍蹤寄語」專欄，發表《遊比雜談》、《唯一女性統治的國家》、《荷蘭的商業首都》、《一個從未和中國人談話過的德國女子》、《褐色恐怖》、《經濟的難關——失業問題》、《納粹統治下的教育主張》、《德國新聞業的今昔》、《南德巡禮》、《遊德餘談》、《初登西比爾》、《船上生活的一斑》、《出到列寧格拉》、《談蘇聯旅行社》、《莫斯科暑期大學》、《夜間療養院》、《托兒所》、《托兒所的辦法》、《卡可夫的農場和工廠》、《狄卡特集體農場》等文。「新生事件」後，鄒韜奮提前回國，並於 1935 年 11 月創辦了《大眾生活》週刊，也產生了不小的影響。

除了《生活》、《新生》這類綜合性時事雜誌外，1933 年以後，生活書店陸續出版了《文學》、《世界知識》、《太白》、《譯文》、《婦女生活》、《讀書與出版》、《生活知識》、《光明》等影響力頗大的刊物。

在經營上，生活書店強調事業性和商業性的統一，如鄒韜奮所說：「我們的事業性和商業性是要兼顧而不應該是對立的。誠然，這方面如超出了應有限度，是有對立的流弊。例如倘若因爲顧到事業性而在經濟上作無限的犧牲，其勢必至使店的整個經濟破產不止，實際上便要使店無法生存，所謂皮之不存，毛將焉附？機構消滅，事業又從何支持，發展更談不到了。在另一方面，如果因爲照顧到商業性而對於文化食糧的內容不加注意，那將是自殺政策，

〔註 99〕胡愈之，《我的回憶》，第 27 頁，南京：江蘇人民出版社，1990 年。

事業必然要一天天衰落，商業也將隨之而衰落，所謂兩敗俱傷。但是我們不許有所偏。因為我們所共同努力的是文化事業，所以必須顧到事業性，同時因為我們是自食其力，是靠自己的收入來支持事業，來發展事業，所以必須同時顧到商業性。這兩方面是應該相輔相成的，不應該對立起來的。」〔註 100〕

作為一個商業性的出版機構，要想在出版界立足生存，重視商業性自然是必不可少的。而生活書店強調事業性和商業性的統一，如何統一？事業性如何體現？這是與本節論題關係更加密切的問題。

從鄒韜奮主編《生活》週刊之後，雜誌內容不斷被革新，「九・一八」事變之後，雜誌更是站到反帝救亡的立場上。生活書店成立後，其與左翼文化的關係越來越密切，出版發行的刊物與左翼文化的關係也非常密切。後來與生活書店因《譯文》撤換編輯事件發生不小不愉快的黃源在回憶中也不得不承認，「平心而言，當時生活書店在新書業中不能不算是較有遠見，較有冒險精神的。」〔註 101〕可見生活書店當時卻是對左翼文化的傳播貢獻甚大。

生活書店的左翼化過程離不開胡愈之的關鍵作用。從上一章的論述可知，1920 年代和 30 年代歸國後，胡愈之對商務印書館主辦的《東方雜誌》產生了重要影響，是《東方雜誌》復刊後出現強烈的左翼聲音的重要原因。正因為雜誌的左傾，使得胡愈之被撤掉《東方雜誌》主編職務，並不得不離開商務印書館。

離開商務印書館之後的胡愈之，轉而將主要精力放在了生活書店，並對生活書店的文化傾向和立場產生了最為關鍵的影響。實際上，在胡離開商務之前，即於鄒韜奮主編的《生活》週刊有過密切聯繫。「九・一八」事變後，鄒韜奮經畢雲程認識了胡愈之，並向其約稿，這就是發表於《生活》週刊「雙十特刊」上的《一年來的國際》。「一・二八」事變後，商務印書館被炮火摧毀，《東方雜誌》暫時停刊。其間，胡愈之與鄒韜奮來往密切，並為《生活》週刊撰寫了大量時事文章，在這個過程中，胡也越來越多的參與到《生活》週刊的編輯中。與後來左傾的《東方雜誌》一樣，《生活》週刊越來越成為反帝救亡、張揚進步文化的輿論陣地。而同時，胡愈之的文化思想也越來越影響著鄒韜奮，使鄒的思想也越來越傾向於左翼進步文化，並在後來生活書店

〔註 100〕轉引自《生活書店史稿》，第 73 頁，北京：生活・讀書・新知三聯書店，1995 年。

〔註 101〕黃源，《魯迅先生與〈譯文〉》，《譯文》新 2 卷第 3 期，1936 年 11 月 16 日。

時期更加強烈的體現出來。正如夏衍所說：「韜奮的轉變，完全是胡愈之的功勞。韜奮的生活書店，胡愈之是『軍師』，他出主意，做了大量的工作。」〔註102〕從《生活》週刊到成立生活書店，胡愈之發揮了至爲關鍵的作用，甚至參與了生活書店章程的制定。雖然胡愈之在生活書店並無實際的職務，但他的確是幕後的「軍師」，不僅實際主編了《新生》、《世界知識》等雜誌，更在鄒韜奮出國期間將生活書店經營得風生水起，1933 年後生活書店出版發行的大量左傾雜誌，都與胡愈之本人的文化傾向及其與左翼文化界的關係分不開。鄒韜奮也不得不承認，「愈之先生的熱心贊助，策劃周詳……爲本店發展史上造出了最燦爛的一頁。」〔註 103〕通過胡愈之與左翼文化界的密切關係，使生活書店出版的雜誌成爲左翼文化界最大的舞臺。

二、作爲左翼雜誌出版中心的生活書店與「左聯」後期文化生態

生活書店在 1933 後出版了大量左傾雜誌，1933 年 7 月創刊的《文學》自然是一個典型的例子，其在「雜誌年」、「翻譯年」出版了更多左翼雜誌，對「左聯」後期左翼文藝運動的開展至關重要。

「雜誌年」與「翻譯年」的大多數重要的左傾刊物都由生活書店出版，形成了以《文學》、《世界知識》、《太白》、《譯文》等「四大雜誌」爲核心的左傾雜誌群。

《譯文》創刊號刊登了「生活書店發行『四大雜誌』:《文學》、《世界知識》、《太白》、《譯文》」的廣告，對四種雜誌進行了詳細介紹。就其廣告詞來看，也充分兼顧了「事業性」和「商業性」並重的策略。現列舉如下：

> 《文學》：傅東華、鄭振鐸主編，每月一日出版。本刊創始於民國二十二年七月，目的在於集中全國作家的力量，期以內容充實而代表最新傾向的讀物，供給一般文學讀者的需求，常期擔任撰稿的有五十餘人，幾乎把國內前列作家羅致盡淨。內容除刊登名家創作，發表文學理論，批評新舊書報，譯載現代名著外，並有關於一般文化現狀的批判；同時與各國進步的文學刊物常通消息，期能源源供給世界文壇的情報。

〔註 102〕轉引自《生活書店史稿》，第 21 頁，北京：生活・讀書・新知三聯書店，1995 年。

〔註 103〕轉引自《生活書店史稿》，生活・讀書・新知三聯書店，1995 年。

《世界知識》：畢雲程主編，每月一日十六日出版。本刊爲國際經濟政治文化半月刊，內容注重報告事實，分析時事，使讀者明瞭國際大勢及中國的國際地位。由國內新聞界及國際問題研究專家執筆，文字精警透闢，印刷美麗，插圖豐富，編排新穎。在此國際風雲急劇變化之時，誠爲人人必讀之刊物。

《太白》半月刊：陳望道主編，每月五日二十日出版。本刊是專登簡明文字的語言藝術雜誌。內容有短論，速寫，漫談，科學小品，讀書記，風俗志，雜考，歌謠，文選等各門文字，都是短小明快，一般人都可以看的文章；還有漫畫木刻等插畫，也很能開發一般人的美感，希望一般人都要看，都喜歡看，將來眞個做到「雅俗共賞」的一句話。現在已經徵得全國多數作家同意，在這條道路上努力。

《譯文》月刊：黃源主編，每月十六日出版。《譯文》專登翻譯的作品和論文，執筆者願以忠實的翻譯態度介紹一點值得讀的外國文學給愛好文藝的人們。介紹的範圍沒有限制，「古典的」和「近代的」都有。《譯文》又打算多登些好的圖畫，每期精選西洋近代的木刻，至少五六幅是一定有的。《譯文》並不想「大幹」，只想忠實地好好地盡些介紹的責任；倘使讀者化二毛錢買來讀了覺得並沒怎麼上當，那就算是我們的工作不是白費力氣。

廣告詞在措辭上異常講究，基本上看不出任何左傾色彩，體現出一個成功的商業性書局的營銷策略，而其事業性，卻體現在雜誌的內容上。

通過對雜誌的考察可以發現，生活書店出版的這些左傾雜誌，羅致了幾乎所有左翼文化人，包括「左聯」、「社聯」等左翼核心成員。「左聯」成員基本活躍在《文學》、《譯文》、《太白》等雜誌上，而《世界知識》、《生活知識》則以「社聯」成員做主力。

而從雜誌的類型看，這些雜誌也基本代表了「雜誌年」、「翻譯年」的出版風尚，以「四大雜誌」爲例，《世界知識》是「一般雜誌」的代表，《文學》則是最成功的大型純文藝雜誌，《太白》反映出當時的小品文雜誌出版風尚，《譯文》則是「翻譯年」最大的成果（鄭振鐸主持的《世界文庫》也是生活書店出版發行的。）可以說，在「左聯」組織力量式微之際，生活書店成了名副其實的左傾雜誌出版中心。

正因爲其在「左聯」後期左翼文化界的重要作用，當《譯文》撤換編輯導致停刊事件發生後，魯迅稱之爲生活書店的「文化統制」案，生活書店的影響力由此可見一斑。

如果稍加留意可以發現，在「左聯」成立初期，現代書局也曾經在左翼雜誌的出版中扮演著重要角色。1929～1930 年，現代書局也曾主打「四大雜誌」，如第二章所述，1929 年 1 月的《大眾文藝》打出了《大眾文藝》、《新流月報》、《南國月刊》、《現代小說》「四大雜誌」的廣告。1930 年，其中的《新流月報》改名《拓荒者》。可以說，現代書局出版的這「四大雜誌」也是左翼文化人活躍的重要舞臺。通過廣告詞的對比可以發現，生活書店也採用當時「四大雜誌」的廣告詞「中性化」的策略，避談雜誌的文化傾向。但從實際情況可以發現，現代書局作爲左翼雜誌出版中心的時間遠遠不如生活書店持久，現代書局在遭到官方威脅後甚至很快出版「民族主義文學」刊物，而生活書店一直保持著左翼進步文化的立場。這其中的原因是什麼？

這首先得從雜誌的內容談起，「左聯」成立初期，《大眾文藝》、《拓荒者》、《現代小說》均被看作「左聯」的機關刊物，聚集了「左聯」的主要成員，眞正是「鼓吹階級鬥爭」和力倡無產階級革命文學的，非常明確的體現出「左聯」和左翼文化界的巨大抱負，因其激進性很快爲當局注意並鎮壓。而到生活書店創立後，無論是出版界的形勢，還是左翼文化界的鬥爭策略，都已經發生了巨大變化，公開出版的雜誌已經絕不可能如「左聯」成立初期時的雜誌那樣非常明確的表達左翼立場，不僅是廣告詞，即使是雜誌內容，也都非常隱晦的表達自己的文化立場。而且，《拓荒者》、《大眾文藝》等雜誌上活躍的均爲非常明確的激進革命文學提倡者，主要以革命文學論爭時期的創造社、太陽社的成員爲主，如蔣光慈、錢杏邨、馮乃超等，而到生活書店時期，其雜誌的出面人物則是以文學研究會成員爲主的常以中立立場示人的人物，如鄭振鐸、傅東華等，《譯文》雖以魯迅爲精神核心，但是出面編輯卻是新人黃源。就是因爲採取早期「左聯」所極力批判的「合法主義」，這是雜誌才能夠得以較爲長久的生存，出版這些雜誌的生活書店也能有更爲持久的生命力。當 1936 左右，當政治局勢再次發生變化，提倡統一戰線成爲主要論調時，以生活書店爲中心的文化人發揮了尤其突出的重要作用。

由於生活書店的重要作用，在考察「左聯」後期左翼文藝運動之展開時，決不能忽視對生活書店的考察。

第四節　「雜誌年」與「翻譯年」的地下左翼雜誌

如上所述，1933 年以後，左翼文化人基本都集中到了生活書店等發行的左傾雜誌上，而這些雜誌到底算不上純粹的左翼雜誌，用「左傾」二字更爲適合。眞正的左翼雜誌在「雜誌年」、「翻譯年」絕難生存，正如當時有人所說，「對於由『九一八』以至上海戰爭所掀起了的革命文學運動的新的高潮，支配階級取了殘酷的高壓政策。這個政策在一九三三年最露骨地出現了它底猛獸的面孔。在一九三四年，這個政策不但依然發展了下來，而且還採取了多樣的『更有效的』手段。比方說，由幫忙文人所提倡而且實行了的出版前『檢查制度』，就是一個最顯著的例子。」〔註 104〕因而，左翼文藝運動遭遇了前所未有的挫折，左翼文化界在雜誌出版上更多表現爲一種市場化的應對，「左聯」對文藝的領導基本難以實現和展開。但「左聯」和「文總」的組織仍然存在，試圖秘密的展開工作，所以有《文報》的秘密發行，除此之外，「左聯」還有幾種秘密出版的雜誌在險惡的環境下艱難的支撑著，最大程度的表現著「左聯」的精神和立場。同時，「左聯」總部派人前往東京重建東京「左聯」，並在東京創辦了多種雜誌，東京創辦、上海發行經售的「雙城記」模式也創造出另一種「類地下」的生存策略。

一、「雜誌年」、「翻譯年」裏「左聯」刊物的艱難生存

「左聯」在 1935 年 3 月 31 日致美國作家代表大會的信中說：「中國左翼作家聯盟也出版有自己的不定期的正式機關刊物，名爲《文學新地》。最近，聯盟的另一個月刊《文學新集》（按：應爲《文學新輯》）又出版了。此外，許多年青的作家在秘密地出版他們的作品。」〔註 105〕這才是完全的「左聯」作家的園地，所發稿子基本爲「在公開刊物上通不過的或原來就不預備在公開刊物上發表的文章。」〔註 106〕從《文學新地》到《文學新輯》再到後來的《木屑文叢》，表現出「左聯」成員在極端惡劣的條件下的努力。

《文學新地》，1934 年 9 月 25 日創刊，署名「文學新地社」編輯，地址爲「上海眞茹暨南大學陳子楨轉」，僅出一期被禁。魯迅 1934 年 12 月 2 日在致增田涉的信中談及該刊，「因檢查甚嚴，將來難以發展。但如《現代》這種

〔註 104〕鐵先，《重壓下的文壇剪影》，《文學新輯》第 1 期，1935 年 2 月 20 日。
〔註 105〕《在美國發表的三封中國左翼作家聯盟的信》，《新文學史料》1980 年第 1 期。
〔註 106〕《卷首語》，《木屑文叢》第一輯，1935 年 4 月 20 日。

法西斯化的刊物，沒有讀者，也已自生自滅了。《文學新地》是左聯機關雜誌，只出了一期。」1959 年上海文藝出版社根據原刊影印。

《文學新地》是「雜誌年」難得的純左翼雜誌，是左翼文化人反「文化統治」的成果，「即使敵人用怎樣的殘酷手段來壓迫我們，我們也要始終和他們戰鬥到底。現在，我們暫時就開闢了這一個『文學新地』。」〔註 107〕「影印本出版說明」介紹該刊時說：「這個刊物著重介紹馬列主義的文藝理論，也刊有進步的文藝創作；如瞿秋白（署名商廷發）的翻譯，魯迅的雜文，葉紫（署名楊鏡英目錄誤作楊鏡清）的小說。」可見分量之重。該刊分「散文」、「論文」、「情報」、「詩」、「研究資料」、「小說」等欄目，實際上，翻譯的理論文獻佔據了刊物大半，有 Sergel Dilrqmov 的《現代資本主義與文學》（楊剛譯）、盧那卡爾斯基的《蘇聯的演劇問題》（余文生譯）、《現階段的文化戰線》（一無譯）、E.Troshenko 的《馬克思論文學》（楊潮譯）、烏里亞諾夫的《托爾斯泰像俄國革命的一面鏡子》（商廷發（瞿秋白）譯），眞可謂「著重介紹馬列主義的文藝理論」。同時對創作也頗爲重視，發表了小說 3 篇、詩歌 2 篇、散文 4 篇，重要的有葉紫的小說《王伯伯》、魯迅的《一九三三年上海所感》等。正如編者所說，「幾篇翻譯雖然都是精當堅實之作，幾篇創作也至少該是作者在實生活中體驗出來的東西。」〔註 108〕展現出惡劣生存環境下左翼文人的韌性和戰鬥。

《文學新輯》是繼《文學新地》之後「左聯」的另一個秘密刊物，於 1935 年 2 月 20 日在上海創刊，左聯機關刊物，由文學新輯社編輯，歐陽弼（江弼）任主編，王梅歐擔任發行人，上海雜誌公司代售，僅出第一輯便被禁。該刊由一批「左聯」青年成員組稿、籌資而成，包括光華大學的歐陽弼、馬子華、大夏大學洪遒、復旦大學向思賡、大同大學葛一虹等，出版殊爲不易。具體內容上，該刊在理論上主要是關於「大眾語」的論辯，有耳耶（聶紺弩）的《爲大眾語警告林語堂先生》（該文曾發表於《太白》第 1 卷第 3 期，題爲《從客串到下海——爲大眾語敬告林語堂先生》）、江弼（歐陽弼）的《新堂吉訶德與大眾語》，也有蘇聯文壇的介紹，包括《以諷刺爲進攻》、《朴列汗諾甫批判》等。該刊同樣體現出對創作的重視，刊登了天虛（張天翼）、何谷天、丘星（丘東平）、穆楔（葛一虹）等的小說，濺波、胡楣（關露）、洪遒等的「新詩歌」。

〔註 107〕《後記》，《文學新地》第 1 期，1934 年 9 月 25 日。
〔註 108〕《後記》，《文學新地》第 1 期，1934 年 9 月 25 日。

由於《文學新輯》僅出一輯便被禁，繼之而出的是《木屑文叢》，兩者有著實質性的承續關係。據葛一虹回憶，「《文學新輯》並非『月刊』。它第一輯印行後就被國民黨軍警抄禁。它以『輯』行，當時白色恐怖嚴重，環境十分險惡，不可能有什麼『月刊』之類的宏大計劃。在印刷過程中曾經陸續收到過一些稿子，也只想湊足一輯稿子後再編印第二輯罷了。但一經查禁，續出有困難，我就把這些稿子移交給聶紺弩統治，幾個月後另一地下秘密出版的《木屑文叢》裏便刊載出那些文章。無疑，這二者是一脈相成的。」〔註 109〕

《木屑文叢》1935 年 4 月 20 日創刊於上海，署「木屑文叢社編輯發行」，實際由上海內山書店及各左聯小組秘密發行，胡風主編。與《文學新輯》一樣，《木屑文叢》也以「輯」的方式編輯出版，該刊卷首語說，「這裡面沒有佳作巨製，也許不過只是一些竹頭木屑，但偉大的匠手在柱石棟樑之外，對於一釘一楔也是不肯抹殺它們底功用的，自命為『木屑』並不完全是由於自謙，在時代底泥濘的道上如果能夠盡點木屑的任務，在力微的我們也是一種安慰。……對於極端壓迫進步文化活動的現狀，我們很想把本刊當作一個事實上的抗議繼續下去，但假使集不攏稿子或籌不起錢，當然只好停止。會不會『第二輯』『第三輯』地出下去，就要看諸位同情者諸位讀者肯不肯給我們以稿件上和經濟上的助力。」〔註 110〕由於該刊刊登的是「在公開刊物上通不過的或原來就不預備在公開刊物上發表的文章」，在險惡環境下，第二輯、第三輯自然沒能繼續下去，僅出版一輯即被禁。該刊由魯迅委託上海內山書店代售，魯迅曾在與胡風的信中談及《木屑》的賬目。《木屑文叢》的內容由論文和小說兩部分組成，論文包括《蘇聯作家大會的兩個決議》、谷非的《關於青年作家底創作成果和傾向》、何丹仁《〈子夜〉與革命的現實主義的文學》、葉籟士《中國的文字革命》、高爾基《論文學及其他》、幼錦《蘇聯文學總論》、日本藤田和夫《日本普羅文學最近的問題》，小說有鄔契爾（吳奚如）《動蕩》、臧其人《棉袴》、王苦手（歐陽山）《心的俘虜》、何谷天（周文）《退卻》。

可以看出，從「雜誌年」到「翻譯年」，這些勉強可以稱之為「左聯」刊物的雜誌，其實已經是化作小集團性的刊物，在出版方式和影響範圍方面都受到嚴格限制，只能表現出「左聯」盟員在極端困境下的不懈努力。

〔註 109〕葛一虹，《關於文學新輯》，《新文學史料》1981 年第 2 期。

〔註 110〕《卷首語》，《木屑文叢》第一輯，1935 年 4 月 20 日。

二、東京「左聯」的刊物與上海出版界的配合

左翼文化「曲折的生長」的另一種方式是實施雜誌的「雙城記」。1933 年的北平出現過類似「雙城記」的情況，北平出版的左翼雜誌與上海文化界互通消息。而更具「雙城記」特徵的是東京與上海的配合，這種配合主要從「雜誌年」開始，在上海左翼刊物出版極其困難和日本左翼文學遭受打擊的雙重困境下，這種「雙城配合」的做法，的確產生了不錯的效果。

這種配合的最重要的成果之一是 1934 年 8 月 1 日創刊的《東流》雜誌。《東流》初由林煥平編輯，後改由陳達人編輯，出至 1936 年 11 月 15 日 3 卷 2 期停刊。

《東流》第一卷編輯、出版、發行均在東京進行，而在上海印刷，並由上海雜誌公司總代售。「雙城配合」也非常不易，不僅原計劃於 1934 年 6 月出版的雜誌因上海出版方面的問題拖了兩個多月，在版式設計上也與編者最初的計劃不同，〔註 111〕後來的雜誌版式也常出現變化，創刊號和第 1 卷第 2 期爲 32 開版，第 1 卷的 3～6 期變爲 16 開版，第 2 卷的 1、2 期又變爲 32 開，2 卷 4 期又變爲 16 開，版式的多變到讓人吃驚。而且，因兩地配合問題等原因，雜誌並不能每月如期出版，如第一卷第二期到 1934 年 12 月 1 日才出版。

就第一卷內容來看，創刊號有「小說」、「創作方法研究」、「詩」、「劇本」、「作家・流派」、「文壇報導」，小說有凡海的《好調伯》、雍夫的《鄉村的太陽》、斐琴的《黑眼睛姑娘》、流矢的《殘年》、劍冰的《母親》，論文方面有魏晉、博文合譯的《妥斯退益夫斯基底方法》、煥平譯自岡澤秀虎著的《郭哥裏的寫實主義》和曼之譯的《從郭哥里到妥斯退益夫斯基》；1 卷 2 期冥路的《大眾語文學的建設問題》，煥平譯的《惠特曼詩的現實主義》等；1 卷 3、4 期合刊有歐陽凡海的《如此如此》、斐琴的《甲板風景線》、冰天的《東京灣畔》、流矢的《孤人》等創作，魏晉譯自米川正夫的《妥斯退益夫斯基在俄羅斯文學上的地位》、林煥平譯自谷耕平作的《普希金的方法》等論文，另有詩歌、散文若干篇；1 卷 5 期有何虧的《壽衣》、劍冰的《玲玲》、雍夫的《「中學皇帝」》、歐陽凡海的《舍店中的一夜》等小說，論文方面則以對紀德的介紹爲主，如：魏晉譯的《紀德與小說技巧》及斐琴和汝鵬譯的紀德作的《「卡拉馬佐夫兄弟」》和《關於妥斯退益夫斯基》，散文裏也有烏生譯的《紀德的

〔註 111〕《編後語》，《東流》第 1 卷第 2 期，1934 年 12 月 1 日。

手記》，該期插圖也是紀德和陀思妥耶夫斯基像；1 卷 6 期的小說有何虧的《改嫁》和克林譯的《渡頭》，除了常規的詩歌和散文外，本期重點介紹了托爾斯泰，發表了邢桐華的《安娜加列尼娜的構成和思想》、曼谷譯自托爾斯泰的《浮浪人》。

第二卷印刷也改爲東京，只是仍由上海雜誌公司在國內經售。2 卷 1 期爲「週年紀念號」，有奴西諾夫的《現實主義與心理主義的表現》、梅林格的《托爾斯泰與現實主義》、紀德的《文化的擁護》等翻譯論文，另有王一葦的《紀得的左拉觀》、俞念遠的《羅曼羅蘭的托爾斯泰觀》、豐裕年的《世界作家會議與中國作家》等小論文，還有郭沫若的《中日文化的交流》，詩歌方面則爲「悼巴比塞」專輯；2 卷 2 期爲「創作特輯號」，內容有東平、斐琴等的四篇小說，郭沫若的《東平的眉目》雜記，另有張香山的《島木健作的文學私見》、王一葦的《德永直的創作經驗》等日本作家的介紹，另有紀德的《巴比塞的人格》和盧那查爾斯基的《批評論》等，但本期未能正常發售。2 卷 3 期標明「綜合文藝雜誌」，以論文爲主，關注的焦點爲「世界文學的新動向」，發表了魏晉的《德國的移民文學》、邵欣的《法國文學的新傾向》、以人的《英國文學的新潮流》、曼曼的《蘇聯文學的開展》、張香山的《日本文學的動向》、蒔人的《美國文學的傾向》等「世界文學新動向」的介紹文章，本期的重要文獻還有魯迅發表於日本雜誌《文藝》二月號的《妥斯退益夫斯基》的譯文和郭沫若的《請大家學習新文字》。魯迅的文章並非本人所譯，與魯迅自己的中文版本頗有不同，魯迅自己版本基本與《東流》上的譯文同時發表，分別在《青年界》1936 年 2 月號和《海燕》1936 年第 2 期發表。郭沫若的文章則是對國內提倡漢字拉丁化的反應，文章表示出其對拉丁化運動的支持態度。2 卷 4 期仍然重點關注「最近世界名著紹介」，有張香山的《龔果爾獎獲獎作品〈血與光〉》、孟陶的《魯易士的新書〈這不會在這裡發生的〉》、陳達人的《德國亡命作家華爾夫的戲曲〈麥漢姆教授〉》、亦人的《萊奧諾夫的傑作〈盜〉》，另有高爾基的論文《不許冷淡》和郭沫若的批評《關於雷雨》等等。

雖然採取「雙城記」的策略，但由於當時的上海和東京左翼文化活動均受到嚴格限制，雜誌的出版並不自由。爲了避嫌，創刊伊始編者便宣稱：「現在出版一個雜誌，很容易被人誤會爲有什麼企圖。然我們敢坦白爲讀者諸君告：我們決不會是那樣的俗流。我們絕不作任何一種文學或勢力的喇叭。我們只是還在東京的學校裏念書而對於藝術很感到趣味，願貢獻自己的生命給藝術的青年，感覺到現在有練習自己的技巧的必要，對於中國文學的發展有補益底外國文學上的一切，也有介紹的必要，因此就幾個朋友集起錢和文章來，出版了本刊。」〔註 112〕就雜誌的內容來看，也與「左聯」早期的機關志不同，並不特別強烈的張揚階級鬥爭。但其左翼色彩仍然通過其內容表現出來，如惕若（茅盾）對雜誌的評論所說：「《東流》是小型的文藝月刊，第一期約有五萬字。這大概是一部分留日學生的『同人雜誌』，因爲它雖在上海印刷，而編輯、出版、發行的地址都在日本東京。第一期上並沒有發刊詞或『宣言』之類，然而我們讀了它的小說、詩、劇本，以及翻譯的理論文等，我們就知道這個『同人雜誌』有它一致的態度。特別是最後一篇『文壇報導』《最近日本文壇的輪廓》，足可替代『發刊詞』。這一篇雖然是介紹日本文壇現狀的『報導』，可是就表示了《東流》對於文藝的態度。這是個小型的然而具有前進意識的刊物」〔註 113〕可見，雖然雜誌沒有口號式的宣言，但仍然是左翼雜誌，只是「不敢左」，將左翼色彩通過曲折的方式儘量隱藏起來，但即使通過如此曲折的方式，左翼雜誌仍然只能以「地下文學」的方式，儘量塗抹掉自己的色彩。即使如此，《東流》移到東京印刷後，2 卷 2 期仍然因其左翼傾向未能正常出版發售，編輯曾對此說明道：「惟二卷二期送日本官廳檢查時，日本官廳認爲有不妥之處，遂至停止發售。」〔註 114〕可見，雜誌出版的艱難處境。

而值得關注的是，這份不敢那麼「左」的雜誌實際上是東京「左聯」的機關志。通過考察，可知雜誌的主要撰稿人有林煥平、歐陽凡海、斐琴、流矢、魏晉、冰天、蘇契夫、陳達人、孟式鈞、張香山等，到第二卷，旅居日本的郭沫若也在該雜誌上撰稿。這實際上是東京左聯的主要陣容，據小谷一郎的研究，1933 年，東京左聯因「華僑班事件」受到毀滅性打擊後，同年 9 月，受周揚委託，林煥平、魏晉、陳一言、林爲梁、歐陽凡海、陳斐琴等人先後到日本與「華僑班事件」的唯一幸存者孟式鈞一起於年底重建了東京左聯，並在日本左翼作家江口渙的建議下創辦《東流》雜誌。〔註 115〕1934 年 3 月 6 日，「東流文藝社」成立。據魏晉回憶，林煥平、林爲梁、駱劍冰、陳子

〔註 112〕《編後語》，《東流》第 1 卷第 2 期，1934 年 12 月 1 日。

〔註 113〕惕若，《〈東流〉及其他》，《文學》第 3 卷第 4 號，1934 年 10 月 1 日。

〔註 114〕《本社啓事》，《東流》第 2 卷第 3 期，1936 年 2 月 1 日。

〔註 115〕【日】小谷一郎，《論東京左聯重建後旅日中國留學生的文藝活動》，《中國現代文學研究叢刊》，2006 年第 2 期。

谷、陳斐琴、麥穗、雷石榆、俞鴻模、歐陽凡海、陳一言、杜宣、蔣婉如、劉子文、魏晉等出席了成立大會。〔註 116〕郭沫若不僅後來在雜誌上撰稿，在雜誌的具體發行上也出了不少力，據陳子谷回憶，「經過多方活動以後，由林煥平先找到上海『左聯』的成員楊騷，後又找到郭沫若，請他們幫忙。郭沫若積極地把《東流》雜誌的印刷工作介紹給上海雜誌公司的張靜廬先生。幾經磋商，最後，才決定在不付任何稿酬的條件下，爲《東流》印刷出版和發行，問題才得到解決。」〔註 117〕

雖然小谷一郎在關於《東流》的研究中強調其是在與上海左聯沒有直接關聯的情況下創刊、編輯的，主要強調東京旅日留學生的「藝術聚餐會」等團體在雜誌中的作用。但不能否認的是，上海左聯對東京左聯的開展活動有重要影響，不僅東京左聯的重建與上海左聯的支持、策劃有關，就《東流》雜誌來說，其目標主要在國內，其在東京創辦、上海發售的方式無疑是其以特殊形態成爲上海左翼文藝運動中的一部分，《東流》和此後東京左聯創辦的與上海實現「雙城記」的雜誌均可作如是觀。

除了《東流》外，東京左聯還創辦了《雜文》（《質文》）、《詩歌》等刊物。這些雜誌在人員上均與《東流》多有重合之處。《雜文》（《質文》）月刊是另一個「雙城記」視野下的刊物，與上海出版界的出版風尚也有著更好的呼應。《雜文》月刊順應著國內小品文雜誌的風潮，而更有鋒芒的以「雜文」作爲直接旗號。魯迅在面對「性靈文學」的大肆流行時強調應注意「性靈」背後的故事：「自然，這決不及賞玩性靈文字的有趣，然而藉此知道一點演成了現在的所謂性靈的歷史，卻也十分有益的。」〔註 118〕直面眞實和現實便是雜文作爲文體的要求，這也是《雜文》創刊的動力。《芒種》第 4 期闡明了「雜文月刊緣起」：「雜文一向爲那班文豪們所看不起，要吐棄它，這是必然的命運；雖然如此，但近年來雜文卻在中國文壇上流行，甚至成爲過去一年中的主潮了，這也是必然的現象。在今日的中國文壇上，淋菌並未完全肅清，蒼蠅也仍舊嗡嗡地吵鬧著，這是需要雜文的時候。我們——這群打雜的腳色——自然萬不敢有什麼過大的野心，但也未嘗全沒有想在那下等的清道夫中，做一

〔註 116〕魏晉，《關於〈東流〉、〈詩歌〉的回憶》，《左聯回憶錄》，第 563 頁，北京：知識產權出版社，2010 年。

〔註 117〕陳子谷，《中國左聯在東京的部分活動》，《革命回憶錄》1989 年第 13 期。

〔註 118〕杜德機（魯迅），《買〈小學大全〉記》，《新語林》第 3 期，1934 年 8 月 5 日。

點渺小的工作的誠意。於是也要來弄一個小小的刊物，爲簡便記，就叫做《雜文》。」〔註 119〕《雜文》創刊號再次強調當時的歷史境遇：「『我們』的所謂這文壇，道路是既荒蕪，也險阻的，要行軍起來，也未必好排大隊走。但是，在那榛莽裏，倒已經不是這邊出現了幾枝標槍，便是那邊埋伏著幾排『來福』。人們知道應付環境。」〔註 120〕因而，「雜文，基於這動亂的，病態的社會而迅速的滋長起來了。……當著正在經歷著偉大時代的過渡期的今日的中國，作者和讀者大家都處在窮和忙的生活圈裏，他們都同樣的受了時間與經濟的限制，故都不約而同的踏上了雜文這條路，而雜文就是這動亂社會中的產物。雜文更有它的特殊的力量，它是運用明快清新的手腕來分析，批判臨時所發生的每個社會現象。」〔註 121〕《雜文》便是以「雜文」爲旗幟的雜誌。

《雜文》1935 年 5 月 15 日創刊於日本東京，一向被當作「左聯」東京分盟的機關刊物，前兩期由杜宣編輯，發行者署名「卓戈白」，在日本東京編輯發行，由上海群眾雜誌公司經售。雜誌題名「雜文」，在欄目設計方面也非常講究應景，創刊號分爲「雜談」、「雜論」、「雜記」、「雜訊」等主要欄目，兼及「介紹」、「資料」、「特輯」、「素描」、「插畫」等輔助欄目。而幾項主要欄目在雜誌的前幾期一直保持著，尤其是該刊的「雜文」時期。

作爲「左聯」的雜文雜誌，一方面保持著對當時社會尤其是文化界現象的即時關注和批評，在觀察和批評各種現象時體現出雜誌的左翼文化立場，比如前幾期，《雜文》將「幽默」的「小品文」作爲批判對象，利用「諷刺」的利劍，同時對復古運動等文壇上的不良現象進行了有力的批判。正如 1 卷 3 期的一幅漫畫描述的那樣，魯迅以筆爲帚，掃清文壇上的各種「小品」和「小資產階級革命文學」。

《雜文》雖以「雜文」起家，但隨著歷史境遇的變化，雜誌的風格也發生著變化，尤其從《質文》時期起，短小精悍的雜文分量越來越少，論文的分量大大增加，應對著文壇上出現的新現象。

在具體內容上，創刊號在提倡「大眾化」的連環圖畫、批判林語堂的「幫閒」的同時，重點關注的是「文學遺產」問題，「雜論」部分四篇文章專題討論該問題，反映左翼內部對該問題的不同意見，具體表現爲胡風與其他作家觀念

〔註 119〕《雜文月刊緣起》，《芒種》第 4 期，1935 年 4 月 20 日。

〔註 120〕魏番，《雜文》，《雜文》第 1 卷第 1 期，1935 年 5 月 15 日。

〔註 121〕杜宣，《關於雜文》，《雜文》第 1 卷第 1 期，1935 年 5 月 15 日。

的不同。第 2 號繼續關注「文學遺產」問題，有勃生的《從文學遺產到世界文庫》、北鷗的《文學古典的再認識》，以及秋田雨雀的《接受文學遺產的兩個方向》等文，同時，關於文學創作方法也作爲討論重點，有孟式鈞的《現實主義的基礎》、辛人的《從創作方法講起》等文，「現實主義」再次成爲討論重點。

第 3 號改由勃生編輯，繼續討論此前關注的話題，關於「文學遺產」的有茅盾的《對於接受文學遺產的意見》，「創作方法」方面則有北鷗的《創作技術與現實主義》。由於出版環境的惡劣，雖爲月刊，但從第二期起便未能按期出版，第 2 期在第 1 期出版 2 月後才得以出版，第 3 期同樣時隔 2 個月才出版，第 3 期 9 月 20 日出版後不久便在上海被國民黨當局查禁。因而第 4 號改名《質文》，待出版時已是當年的 12 月。

第 5、6 號合刊拖至 1936 年 6 月 15 日才得以出版，「因爲環境和能力等等的問題，使這雜誌中途停刊幾乎半年的時日。」〔註 122〕本期開始移至上海印刷。世易時移，隨著時事的變化，雜誌的風格和關注的重點也有所改變，「小品文」已不再是批判重點，而面臨著新的文化現象。此時「國防文學」的口號已經相當響亮，《質文》也表達著自己的立場。本期孟克的《文線的統一》、北鷗的《樹立救國文學　創造新的典型性格》、郭沫若的《鼎》均主張建立「文學統一戰線」。該期還發表了劇作《曼海牟教授》，「至少對於『自由』的知識分子是一個極大的教訓。」

到 2 卷 1 期 1936 年 10 月 10 日出版，差不多又是時隔半年，本期重點內容是「紀念高爾基」，刊登了羅曼羅蘭、紀德及「質文社」同人的多篇紀念文字。除此之外，在「兩個口號論爭」的背景下，《質文》同人明顯表達出支持「國防文學」的立場，發表了任白戈的《現階段的文學問題》，提倡「國防文學」，同時還刊登了雜誌同人的「國防文學集談」。「由於國防文學的很快的發展，由於國防文學的必須很快的收作品上的效果的緣故，現在的作家們正是需要注意創作方面的世紀的問題，所以本期我們所提出的兩三篇的關於創作的論文和介紹的幾篇關於形式主義等等的譯文，也就是爲此。」〔註 123〕重點刊登了《論形式主義》（高爾基作，邢桐華譯）和 1936 年 3 月蘇聯莫斯科作家會議的相關論文《蘇聯文學的當前諸問題》（蘇聯同盟書記西齊哀爾巴可夫作，北鷗譯）、《容易是騙人的》（M.柯爾曹夫作，代石譯）等。

〔註 122〕《後記》，《質文》第 1 卷第 5、6 期合刊，1936 年 6 月 15 日。
〔註 123〕《後記》，《質文》第 2 卷第 1 期，1936 年 10 月 10 日。

2 卷 2 期出版於 1936 年 11 月 10 日，最重要的內容是追悼魯迅先生，發表了雜誌同人的多篇悼念文章。同時，「國防文學」仍是同人關注的重點，發表了任白戈《關於國防文學的幾個問題》、林林的《詩的國防論》等文，繼續主張「國防文學」。出完 2 卷 2 期後，雜誌再次被禁。前後共出版 8 期。

值得注意的是，整個「左聯」時段基本都寓居日本的郭沫若在該雜誌上發揮了重要作用。其歷史小說《孔夫子吃飯》（1 卷 2 期）、《孟夫子出妻》（1 卷 3 期）、《秦始皇將死》（1 卷 4 期）、《楚霸王自殺》（1 卷 5、6 期合刊）以借古諷今的方式批判現實。除此之外，在《雜文・質文》上另有其多篇文章發表，包括：《關於詩的問題》（1 卷 3 期）、《七請》（1 卷 4 期）、《給彭澎》、《鼎》（1 卷 5、6 號合刊），《人文界的日蝕》、《從典型說起》（2 卷 1 期）、《民族的傑作——紀念魯迅先生》、《我的作詩的經過》、《水與結晶的溶洽》（2 卷 2 期），他還輯錄了在「國防文學集談」（2 卷 1 期），另有長篇記載《克拉凡左的騎士》（2 卷 1 期、2 卷 2 期）、譯文 K.Marx 的《黑格爾式的思辨之秘密》（1 卷 5、6 號合刊）。可以說，郭沫若是《雜文・質文》當之無愧的核心人物之一。

綜觀整個雜誌，它並非如《新語林》、《太白》、《芒種》一樣始終保持一種風格，但它確實是在與小品文對抗的「雜文潮」中產生的，延續著對雜誌年小品文雜誌流行的抵抗。

另一份由東京左聯成員創辦的雜誌是 1935 年 5 月創刊的《詩歌》雜誌，雷石榆編輯，後由魏晉編輯，同樣在東京出版印刷，由上海雜誌公司總發行，出版 4 期後停刊。1935 年 4 月號的《東流》1 卷 5 期登載了《詩歌》的出版預告，5 月該雜誌即出版。該刊主要刊登詩歌創作作品，主要作者有雷石榆、陳北鷗、林林、林蒂、駱駝生、新波、魏晉等，就發表的詩歌看，傾向於「中國詩歌會」提倡的「新詩歌」，提倡左翼文化，語言上傾向於大眾化。同時也登載一些有關詩歌的論文，如第二期的《詩歌在蘇聯》，第四期的《關於海涅和他底詩》、《A・倍茲勉斯基》等。第四期有「聶耳紀念特輯」，發表了郭沫若、洪遒、天虛、蒲風的紀念文章。作爲一份專門的詩歌雜誌，在「雜誌年」、「翻譯年」左翼詩歌雜誌奇缺的年頭，是一種有力的補充。

由於都由東京左聯主辦，《東流》、《雜文》、《詩歌》等互相支持，在各自版面上互登廣告，這幾份雜誌算是「雜誌年」、「翻譯年」左翼雜誌的一道獨特風景，爲推進左翼文藝運動貢獻頗大。在左聯解散後，東京左聯的一些成員還於 1937 年 4 月 10 日在東京創辦了《文藝科學》月刊，該僅出版一期，是一批贊成「國防文學」的左聯成員創辦的文藝理論刊物，此處不多做討論。

總之，「雙城配合」仍然是一種夾縫中生存的方式，稍不留意，即面臨毀滅。就當時的情況看，無論是迎合國內的出版潮流出版的雜誌也好，還是將精力轉向翻譯，甚至通過地下生存和策劃「雙城記」等方式，在左翼文化被迫沉默的年代裏，仍然發出了有力的聲音。

第五章　「兩個口號」論爭前後的左翼雜誌

1936 年 7 月，《書報展望》對當年的雜誌出版情況進行了如下總結：「在過去一年間，文藝刊物曾經消沉一時，在雜誌市場上所見的，除一二種歷史稍久的尚在繼續出版外，其餘只有一些時生時滅的小型刊物點綴著寂寞的文壇。但自從今年三月間《譯文》在上海雜誌公司復刊銷至六七千冊，四月間《作家》創刊，其銷數突破一萬；同是一個同人雜誌《文學叢報》也居然有二三千的銷路，於是出版界都興奮起來，大家都想辦一個文藝刊物了。先後創刊的有光明的《文學界》（月刊），中國的《現實文學》（原定半月刊，後改月刊），良友的《文季》（月刊），最後還有今代的《今代文藝》（月刊）。此外尚有《東方文藝》，《多樣文藝》等等數種，都是由一家新創設的聯合出版社發行的。但這些新雜誌的創刊，我們如果僅僅以出版者的營業觀點的轉變來解釋它，是不夠的。其重要原因之一，還是在這以前的『國防文學』論戰的展開。」〔註 1〕

可見，「國防文學」論戰的展開成為 1935 年底到 1936 年間雜誌出版進入高峰期的關鍵因素。從「國防文學」口號的流行到「民族革命戰爭的大眾文學」口號的提出再到「兩個口號」論爭，整個過程都較為清晰的反映在雜誌上，成為雜誌出版的最重要背景，並通過雜誌展示著當時的國內、國際政治形勢和文化界的生態。這個過程甚至影響到雜誌出版本身，對當時的雜誌格

〔註 1〕《雜誌界巡禮（一）》，《書報展望》，1936 年第一卷第八期，1936 年 7 月 20 日。

局直接產生影響。茅盾後來描述當時的情形時說，「戰友之間有不同意見，互相爭論，各辦雜誌，甚至各提口號都可以，但在組織上不能分裂，這樣只能使親者痛，仇者快。」〔註 2〕可見，「各辦雜誌」已經成爲當時的一個重要現象，甚至構成對陣的雜誌陣營。

第一節 「國防文學」口號的流行與當時的雜誌

在日本加緊侵略中國的政治形勢下，尤其是「一二・九」運動發生後，開展全國性抗日救亡運動，建立抗日統一戰線的呼聲越來越強烈，「救亡」成爲了高於一切的主題。在該背景下，1934 年底周揚等人提出了「國防文學」的口號，並在 1935 年底眞正流行起來。在莫斯科召開的共產國際第七次代表大會上，王明發表的《八一宣言》將建立統一戰線、抗日救亡當作中共當前最重要的任務，推動了文化界的重組。

1935 年底 1936 年初，提倡「國防文學」的文章越來越多，而提倡者們的理由也基本相似，都與「救亡」有著密切關係。周立波描述了當時局勢與「國防文學」口號流行的關係：「一年多以前，曾經有人在《火炬》上談到了『國防文學』，他所遭到的反應是一直到現在沉默。……可是現在，華北的局勢急轉直下，第二套傀儡已經登場，它由牽線者牽動串演的把戲越來越多，越演越露了。另一方面，愛國運動應用的行動，衝破了一切敵人的防禦線的時代，又是一個多麼英雄的時代！在這時候，我們的文學，應當竭力發揮它的抗爭作用，應當防禦疆土，幫助民族意識的健全成長，促成有著反抗意義的弱國的國家觀念，歌頌眞正的民族英雄；我們應當建立嶄新的國防文學！」〔註 3〕1936 年春，魯迅在《譯文》的「復刊詞」中說：「今年文壇的情形突變，已在宣揚寬容和大度了，我們眞希望在這寬容和大度的文壇裏，《譯文》也能夠託庇比較的長生。」在「宣揚寬容和大度」的文化氛圍影響下，以「國防」爲核心的「國防文學」便成爲最「與時俱進」的口號。

「國防文學」口號的流行是與雜誌上的密集提倡分不開的。有人這麼描述 1936 年初雜誌出版的情況：「最近，上海出版的小型刊物眞不少。幾乎每個興起，雜誌攤上都會有兩三種新出的刊物擺出來。刊物的突然增加是和民

〔註 2〕茅盾，《「左聯」的解散和兩個口號的論爭》，《新文學史料》，1983 年第 2 期。
〔註 3〕立波，《關於「國防文學」》，《時事新報・每週文學》，1935 年 12 月 21 日。

族救亡運動的高漲有著連帶關係的，因爲這許多新興的刊物，差不多都是以反映現實，鼓勵民眾的抗爭熱情，組織民眾的救國陣線做任務的。」可見局勢對雜誌的影響，而最突出的現象就是「國防文學」成爲雜誌關注的重要主題。

反應較早的是由周立波、王淑明、徐懋庸等「左聯」成員主編的《時事新報》的副刊《每週文學》。據周立波回憶，主編《每週文學》是「左聯」的安排。〔註 4〕《每週文學》發表的關於「國防文學」最早的文章是周立波的《關於「國防文學」》，文章指出「國防文學原爲蘇聯所倡導」，也提及周揚在 1934 年曾提出過「國防文學」口號。此後，《每週文學》上發表了不少提倡「國防文學」的文章，如梅雨（梅益）的《國防文學的內容》、何家槐的《作家在救亡運動中的任務》、風子的《「國防文學」的感想》、張仲達《「國防文學」和「文學國防」》、式加的《國防文學批評的建立》、義吾的《不是空嚷，也不是標語口號》等。

這些文章引起了文藝界的廣泛關注，著名的《大晚報》便參與了這場關於「國防文學」的討論。實際上，周揚最初提出「國防文學」口號的文章即是發表在《大晚報》上，當這個口號再次被提出後，《大晚報》又成爲積極的推動者，如張尙斌的《「國防文學」與民族性》便是支持「國防文學」的。更多文章發表在《大晚報》的副刊《火炬》上，如孫遜的《我們要求建立文壇上的聯合陣線》、曹道生的《戰爭文學簡論》等。當然，這與周立波本人在《大晚報・火炬》的宣傳分不開，比如孫遜的文章便是站在支持周立波意見的立場上發表的。雖然《火炬》上的「國防文學」支持者不一定是左翼文人，但是由於其刊物自身的影響力，因而對「國防文學」口號起到了推波助瀾的作用。

眞正將「國防文學」作爲專題進行推介的是《生活知識》雜誌。該雜誌是由徐步、沙千里主編，生活書店出版的一本時事綜合雜誌。1 卷 10 期周鋼鳴的《民族危機與國防戲劇》一文將「國防文學」推進到了戲劇領域，提出「國防戲劇」的口號。1936 年 4 月 20 日出版的 1 卷 11 期更是專門的「國防文學論文輯」，此輯是對《每週文學》重提「國防文學」以來最集中、力度最大的響應。在《前記》中指出，「自從《每週文學》提出了『國防文學』的主

〔註 4〕 周立波，《有關兩個口號論爭的一些情況》，《湘潭大學學報》（哲學社會科學版），1978 年第 2 期。

張以後，立即得到了廣大的回聲。作家和青年，口頭和紙上，都熱心的討論，詢問，迴護這主張，這並不是尋常的偶然的事，這是在深重的民族危機中，文學上的民族意識的最明確的口號。」〔註5〕該輯關於「國防文學」的論文有力生的《文藝界的統一國防戰線》、周楞伽的《「國防文學」的幾個前提條件》、王夢野的《中國的反帝文學與國防文學》、梅雨的《國防文學與弱小民族文學》、宗玨的《國防文學的特質》等文。緊跟其後的 1 卷 12 期出版了「國防音樂特輯」，收霍士奇的《論國防音樂》、巍峙的《國防音樂必須大眾化》、沙梅的《「國防戲劇」與音樂》等文。由此可見，《生活知識》可謂「國防文學」最有力的推介者。

在《時事新報・每週文學》開始提倡「國防文學」之時，上海的一個小雜誌《客觀》開始提倡「民族自衛文學」，後來也發展成「國防文學」。《客觀》是當時復旦大學的進步學生辦的，主要負責人有劉群、賈開基等，王夢野是雜誌的主要撰稿人，從王夢野、胡洛的文章可以見出雜誌的立場。1 卷 10 期王夢野的《民族自衛運動與民族自衛文學》一文強調了 1935 年 12 月以來的救亡運動的背景，並提出「我們——文學活動者，首先是在上海——應該速行結合在『民族自衛』的旗下，形成『民族自衛的文學陣線』。」〔註 6〕1 卷 12 期「民族自衛文學」變爲「國防文學」，胡洛的《國防文學的建立》指出兩者的關係：「我們說的國防文學，實在就是民族的自衛文學。正如我們需要民族自衛的戰爭一樣，我們也需要民族的自衛文學——國防文學。」〔註7〕顯然是對報刊上提倡得更爲廣泛的「國防文學」口號已有所瞭解。實際上，「民族自衛文學」的口號並不是第一次提出，此前，王夢野曾以「萌華」的筆名寫過《民族危機與民族自衛文學》發表於 1935 年 11 月 1 日出版的《文藝群眾》上。《文藝群眾》一向被當作「左聯」機關刊，1935 年 9 月 1 日創刊於上海，署「文藝群眾社編」。11 月 1 日出版第 2 期後遭禁，僅出版兩期。創刊號刊有「本社同人」的《悼瞿秋白同志》。無論是「民族自衛文學」還是「國防文學」，均可看出當時民族救亡運動對文學界的影響。但「國防文學」最終取代「民族自衛文學」，可見「國防文學」作爲一個口號的呼聲更大。後來，王夢野還

〔註 5〕《前記》，《生活知識》第 1 卷第 11 期，1936 年 3 月 20 日。

〔註 6〕夢野，《民族自衛運動與民族自衛文學》，《客觀》第 1 卷第 10 期，1935 年 12 月。

〔註 7〕胡洛，《國防文學的建立》，《客觀》第 1 卷第 12 期，1936 年 2 月 5 日。

寫過《國難文學與國防文學》、《國防與國防文學》、《非常時期文學研究綱領》、《中國的反帝文學與國防文學》等，是「國防文學」口號的忠實支持者。

《客觀》這個提倡「國防文學」的小雜誌相對於《時事新報》和《大晚報》自然不會產生太大的影響，但他卻與此後的另一個支持「國防文學」的雜誌《文學青年》有密切關係。

《文學青年》完全是爲支持「國防文學」而辦。該刊於 1936 年 4 月 5 日創刊，由周楞伽主編，當代出版社發行。雜誌的主要成員有周楞伽、王夢野、胡洛、何家槐、張春橋等人，均爲「國防文學」的支持者，後來都加入了「中國文藝家協會」。《文學青年》本由周楞伽和《客觀》的編輯劉群策劃，但劉群並未參加實際編輯工作，而是介紹王夢野擔任助理編輯，由於王夢野本身是「民族自衛文學」和「國防文學」的堅定支持者，他的加入更強化了雜誌的傾向。在第一期關於「國防文學問題」的座談中，編輯同人即強調「在救亡的文化運動向前開展中，文藝界應爲國防文學而努力！我們這刊物就認定這個作中心目標。我們希望一般作家打破以前那種文人相輕的氣習，不要鬧什麼派別，大家團結在國防文學之旗下。」〔註 8〕本期刊登了不少有關「國防文學」的文章，周楞伽的《一個疑問》表示了對張尚斌《「國防文學」和民族性》一文某些觀點的疑問，梅雨的《再談非常時期文學》是對《文學》上角的《所謂非常時期文學》的再次回應，堅持提倡國防文學的正確性和迫切性，主張「國防文學」即「非常時期的文學」。除此之外，還介紹了「蘇聯的國防文學」，及在「國防文學」背景下對「通訊」和「報告文學」的提倡。總之，刊物雖設置了「短論」、「報告文學」、「論文」、「小說」、「速寫」、「外國作家介紹」、「戲劇」等多個欄目，表現出青年作家在文學上的努力和抱負，但是毫無疑問，「國防文學」是雜誌的中心話題。第二期刊登了關於「文學上的統一戰線問題」的文藝座談記錄，在「讀者與讀者」欄，王夢野（M.I.）專門就「國防文學」的問題進行了解答，對「國防文學」與「非常時期的文學」、「國難文學」、「民族主義文學」等名詞的關係進行了辨析。

除了這些雜誌的集中提倡外，不少雜誌也都參與到「國防文學」問題的討論中，比如何家槐提到，「國防文學問題，各刊物——《時事週報・每週文學》，《申報・文藝週刊》，《讀書生活》，《改造》，《知識》，《客觀》……

〔註 8〕《國防文學問題》（第一回），《文學青年》第 1 期，1936 年 4 月 5 日。

都已提出來了。」〔註 9〕可見，雜誌的參與對於「國防文學」口號流行的作用。

由於當時的形勢，在「國防文學」的提倡者看來，是否支持「國防文學」即是表明這種政治態度，正如梅雨所說：「由於各作家各文學雜誌對於國防文學的態度，我們可以劃出一條文學戰線的圖形來的。」〔註 10〕對「國防文學」態度即是劃分陣營的界線。

「國防文學」雖然看似大勢所趨，但也有不少質疑和反對的聲音。胡牧便對當時各種「非『國防文學』理論」進行了梳理，包括「『國防文學』的懷疑論」、「文學無用論」、「『國防文學』『文學國防』的倒轉論」、「『國防文學』即民族文學論」等。〔註 11〕這些發表在五花八門的雜誌上的各種質疑聲音實際上也反應出「國防文學」口號的熱度，而「國防文學」的支持者及雜誌在推介這個口號時，也是與這些聲音論辯的過程，形成了「兩個口號」論爭展開前的「國防文學」論戰。當然，即使都是「國防文學」的支持者，對其內涵的理解也有所不同。

在這些質疑聲中，徐行的質疑應該是最有力度的，他的《評「國防文學」——張尚斌〈「國防文學」和民族性〉》一文便不相信會有「全中國民族的文學」，即「國防文學」。〔註 12〕其後來發表於《新東方》的《我們現在需要什麼文學》更是從理論層面對「國防文學」進行了批判，他尖銳的批評「國防文學」的理論家「已經陷在愛國主義的污池裏面」，提出「我們要求每個作家藝術的眞實的具體的描寫社會的全面，然而要有歷史的眼光，要能教育勞苦大眾走向光明的前途，而不應把主體放在幾個或一個『毀家紓難』的英雄上面，我們應該描寫的是集體的精神，而不是歌頌個別的英雄」。〔註 13〕對「國防文學」取消「階級性」的不滿實際上代表了不少左翼青年的聲音，後來「兩個口號」論爭展開前後，「國防文學」支持者對這種觀點的反駁也是一個重點。周揚的《關於國防文學——略評徐行先生的國防文學反對論》、郭沫若的《國防・污池・煉獄》便是對這種觀點的反詰。

〔註 9〕《國防文學問題》（第一回），《文學青年》第 1 期，1936 年 4 月 5 日。
〔註 10〕梅雨，《所謂非常時期文學》，《大晚報》，1936 年 3 月 8 日。
〔註 11〕胡牧，《你們的眼睛在那裡》，《書報展望》第 1 卷第 7 期，1936 年 5 月 20 日。
〔註 12〕徐行，《評「國防文學」——張尚斌〈「國防文學」和民族性〉》，《禮拜六》第 628 號，1936 年 2 月 22 日。
〔註 13〕徐行，《我們現在需要什麼文學》，《新東方》第 2 號，1936 年 5 月。

除了明確的質疑外，也有不少人對「國防文學」這個口號反應冷淡，因而周楞伽認為「我們的文壇雖在同一目標之下卻形成了兩種不同的傾向，一是那些提倡國防文學的人，另一是對國防文學抱冷淡態度，卻埋頭在從事寫作或者在作一些無謂的論爭的人。」〔註 14〕魯迅身邊的左翼青年創辦的雜誌應該算是態度冷淡的例證。在當時的複雜的文化政治情形下，他們有著自己的文化立場。在「民族革命戰爭的大眾文學」口號提出之前，在「國防文學」論戰中他們基本保持沉默。

第二節 「國防文學」論戰時期與魯迅關係密切的雜誌

「國防文學」口號流行之時也正是討論「左聯」解散和成立「文藝家協會」之際。任白戈曾說，「『國防文學』這口號，是在半年以前就提出了的。當它被提出來的時候，亦正是文學界的統一戰線這個口號被提出的時候，它與號召和組織全國作家一致動員救國那個神聖的任務實有一種不可分離性。所以，它是與中國文藝家協會底組織過程同時發展的。這個口號，一提出來馬上就得著一般文學界底擁護，不久便被推廣到文學底各部門中去了，例如『國防戲劇』和『國防詩歌』等等口號之提出。」〔註 15〕「左聯」的解散便是在這種背景下進行的，而這個過程卻反應出「左聯」內部的分歧，尤其是周揚等「左聯」領導者與魯迅及其追隨者的分歧，並影響到此後的雜誌出版格局。

1935 年 11 月，魯迅收到蕭三從莫斯科的來信，其核心內容即是討論「左聯」解散事宜。信中闡明國難當頭之際應該「取消左聯，發宣言解散它，另外發起、組織一個廣大的文學團體。」魯迅收到信後並未對解散「左聯」事發表意見，而是將信轉交給了周揚。周揚正是「國防文學」口號的鼓吹者，這封信的思想可謂與他和其他「左聯」主要成員的想法暗合。因而，經過文委會議的一次討論後，很快做出了解散「左聯」等左翼組織並擬發起「文藝家協會」的決定。

1936 年 6 月 7 日，「中國文藝家協會」成立，發表了《中國文藝家協會宣言》和《中國文藝家協會簡章》。《中國文藝家協會宣言》強調「去年十二月

〔註 14〕《文學上的統一戰線問題》（第二回），《文學青年》第 2 期，1936 年 5 月 5 日。

〔註 15〕任白戈，《現階段的文學問題》，《質文》第 2 卷第 1 期，1936 年 10 月 10 日。

普遍於全國的救亡運動的壯潮展開了中華民族解放運動的新階段從去年十二月起，全民族一致的救國陣線的建立，成爲中華民族迫切的要求！」因而提議，「在全民族一致救國的大目標下，文藝上主張不同的作家們可以是一條戰線上的戰友。文藝上主張的不同，並不妨礙我們爲了民族利益而團結一致；同時，爲了民族利益而團結一致，並不拘束了我們各自的文藝主張向廣大民眾聲訴而聽取最後的判詞。是全民族一致救國的要求使我們站在一條線上，同時，亦將是民族鬥爭的更開展與更深入，無情地淘汰了一些畏縮的動搖的，而使我們這集團鍛鍊成鋼鐵一般的壁壘。」〔註 16〕《宣言》特別強調抗日救國的大背景，並屢次提到「去年十二月」，可見 1935 年底的「一二・九」運動對文藝界的影響。這與「國防文學」口號鼓吹者的理由幾乎完全一樣。雖然爲了避免人事上的糾紛，《中國文藝家協會宣言》未提及「國防文學」的口號，而體現的卻是「國防文學」口號的核心思想。

雖然蕭三的信是由魯迅轉交的，但當時他對解散「左聯」事未置可否。實際上，此事是在文委會議已達成解散「左聯」並成立「文藝家協會」的決定後才與魯迅溝通的。溝通的結果是魯迅並不同意解散「左聯」，後來也拒絕在「文藝家協會」的宣言上簽字。雖然如此，但在「一二・九」運動掀起全國性的抗日救亡運動之後，文化界幾乎已經被這種統一戰線的呼聲所籠罩。解散「左聯」和成立「文藝家協會」不僅順理成章，而且迫在眉睫。魯迅的意見對於文藝界的大多數人，尤其是提倡「國防文學」的人來說，反倒顯得是無理取鬧、故意爲難了。所以魯迅的異議當然並未妨礙「左聯」很快實際上無聲無息解散的結果和「文藝家協會」如火如荼籌辦的事實。〔註 17〕

魯迅同樣也堅持自己的理念，「中國文藝家協會」成立之際，魯迅爲首的另一批左翼人士也在表達著自己的訴求。在「中國文藝家協會宣言」發表後不久，1936 年 6 月 15 日，以魯迅爲首的文藝工作者發表了「中國文藝工作者宣言」，載於《作家》（第 1 卷第 3 期）、《譯文》（新 1 卷第 4 期）、《文季月刊》（1 卷 2 期）、《文學叢報》（第 4 期）、《現實文學》（第 1 期）等多個雜誌上。宣言的內容頗耐人尋味，「中國不是從昨天起才被強鄰壓迫，侵略，我們民族

〔註 16〕《中國文藝家協會宣言》，《光明》第 1 卷第 1 期，1936 年 6 月 10 日。

〔註 17〕正因如此，誰也難以確定「左聯」解散於何時，因爲並沒有一份標誌性的宣言之類的文件來佐證，只能籠統的認爲是 1936 年春，也正是因爲「左聯」解散前後複雜的文化生態，使得研究者在研究「左聯」時往往將此後一段時間也納入討論範疇。

的危機並不是一朝一夕所造成。展開在我們眼前的這大崩潰的威脅是有著它的遠因和近因，有著它的發展的路徑的。我們，文藝上的工作者，目光從來沒有離開過現實，工作從來沒有放鬆過爭取民族自由的奮鬥。我們並不是今天才發見救亡圖存的運動重要。所以，在現在，當民族危機達到了最後關頭，一支殘酷的魔手扼住了我們的咽喉，一個窒悶的暗夜壓在我們的頭上，一種偉大悲壯的抗戰擺在我們的面前的現在，我們絕不屈服，絕不畏懼，更絕不彷徨，猶豫；我們將保持我們各自固有立場，本著我們原來堅定的信仰，沿著過去的路線，加緊我們從事文藝以來早已開始了的爭取民族自由的工作。我們絕不忽略或是離開現實，反之，我們將更緊緊地把握住現實。我們不敢過大的估計自己的力量，但我們將爲著目標的遠大，忘卻自身的渺小。我們相信各部門的文化工作在任何時期都沒有一刻可以中斷，我們以後將更沉著而又勇敢地在這動亂在大時代中擔負起我們的艱巨的任務。我們願意接受同意我們的工作的人的督促和指導。我們願意和站在同一戰線的一切爭取民族自由的鬥士熱烈的握手！」這份《宣言》主要由巴金起草，另與黎烈文、黃源等人商討過，並經病中的魯迅修改。從《宣言》的措辭不難看出其強烈的針對性，「我們並不是今天才發見救亡圖存的運動重要」顯示出對周揚等人以「救亡圖存」爲由解散「左聯」的不以爲然，與「文藝家協會宣言」多有對話甚至對立之處。可以說，從《宣言》思想和人員構成來看，基本上組成了兩個陣營。但與「文藝家協會」不同的是，以魯迅爲首的文藝工作者雖發表了「文藝工作者宣言」，並未成立「文藝工作者協會」這樣的組織，正如魯迅說明的，「《文藝工作者宣言》不過是發表意見，並不組織或團體，宣言登出，事情就完，此後是各人自己的實踐。有人贊成，自然很以爲幸，不過並不用聯絡手段，有什麼招攬擴大的野心，有人反對，那當然也是他們的自由，不問它怎麼一回事。」〔註 18〕可見發表宣言，只爲表明一種態度。

由於自己獨立的文化立場，在「國防文學」口號流行到「文藝家協會」成立的整個過程中，魯迅對此並不熱心，並與「國防文學」口號一直保持距離，這體現在了自己及其追隨者主辦的雜誌上。

1935 年底，魯迅與胡風、聶紺弩、蕭軍、蕭紅、吳奚如、周文等商定創辦《海燕》雜誌，主要胡風負責組稿，聶紺弩聯繫印刷發行。《海燕》於 1936 年 1 月 19 日創刊，編輯人署史青文（實爲聶紺弩），出版者署海燕文藝社，2

〔註 18〕《380806　致時玳》，《魯迅全集》第 14 卷，第 123 頁。

月 20 日出版第二期，編輯人署耳耶，發行人署張仲文，由群眾雜誌公司代售，只出 2 期即被查禁。

由於《海燕》由魯迅召集籌辦，對雜誌的發展非常關心，因而對雜誌的被禁也倍感憤怒與無奈。1936 年 2 月 29 日魯迅在至曹靖華和楊霽雲的信中，均談及《海燕》被禁事，如在致楊的信中說，「《海燕》係我們幾個人自辦，但現已以『共』字罪被禁，續刊與否未可知，……此次所禁者計二十餘種，稍有生氣之刊物，一網打盡矣。」〔註 19〕在此之前，2 月 21 日致曹聚仁信中也曾說：「《海燕》雖然是文藝刊物，但我看前途的荊棘是很多的，大原因並不在內容，而在作者。說內容沒有什麼，就可以平安，那是不能求之於現在的中國的事。其實，捕房的特別注意這刊物，是大有可笑的理由的。」〔註 20〕可見《海燕》的左翼身份，即使內容並無過激之處，但因同人的左翼身份而被壓迫，同時也看見出魯迅對雜誌的關心和重視。雖然只出兩期，魯迅卻發表了多篇文章，包括《出關》、《「題未定」草（六至七）》（創刊號）、《「題未定」草（八至九）》、《大小奇蹟》、《難答的問題》、《阿金》、《登錯的文章》、《陀思妥夫斯基的事》（第 2 期）等，是雜誌名副其實的核心人物。

《海燕》的主要撰稿者均爲與魯迅關係親近的左翼青年，包括蕭軍、蕭紅、吳奚如、黎烈文、麗尼、胡風、聶紺弩、孟十還、歐陽山、葉紫、陳荒煤等。雜誌以小說、詩歌等文藝作品爲主，力圖在實際的文藝創作上多做努力。魯迅的《出關》便是其中的力作，蕭軍、蕭紅、葉紫擅長小說創作的青年作家的作品也佔據了大量篇幅。此外便是對翻譯的重視，翻譯了高爾基、紀德等人的文章。雖然也有雜感、評論性文章，除了胡風的《文藝界底風習一景》和續文《漫談個人主義》暗中影射了當時左翼文藝界分裂的情形，聶紺弩的《大隱在朝》也對田漢有一定嘲諷外，雜誌總體上對「國防文學」反應冷淡，魯迅的諸篇文章基本也未對「國防文學」發表意見。或許雜誌同人真如周楞伽所說的「埋頭在從事寫作」，雖不提「國防文學」口號，卻將反帝精神具體體現在創作和翻譯中，是一本相當「實幹」的雜誌，眞正符合魯迅「實做」的主張，只可惜未能長存。

《海燕》被禁後不久，左翼青年主辦的《夜鶯》雜誌創刊。該刊與 1936 年 3 月 5 日創刊，由方之中主編，謝舡菩任助理編輯，陳曉雲爲發行者，「左

〔註 19〕《360229　致楊霽雲》，《魯迅全集》第 14 卷，第 40 頁。
〔註 20〕《360221　致曹聚仁》，《魯迅全集》第 14 卷，第 35 頁。

聯」的周鋼鳴、周文等人參與策劃，初由群眾雜誌公司出版，第 3 期改爲新鐘書店出版發行。由於國民黨的壓迫，共出 4 期即停刊。主要撰稿人有魯迅、唐弢、歐陽山、王任叔、莊啓東、方之中、東平、吳奚如、羅烽、白曙、雷石榆、楊騷、以群、胡風、聶紺弩、尹庚、陳企霞、田間等。

首先討論「兩個口號」論爭前雜誌的面貌，即雜誌的 1～3 期。雜誌創刊號分爲「漫談之部」、「創作之部」、「理論之部」、「介紹及批評之部」四大部分，從篇幅來看，「創作之部」佔據最大的份額。此後的雜誌大致包括這幾方面，但在版式上更加靈活。

雖然魯迅並未如《海燕》一樣直接參與《夜鶯》的籌辦，但是由於聶紺弩、周文等人的聯繫，魯迅很快成爲《夜鶯》的支持者，其具有強烈現實批判意義的《寫於深夜裏》即刊登於《夜鶯》1 卷 3 期，這或許也是雜誌遭受壓迫的重要原因，另有短評《三月的租界》等。如果說《寫於深夜裏》是對當局政治殘害的直接控訴和抗議的話，《三月的租界》則包含了對左翼文化界的不滿。也是從這篇文章中，魯迅曲折的表達著自己對文化界一味強調統一，大喊「國防文學」口號的不同意見。

1936 年 5 月，魯迅在致友人的信中說：「近日這裡在開作家協會，喊國防文學，我鑒於前車，沒有加入，而英雄們即認此爲破壞國家大計，甚至在集會上宣佈我的罪狀，然而中國究竟也不是他們的，我也要住住，所以近來已作二文反擊，他們是空殼，大約不久就要銷聲匿跡的。」〔註 21〕「二文」的其中之一是發表於《夜鶯》雜誌上的這篇《三月的租界》。該文是針對狄克（張春橋）的《我們要執行自我批判》一文而寫的。1935 年 3 月 15 日，張春橋以「狄克」的筆名在《大晚報．火炬．星期論壇》發表《我們要執行自我批判》一文，文章提倡「批評」，尤其是「自我批判」。文末點明其意圖：「我們要建立國防文學，首先要建立更爲強健的批評！我們要結成聯合陣線，首先要建立強健的批評！更爲了使作家健康，要時時刻刻的執行自我批評！」〔註 22〕將「批評」、「自我批判」納入建設「國防文學」的軌道。而張文在論證「自我批判」的缺乏時，以蕭軍的《八月的鄉村》爲例，認爲其「有些還不眞實」，但並沒有人「自我批判」，顯然對魯迅的大力推薦不以爲然，甚至引用「有人」

〔註 21〕《360504　致王冶秋》，《魯迅全集》第 14 卷，第 90 頁。

〔註 22〕狄克（張春橋），《我們要執行自我批判》，《大晚報．火炬．星期論壇》，1936 年 3 月 15 日。

的話說「田軍不該早早的從東北回來」。這種論調自然沒法不激怒魯迅，故而寫《三月的租界》進行回應。

魯迅對狄克這種「站著說話不腰疼」的想當然的「批評」進行了辛辣的諷刺和有力的反駁。文末的提醒更是意味深長，「我以爲同時可也萬萬忘記不得『我們』之外的『他們』，也不可專對『我們』之中的『他們』。要批判，就得彼此都給批判，美惡一併指出。如果在還有『我們』和『他們』的文壇上，一味自責以顯其『正確』或公平，那其實是在向『他們』獻媚或替『他們』繳械。」〔註23〕早在幾個月前，魯迅就曾在致茅盾的信中談及，「聞最近《讀書生活》上有立波大作，言蘇汶先生與語堂先生皆態度甚好云。《時事新報》一月一日之《青光》上，有何家槐之作，亦大拉攏語堂。似這邊有一部分人，頗有一種新的夢想。」〔註24〕魯迅不僅對何家槐類似「獻媚」的做法表示異議，同時更不滿狄克文章的自我「繳械」。因而，魯迅的這段批評背後有著深厚的文壇背景，其批評便是有力的「反擊」。

《三月的租界》一文批判的是狄克的文章，同時這背後涉及另一個雜誌及其相關仝人，即爲前面提及的《文學青年》。《文學青年》雖由劉群、王夢野、周楞伽等人負責，但張春橋也參與了相關審稿、編稿工作，而且與王夢野等人關係交好。據周楞伽回憶，魯迅在《三月的租界》中多次提及的「有人」先生即爲「國防文學」的堅定支持者王夢野，〔註25〕不論這種說法是否準確，但的確從一定程度上反應出當時的文化生態。

總體上說，從《夜鶯》第一期到第三期依稀可以看出「國防文學」的背景，但雜誌同人基本上避談這個口號。到第四期開始明確提倡「民族革命戰爭的大眾文學」後，才顯示出兩個口號的交鋒。

另一個與魯迅關係密切的雜誌是1936年4月15日創刊的《作家》雜誌。該雜誌由孟十還主編，上海雜誌公司發行。雜誌最初得到了魯迅的支持，因爲主要負責人爲魯迅看重的青年們。除主編孟十還外，創刊號的主要撰稿者有巴金、蕭軍、蕭紅、周文、歐陽山、奚如、黎烈文、胡風、麗尼、聶紺弩、黃源等，均是與魯迅比較親近的左翼文學青年。雖然雜誌是商業雜誌，但幾乎可以看成同人雜誌。創刊號第一篇即爲魯迅的《我的第一個師父》。從創刊

〔註23〕魯迅，《三月的租界》，《夜鶯》第1卷第3期，1936年5月10日。

〔註24〕《360117　致沈雁冰》，《魯迅全集》第14卷，第8頁。

〔註25〕周楞伽、周允中，《〈文學青年〉瑣憶》，《新文學史料》，1997年第1期。

號看，雜誌以創作為主，兼及翻譯介紹，300多頁的規模分量頗為厚重，是魯迅欣賞的實幹的路線。

雜誌並未談及「國防文學」的相關內容，關注的理論問題仍然是與創作息息相關的「現實主義」基本理論話題，如胡風的《典型論底混亂——現實主義論之一節：論社會的物事與個人的物事》。但有趣的是，這篇文章是胡風與周揚關於「典型論」的論爭的又一篇文章。在文章的末尾，胡風引用了周揚批評他的觀點：「他說既以現實的文學情勢作立論的根據而不提到在民族危機和反帝運動下面的作家『應該描寫民族解放鬥爭的事件和人物』的『神聖的任務』，所以我說的典型底創造『就成為和現實的歷史運動沒有關係。』「周揚先生又說我批評了『標語口號』就有『取消文學的武器作用的危險』。」〔註26〕可見在當時的背景下，兩人論辯事實上也被放置在「國防文學」的語境下，「兩個口號」論爭雖還未開始，但似乎也是時所必然的了。巴金的《大度與寬容》也提示了當時的背景，「最近文壇上有人在宣揚大度與寬容了。據說凡具有正義感的，都應該來響應這呼召。」〔註27〕

最能體現當時這種微妙關係的還是魯迅的《〈出關〉的「關」》。此文發表於《作家》1卷2期。文章是對《出關》諸多批評的回應，但一開始卻不說《出關》而說「現在許多新作家的努力之作，都沒有這麼的受批評家注意，偶或為讀者所發現，銷上一二千部，便什麼『名利雙收』呀，『不該回來』呀，『嘰里咕嚕』呀，群起而打之，惟恐他還有活氣，一定要弄到此後一聲不吭，這才算天下太平，文壇萬歲。」〔註28〕一眼便知這是為蕭軍鳴不平，並且很容易看出與《三月的租界》的聯繫。前面述及，魯迅因不參加文藝家協會被人攻擊破壞統一戰線，他寫了兩篇文章回擊。一篇是《三月的租界》，另一篇則是這篇《「出關」的「關」》。文章的主體部分是對《出關》批評中的兩種代表觀點的回應，一是《出關》是在影射傅東華，二是《出關》是作者的自況。對第二種觀點的回應可謂耐人尋味，而魯迅將自己最直接的觀點和最有力的回應放到了文章的結尾。文尾直接引用邱韻鐸批評中的話，「……我更相信，他們是一定會繼續地運用他們的心力和筆力，傾注到更有利於社會變革方面，使凡是有利的力量都集中起來，加強起來，同時使凡是可能有利的力量都轉為有利的力量，以聯結

〔註26〕胡風，《典型論的混亂》，《作家》第1卷第1期，1936年4月15日。
〔註27〕巴金，《大度與寬容》，《作家》第1卷第1期，1936年4月15日。
〔註28〕魯迅，《「出關」的「關」》，《作家》第1卷第2期，1936年5月15日。

成一個巨大無比的質量。」結合當時的語境，這番話的所指不可謂不明確，魯迅自然也抓住了這個重心，並予以回擊，「一爲而『成一個巨大無比的力量』，僅次於『無爲而無不爲』一等，我『們』是沒有這種玄妙的本領的，然而我『們』和邱先生不同之處卻就在這裡，我『們』並不『墜入孤獨和悲哀去』，而邱先生卻會『眞切地感覺著讀者是會墜入孤獨和悲哀去』的關鍵也在這裡。他起了有利於老子的心思，於是不禁寫了『巨大無比』的抽象的封條，將我的無利於老子的具象的作品封閉了。但我疑心：邱韻鐸先生以及像邱韻鐸先生一樣的作家們的本意，也許到時只在這裡的。」〔註 29〕可見，魯迅是借著對邱韻鐸一人的回擊，回擊著試圖將「國防文學」變爲一種「大一統」運動的人。正如魯迅一向對「國防文學」運動的觀感：「國防文學的作品是不會有的，只不過攻打何人何派反對國防文學，罪大惡極。」〔註 30〕

魯迅的回擊終究只是表現爲不配合，而並未另起爐竈來對抗。而胡風發表於第 2 期的《文學修業底一個基本形態》則有著更大的企圖，指出，「現實的情勢一天一天地迫急，所謂『民族危機快要發展到亡國的一步，那影響擾動了每一個角落裏的實際生活，對於這，人民大眾底反映是什麼呢？對於民族滅亡的憂懼，苦悶，焦躁，救亡運動勃發，各地抗敵戰爭底繼續發展，全國人民所要求的神聖的民族革命戰爭底醞釀。現實生活的這個主流，當然反映到了文學上面。一方面是文學活動底主題——文學底美學的基礎——趨向了一個中心目標，使後來的反帝文學取得了新的意義，能夠而且必須把一切的社會糾紛底主題統一到它底下面，那集中的表現就是『民族革命戰爭的大眾文學』；另一個是文學活動潑剌起來了，同人雜誌底紛起就是一個表現。」〔註 31〕這篇文章即已明確提出「民族革命戰爭的大眾文學」的口號，《人民大眾向文學要求什麼？》只是進一步強化了這個口號。但是文章的重點是「同人團體」和「同人雜誌」的培育。這裡面也暗含著對更清晰的文學觀念的力倡。

胡風在對同人雜誌的批評中提到，「同人雜誌底主持者只是把目標放在和營業雜誌的競爭上面，和成名作家的聯絡上面，所以他們底主要工作是怎樣拉到成名作家底稿子，怎樣使雜誌更被一般的讀者注意。然而，既沒有營業

〔註 29〕魯迅，《「出關」的「關」》，《作家》第 1 卷第 2 期，1936 年 5 月 15 日。

〔註 30〕《360525　致時玳》，《魯迅全集》第 14 卷，第 103 頁。

〔註 31〕胡風，《文學修業底一個基本形態》，《作家》第 1 卷第 2 期，1936 年 5 月 15 日。

雜誌底物質條件，又沒有成名作家底動員力量，當然不能夠達到目的，結果只有使作為同人雜誌的特色完全失去了。」〔註 32〕這與魯迅對《作家》雜誌本身的批評有相似之處。在這期雜誌出版後的 5 月下旬，魯迅兩次在信中談及對刊物的不滿。「新作家的刊物，一出鋒頭，就顯病態，例如《作家》，已在開始排斥首先一同進軍者，而自立於安全地位，眞令人痛心，我看這種自私心太重的青年，將來也得整頓一下才好。」〔註 33〕「《作家》月刊，原是一個商辦的東西，並非文學團體的機關志，它的盛衰，是和『國防文學』並無關係的，而他們竟看得如此之重，即可見其毫無眼光，也沒有自信力。《作家》既非機關志，即無所謂『分裂』，但我卻有一點不滿，因為他們只從營業上著想，竟不聽我的抗議，一定要把我的作品放在第一篇。」〔註 34〕雖然魯迅自稱因《作家》非機關志，所以無所謂「分裂」，但實際上從言語中可以出其最初對其是有「同人雜誌」、「機關志」的期許的。現在很難考證魯迅對《作家》不滿的具體原因，但從第二期看，有了鄭伯奇等人的文章，到第三期更增加了蕭乾、黑丁等的文章。

雖然魯迅在私下對雜誌責之頗切，但是雜誌總體上仍是以追隨魯迅的青年為主。不僅「民族革命戰爭的大眾文學」口號首先在雜誌上提出，當 6 月份「兩個口號」論爭正式展開後，《作家》更是成為「民族革命戰爭的大眾文學」的陣地之一，其取向和立場應該是明確的。魯迅後來也仍是雜誌的主要撰稿者之一。

可以看出，在「中國文藝家協會」成立之前，即使「國防文學」甚囂塵上，但魯迅及其追隨的左翼青年保持著比較冷淡的態度，即有不同意見，也表達得較為隱諱，因而並未形成對立的雜誌陣營。但到「兩個口號」論爭正式展開後，分歧愈發分明，雜誌陣營的格局也更加清楚。

第三節 「兩個口號」論爭與兩個雜誌陣營的形成

在「民族革命戰爭的大眾文學」尚未提出之時，梅雨即提出：「由於各作家各文學雜誌對於國防文學的態度，我們可以劃出一條文學戰線的圖形來

〔註 32〕胡風，《文學修業底一個基本形態》，《作家》第 1 卷第 2 期，1936 年 5 月 1 日。

〔註 33〕《360523　致曹靖華》，《魯迅全集》第 14 卷，第 102 頁。

〔註 34〕《360525　致時玳》，《魯迅全集》第 14 卷，第 104 頁。

的。」〔註35〕待到「兩個口號」並置時期，這條文學戰線的圖形便愈加明晰，同時也構築出一條雜誌的陣形來。

在「國防文學」口號甚囂塵上、文藝家協會成立之際，胡風相繼寫作《文學修業底一個基本形態》（《作家》1卷2期，1936年5月15日）和《人民大眾向文學要求什麼？》（《文學叢報》第3期，1936年6月），提出「民族革命戰爭的大眾文學」的口號，掀起了「兩個口號」論爭。

雖然1935年底「國防文學」口號日益流行之後，也有一些反對「國防文學」口號的聲音，魯迅及其追隨者對「國防文學」口號一直並不熱心，但「兩個口號」論爭展開之後，兩個對峙的雜誌陣營也隨即形成。

雖然胡風在1936年5月已經提出了「民族革命戰爭的大眾文學」的口號，但這個口號產生影響還是《人民大眾向文學要求什麼？》一文發表之後。文章指出：「九・一八以後，民族危機更加迫急了。華北問題發生以後，整個的中華民族就已經走到了生死存亡的關頭。因爲這，人民大眾底生活起了一個大的紛擾，產生了新的苦悶新的焦躁，新的憤怒新的抗戰，凡這一切形成了一個新的歷史階段。這個歷史階段當然向文學提出反映它底特質的要求，供給了新的美學的基礎，因而能夠描寫這個文學本身底性質的應該是一個新的口號——民族革命戰爭的大眾文學！」〔註36〕

胡風這篇文章剛發表，同月出版的《光明》創刊號即發表了徐懋庸的《「人民大眾向文學要求什麼？」》，第一次將兩個口號並置，「不論胡風先生的本意如何，現在他既已提出了新口號，使中國現階段的現實文藝運動有了兩個口號，那麼我們就把這兩個口號——『國防文學』和『民族革命戰爭的大眾文學』——來比較一下罷。」〔註37〕自此，開始了眞正意義的上的「兩個口號」的論爭。從此也越來越清楚的構築起兩個雜誌陣營，已有的雜誌加入論爭，並且創辦了不少新雜誌。

1936年6月，雜誌出版出現了一個小高峰，即直接與論爭的展開有關。尤其是「國防文學」支持者掀起了新一輪的宣傳攻勢，使之成爲眞正的「國防文學運動」。雜誌出版應和著這一運動，「國防文學運動的呼聲，已經響徹

〔註35〕梅雨，《所謂非常時期文學》，《大晚報》，1936年3月8日。
〔註36〕胡風，《人民大眾向文學要求什麼？》，《文學叢報》第3期，1936年6月。
〔註37〕徐懋庸，《「人民大眾向文學要求什麼？」》，《光明》第1期，1936年6月10日。

雲霄；如近來出版的《文學界》、《光明》、《現實文學》、《文學大眾》等雜誌，都是代表這傾向產生的。其他關於文藝方面的雜誌，也似乎有同樣的傾向，這是一件很值得注意的事。」〔註38〕6月因論爭而新出版的雜誌有《光明》、《文學界》、《浪花》、《新地》、《現實文學》等。除了新出版的雜誌，此前的雜誌也加入了論爭，從總體上形成了兩個雜誌陣營：一邊是支持「國防文學」的《文學界》、《光明》、《質文》、《東方文藝》、《泡沫》、《浪花》、《今日文學》等雜誌，另一邊是支持「民族革命戰爭的大眾文學」的《夜鶯》、《作家》、《現實文學》等雜誌，對峙局面較為明晰。

《光明》是最先對「民族革命戰爭的大眾文學」口號作出反應的雜誌。雜誌明確反對「民族革命戰爭的大眾文學」口號，支持「國防文學」口號，後來還出版了「國防文學特輯」。《光明》為半月刊，創刊於 1936 年 6 月 10 日，由洪深、沈起予主編，生活書店出版發行。雜誌每月 10 日、25 日出版，1937 年 8 月 10 日，出至三卷五期的《光明》因抗日戰爭爆發停刊，共出 29 期。

洪深草擬的代發刊詞《光明的態度》開宗明義即指出：「中國當前的急務是救亡與救窮。」這自然是當時最重要的背景，也是「國防文學」提倡者最強調的邏輯，因要「救亡」，文學也要「國防」。《光明》創刊號即發表徐懋庸的《「人民大眾向文學要求什麼？」》，直接挑起「兩個口號」的論爭；周立波的《中國新文學的一個發展》指出「這種現實條件之下的中國新興文學的發展形態，就是國防文學的形態」。1 卷 2 期發表了周揚的《現階段的文學》再次聲明「國防文學」的唯一合理性，這一期更多文章是對「文藝家協會」成立的感想，鄭伯奇、夏丏尊、許傑、陳子展、艾思奇、關露、希望、傅東華、李蘭等成立大會參加者發表文章，當然是強調「文藝家協會」成立的意義，使得《光明》幾成「文藝家協會」的機關志。此外，還有 1 卷 4 期徐懋庸的《理論以外的事實——致耳耶先生的公開信》等。

另一本在論爭中明確支持「國防文學」的是《文學界》月刊，該刊 1936 年 6 月 5 日創刊於上海，由光華書局出版，主編署名州淵，實際由左聯成員戴平萬、楊騷、徐懋庸、邱韻鐸、沙汀共同編輯，執筆者主要有郭沫若、周揚、

〔註38〕《關於國防文學運動》，《文風》，1936 年第 2 期。上面的描述有一定史實錯誤，《現實文學》實際上是支持「民族革命戰爭的大眾文學」的，但這種描述總體上指出了「兩個口號」論爭對雜誌出版的影響。

夏衍、徐懋庸、沙汀、何家槐、梅雨等。1936年11月被禁停刊，共出4期。

創刊號發表了何家槐的《文藝界聯合問題我見》，指出：「我以爲我們所倡導的文藝界聯合陣線，也正是文學上的民族點名（National Roll call），它的目的是要喚醒凡是有正義感的作家們一齊起來反帝反漢奸，救護民族和國家，所以規模愈大愈好，決不應限制在少數進步作家的小集團裏。」〔註39〕鼓動文藝界的聯合；周揚的《關於國防文學——略評徐行先生的國防文學反對論》，認爲徐行反對「國防文學」的意見代表著「一部分『左』的宗派主義者」。除此之外，創刊號另有《賽金花》座談會記錄、夏衍的《歷史與諷喻——給演出者的一封私信》、周木齋的《〈水滸傳〉和國防文學》等文均旗幟鮮明的支持「國防文學」。

在「兩個口號」論爭正式展開後，《文學界》更是成爲「國防文學」口號的重要陣地。7月10日出版的1卷2號發表了郭沫若的《國防・汚池・煉獄》、艾思奇的《新的形勢和文學的任務》、黃峰的《國防文學在蘇聯》等支持國防文學的文章。

比較特殊的是，因茅盾的關係，該雜誌發表了魯迅的《論現在我們的文學運動——病中答訪問者》和茅盾的說明性信件《關於〈論現在我們的文學運動〉》。魯迅在文章中指出，「民族革命戰爭的大眾文學，正如無產階級革命文學的口號一樣，大概是一個總的口號吧。在總口號之下，再提些隨時應變的具體的口號，例如『國防文學』、『救亡文學』、『抗日文藝』……等等，我以爲是無礙的。」這篇文章是由茅盾寄給《文學界》的，他認爲魯迅的這篇文章非常重要，因爲「魯迅先生現在這篇文章裏的解釋——對於『民族革命戰爭的大眾文學』與『國防文學』二口號之非對立的而爲相輔的，——對於『國防文學』一口號之正確的認識（隨時應變的具體的口號），正是適當其時，既糾正了胡風及《夜鶯》『特輯』之錯誤，並又廓清了青年方面由於此二口號之糾紛所惹起的疑惑！」雖然《文學界》刊登了魯迅的文章，但「國防文學」的支持者對於這種將自己支持的口號放到附屬地位的做法顯然很不滿意，因而在編者附記裏只取魯迅文章中有利於自己的部分，對其核心觀點卻並不認同，而且對茅盾同時寄出的魯迅的另一篇文章《答托洛斯基派的信》不予發表。

〔註39〕何家槐，《文藝界聯合問題我見》，《文學界》第1卷第1期，1936年6月5日。

但魯迅的文章發表後卻引起了巨大的反響，此後「兩個口號」論爭的核心便從「兩個口號」孰對孰錯轉移到「兩個口號」孰輕孰重及兩者的關係如何上。如 1 卷 3 號茅盾發表的《關於引起糾紛的兩個口號》便是順著魯迅的思路，修正了自己此前的觀點。有趣的是，茅盾因參與了「文藝家協會」，與徐懋庸等人也頗熟悉，他將此文交給徐發表於《文學界》，但未等文章發出，周揚即看到了茅盾的文章，因而其反駁文章《與茅盾先生論國防文學的口號》也在同期發表。可見《文學界》確爲「國防文學」的堅實陣地。雖然發表了魯迅的文章，不僅沒有停息論爭，加之茅盾觀點的修正，反倒引起了更大的聲勢，1 卷 3 號更是「國防文學特輯」，發表近 20 篇文章，是對胡風、聶紺弩等人觀點和支持「民族革命戰爭的大眾文學」的《夜鶯》、《現實文學》等雜誌的集中批判，充分體現出「國防文學」的勢力之大。

魯迅在逝世前兩天致曹靖華的信中談到當時主要雜誌的情況，「此地文壇，依然烏煙瘴氣，想乘此次風潮，成名立業者多，故清滌甚難。《文學》由王統照編後，銷數大減，近已跌至五千，此後如何，殊不可測。《作家》約八千，《譯文》六千，新近出一《中流》（已寄上三本），並無背景，亦六千。《光明》係自以爲『國防文學』家所爲，據云八千，恐不確；《文學界》亦他們一夥，則不到三千也。」〔註 40〕可見，《光明》、《文學界》已被深深打上了「國防文學」的標簽。

9 月創刊的《文學大眾》也是支持「國防文學」的雜誌。該刊編輯兼發行人爲房堅，創刊號爲「九一八五週年紀念特輯」，11 月 1 日出版的第二期爲「魯迅先生紀念號」。雜誌對「國防文學」的提倡主要體現在第一期，除了「紀念特輯」強調「統一戰線」外，發表了郭沫若的《青年們把文學領導起來》、列斯的《論文學上的聯合——從國際說到中國》、胡洛的《現階段的文藝批評》，這幾人均爲「國防文學」的堅定支持者，列斯和胡洛是「國防文學」論戰時期《文學青年》等雜誌的中堅力量。除此之外，對「國防文學」表示支持態度的《讀書生活》也在 9 月出版了「國防總動員特輯」。

除此之外，東京的《質文》月刊也是「國防文學」口號的有力支持者，2 卷 1 期發表《國防文學集談》，雜誌同人發表對「國防文學」的看法，由郭沫若輯錄。另有任白戈的《現階段的文學問題》，認爲「國防文學」是當時當然應該提倡的文學口號。2 卷 1 期發表了林林的《詩的國防論》，也是支持「國

〔註 40〕《361017　致曹靖華》，《魯迅全集》第 14 卷，第 172 頁。

防文學」的文章。而另一個東京左聯成員發揮重要作用的《東方文藝》月刊也與《質文》持同樣立場。該刊 1936 年 3 月 25 日創刊，編輯者和發行者皆爲侯風，每期的封面都由吳天設計。主要撰稿人包括郭沫若、東平、張羅天、辛人、蒲風、歐陽凡海、張香山、梅雨、林蒂、雷石榆、魏晉等東京左聯盟員，也包括王餘杞、許幸之、王任叔、鄭伯奇、莊啓東、方之中、張天翼、周而復、任鈞、洪遒、穆木天、關露、安娥、楊騷、舒群、羅烽、張若英等。從郭沫若的《對於國防文學的意見》一文可以見出雜誌的態度，他明確支持「國防文學「，認爲「更有一部分人，標新立異地提出了什麼『民族革命戰爭的大眾文學』這個口號來和國防文學對抗。這些都很明白的是錯誤了的理論和舉動。」〔註 41〕立場之決絕可見一斑。除此以外，東京左聯主辦的《詩歌雜誌》也力倡「國防詩歌」。

在「國防文學」口號開始提倡時期，即是應和著北平的學生抗日救亡運動。對於「國防文學」這個口號，北平的左翼雜誌也有所響應，如《泡沫》、《忘川》等雜誌。1936 年 2 月 20 日出版的《泡沫》卷終號發表了未辰的《文學在當前的任務》和於必的《談國防文學》，均是支持「國防文學」的文章。待到「兩個口號」論爭時期，北平的左翼雜誌表現更加活躍，以支持國防文學爲主，如白曉光（馬加）、張露薇、葉幼泉合辦的《文學導報》，第 4、5 期合刊便爲「國防文學專號」。

北平出版的另一個影響較大的響應「國防文學」口號的雜誌是《浪花》／《今日文學》。雜誌由北平左聯領導「浪花社」編輯，1936 年 7 月 15 日，《浪花》創刊號出版，8 月 1 日出第 2 期，9 月 18 日出版的第 3 期改名《今日文學》，署名「郎化舍」主編兼發行，但只出版了一期。該刊撰稿人有柳林、孟式鈞、碧野、魏東明、林娜、魏晉、魏伯等人。創刊號發表了柳林的《國防文學的理論與實踐》，實際上是「浪花社」同人討論的結果，表明了對「國防文學」的支持態度。另有洛底的《「國防文學」和作家的聯合戰線》、未白的《國防文學與民族主義文學》等文。

可以說，「國防文學」一直聲勢巨大，基本上得到了大多數文藝界人士的支持，即使後來魯迅、茅盾直接發聲，支持「國防文學」的聲音仍然不絕，這是可以從當時的雜誌上清晰的看到的。

〔註 41〕郭沫若，《對於國防文學的意見》，《東方文藝》第 1 卷第 4 期，1936 年 7 月 25 日。

但「民族革命戰爭的大眾文學」也有著自己的雜誌陣營。該口號一經提出並引起反響之後，最有力的支持和推介者是已發行過三期的《夜鶯》雜誌。1936 年 6 月 15 日出版的第四期即爲「民族革命戰爭的大眾文學特輯」。「特輯」發表了與口號相關的六篇文章，包括魯迅口述的《幾個重要問題》、龍貢公（歐陽山）的《抗日文學陣線》、紺弩的《創作口號和聯合問題》、奚如的《文學底新要求》、胡風的《抗日聲中的演劇運動——關於「星期實驗小劇場」》與龍乙（歐陽山）的《急切的問題》，明確支持「民族革命戰爭的大眾文學」。而這一特輯也正是《文學界》、《光明》等雜誌批評的主要目標之一。

1936 年 7 月 1 日創刊的《現實文學》半月刊，是「兩個口號」論爭展開後支持「民族革命戰爭的大眾文學」口號而新出版的雜誌，該刊由主編尹庚、白曙主編，胡風、張天翼、歐陽山、草明、聶紺弩等都是雜誌的撰稿者，中國圖書雜誌公司經售，共出 2 期。在繼《夜鶯》集中支持「民族革命戰爭大眾文學」之後，《現實文學》創刊號發表了聶紺弩（耳耶）的《創作活動的路標》、路丁的《現實形勢和民族革命戰爭的大眾文學》、張天翼的《一點意見》等文，全力支持「民族革命戰爭的大眾文學」，對周揚、徐懋庸等人的觀點予以批駁，也由此成爲徐懋庸等人批判的新目標。

魯迅不太滿意的《作家》雜誌在「兩個口號論爭」展開後，除了 6 月 15 日出版的第 1 卷 3、4 期合刊刊登了《中國文藝工作者宣言》外，並未介入論爭，使自己立於「安全的地位」。但是 1 卷 5 期的一篇文章卻是「兩個口號」論爭中最重要的文獻，即魯迅的《答徐懋庸並關於抗日統一戰線問題》，此文是對徐懋庸挑釁式來信的回應，也是最集中的反應了魯迅對「兩個口號」及「統一戰線問題」的意見。此文雖也有馮雪峰等人的協助，但是確爲魯迅本人觀點，在 8 月 27 日致曹靖華的信中專門向他推薦自己的這篇文章：「《作家》八月號上，有弟一文，當於日內寄上，其中有極少一點文界之黑暗面可見。」〔註 42〕文章首先談及對統一戰線的態度，闡明不加入「文藝家協會」，並非因爲不贊成統一戰線，更重要的是提出「民族革命戰爭文學」並非胡風的個人意見，是眾人商議的結果，對郭沫若在文章中談及此口號是「標新立異」、「與國防文學對抗」十分不滿，並再次對「兩個口號」的關係進行了梳理。此文

〔註 42〕《360827 致曹靖華》，《魯迅全集》第 14 卷，第 135 頁。

發表後，引起了軒然大波，雖然「國防文學」支持者對此不滿，但也並無多少人敢公開發文反擊，郭沫若發表於《文學界》的《蒐苗的檢閱》即是諷刺味兒頗濃的回應，也並未改變其支持國防文學的立場。在魯迅的這篇文章發表後，「兩個口號」的論爭實際上也開始意興闌珊，聲勢慢慢降了下去。《作家》9 月號還發表了呂克玉的《關於文學運動幾個問題的意見》，主要站在「民族革命戰爭的大眾文學」立場上。10 月號發表了魯迅的《半夏小集》，主要以語體文的方式曲折的堅持著自己的立場。也是在這一期上，劉少奇以「莫文華」的筆名發表了《我觀這次文藝論戰的意義》，對論戰進行了總結，將周揚一派和胡風、聶紺弩一派均歸爲「宗派主義」，而高度肯定了魯迅和茅盾的主張，對郭沫若的觀點雖有意見，但批評較爲委婉，總體上看，頗有終結論戰之意。

1936 年 9 月 5 日創刊的《中流》半月刊也與魯迅關係頗爲密切，從魯迅對刊物的描述看，對其頗爲滿意。魯迅逝世前的主要文章都發表在《中流》上，包括《這也是生活……》、《立此存照》、《死》、《捷克文譯本〈短篇小說集〉序》等，對魯迅來說有重要意義。《中流》由黎烈文主編，上海雜誌公司經售，至抗日戰爭爆發停刊，共出 2 卷 22 期。黎烈文起草的《獻詞》中說：「我們承認一切作家都應當擔負一份救亡圖存，爭取民族自由的責任，但同時我們也相信一切作家必需選取自己最熟稔的題材，方能製出完美的作品。」這樣的表達自然是有所指的。創刊號的「文藝時評」欄登載了茅盾的《「創作自由」不應曲解》、唐弢的《對於兩個口號的一點意見》、姚克的《我對於國防電影的意見》，均對「國防文學」口號的包打天下有微詞。魯迅的《這也是生活……》對所謂的「國防文學」創作更是諷刺辛辣：「作文已經有了『最中心之主題』：連義和拳時代和德國統帥瓦德西睡了一些時候的賽金花，也早已封爲九天護國娘娘了。」對夏衍的《賽金花》多有影射。在魯迅發表《答徐懋庸並關於抗日統一戰線問題》並引起郭沫若發表《蒐苗的檢閱》一文回應後，唐弢在《中流》1 卷 3 期發表《也投一票》，替魯迅的文章辯護。魯迅在談及該刊時說其「並無背景」，該刊也的確取一種十分包容的態度，而由於其不配合「國防文學」的統一大業，加之不少撰稿者傾向於魯迅的觀點，因而也體現出雜誌一定的傾向性。

此後，與魯迅關係親近的左翼青年在魯迅逝世前夕還創辦了《散文》、《小說家》等刊物，均支持魯迅的觀點。

當然，兩個雜誌陣營並非自說自話，你來我往的論爭自然是建立在對對方觀點駁詰的基礎上，因而，「兩個口號」論爭的過程，實際上是雜誌之間互相對話和推進的過程。

「兩個口號」論爭展開後，所有的雜誌幾乎都受到影響。有的是直接擺明態度，即使態度模糊的雜誌也不能對論爭視而不見，最終不得不表現出自己的傾向。《文學叢報》即是最好的例證。《文學叢報》，1936 年 4 月 1 日創刊，由王元亨、馬子華主編（第三期增蕭今度），發行人爲童天澗（田間），上海雜誌公司總代發行。撰稿者有魯迅、郭沫若、聶紺弩、沈起予、吳奚如、東平、周而復、白薇、周文、田間、任鈞、柳倩、雷濺波等，共出五期。相對《文學界》、《夜鶯》等立場鮮明的雜誌，《文學叢報》相對顯得態度模糊。

在第 4 期的《編後》，編者聲明：「有很多文藝界的朋友說我們『沒有個性』，在報端又見有人說我們『態度不明』。這也是很難說的；因爲我們現在正要建築自己的營壘，所以不得不到外面搬一些磚土，因此看不出什麼更明確的個性，就是說，這『個性』實在歷史的積累過程上建立起來的。又因爲我們正在尋早當前文學界正確的口號，所以我們也並不在先就聲明我們要拘泥在任何一個沒有成爲『決定』了的口號上面。反之，我們願意使我們的刊物成爲戰場，大家論爭，應該沉澱的就讓他沉澱下去，應該昇華的就讓它昇華起來。那麼，正確的東西才會明確的顯現。」〔註 43〕可以發現，本期將此前已經在別的雜誌上已經發表的《中國文藝家協會宣言》和《中國文藝工作者宣言》同時刊登在雜誌上，給人一種「態度不明」的印象，並試圖將雜誌構成論爭的「戰場」。實際上，正如這篇意味深長的「編後」所揭示的一樣，他們實際上是有著自己的「個性」和自己認爲的「正確的東西」的。

「正確的東西」是什麼呢？雜誌是支持「國防文學」的嗎？第 4 期發表了郭沫若的《在國防的旗幟下》，明確支持「國防文學」，他認爲「目前的文藝界樹起了『國防文學』這個旗幟，得到了多數派的贊成，而結成了廣大的統一戰線，我認爲是時代的要求之一表現……目前我們的『國際』是由救亡運動，即積極的反帝運動之大聯合以期獲得明日的社會之保障向著這個積極的反帝運動動員了的大家才是我們的『主體』，値得我們擁護到底的主體。『國

〔註 43〕《編後》，《文學叢報》第 4 期，1936 年 7 月。

防文學』便是這種意識的軍號。」〔註 44〕郭沫若是支持「國防文學」口號的，但就雜誌的歷史來考察，雜誌的眞正傾向卻並不這麼簡單。《文學叢報》創刊於 1936 年 4 月，每期都會刊登兩幅木刻，內容除了少量理論性文字以外，以小說、散文、戲劇、詩歌的創作作品爲主，是一本純文學同人雜誌。撰稿者主要有周文、任鈞、奚如、麗尼、田間、東平、天虛等左翼青年，其中不少是魯迅的追隨者。魯迅也是該刊的重要支持者，發表了《白莽遺詩序》（創刊號）、《關於〈白莽遺詩序〉的聲明》（第 2 期）、《我要騙人》（第 3 期）、《答托洛斯基派的信》（第 4 期），由於魯迅生病，《答托洛斯基派的信》是由馮雪峰代寫的，第 5 期的《編後》對魯迅的情況有所交待「好些讀者來信詢問魯迅先生的病，我們很抱歉不能一一作覆，現在魯迅先生的病已經痊癒了，尙在修養期中，暫時不能動筆來寫文章，這就作爲我們的總答覆吧。」〔註 45〕可見雜誌與魯迅的密切關係。而編委會核心成員周而復、馬子華、王元亨、田間（童天潤）爲「左聯」光華大學小組成員，而發揮更大作用的是聶紺弩，據周而復回憶，聶紺弩其實是《文學叢報》的主要編輯，「每期重要的作品都是經他的手約來的。魯迅的文章全是由他轉來的。」〔註 46〕署名編輯中的「蕭今度」即是聶的化名。聶紺弩一向與魯迅較好，不僅其雜文公認有「魯迅風」，而且在擔任雜誌編輯過程中也與魯迅有不少聯繫，最突出的便是 1934 年編輯《中華日報・動向》時，魯迅在《動向》上發文多篇，而歐陽山、田間、宋之的、周而復等都是《動向》的主要作者，這些人在「左聯」解散前後有越來越多的合作。後來又在魯迅的主持下編《海燕》雜誌，在「國防文學」口號流行時保持比較冷淡的立場。這種經歷必然會影響到《文學叢報》的立場。《文學叢報》雖然表面「態度不明」，實際上是非常明確的，後來的研究者也將其當作支持「民族革命戰爭的大眾文學」口號的雜誌，這當然不僅僅是因爲提出這個口號的重要文獻——胡風的《人民大眾向文學要什麼》這篇文章發表在這個雜誌上。

通過考察，可以看出，「兩個口號」論爭基本上已具體化爲雜誌之爭。待到「兩個口號」論爭逐漸消弭之後，雜誌界的氣象實際上也受到了一定程度的影響。

〔註 44〕郭沫若，《在國防的旗幟下》，《文學叢報》第 4 期，1936 年 7 月 1 日。
〔註 45〕《編後》，《文學叢報》第 5 期，1936 年 8 月 1 日。
〔註 46〕周而復，《回憶邵荃麟同志》，《新文學史料》，1980 年第 3 期。

第四節 《文學》的態度和「文學社」同人的位置

在「國防文學」論戰和「兩個口號」論爭時期，《文學》及其同人的態度頗值得關注。這實際上表現出《文學》同人和生活書店文化人對「左聯」後期文化生態的影響，其關鍵是其與魯迅及周揚等人的複雜關係。

魯迅在「左聯」中後期與《文學》同人多有合作，主要以生活書店的雜誌爲中心。在 1933 年中共及「左聯」均遭到致命打擊之後，左翼文化界主要以《文學》等「中間雜誌」爲平臺推進著左翼文化的發展，這些雜誌大多由生活書店出版發行，而「文學社」諸人在其中扮演著非常重要的角色。在合作的過程中，卻也暗藏矛盾，並通過幾次事件逐漸明朗化。

「休士事件」是魯迅和「文學社」齟齬公開化的開始。魯迅是《文學》的發起者之一，當然對《文學》非常支持，與「文學社」諸人關係交好，但因「休士事件」開始出現了不和諧的聲音。這次事件的發生源於《文學》主編傅東華以「伍實」的筆名在《文學》第 2 期發表了一篇題爲《休士在中國》的批評文章，對魯迅未參加黑人作家休士來華活動有所諷刺，導致魯迅強烈不滿。《文學》第 4 期便刊發了魯迅反駁的信，解釋其不滿的最大原因，「給我以誣衊和侮辱，是平常的事；我也並不爲奇：慣了。但那是小報，是敵人，略具識見的，一看就明白。而《文學》是掛著冠冕堂皇的招牌的，我又是同人之一，爲什麼也無端虛構劣蹟，大加奚落，至於到這地步呢？」〔註 47〕與「左聯」中人對他的攻擊一樣，魯迅認爲這是自己人在背後「放冷箭」。傅東華和《文學》編輯會不料事態如此嚴重，立即澄清道歉，以免影響與魯迅的關係。由於歷來被人從背後攻擊的寒心體驗，於是魯迅辭去編委的職務並長期不投稿。1933 年末，《文學》也成爲國民黨鎮壓的目標，編輯部努力與當局達成妥協，在有一定附加條件的狀況下維持出版（據茅盾說，所謂附加條件即不刊載左翼作品、貢獻於民族文藝、所有原稿接受檢查三條）。在這種情形下，茅盾與來滬的鄭振鐸一道拜訪魯迅，解釋說明前年曾發生的齟齬，並與之商討應對國民黨當局壓迫的策略。魯迅承諾再與《文學》合作，接著在 1934 年第 3 期《文學》的翻譯特集號上，將從日文轉譯的西班牙文的譯文《山中笛韻》交《文學》發表。至此，「休士事件」造成的與「文學社」的齟齬才暫告解決。

〔註 47〕《魯迅先生來函》，《文學》第 1 卷第 4 期，1933 年 11 月 10 日。

「休士事件」主要發生在魯迅與「文學社」之間。1935 年發生的「《譯文》停刊事」主要是與生活書店之間的矛盾，由於傅東華、鄭振鐸乃至茅盾等「文學社」同人與生活書店關係密切，事件發生後，魯迅多次談及此事與文學研究會諸人的關係。

《譯文》停刊事件與「譯文叢書」計劃的擱淺有關，在《譯文》出版期間，魯迅即策劃出「譯文叢書」，其中包括《果戈理選集》，擬由生活書店出版，並得到了當時書店經理徐伯昕的同意。但 1935 年 8 月，因徐伯昕生病修養，未及將此事交代給新任經理畢雲程。後來黃源致信鄒韜奮專門談及「譯文叢書」出版事，但結果是生活書店不準備出版「譯文叢書」，其原因與鄭振鐸編輯《世界文庫》有所衝突。魯迅是支持《世界文庫》的，並將翻譯的《死魂靈》交給《世界文庫》。因《世界文庫》導致「譯文叢書」不能由生活書店出版，魯迅雖無奈也只好作罷。黃源將此事告知魯迅後，兩人商定另覓書局出版，由黃源出面交涉並得到了巴金、吳朗西主持的文化生活出版社的支持。但此種做法引起了生活書店的誤會，雖然魯迅已與生活書店簽訂了《譯文》第二年的出版合同，但生活方面決定撤換黃源的編輯職務，並在當事人黃源缺席的情況下以「吃講茶」的形式告知魯迅——在一次由鄒韜奮做東的飯局上，提出了撤換黃源編輯一事。這種做法引起了魯迅的強烈憤怒，並撕毀了自己簽訂的《譯文》出版合同，要求若《譯文》要繼續出版，需由黃源本人簽訂合同。後來雖有鄭振鐸從中調節，但生活書店方面寧願停刊也不能接受條件。這就是《譯文》「很難繼續的原因」，〔註 48〕終於導致《譯文》在出版一週年之際停刊。雖然魯迅在 10 月給蕭軍的信中說「至於生活書店事件，那倒沒有什麼，他們是不足道的，我們只要幹自己的就好。」〔註 49〕但此事實際上對他打擊頗大，此後多次提及此次事件，並將其成爲生活書店的「文化統制」，而這其中的關鍵人物則是傅東華、鄭振鐸等「文學社」中人。

《譯文》1935 年 9 月停刊，在 10 月致曹靖華的信中魯迅就說這是生活書店自己的文化統制案，「《譯文》合同，一年已滿，編輯便提出增加經費及頁數，書店問我，我說不知，他們便大肆攻擊編輯（因爲我是簽字代表，但其實編輯也不妨單獨提出要求），我趕緊彌縫，將增加經費之說取消，但每期增

〔註 48〕參考秋石的文章《魯迅、黃源同生活書店風波由來考辨》，《新文學史料》2004 年第 1 期。

〔註 49〕魯迅，《351004　致蕭軍》，《魯迅全集》第 13 卷，第 560 頁。

添十頁，亦不增加譯費。我已簽字了，他們卻又提出撤換編輯。這是未曾有過的惡例，我不承認，這刊物便只得中止了。其中也還有中國照例的弄玄虛之類，總之，書店似有了他們自己的『文化統制』案，所以不聽他們指揮的，便站不住了。」。〔註50〕1935年底，魯迅在致王冶秋的信中說，「一者因爲上海刊物已不多，且大抵有些一派專賣，我卻不去交際，和誰也不一氣的。二則，每一書店，都有『文化統制』，所以對於不是一氣的人，非常討厭」。〔註51〕魯迅多次提及「文化統制」，可見對這種勢力的不滿之甚，而書店的「文化統制」實際上也具體的指向了鄭振鐸等人，此前，在致曹靖華的信中談到《譯文》停刊事時就說，「也有謠言，說這是出於鄭振鐸胡愈之兩位的謀略」。〔註52〕後來又再次談到：「諦君之事，報載未始無因，《譯文》之停刊，頗有人疑他從中作怪，而生活書店貌作左傾，一面壓迫我輩，故我退開。」〔註53〕可見將鄭振鐸等文學社中人直接與生活書店聯繫起來。「左聯」解散後，魯迅更直白地指出鄭振鐸及《文學》的企圖，不僅指「諦君曾經『不可一世』，但他的陣圖，近來崩潰了，許多青年作家，都不滿意與他的權術，遠而避之。他現在正在從新擺陣圖，不知結果怎樣。」〔註54〕更談及《文學》諸人的勢力之大，「此間蓮姊家已散，化爲傅、鄭所主持的大家族，實則籍此支持《文學》而已，毛姑似亦在內」。〔註55〕可見魯迅所謂生活書店的「文化統制案」實際上暗指的是「文學社」諸人的「統制」。

《文學》編輯會在關於「休士事件」回覆魯迅的信中說：「文學社雖是所謂『包羅萬象』，各位作家的立場未必全然一致，但『人身攻擊』那種行爲，我們自信決不會發生。」〔註56〕雖然不會刻意「人身攻擊」，但因爲各位作家的立場不一致而導致的處事方式的不一致，卻會間接的影響著各方關係，更因在文化場中「勢」的變化更易導致各方心理上的變化。如果「休士事件」只是一次誤會的話，《譯文》停刊事引起的魯迅與鄭振鐸、傅東華甚至茅盾之間關係裂痕則更多反映出魯迅對《文學》成爲一種文壇統治勢力的不滿。對

〔註50〕魯迅，《351022 致曹靖華》，《魯迅全集》第13卷，第569頁。
〔註51〕《351118 致王冶秋》，《魯迅全集》第13卷，第585頁。
〔註52〕《351022 致曹靖華》，《魯迅全集》第13卷，第569頁。
〔註53〕《351219　致曹靖華》，《魯迅全集》第13卷，第604頁。
〔註54〕《360401　致曹靖華》，《魯迅全集》第14卷，第59頁。
〔註55〕《360503　致曹靖華》，《魯迅全集》第14卷，第85頁。
〔註56〕《本刊編輯會覆魯迅先生函》，《文學》第1卷第4期，1933年11月10日。

魯迅而言，與祝秀俠、廖沫沙、田漢對他的攻擊和周揚等人對他的漠視相比，因《文學》、《譯文》而發生的與「文學研究會」成員之間的矛盾對他的傷害並不稍輕，畢竟這是他一直以來的人際交往的重要組成部分和晚年文化活動的重要依託。

此後，發生了一系列事件都越來越明顯的顯示出《文學》及「文學社」同人與親近魯迅的青年之間的分歧。這些過程均在雜誌上有所體現。最明顯的便是「《山坡上》修改事件」，這不僅僅是周文與傅東華在《文學》內部進行的論戰，後來蔓延到《文學》之外，乃至影響到《夜鶯》等相關雜誌與《文學》的關係。周文抗議《文學》主編傅東華擅自刪改了其小說《山坡上》，最初兩人的論辯在《文學》上展開。後來，周文將新一輪的抗議文章發在了新創刊的《夜鶯》雜誌創刊號的顯要處，使得《夜鶯》雜誌一創刊便處於《文學》的對抗性位置，甚至影響了《夜鶯》同人在《文學》上發表作品的可能。

這次論戰的發生實際上並非因爲什麼大事，周文不斷的爭辯似乎也顯得過於執著，整個論爭甚至有意氣之爭的嫌疑，因而被當時不少人批評。但結合當時的背景來考察，則會發現，這一次看似無關宏旨的論爭實際上也從一定程度上反映了當時的文化生態。周文的不滿實際上表現的是左翼青年對《文學》統治地位的對抗，改動文章其實不是周文惱怒的最大理由，他想對抗的是背後的勢力。在發表於《夜鶯》的文章中，周文認爲主編傅東華「不但露出文學月刊儼然就是他編者個人的私產，自己於提拔『青年』作家的『恩人』似的口氣，並且竭力抹殺眞相，捏造事實，企圖一手掩蓋讀者們的耳目！」〔註57〕這一說法與魯迅所說的「文化統制」和「傅、鄭的大家族」驚人相似。雖然魯迅並未參與此事，而被當時不少小報當成周文的幕後主使。可見，《文學》同人與魯迅及親近的青年的不睦關係已經公開化。

實際上，魯迅並不支持周文以這種不斷寫信的方式來解決，他在給胡風的信中說：「前天得周文信，他對於刪文事件，似乎氣得要命，大有破釜沉舟，幹他一下之概。我對於他的辦法，大有異議。」魯迅希望胡風出面召集大家面談來解決，主要是出於保護周文的目的，因爲「覺得周文反會中計之故也。」〔註58〕從中也可看出魯迅對傅東華等《文學》中人的不滿。

〔註57〕周文，《答傅東華先生〈關於〈山坡上〉的最後幾句話〉》，《文學叢報》第1期，1936年4月1日。

〔註58〕《360122　致胡風》，《魯迅全集》第14卷，第14頁。

另一次因刪文引起的風波則與巴金有關。《作家》創刊號發表了巴金的《大度與寬容》一文。巴金在文中指出，自己草擬的《文學季刊》終刊宣言《告別的話》在排好後被無故刪去了一段。這段文字如下：「文化的招牌如今還高高地掛在商店的門榜上，而我們這文壇也被操縱在商人的手裏，在商店的周圍再聚集著一群無文的文人。讀者的需要是從來被忽視了。在文壇上活動的就只有那少數爲商人豢養的無文的文人。於是蟲蛀的古籍和腐儒的囈語大批地被翻印而流佈了，才子佳人的傳奇故事之類也一再地被介紹到青年中間。」這其中對《世界文庫》和鄭振鐸等人的影射應是比較清楚的，接著，巴金更清楚的提出「那一段話無論如何是不應該被刪去的，除非他觸犯了那些有志操縱文壇的人。季刊的紙版落在他們的手裏，當然會遭受斧鉞了。」鄭振鐸當時正是《文學季刊》的「掛名編輯」。文末對當時的整個文壇背景進行了提示，「我的文章遭受凌遲的重刑，偏偏在人家宣揚大度與寬容的時候。我第一次拜受了藏在這大度與寬容後面的刀斧，才認識王道精神的偉大，我怎敢來響應這呼召呢？」〔註 59〕由此可見，與周文的刪文事件一樣，巴金的這次事件同樣是對一種文壇勢力的反抗。而他們反抗的，是同一種勢力，他們最大的身份即爲《文學》同人。

夏衍在回憶魯迅與「左聯」的關係時說：「自從秋白、雪峰離開上海之後，左聯和魯迅之間失去了經常的聯繫，加上 1934 年至 1935 年之間黨組織遭到三次大破壞，白色恐怖嚴重，周揚和我都隱蔽了一個時期。加上就是在這一段時期，上海的反共小報散步了許多謠言，其目的就在於挑撥左聯和魯迅之間的關係。加上田漢在 1934 年秋天向魯迅提到過胡風問題，引起了魯迅的反感，加深了相互之間的隔閡。魯迅對左聯不滿，當時在文化界已經是公開的秘密。鄭振鐸和我談過，連夏丐尊也對我說，魯迅近來心情不好，和他談話要特別當心。的確，對解散左聯，另組文藝家協會的事，通過什麼方法去徵求魯迅意見，我們也考慮了許久。」〔註 60〕這段描述其實傳遞的信息頗多，一是的確坐實了魯迅與「左聯」的矛盾很深，難以直接溝通，更有意思的是鄭振鐸、夏丐尊的出現，鄭、夏均爲「文學社」中人，文學研究會資深會員，通過這段話可以見出其在解散「左聯」成立「文藝家協會」之際與夏衍等「左聯」中合作頗多，「文學社」中人構成其中一股極重要的力量。而鄭振鐸也非

〔註 59〕巴金，《大度與寬容》，《作家》第 1 卷第 1 期，1936 年 4 月 15 日。
〔註 60〕夏衍，《懶尋舊夢錄》，第 206 頁，北京：三聯書店，2000 年。

常清楚，此前發生的「《譯文》停刊事」也是魯迅「不開心」的原因。最後確定與魯迅調解的人選是茅盾，茅盾也是「文學社」的重要成員，與魯迅、「左聯」、「文學社」關係均還不錯。魯迅洞悉了其中關節，正如他對「左聯」解散的質疑：「集團要解散，我是聽到了的，此後即無下文，亦無通知，似乎守著秘密。這也有必要。但這是同人所決定，還是別人參加了意見呢，倘是前者，是解散，若是後者，那是潰散」。〔註 61〕「別人參加了意見」，所指甚爲明確。

因此，魯迅不僅對解散「左聯」持異議，也拒絕加入由周揚等「左聯」中人和鄭振鐸等「文學社」同人爲主導力量的「文藝家協會」。雖然徐懋庸曾多次邀請他參加，但均未成功，後來茅盾也出面勸說，但魯迅表示「有周揚這幫人在裏面他是不加入的」。即使周揚、夏衍決定退出，魯迅最終也未加入。〔註 62〕由於「文學社」同人對「文藝家協會」的熱心並成爲其中的重要力量，似乎正坐實了魯迅此前的判斷，「這裡弄作家協會，先前的友和敵，都站在同一陣圖裏了，內幕如何，不得而知，指揮的或云是茅與鄭，其積極，乃爲救《文學》也。」〔註 63〕可見，魯迅不加入協會，不僅是對周揚、夏衍等人的不滿，也是對傅、鄭、茅等的反抗。正因如此，魯迅不僅與「文學社」同人關係尷尬，包括與茅盾的關係也受到影響。後來，因魯迅拒絕加入文藝家協會而被人攻擊，魯迅就暗示與文學社中人的指使有關，「我因加入文藝家協會（傅東華是主要的發起人），正在受一批人的攻擊，說是破壞聯合戰線，但這類英雄，大抵是一現之後，馬上不見了的。」〔註 64〕可見「文藝家協會」的複雜面向。但當「文藝家協會」成立並發表宣言之後，卻越來越轉化爲左翼內部的鬥爭，尤其是魯迅派和周揚派的鬥爭，因而，其中展現的魯迅與「文學社」同人的複雜關係這一面向便被遮蔽。

受周揚等「左聯」中人和傅東華等「文學社」中人「二重文化統制」的心理體驗也決定了在那種條件下魯迅的發聲位置。正如其在「革命文學」論爭中對創造社、太陽社以口號代替實際工作的「運動」表示不滿一樣，對於周揚等人的新一輪口號和運動他同樣也不買賬。在「左聯」中後期，不管是在《自由談》寫「短評」，還是致力於辦《文學》、《譯文》，均是立足於幹實

〔註 61〕魯迅，《360502 致徐懋庸》，《魯迅全集》第 14 卷，第 84 頁。

〔註 62〕茅盾，《「左聯」的解散和兩個口號的論爭》，《新文學史料》，1983 年第 2 期。

〔註 63〕魯迅，《360503 致曹靖華》，《魯迅全集》第 14 卷，第 85 頁。

〔註 64〕《360515　致曹靖華》，《魯迅全集》第 14 卷，第 98 頁。

事這個基本出發點，而正是因爲魯迅對實際行動的重視，「左聯」後期，他與強調實幹的文學研究會的合作便特別多。然而，當這些長期合作的人也表現出對勢力的強烈追求後，他的失望自然是不言而喻的，更加強了他對「文藝家協會」這種「文化運動機關」的拒絕，絕不可能配合這種由兩方面力量主導的「文化統制」。因此，在「中國文藝家協會」成立之際，魯迅等人另發「中國文藝工作者宣言」，而「國防文學」口號甚囂塵上之時，魯迅與胡風提出另一個口號，均是這種文化生態的直接表現。

「文學社」同人在當時文化場域中的特殊位置也因而被呈現出來。一方面，在「中國文藝家協會」籌辦成立過程中態度積極，因而與周揚等「國防文學」的提倡者多有接觸，與主要支持「國防文學」的生活書店關係密切；另一方面，又與魯迅有著複雜的關係。

由於「文學社」同人的特殊位置，《文學》在「兩個口號」論爭前後的位置和態度便非常有意思。從「文學社」同人在「左聯」前後的表現來看，他們似應支持「國防文學」口號。但實際情況卻更爲複雜，從「國防文學」論戰到「兩個口號」論爭期間，原本似乎應該立場鮮明的《文學》發出的卻並非一元的聲音，其中有不少曖昧模糊之處，正是這種曖昧性逼眞的展示了當時各種文化力量的立場及角力。

「國防文學」口號從 1935 年底開始盛行之後，《文學》因其在出版界和文化界的重要地位，其對「國防文學」的態度如何一直備受關注。但其遲遲不肯發聲，直到 1936 年 3 月 1 日出版的 6 卷 3 號開始對「國防文學」有所反應。本期「文學論壇」開首即爲「鼎」的《作家們聯合起來》的倡議，「在這個苦難的時代，在這個存亡危急的關頭，還有什麼不可解釋的怨恨能把我們的前進作家們彼此分化，甚至成爲敵體，互相仇視呢？站在一條線上的，大家聯合起來，一同走向前去吧！」這種描述肯定了「前進作家」「彼此分化」的事實，但其論調是與「國防文學」口號相一致的，在救亡的前提下，即使分化也應該聯合起來。但另一篇「角」的《所謂非常時期的文學》似乎對「國防文學」有微詞，認爲「在現階段，即使有所謂『救國文學』或『國防文學』產生出來，也總不外是傾向文學的性質。唯有用血打草稿然後用墨謄寫下來的文學，才是眞正偉大的文學。」這種描述方式甚至有不少魯迅的風格。

《文學》一發聲便引起關注，即使角的文章態度頗爲曖昧，但仍被「國防文學」提倡者引爲同道，「三月號的《文學》，尤其是在『文學論壇』上那兩篇短論：《作家們聯合起來》同《所謂非常時期的文學》終於把他們的態度顯示給我們了。雖然在角先生的《所謂非常時期的文學》中，還有一些不盡使我們滿意的地方，但角先生既沒有象旁的文藝刊物一樣，以緘默及其他的奸計來扼殺國防文學的居心，所以，我們還是很欣幸的，欣幸國防文學今後的陣營裏多了一支友軍。」〔註 65〕顯然，「國防文學」的提倡者將《文學》放入了自己的文化陣線。實際上，《所謂非常時期的文學》與「國防文學」的運動在理念上就相差甚大，也引來了不少異議。但並沒有改變角的觀點，《文學》6 卷 4 號角再寫《再論所謂非常時期的文學》進行解釋，堅持文學是在「現實」中培養出來的，而不是「理論」和「計劃」鼓吹策動出來的。這種曖昧的表達雖未直接反對「國防文學」，但也並未表示支持。

「角」即《文學》的主編傅東華，茅盾在回憶錄中談到：「《文學》對於這場熱鬧的討論一直保持著緘默，這引起了各種猜測，因為，在人們眼裏，《文學》代表了上海文壇很重要的一股勢力。傅東華也和我談起這個問題，我說，我們還是再看一看吧。作家們在抗日統一戰線的旗幟下最廣泛地聯合起來，這個題目的文章我們要做，但贊成或者反對某個具體的文學口號，還是慎重一點好。傅東華那時正為『盤腸大戰』事件傷腦筋，也就同意了我的意見。不過他對『國防文學』有看法，認為光喊口號並不就能寫出眞正有血有肉的作品來。後來他在《文學》6 卷 3 號（3 月 1 日出版）的『論壇』上寫了一篇文章——《所謂非常時期的文學》，表述了自己的見解。這是《文學》上第一篇提到『國防文學』的文章。不過傅東華聽從了我的勸告，在文章中既不否定『國防文學』這個口號，也不肯定這個口號。傅的文章署名『角』，過了幾天，就有人來打聽『角』是誰，大概他們認為這篇文章是大型文學刊物《文學》不支持『國防文學』的信號。」〔註 66〕雖然傅東華的文章態度曖昧，但是或許「國防文學」支持者如梅雨等人也很快瞭解了「角」是誰，因而採取了非常寬容的立場，與對其他反對「國防文學」者的態度截然不同。畢竟傅東華為「文藝家協會」的主要發起人，對當時實現「文藝界的統一戰線」頗為積極。在「文藝家協會」成立後，他也曾在「國防文學」的雜誌陣地《光明》上發表文章，因而，即使他對「國防文學」在具體觀念上有異議，但仍被看作「國防文學」陣營的人。可以說，「文學社」同人在文化場域中的特殊

〔註 65〕 梅雨，《所謂非常時期文學》，《大晚報》，1936 年 3 月 8 日。

〔註 66〕 茅盾，《我走過的道路》（下），第 53 頁，北京：人民文學出版社，1997 年。

位置不僅影響著《文學》發聲時的立場，同時也影響著文化界對其的態度。

《文學》自從在 1936 年春對「國防文學」有過這麼一次發聲之後，此後基本再次保持緘默，「兩個口號」論爭展開後，也未發表文章表示自己的立場。而同時，「文學社」同人卻在論爭中表現活躍，其中最活躍的是茅盾。由於茅盾與傅東華、鄭振鐸同屬於「文學社」中人，在「文藝界協會」籌辦過程中與周揚等人頗有來往，同時，與魯迅也有著密切的關係。因而，在「兩個口號」論爭中表現出最為特殊的立場。他贊成文藝界的統一戰線，因而對「文藝家協會」的籌辦態度積極，並草擬了《中國文藝家協會宣言》，在這種層面上，贊成「國防文學」作為一種「作家關係間的標幟，而不是作品原則上的標幟。」與此同時，如魯迅在答徐懋庸的信中說，茅盾也參與了「民族革命戰爭的大眾文學」口號的討論。因而，在「兩個口號」論爭時期，他試圖充當調解者的角色，既批評周揚、也批評胡風、聶紺弩等，而試圖在總體上贊成「國防文學」的基礎上，在具體層面最大程度的接受魯迅的意見。從一定程度上說，發表於《文學》上的「角」的那兩篇文章作者是傅東華比較讓人詫異，它可能更傾向於茅盾的立場，也彰顯出「文學社」內部的複雜性。

《文學》因文學社同人與各種力量間的複雜關係，反而在口號之爭中保持著一種謹慎的立場，儘量避免明確的表達而引起更多的爭端。而《文學》同人與左翼各方文化力量的密切關係，反而使得在論爭晚期有可能通過《文學》實現文藝界的重新聯合，哪怕只是形式上的聯合。10 月 1 日出版的《文學》7 卷 4 號發表了《文藝界同人為團結禦侮與言論自由宣言》，簽名者有巴金、王統照、包天笑、沈起予、林語堂、洪深、周瘦鵑、茅盾、陳望道、郭沫若、夏丏尊、張天翼、傅東華、葉紹鈞、鄭振鐸、鄭伯奇、趙家璧、黎烈文、魯迅、謝冰心、豐子愷等 21 人，論爭後期的主要人物魯、郭、茅從形式上實現了聯合。

在「兩個口號」論爭前後，「文學社」同人在當時的文化場雖少直接上前臺，卻成為幕後最重要的勢力，《文學》也因為這種情勢表現出了特殊的作用。以歷史的眼光來看，《文學》的特殊位置成就了其一種更為寬容的立場，從而取得了一種更為客觀的態度。這是在考察「兩個口號」論爭時應該充分重視的。

總體來說，考察「兩個口號」論爭，最直接的途徑是考察當時的雜誌及各個雜誌之間的複雜關係，通過這種考察，各種力量之間的矛盾和分歧也都或顯或隱的在雜誌上展示出來，顯示出當時複雜的文化政治。而同時，又提示出論爭背後的歷史背景，民族話語與階級話語的關係再次成爲左翼話語表達過程中的關鍵文體。這些複雜關係深深影響著後來文學的面貌，論爭中的雜誌經驗，也影響著此後雜誌的走向，甚至影響著此後左翼文化人的離合。

結語

唐弢曾說：「左聯時期刊物很多，除了直接由左聯編輯的機關雜誌外，還有歸左聯領導的外圍刊物，前後究竟有多少種，已經沒有人能夠說出一個準確的數字了。當左聯剛剛成立的時候，曾有整頓刊物之議，根據統計，當時正在刊行的一共是十八種。加上在先已被禁止和以後陸續出版的，也許要十倍或者二十倍於此數吧。舊刊散佚，記錄不全，不免造成現代文學研究工作上許多困難。」〔註1〕「左聯」時期左翼刊物不僅數量多到難以確定，雜誌本身的情況也相當複雜。這種不確定、不清晰的狀態才是眞實的歷史狀態。這與左翼文化總的歷史境遇和左翼文藝運動展開的方式有關，由於左翼雜誌總體上處於「地下」的處境，要窮盡這一時期的左翼雜誌是很難的。

可見，若以「左聯」時期的左翼雜誌作爲研究對象，首先需要確定對象本身的屬性。本文不拘泥於糾結雜誌本身到底是「左聯」的機關刊物還是外圍刊物，而是將更多與「左聯」有關的刊物都納入考察範圍，從中找出一定的歷史線索，盡可能拓展這一研究課題的開放性。

張愛玲曾經說過：「自從一九三幾年起看書，就感到左派的壓力，雖然本能的起反感，而且像一切潮流一樣，我永遠是在外面的，但是我知道它的影響不止於像西方的左派只限於一九三〇年代。」〔註2〕可見，1930 年代作爲「左翼時代」的巨大存在感和影響力。「左聯」這個時段恰是「左翼時代」的核心時段，強調「左聯」作爲一個時段最大的意義便是顯示出「左聯」這個組織

〔註 1〕晦庵（唐弢），《〈世界文化〉第二期》，《人民日報》1961 年 4 月 18 日第 8 版。
〔註 2〕張愛玲，《憶胡適之》，《重訪邊城》第 19 頁，北京：十月文藝出版社，2009 年。

及其所領導的左翼文化對這個時代的巨大的影響，這種影響充分體現在了左翼雜誌的內容和風格上。

歷時的看，從「左聯」籌劃成立起，這種影響就已經存在，並具體的體現在雜誌的出版和發行上，形成了一個盛極一時的左翼雜誌出版潮。不僅《大眾文藝》、《萌芽》、《拓荒者》等發展為「左聯」的機關志，《新文藝》、《現代小說》等雜誌也明顯「左轉」，充分顯示出左翼文化的魅力。「左聯」成立後，又創辦了《巴爾底山》、《五一特刊》等體現「集團文藝」建構宏圖的雜誌。即便在「左聯」被國民黨打壓，左翼雜誌被迫轉入地下之後，「左聯」仍出版了《文化鬥爭》、《世界文化》、《前哨・文學導報》、《十字街頭》、《秘書處消息》、《文學》、《文化導報》（《世界文化》）等一大批有影響的雜誌，進一步建構著左翼文化，反對國民黨的政治壓迫，並與「民族主義文藝運動」進行著有力的抗爭，還開展對托派（取消派）的批判。在政治的高壓下，左翼文化不僅沒有消沉，反倒在極端艱難的處境下對當時的文化形態發揮著重大影響。面對反動當局的文化圍剿，左翼雜誌通過秘密的方式發行。那些極具中間姿態的刊物也頑強的生存、發展著。左翼作家巧妙的利用《申報》、《中華日報》、《現代》、《文學》等刊物傳播左翼文化的理念，壯大文藝隊伍。雖說「中共」黨組織在上海遭到毀滅性的打擊，左翼組織被嚴重破壞，但左翼文藝運動並沒有消失。「左聯」不僅秘密發行了《文學新地》、《文學新輯》、《木屑文叢》等地下雜誌，還順應「雜誌年」、「翻譯年」的出版潮流，「沉默的應對」，在以《新生》、《世界知識》、《讀書生活》等為代表的綜合性雜誌，《新語林》、《太白》、《芒種》等為代表的小品、雜文雜誌，以《新小說》、《漫畫漫話》為代表的通俗漫畫類雜誌，以及以《譯文》為代表的翻譯雜誌上，左翼文藝也佔有一席之地。1935 到 1936 年的「兩個口號」論爭雖說加劇了左翼內部的分歧，但也從另一個方面催促了左翼雜誌的繁榮。從 1930 年春「左聯」的成立，到 1936 年「左聯」的解散，左翼文藝運動一直在鬥爭中前進發展。從這個意義上說，研究「左翼時代的雜誌」，實際上便是從雜誌的面向上研究「左聯」，研究左翼文藝運動的歷史。

「左翼時代的雜誌」在很大程度上影響著「左翼時代」的生成，雜誌在左翼文化的建構過程中起著最關鍵的作用，無論是左翼理論的建構，還是經典作家作品的塑造，都要通過雜誌這一園地來生成和傳播。因而也只有從雜誌的總體性視角契入，才能最清楚的觀察「左翼話語」在 1930 年代這個特定的歷史語境下的豐富而多元的內涵。而且，通過雜誌，「左聯」作爲 1930 年代左翼文藝運動的領導者的意圖得以彰顯，也只有在雜誌時代，左翼文化才會呈現出如此多元而豐富的景觀。

本文正是通過對左翼雜誌全面而深入的考察，梳理並展現出歷史的豐富性，以及左翼文藝運動本身更爲眞實的生態。

參考文獻

壹、基本文獻

一、刊物

（一）民國時期刊物：

《創造月刊》、《文化批判》、《我們月刊》、《日出》、《流沙》、《畸形》、《泰東月刊》、《摩登青年》、《奔流》、《朝花》、《現代小説》、《大眾文藝》、《太陽月刊》、《新流月報》、《海風周報》、《新文藝》、《新思潮》／《新思想》、《萌芽月刊》／《新地月刊》、《拓荒者》、《文藝研究》、《藝術》、《文藝講座》、《社會科學講座》、《巴爾底山》、《五一特刊》、《沙侖》、《文化鬥爭》、《世界文化》、《濤聲》、《文學生活》、《生存月刊》、《文藝新聞》、《前哨・文學導報》、《現代文藝》、《北斗》、《十字街頭》、《中國論壇》、《秘書處消息》、《文學》、《文學月報》、《文化月報》、《申報・自由談》、《尖鋭》、《戲劇新聞》、《北國月刊》、《冰流》、《新詩歌》、《無名文藝》、《洪荒》／《農村》、《文學》、《狂流文藝》、《現代文化》、《電影與文藝》、《文化界》、《鐵流》、《文藝》、《藝術信號》、《新大眾》、《文學雜誌》、《文學前線》、《文藝月報》、《科學新聞》、《文學生活》、《春光》、《新語林》、《文學新地》、《譯文》、《太白》、《讀書生活》、《東流》、《新小説》、《漫畫漫話》、《文學新輯》、《芒種》、《木屑文叢》、《創作》、《文藝群眾》、《時事新報・每週文學》、《生活知識》、《雜文・質文》、《詩歌》、《泡沫》、《盍旦》、《海燕》、《夜鶯》、《東方文藝》、《文學叢報》、《作家》、《文學界》、《今代文藝》、《現實文學》、《東方文藝》、《客觀》、《文學青年》、《中流》、《小説家》、《文學大眾》、《光明》、《國防文藝》、《令丁》、《忘川》、《榴火文藝》、《新地》、《詩歌雜誌》、《浪花・今日文學》、《出版月刊》、《讀書月刊》、《書報評論》、《出版消息》、《現代出版界》、《書報展望》、《讀者月刊》、《讀書與出版》、《動力》、《展開》、

《讀書雜誌》、《文化評論》、《星火》、《小說月報》、《文學週報》、《東方雜誌》、《世界文學》、《現代》、《文學》、《申報月刊》、《生活》、《布爾塞維克》、《紅旗日報》、《紅色中華》、《前鋒月刊》、《開展》、《前鋒週報》、《長風》、《現代文學評論》、《黃鐘》、《社會新聞》、《人民週報》、《流露月刊》、《新壘》、《矛盾月刊》、《民族文藝》。

（二）**新時期刊物：**

《出版史料》、《新文學史料》、《中國現代文學研究叢刊》、《魯迅研究月刊》。

二、文集、年譜、日記、傳記和資料彙編

1. 《魯迅全集》，北京：人民文學出版社，2005 年。
2. 《郭沫若全集》，北京：人民文學出版社，1992 年。
3. 《茅盾全集》，北京人民文學出版社，1987 年。
4. 《郁達夫全集》，廣州：花城出版社，1991 年。
5. 《瞿秋白文集》（文學編），北京：人民文學出版社，1985 年。
6. 《瞿秋白文集》（政治理論編），北京：人民文學出版社，1987 年。
7. 《丁玲全集》，石家莊：河北人民出版社，2001 年。
8. 《周揚文集》，北京：人民文學出版社，1984 年。
9. 《胡風文集》，武漢：湖北人民出版社，1999 年。
10. 《胡風評論集》，北京：人民文學出版社，1982 年。
11. 《田漢全集》，石家莊：花山文藝出版社，2000 年。
12. 《蔣光慈文集》，上海：上海文藝出版社，1988 年。
13. 《成仿吾文集》，濟南：山東大學出版社，1985 年。
14. 《馮乃超文集》，廣州：中山大學出版社，1986 年。
15. 《阿英全集》，合肥：安徽教育出版社，2003 年。
16. 《雪峰文集》，北京：人民文學出版社，1981 年。
17. 《馮雪峰論文集》，北京：人民文學出版社，1981 年。
18. 《夏衍全集》，杭州：浙江文藝出版社，2005 年。
19. 邱韻鐸，《熱情的書》，上海：光華書局，1933 年。
20. 邱韻鐸，《溫靜的靈魂》，上海：現代書局，1933 年。
21. 龔濟民、方仁念編，《郭沫若年譜》，天津：天津人民出版社，1982～1983 年。
22. 唐金海、劉長嘯主編，《茅盾年譜》，太原：山西高校聯合出版社，1996 年。

23. 姚守中等編，《瞿秋白年譜長編》，南京：江蘇人民出版社，1993 年。
24. 中國第二歷史檔案館編，《蔣介石年譜》，北京：檔案出版社，1994 年。
25. 魯迅博物館魯迅研究室編，《魯迅年譜》，北京：人民文學出版社，2000 年。
26. 商金林著，《葉聖陶年譜長編》，北京：人民教育出版社，2004 年。
27. 王增如、李向東編著，《丁玲年譜長編》，天津：天津人民出版社，2006 年。
28. 陳福康著，《鄭振鐸年譜》，太原：三晉出版社，2008 年。
29. 國民黨中執委宣傳部編，《全國宣傳會議記錄》，1929 年 6 月。
30. 藏原惟人，《新寫實主義論文集》（之本譯），上海：現代書局，1930 年。
31. 江風，《文藝大眾化論集》膠東新華書店，1946 年。
32. 陳瘦竹主編，《左翼文藝運動史料》，南京大學報編輯部編輯出版，1980 年。
33. 馬良春、張大明主編，《三十年代左翼文藝資料選編》，成都：四川人民出版社 1980 年。
34. 茅盾、魯迅編，《中國左翼文藝定期刊編目》，《草鞋腳》，湖南人民出版社 1981 年。
35. 張秋華、彭克巽、雷光編選，《「拉普」資料彙編》，北京：中國社會科學出版社，1981 年。
36. 丁景唐、瞿光熙編，《左聯五烈士研究資料編目》，上海：上海文藝出版社，1981 年。
37. 中國社會科學院外國文學研究所蘇聯文學研究室編，《蘇聯文學史論文集》，北京：外語教學與研究出版社，1982 年。
38. 白嗣宏，《無產階級文化派資料選編》，北京：中國社會科學出版社，1983 年。
39. 方銘編，《蔣光慈研究資料》，銀川：寧夏人民出版社，1983 年。
40. 陳冰夷，《關於國際革命文藝運動》，收入《中國現代文學思潮流派論集》，北京：人民文學出版社，1984 年。
41. 賈植芳等編，《文學研究會資料》（上、中、下），鄭州：河南人民出版社，1985 年。
42. 王訓昭編，《郭沫若研究資料》，北京：中國社會科學出版社，1986 年。
43. 陳子善、王自立編，《郁達夫研究資料》，廣州：花城出版社，1986 年。
44. 《中國社會科學家聯盟成立五十五週年紀念專輯》，上海社會科學院出版社出版，1986 年。

45. 文振庭編，《文藝大眾化問題討論資料》（中國現代文學運動・論爭・社團資料叢書），上海文藝出版社，1987年。
46. 史若平編，《成仿吾研究資料》，長沙：湖南文藝出版社，1988年。
47. 吉明學、孫露茜編，《三十年代「文藝自由論辯」資料》，上海文藝出版社，1990年。
48. 《左聯研究資料集》，百家出版社，1991年。
49. 中共北京市委黨史研究是，中共天津市黨史資料徵集委員會編，《北方左翼文藝運動資料彙編》，北京：北京出版社，1991年。
50. 文化部黨史資料徵集工作委員會編，《中國左翼戲劇家聯盟史料集》，北京：中國戲劇出版社，1991年。
51. 李偉江編，《馮乃超研究資料》，西安：陝西人民出版社，1992年。
52. 《魯迅研究資料（1～19）》，北京：文物出版社，天津：天津人民出版社，北京：中國文聯出版公司。
53. 翟厚隆編選，《十月革命前後蘇聯文學流派》，上海譯文出版社，1998年。
54. 饒鴻競編，《創造社資料》（上、下），知識產權出版社，2010年。
55. 會林、陳堅、紹武編，《夏衍研究資料》，北京：知識產權出版社，2010年。
56. 中國社會科學院文學研究所現代文學研究室編，《「革命文學」論爭資料選編》（上、下），北京：知識產權出版社，2010年。
57. 中國社會科學院文學研究所現代文學研究室編，《「兩個口號」論爭資料選編》（上、下），北京：知識產權出版社，2010年。

三、傳記、書信和回憶錄

1. 郭沫若，《創造十年》，上海：現代書局，1933年。
2. 孔另境，《現代作家書簡》，上海：生活書店，1936年。
3. 含沙（王志之），《魯迅印象記》，上海金湯書店，1936年。
4. 馮雪峰，《回憶魯迅》，北京：人民文學出版社，1957年。
5. 陶希聖，《潮流與點滴》，臺北：傳記文學出版社，1979年。
6. 王凡西，《雙山回憶錄》，現代史料編刊社，1980年。
7. 山田敬三，《魯迅世界》，韓貞全、武殿勳譯，濟南：山東人民出版社，1981年。
8. 吳騰凰，《蔣光慈傳》，合肥：安徽人民出版社，1982年。
9. 朱正，《魯迅回憶錄正誤》，長沙：湖南人民出版社1979年10月，北京：人民出版社1986年再版。

10. 《紀念與研究》第 2 輯，上海魯迅博物館，1980 年。
11. 徐懋庸，《徐懋庸回憶錄》，北京：人民文學出版社，1982 年。
12. 曹聚仁，《我與我的世界》，北京：人民文學出版社，1983 年。
13. 包惠僧，《包惠僧回憶錄》，北京：人民出版社，1983 年。
14. 彭定安、馬蹄疾編，《魯迅和他的同時代人》（上下卷），瀋陽：春風文藝出版社，1985 年。
15. 陳子善、王自立編，《回憶郁達夫》，長沙：湖南人民出版社，1986 年。
16. 包子衍、袁紹發編，《回憶雪峰》，北京：中國文史出版社，1986 年。
17. 李維漢，《回憶與研究》，北京：中共黨史資料出版社，1986 年。
18. 葉靈鳳，《讀書隨筆》，北京：三聯書店，1988 年。
19. 胡愈之，《我的回憶》，南京：江蘇人民出版社，1990 年。
20. 黃淳浩編，《郭沫若書信集》，北京：中國社會科學出版社，1992 年。
21. 吳似鴻，《我與蔣光慈》，南寧：廣西教育出版社，1992 年。
22. 錢瓔、錢小惠，《鏡湖水——錢杏邨傳》，太原：山西人民出版社，2000 年。
23. 施蟄存，《沙上的腳跡》，瀋陽：遼寧教育出版社，1995 年。
24. 鄭超麟，《懷舊集》，北京：東方出版社，1995 年。
25. 鄭超麟，《鄭超麟回憶錄》，東方出版社，1996 年。
26. 茅盾，《我走過的道路》（上、下），北京：人民文學出版社，1997 年。
27. 鄭超麟，《史事與回憶：鄭超麟晚年文選》，香港：天地圖書有限公司，1998 年。
28. 張國燾，《我的回憶》，東方出版社，1998 年。
29. 周作人，《知堂回想錄》，北京：群眾出版社，1999 年。
30. 《魯迅回憶錄（散篇）》，北京：北京出版社，1999 年。
31. 秦德君、劉淮，《火鳳凰——秦德君和她的一個世紀》，北京：中央編譯出版社，1999 年。
32. 《魯迅回憶錄（專著）》，北京：北京出版社，2000 年。
33. 趙家璧等，《編輯生涯憶魯迅》，河北教育出版社，2000 年。
34. 郁魯，《回憶錄》，長沙：嶽麓書社，2000 年。
35. 李一氓，《李一氓回憶錄》，北京：人民出版社，2001 年。
36. 《馮雪峰憶魯迅》，石家莊：河北教育出版社，2001 年。
37. 蔡徹撰寫，《黃藥眠口述自傳》，北京：中國社會科學出版社，2003 年。
38. 王凡西，《雙山回憶錄》，北京：東方出版社，2004 年。

39. 張靜廬，《在出版界二十年》，南京：江蘇教育出版社，2005年。
40. 胡風，《胡風回憶錄》，北京：人民文學出版社，2005年。
41. 夏衍，《懶尋舊夢錄》，生活・讀書・新知三聯書店，2005年。
42. 鄭智、馬會芹主編，《魯迅的紅色相識》，北京：文物出版社，2006年。
43. 朱正，《魯迅的人脈》，上海：東方出版中心，2010年。
44. 中國社會科學院文學研究所《左聯回憶錄》編輯組編，《左聯回憶錄》，北京：知識產權出版社，2010年。
45.【俄】托洛茨基，《我的生活》，北京：東方出版社，2005年。
46.【波】伊薩克・多伊徹（Isaac Deutscher）著，王國龍譯，《先知三部曲》（《武裝的先知》、《被解除武裝的先知》、《流亡的先知》），中央編譯出版社，2013年。

四、其他

1.【俄】特羅茨基著，韋素園、李霽野合譯，《文學與革命》，北京未名社印行，1928年2月初版。
2. 胡愈之，《莫斯科印象記》，上海：新生命書局，1931年。
3. 林克多，《蘇聯聞見錄》，上海：大光書局，1936年。
4.【蘇】托洛茨基著，劉文飛譯，《文學與革命》，外國文學出版社，1992年6月第1版。
5.【法】安德烈・紀德著，林伊文譯，《從蘇聯歸來》，上海：亞東圖書館，1937年。
6.【日】鶴見祐甫著，樊仲雲譯，《蘇俄訪問記》，上海：新生命書局，1934年。
7.【美】斯諾，《亞洲之戰》，史諾著，國振譯，《亞洲之戰》，1946年1月，重慶：山城書店。
8.【美】埃德加・斯諾，《紅星照耀中國》，作家出版社，2012年。
9.【美】埃德加・斯諾，《我在舊中國十三年》，北京：三聯書店，1973年。
10.【美】洛伊斯・惠勒・斯諾著，廢名譯，《我的丈夫和中國》，香港：廣角鏡出版社，1977年。
11.【美】埃德加・斯諾，《漫長的革命》，北京：東方出版社，2005年。
12.【美】艾溫妮絲・史沫特萊，《中國的戰歌》，北京：作家出版社，1986年。
13.《安娜・路易斯・斯特朗回憶錄：俄國人1949年爲什麼逮捕我？》，北京：三聯書店，1982年。

14.【美】安娜·路易斯·斯特朗著，《千千萬萬中國人：一九二七年中國中部的革命》，北京：中國社會科學出版社，1985 年。
15.【俄】亞·勃洛克著，林精華、黃忠廉譯，《知識分子與革命》，北京：東方出版社，2000 年。
16.【美】哈羅德·伊羅生，《美國的中國形象》，北京：中華書局，2006 年。

貳、參考書目

一、左翼文學和「左聯」相關研究

1. 南京大學中文系編，《左聯時期無產階級革命文學》，江蘇文藝出版社，1960 年。
2. 夏濟安（Tsi-an Hsia），The Gate of Darkness: Studies on the Leftist Literary Movement in China, Seattle and London: University of Washington Press, 1968。
3. 陳敬之，《三十年代文壇與左翼作家聯盟》，臺北：成文出版社，1980 年。
4. 《左聯成立五十週年紀念特輯》，上海文藝出版社，1980 年。
5. 陳瘦竹主編，《左聯時期文學論文集》，南京大學報編輯部，1980 年。
6. 張大明，《三十年代文學札記》，天津人民出版社，1986 年。
7. 王富仁，《先驅者的形象——論魯迅及其他中國現代作家》，杭州：浙江文藝出版社，1987 年。
8. 王富仁，《先驅者的形象》，浙江文藝出版社，1987 年。
9. 上海社會科學院文學研究所編，《三十年代在上海的「左聯」作家》（上、下），上海社會科學院出版社，1988 年。
10. 「左聯」成立會址恢復辦公室編，《中國三十年代文學研究》，上海社會科學院出版社，1989 年。
11. 中國左翼作家聯盟成立大會會址紀念館·上海魯迅紀念館編《左聯紀念集 1930～1990》，百家出版社，1990 年。
12. 中國左翼作家聯盟成立大會會址紀念館·上海魯迅紀念館編《左聯論文集》，百家出版社，1991 年。
13. 周行之，《魯迅與「左聯」》，臺北：文史哲出版社，1991 年。
14. Wang-chi Wong（王宏志）, Polities and Literature in Shanghai: The Chinese League of Left-wing Writers, 1930~1936, Manchester: Manchester University Press, 1991。
15. 艾曉明，《中國左翼文學思潮探源》，長沙：湖南文藝出版社，1991 年。
16. 張大明，《不滅的火種》，四川文藝出版社，1992 年。

17. 李輝凡，《二十世紀初俄蘇文學思潮》，北京：社會科學文獻出版社，1993年。
18. 姚辛，《左聯詞典》，光明日報出版社，1994年。
19.【日】伊藤虎丸，《魯迅、創造社與日本文學》，北京：北京大學出版社，1995年。
20. 黃子平，《革命・歷史・小說》，香港：牛津大學出版社，1996年。
21. 黃子平，《幸存者的文學》，臺北：遠流出版公司，1997年。
22. 曠新年，《1928：革命文學》，濟南：山東教育出版社，1998年。
23. 姚辛，《左聯畫史》，光明日報出版社，1999年。
24. 陳建華，《「革命」的現代性——中國革命話語考論》，上海古籍出版社，2000年。
25.《紀念中國左翼作家聯盟成立70週年文集》，上海文藝出版社，2000年。
26.【美】安敏成（Marston Anderson）著，姜濤譯，《現實主義的限制——革命時代的中國小說》，南京：江蘇人民出版社，2001年。
27. 孔海珠，《左翼・上海（1934～1936）》，上海文藝出版社，2003年。
28. 程凱，《國民革命與「左翼文學思潮」發生的歷史考察》，北京大學博士學位論文，2004年。
29. 劉小清，《紅色狂飆——左聯實錄》，人民文學出版社，2004年。
30. 張紹麟主編，《20世紀30年代青島左翼文藝運動》，北京：中共黨史出版社，2004年。
31. 方維保，《紅色意義的生成：20世紀中國左翼文學研究》，合肥：安徽教育出版社，2004年。
32.【日】竹內好，《近代的超克》，北京：三聯書店，2005年。
33. 林偉民，《中國左翼文學思潮》，上海：華東師範大學出版社，2005年。
34. 王宏志，《魯迅與「左聯」》，北京：新星出版社，2006年。
35. 張小紅，《左聯與中國共產黨》，上海人民出版社，2006年。
36. 姚辛，《左聯史》，光明日報出版社，2006年。
37. 毛劍著，「左聯」時期馬克思主義文藝理論的引進與發展研究，山東大學博士論文，2006年。
38. 汕頭大學文學院新國學研究中心主編，《中國左翼文學國際學術研討會論文集》，汕頭：汕頭大學出版社，2006年。
39. 張寧，《無數人們與無窮遠方：魯迅與左翼》，上海：復旦大學出版社，2006年。

40. 劉永明，《左翼文藝運動與中國馬克思主義文藝理論的早期建設》，北京：中國文聯出版社，2007 年。
41. 張大偉，《「左聯」文學的組織與傳播》，呼和浩特：內蒙古人民出版社，2008 年。
42. 楊慧，《瞿秋白「文化革命」思想研究》，清華大學博士學位論文，2008 年。
43. 曹清華，《中國左翼文學史稿（1921～1936）》，北京：中國社會科學出版社，2008 年。
44. 劉震，《左翼文藝運動的興起與上海新書業（1928～1930）》，北京：人民文學出版社，2008 年。
45. 賈振勇，《理性與革命：中國左翼文學的文化闡釋》，北京：人民出版社，2009 年。
46. 孟繁華，《文化批評與知識左翼》（劉中樹、張學昕編「學院批評文庫」），長春：吉林出版集團有限責任公司，2009 年。
47. 左文，《非常傳媒——左聯期刊研究》，北京：北京出版集團公司、北京出版社，2010 年。
48. 齊曉紅，《文學、語言與大眾政治——論 1930 年代的大眾化運動》，清華大學博士學位論文，2010 年。
49.【美】安敏成著，姜濤譯，《現實主義的限制：革命時代的中國小說》，南京：江蘇人民出版社，2011 年。
50. 譚桂林、吳康主編，《魯迅與「左聯」：中國魯迅研究會理事會 2010 年年會論文集》，長沙：湖南師範大學出版社，2011 年。
51. 陶柏康、譚力，《中國共產黨與左翼文藝運動》，上海：上海人民出版社，2011 年。
52. 王風、【日】白井重範編，《左翼文學的時代——日本「中國三十年代文學研究會」論文選》，北京：北京大學出版社，2011 年。
53.【荷】佛克馬（D.W.Fokkema），《中國文學與蘇聯影響（1956～1960）》，季進、聶友軍譯，北京：北京大學出版社，2011 年。
54. 姚辛，《左聯之鷹》，杭州：浙江文藝出版社，2011 年。
55. 李洪華，《中國左翼文化思潮與現代主義文學嬗變》，北京：中國社會科學出版社，2012 年。
56. 曠新年，《把文學還給文學史》（第 12 頁《山重水複疑無路：左翼文學的歷史生成》），上海：復旦大學出版社，2012 年。
57.【日】小谷一郎著，王建華譯，《東京「左聯」重建後留日學生文藝活動》，上海：上海社會科學院出版社，2012 年。

58. 汪紀明，《文學與政治之間：文學社團視野中的左聯及其成員》，北京：中國社會科學出版社，2012 年。

二、中共、共產國際和中國近現代史相關史料

1. 《民族主義與國家主義》，訓練總監部政治訓練處印行，1929 年。
2. 《紅色文獻》，解放社出版，1938 年。
3. 張鐵君，《民族主義與國際主義》，國民圖書出版社，1941 年。
4. 林敷等編，《一二九：劃時代的青年史詩》，學習出版社，1945 年。
5. 《論國際主義與民族主義》，蘇南新華書店，1949 年。
6. 毛澤東，《新民主主義論》，新華書店，1949 年。
7. 【蘇】斯大林，《論反對派》，人民出版社，1963 年。
8. Lucien Bianco, Origins of Chinese revolution, 1915~1949, Standford University Press, 1971.
9. 華崗，《中國大革命史（1925～1927）》，北京：文史資料出版社，1982 年。
10. 高軍編，《中國社會性質問題論戰》，北京：人民出版社，1984 年。
11. 中國社科院近代史研究所中國民國史研究室編，《中華民國史資料叢稿・大事記》，北京：中華書局，1984 年。
12. Isaacs R. Harold, Re-encounters in China: notes of a journey in a time capsule, Armonk, N.Y.: M.E. Sharpe, c1985.（哈羅德・伊薩克斯，《中國重逢：封閉時代的旅行筆記》）
13. 《共產國際與中國革命資料選輯》，北京：人民出版社，1985 年。
14. 《共產國際大事記》，哈爾濱：黑龍江人民出版社，1989 年。
15. 《中共中央文件選集》，北京：中共中央黨校出版社，1989～1992 年。
16. 章清，《亭子間：一群文化人和他們的事業》，上海：上海人民出版社，1991 年。
17. 【美】費振清、費維愷主編，《劍橋中華民國史》（上、下卷），北京：中國社會科學出版社，1994 年。
18. 《上海革命文化大事記》，上海：上海書店出版社，1995 年。
19. 向青等著，《三十年代中國》，北京大學出版社，1996 年。
20. 中共上海市委黨史研究室，《中國共產黨上海史（1920～1949）》，上海人民出版社，1999 年。
21. 許紀霖主編，《二十世紀中國思想史論》，上海：東方出版中心，2000 年。
22. 高華，《紅太陽是怎樣升起的——延安整風運動的來龍去脈絡》，香港中文大學出版社，2000 年。

23. 羅志田，《亂世潛流——民族主義與民國政治》，上海：上海古籍出版社，2001 年。
24. 中共中央黨史研究室著，《中國共產黨歷史》，中共黨史出版社，2002～2011 年。
25.《共產國際、聯共（布）與中國革命檔案資料叢書》，中共中央黨史出版社，2002～2007 年。
26.【美】阿里夫・德里克著，翁賀凱譯，《革命與歷史——中國馬克思主義歷史學的起源，1919～1937》，江蘇人民出版社，2005 年。
27. 中共上海市委黨史研究室著，《1921～1933：中共中央在上海》，北京：中共黨史出版社，2006 年。
28.【美】本傑明、史華慈著，陳瑋譯，《中國共產主義與毛澤東的崛起》，中國人民大學出版社，2006 年。
29.【日】田中仁著，趙永東、劉暉、劉柏林、江沛譯校，《20 世紀 30 年代的中國政治史——中國共產黨的危機與再生》，天津：天津社會科學院出版社，2007 年。
30. 楊奎松，《中國近代通史》（第八卷，內戰與危機（1927～1937），張海鵬主編，江蘇人民出版社，2009 年。
31. 楊奎松，《革命》（四卷），桂林：廣西師範大學出版社，2012 年。

三、文學史

1. 任國楨編譯，《蘇聯文藝論戰》，上海：北新書局，1927 年。
2. 蔣光慈，《俄羅斯文學》，上海：創造社出版部，1927 年。
3. 蔣光慈，《關於革命文學》，上海：光華書局，1928 年。
4. 蔣光慈編，《俄國文學概論》，上海：泰東書局，1929 年。
5. 長虹，《走到出版界》，上海：泰東書局，1929 年。
6. 顧鳳城，《新興文學概論》，上海：光華書局，1930 年。
7. 顧鳳城，《現代新興作家評傳》，上海：光華書局，1930 年。
8. 顧鳳城，《社會科學問答》，上海：文藝書局，1930 年。
9. 李何林編，《中國文藝論戰》，上海：北新書局，1930 年。
10. 潘公展，《民族主義文藝論》，上海光明出版部，1930 年。
11. 錢杏邨，《文藝批評集》，上海：神州國光社，1930 年。
12. 錢杏邨，《批評六大文學作家》，上海：亞東書局，1932 年。
13. 黃人影，《創造社論》，上海：光華書局，1932 年。
14. 蘇汶編，《文藝自由論辯集》，上海：現代書局，1933 年。

15. 顧鳳成，《新文藝辭典》上海：光華書局，1933年。
16. 王哲甫，《中國新文學運動史》，北平：景山書社，1933年。
17. 張若英編，《中國新文學運動史料》，上海：光明書局，1934年。
18. 趙家壁，《中國新文學大系》，上海：良友圖書公司，1935年。
19. 林淙選編，《現階段的文學論戰》，上海：光明書局，1936年。
20. 徐懋庸，《文藝思潮小史》，上海：生活書店，1936年。
21. 李何林，《近二十年中國文藝思潮論》，上海：生活書店，1939年。
22. 鄭學稼，《從文學革命到革文學的命》，重慶：勝利出版社，1943年。
23. 瞿秋白，《論中國文學革命》，香港：海洋書屋，1947年。
24. 周揚，《表現新的群眾的時代》，新華書店，1949年。
25. 李何林，《中國新文學史研究》，北京：新建設雜誌社，1951年。
26. 王瑤，《中國新文學史稿》（上冊），北京：開明書店，1951年。
27. 王瑤，《中國新文學史稿》，上海：新文藝出版社，1953～1954年。
28. 蔡儀，《中國新文學史講話》，上海：新文藝出版社，1953年。
29. 丁易，《中國現代文學史略》，北京：作家出版社，1955年。
30. 劉綬松，《中國新文學史初稿》，北京：作家出版社，1956年。
31. 周揚，《文藝戰線上的一場大辯論》，北京：作家出版社，1959年。
32. 陶希聖等，《三十年代文藝論叢》，臺北：中央日報社，1966年。
33. 唐弢、嚴家炎，《中國現代文學史》（三冊），北京：人民文學出版社，1979年。
34. 廖鴻鈞，《蘇聯文學詞典》，江蘇人民出版社，1984年。
35. 姜穆，《三十年代作家論》，東大圖書公司印行，1986年。
36. 溫儒敏，《新文學現實主義的流變》，北京大學出版社，1988年。
37. 曹靖華主編，《俄蘇文學史》，鄭州：河南教育出版社，1992年。
38. 溫儒敏，《中國現代文學批評史》，北京大學出版社，1993年。
39. 唐寶林，《中國托派史》，臺北：東大圖書公司，1994年。
40. 黃修己，《中國新文學史編纂史》，北京：北京大學出版社，1995年。
41. 倪墨炎，《現代文壇災禍錄》，上海：上海書店，1995年。
42. 黎活仁，《盧卡契對中國文學的影響》，臺北：文史哲出版社1996年。
43. 錢理群、溫儒敏、吳福輝著，《中國現代文學三十年》，北京大學出版社，1998年。
44. 王曉明主編，《批評空間的開創——二十世紀中國文學研究》，上海：東方出版中心，1998年。

45.【日】阪口直樹，《十五年戰爭期的中國文學》，宋宜靜譯，臺北：稻香出版社，2001 年。
46. 王本朝，《中國現代文學制度研究》，重慶：西南師範大學出版社，2002 年。
47. 商金林，《求眞集》，合肥：安徽教育出版社，2004 年。
48. 夏志清，《中國現代小說史》，上海：復旦大學出版社，2005 年。
49. 李今，《三四十年代俄蘇漢譯文學論》，北京：人民文學出版社，2006 年。
50. 朱曉進，《政治文化與中國二十世紀三十年代文學》，北京：人民出版社，2006 年。
51. 楊義，《中國現代小說史》，北京：中國社會科學出版社，2007 年。
52. 黎活仁，《文藝政策論爭史》（一九二一至一九四九），臺北：大安出版社，2007 年。
53. 倪偉，《「民族」想像與國家統制：1928～1949 國民黨的文藝政策及文學運動》，臺北：人間出版社，2011 年。
54. 張大明，《中國左翼文學編年史》，北京：社會科學文獻出版社，2013 年。
55. 錢理群總主編，《中國現代文學編年史——以文學廣告爲中心》（1915～1927）（1928～1937）（1938～1949），北京大學出版社，2013 年。

四、傳媒、出版相關史料、研究及理論

1. 邵組敏編，《出版法釋義》，上海：世界書局，1931 年。
2. 中央宣傳委員會編印，《宣傳法規彙編》，1933 年 10 月。
3. 中央出版事業管理委員會編，《出版法規彙編》，上海：正中書局，1934 年。
4. 胡道靜，《上海的定期刊物》，上海市通志館，1935 年。
5. 金溟若，《非常時期的出版業》，上海：中華書局，1937 年。
6. 陶滌亞，《出版檢查制度研究》，重慶：獨立出版社，1939 年。
7. 張靜廬輯注，《中國現代出版史料》，北京：中華書局，1955 年。
8.《中國現代文學期刊目錄（初稿）》，《中國現代文學史資料叢書（甲種）》，上海文藝出版社，1961 年。
9. 方漢奇，《中國近代報刊史》，太原：山西教育出版社，1991 年。
10.《生活書店史稿》，北京：生活・讀書・新知三聯書店，1995 年。
11. 譚運長、劉寧、沈崇熙，《作爲大眾傳播媒介的文學期刊編輯論》，百花文藝出版社，1997 年。
12. 劉納，《創造社與泰東圖書局》，南寧：廣西教育出版社，1999 年。

13. 楊揚，《商務印書館——民間出版業的興衰》，上海：上海教育出版社，2000 年。
14. 宋應離主編，《中國期刊發展史》，河南大學出版社，2000 年。
15. 宋原放主編，《中國出版史料》（現代部分），濟南：山東教育出版社，2001 年。
16. 許清茂，《雜誌學》，廈門大學出版社，2002 年。
17. 孟繁華，《傳媒與文化領導權》，山東教育出版社，2003 年。
18. 陳平原、山口守主編，《大眾傳媒與現代文學》，新世界出版社，2003 年。
19. 馬永強，《文化傳播與現代中國文學》，合肥：安徽大學出版社，2003 年。
20. 李瑞良主編，《中國出版編年史》，福州：福建人民出版社，2003 年。
21. 張靜廬主編，《中國近現代出版史料》（8 卷本），上海書店出版社，2003 年。
22. 雷世文，《文藝副刊與文學生產》，北京：中國文史出版社，2004 年。
23. 謝其章，《創刊號剪影》，北京圖書館出版社，2004 年。
24. 李楠，《晚清、民國時期上海小報研究》，北京：人民文學出版社，2005 年。
25. 劉增人等，《中國現代文學期刊史論》，北京：新華出版社，2005 年。
26. 程光煒主編，《大眾媒介與中國現當代文學》，北京：人民文學出版社，2005 年。
27. 程光煒主編，《都市文化與中國現當代文學》，北京：人民文學出版社，2005 年。
28. 程光煒主編，《文人集團與中國現當代文學》，北京：人民文學出版社，2005 年。
29. 冉彬，《30 年代上海文學與上海出版業》，上海師範大學博士學位論文，2007 年。
30. 王煦華、朱一冰合輯，《1927～149 年禁書（刊）史料彙編》（全四冊），北京圖書館出版社，2007 年。
31. 秦豔華，《現代出版與二十世紀三十年代文學》，濟南：山東人民出版社，2008 年。
32. 唐沅等編，《中國現代文學期刊目錄彙編》，北京：知識產權出版社，2010 年。
33. 吳俊等編，《中國現代文學期刊目錄新編》，上海人民出版社，2010 年。
34. 李歐梵著，毛尖譯，《上海摩登：一種新都市文化在中國（1930～1945）》（修訂版），北京：人民文學出版社，2010 年。

35.【美】馬歇爾·麥克盧漢著，何道寬譯，《理解媒介：論人的延伸》，南京：譯林出版社，2011 年。

36.【美】劉易斯·芒福德著，陳允明、王克仁、李華山譯，《技術與文明》，北京：中國建築工業出版社，2012 年。

五、理論和其他

1.【英】特里·伊格爾頓，《馬克思主義與文學批評》，北京：人民文學出版社，1980 年。

2.【英】佩里·安德森，《西方馬克思主義探討》，北京：人民出版社，1981 年。

3.【美】賀蘭德著，陸宗璿譯，《潮湧潮落——西方知識分子的政治朝拜》，臺北：黎明文化事業公司，1983 年。

4. Peter Brooks, Reading for the Plot, Oxford: Clarendon Press, 1984。

5.【法】埃斯卡皮，《文學社會學》，王美華，於沛譯，合肥：安徽文藝出版社，1987 年。

6.【德】西爾伯曼著，《文學社會學引論》，魏育音、於汎譯，合肥：安徽文藝出版社，1988 年。

7.【德】呂西安·戈德曼：《論小説的社會學》，吳岳添譯，北京：中國社會科學出版社，1988 年。

8.【德】呂西安·戈德曼：《文學社會學方法論》，段毅、牛宏寶譯，北京：工人出版社，1989 年。

9.【匈】盧卡契，《歷史與階級意識》，北京：商務印書館，1992 年。

10. 張京媛主編，《新歷史主義與文學批評》，北京大學出版社，1993 年。

11.【法】布迪厄、華康德著，李猛、李康譯，《實踐與反思：反思社會學導引》，中央編譯出版社，1998 年。

12.【美】弗雷德里克·詹姆遜，《政治無意識》，王逢振、陳永國譯，北京：中國社會科學出版社，1999 年。

13.【法】皮埃爾·布迪厄著，劉暉譯，《藝術的法則：文學場的生成和結構》，北京：中央編譯出版社，2001 年。

14.【英】特里·伊格爾頓著，王杰、傅德根、麥永雄譯，《審美意識形態》，桂林：廣西師範大學出版社，2001 年。

15.【英】E.P.湯普森著，錢乘旦等譯，《英國工人階級的形成》，南京：譯林出版社，2001 年。

16.【法】布迪厄、帕斯隆著，邢克超譯，《再生產：一種教育系統理論的要點》，商務印書館，2002 年。

17.【法】吉爾·德勒茲著，陳永國、尹晶主編，《哲學的客體：德勒茲讀本》，北京：北京大學出版社，2010 年年。
18.【英】以賽亞·伯林，《俄國思想家》，南京：譯林出版社，2002 年。
19.【日】柄谷行人著，趙京華譯，《日本現代文學的起源》，北京：三聯書店，2003 年。
20.【美】海登·懷特著，陳新譯，《元史學：十九世紀歐洲的歷史想像》，南京：譯林出版社，2004 年。
21. 陳恒、耿相新主編，《新史學第四輯：新文化史》，鄭州：大象出版社，2005 年。
22.【美】羅伯特·達恩頓著，《啓蒙運動的生意：〈百科全書〉出版史（1775～1800）》，北京：生活·讀書·新知三聯書店，2005 年。
23.【德】漢娜·阿倫特著，《論革命》，南京：譯林出版社，2007 年。
24.【德】漢娜·阿倫特著，林驤華譯，《極權主義的起源》，生活·讀書·新知三聯書店，2008 年。
25.【美】赫伯特·洛特曼著，薛巍譯，《左岸：從人民陣線到冷戰期間的作家、藝術家和政治》，北京：新星出版社，2008 年。
26.【美】本尼迪克特·安德森著，吳叡人譯，《想像的共同體：民族主義的起源與散佈》，上海：上海人民出版社，2011 年。
27.【美】林·亨特，《新文化史》，姜進譯，上海：華東師範大學出版社，2011 年。
28.【美】羅伯特·達恩頓著，肖知緯譯，《拉莫萊特之吻：有關文化史的思考》，上海：華東師範大學出版社，2011 年。
29.【美】羅伯特·達恩頓著，鄭國強譯，《法國大革命前的暢銷禁書》，上海：華東師範大學出版社，2012 年。
30.【美】羅伯特·達恩頓著，劉軍譯，《舊制度時期的地下文學》，北京：中國人民大學出版社，2012 年。
31. 陳明遠，《文化人與錢》，天津：百花文藝出版社，2001 年。
32. 馬嘶，《百年冷暖：20 世紀中國知識分子生活狀況》，北京圖書館出版社，2003 年。
33. 王曉漁著，《知識分子的「內戰」：現代上海的文化場域（1927～1930）》，上海人民出版社，2007 年。